Contos de Grimm

ALFAGUARA

Philip Pullman

Contos de Grimm

para todas as idades

Tradução
José Rubens Siqueira

ALFAGUARA

Editora Objetiva Ltda.
Rua Cosme Velho, 103
Rio de Janeiro — RJ — Cep: 22241-090
Tel.: (21) 2199-7824 — Fax: (21) 2199-7825
www.objetiva.com.br

Título original
Grimm Tales for Young and Old

Capa
Marianne Lépine, a partir de projeto original da Penguin Books.

Imagem de capa
Cheong-ah Hwang

Revisão
Rita Godoy
Fatima Fadel
Ana Grillo

Editoração eletrônica
Abreu's System Ltda.

Proibida a venda em Portugal

CIP-BRASIL. CATALOGAÇÃO NA PUBLICAÇÃO
SINDICATO NACIONAL DOS EDITORES DE LIVROS, RJ

P983c

Pullman, Philip
Contos de Grimm: para todas as idades / Philip Pullman ; tradução José Rubens Siqueira. – 1. ed. – Rio de Janeiro : Objetiva, 2014.

Tradução de: *Grimm Tales for Young and Old*
414p. ISBN 978-85-7962-336-3

1. Ficção inglesa. I. Siqueira, José Rubens. II. Título.

14-14771 CDD: 823
CDU: 821.111-3

Sumário

Introdução

> Saciado
> há tanto e tão variadamente
> pelas finas poções narrativas de nosso tempo,
> eu senti falta da narrativa ainda pura
> das lendas, dos contos de fadas, de um tom polido
> ao longo de séculos por velhas línguas delicadas,
> de avó a neto, serena, anônima.
> ... Então minha narrativa
> quis ser límpida, inteira,
> meus personagens, repertório de figuras convencionais,
> minimamente aflitas
> por personalidade e experiência passada —
> uma bruxa, um ermitão, jovens amantes inocentes,
> o tipo de seres que lembramos de Grimm,
> Jung, Verdi e da commedia dell'arte.

Assim escreve o poeta americano James Merrill na abertura de "O livro de Efraim", a primeira parte de seu excepcional poema longo *The Changing Light at Sandover* (1982). Ao discutir a maneira como pretende contar uma história própria, ele aponta duas das características mais importantes do conto de fadas, em sua opinião: a voz "serena, anônima" em que é narrada e o "repertório de figuras convencionais" que a habitam.

Quando Merrill menciona "Grimm", não precisa dizer mais nada: nós todos sabemos o que ele quer dizer. Para a maioria dos leitores e escritores ocidentais dos últimos duzentos anos, o *Kinder- und Hausmärchen* (Contos para crianças e famílias) dos irmãos Grimm é fonte e origem do conto de fadas ocidental, a coleção maior e mais amplamente distribuída por um imenso número de idiomas, morada de tudo o que sentimos ser único nesse tipo de história.

Mas, se os irmãos Grimm não tivessem coletado todas essas histórias, sem dúvida alguém mais o faria. De fato, outros já realizavam algo semelhante. O começo do século XIX foi uma época de grande animação intelectual na Alemanha, uma época em que pensadores das áreas de direito, história e língua estavam examinando e argumentando o que significava ser alemão, quando na verdade não existia Alemanha enquanto tal, mas sim trezentos e tantos estados independentes — reinos, principados, grão-ducados, ducados, landgraviatos, margraviatos, eleitorados, bispados e assim por diante, o detrito fragmentado do Sacro Império Romano.

Os fatos da vida dos irmãos Grimm não são notáveis. Jacob (1785-1863) e Wilhelm (1786-1859) eram os filhos sobreviventes mais velhos de Philipp Wilhelm Grimm, um próspero advogado de Hanau, no principado de Hesse, e de sua esposa Dorothea. Receberam educação clássica e foram criados dentro dos preceitos da Igreja Calvinista Reformada. Inteligentes, empenhados e sérios, planejavam seguir a carreira legal do pai, na qual, sem dúvida, teriam se distinguido; mas sua morte súbita em 1796 fez com que a família, então com seis filhos, tivesse de depender dos parentes da mãe. A tia deles, Henriette Zimmer, dama de companhia na corte do príncipe em Kassel, ajudou Jacob e Wilhelm a serem aceitos no *Lyzeum* ou escola secundária, onde ambos se formaram em primeiro lugar de suas respectivas classes. Mas havia pouco dinheiro e enquanto frequentavam a Universidade de Marburg tiveram de viver muito frugalmente.

Em Marburg, ficaram sob a influência do professor Friedrich Carl von Savigny, cuja ideia de que a lei nascia naturalmente da língua e da história de um povo e não devia ser aplicada arbitrariamente de cima para baixo levou os Grimm aos estudos de filologia. Por intermédio de Von Savigny e de sua esposa Kunigunde Brentano, eles também entraram em contato com o círculo do irmão dela, Clemens Brentano, e de

Achim von Arnim, que se casara com a outra irmã de Brentano, a escritora Bettina. Uma das preocupações desse grupo era o folclore alemão. Seu entusiasmo pelo assunto resultou na obra de Arnim e Brentano *Des Knaben Wunderhorn* (A flauta mágica da juventude), uma coleção de canções e poemas folclóricos para crianças, cujo primeiro volume foi lançado em 1805 e fez sucesso imediato.

Os irmãos Grimm se sentiram naturalmente interessados por isso, mas não sem uma dose de crítica: numa carta a Wilhelm de maio de 1809, Jacob escreveu que não concordava com a maneira como Brentano e Von Arnim haviam tratado o material do livro, cortando, acrescentando, modernizando, reescrevendo como bem entendiam. Mais tarde, os Grimm (Wilhelm em particular) seriam criticados por fazer exatamente a mesma coisa no tratamento do material base de seu *Kinder- und Hausmärchen*.

De qualquer forma, a decisão dos irmãos Grimm de coletar e publicar contos de fadas não foi um fenômeno isolado, mas parte de uma preocupação difundida na época.

As fontes com que eles contavam eram tanto orais quanto literárias. Algo que não faziam era percorrer a zona rural em busca de camponeses em seus chalés para anotar suas histórias palavra por palavra. Alguns de seus contos foram tirados diretamente de fontes literárias; dois dos melhores, "O pescador e sua mulher" (p. 108) e "O junípero" (p. 198), lhes foram enviados em forma escrita pelo pintor Philipp Otto Runge e reproduzidas pelos Grimm no dialeto do baixo alemão em que Runge as escreveu. Grande parte do resto veio em forma oral, de pessoas de vários níveis da classe média, inclusive amigos de família, uma das quais, Dortchen Wild, filha de um farmacêutico, acabou se casando com Wilhelm Grimm. Depois de duzentos anos, é impossível dizer até que ponto suas transcrições são exatas, mas o mesmo é verdadeiro para qualquer coletânea de contos e canções folclóricas antes da era do gravador de fita. O que interessa é o vigor e o entusiasmo das versões que eles publicaram.

Os irmãos Grimm continuaram fazendo grandes e duradouras contribuições à filologia. A Lei de Grimm, formulada por Jacob, descreve certas alterações sonoras na história da língua alemã; e juntos os irmãos trabalharam no primeiro grande dicionário alemão. Em 1837, ocorreu o que provavelmente foi o incidente mais dramático da vida deles; ao lado de cinco colegas da universidade, eles se recusaram a prestar juramento de fidelidade ao novo rei de Hanover, Ernst August, porque ele havia ilegalmente dissolvido a constituição. Como resultado, foram demitidos de seus postos universitários e tiveram de trabalhar ocasionalmente na Universidade de Berlim.

Mas é sobretudo pelo *Kinder- und Hausmärchen* que o nome deles é lembrado. A primeira edição desse livro é de 1812, e a coleção teve seis edições posteriores (Wilhelm, a essa altura, fazia a maior parte do trabalho editorial) até a sétima e última, em 1857, quando a obra era imensamente popular. Só *As mil e uma noites* rivalizam com sua significação: as duas são as mais importantes e influentes coletâneas de contos folclóricos jamais publicadas. A coleção não só ficou maior, como os próprios contos mudaram à medida que passava o século XIX, tornando-se, nas mãos de Wilhelm, um pouco mais longos, em alguns casos mais elaborados, às vezes mais pudicos, certamente mais piedosos, do que eram no começo.

Acadêmicos de literatura e folclore, de história cultural e política, teóricos de tendência freudiana, jungiana, cristã, marxista, estruturalista, pós-estruturalista, feminista, pós-modernista e muitos outros tipos encontraram imensa riqueza no estudo desses duzentos e dez contos. Alguns dos livros e ensaios que considerei mais úteis e interessantes estão arrolados na bibliografia, e sem dúvida esses e outros influenciaram minha leitura e reinterpretação de maneiras que não me são inteiramente conscientes.

Mas o interesse principal sempre foi a maneira como os contos funcionam *como histórias*. Tudo o que me propus a fazer neste livro foi contar as melhores e mais interessantes delas, tirando do caminho qualquer coisa que pudesse impedi-las de fluir livremente. Não quis colocá-las em cenários modernos, nem produzir interpretações pessoais, nem compor variações poéticas dos originais; tudo o que busquei foi produzir uma versão que fosse límpida como água. A questão que me orientou foi: "Como eu próprio contaria esta história, se a ouvisse contada por outra pessoa e quisesse passá-la adiante?" Qualquer modificação que tenha feito foi com o propósito de ajudar a história a emergir mais naturalmente em minha voz. Se, como aconteceu ocasionalmente, achei que era possível uma melhoria, fiz uma ou duas pequenas modificações no texto em si, ou sugeri mudança maior na nota que vem em seguida à história. (Um exemplo disso ocorre com a história "Milpeles", na p. 255, que me parece apenas meio completa no original.)

"Repertório de figuras convencionais"

Não existe psicologia num conto de fadas. Os personagens têm pouca vida interior; seus motivos são claros e óbvios. Se as pessoas são boas, são boas, e se más, são más. Mesmo quando a princesa de "As três folhas da cobra" (p. 102) inexplicavelmente, ingratamente, se volta contra seu marido, ficamos sabendo disso no momento em que acontece. Nada dessa natureza é escondido. Os tremores e mistérios da consciência humana, os sussurros da memória, os impulsos do remorso, da dúvida ou do desejo semicompreendidos que fazem parte tão significativa do romance moderno estão inteiramente ausentes. Pode-se quase dizer que os personagens de um conto de fadas não são efetivamente conscientes.

Raramente têm nomes próprios. O mais frequente é que sejam nomeados por sua ocupação e sua posição social, ou por uma particularidade da roupa: o moleiro, a princesa, o capitão, Pele de Urso, Chapeuzinho Vermelho. Quando efetivamente têm um nome, em geral é Hans, assim como Jack é o herói de todos os contos de fadas britânicos.

A representação pictórica mais adequada dos personagens de conto de fadas me parece ser encontrada não em nenhuma das edições lindamente ilustradas de Grimm que foram publicadas ao longo dos anos, mas nas pequenas figuras de papelão recortado que vêm com o teatro de brinquedo. São imagens planas, sem volume. Só um lado delas é visível para quem olha, mas esse é o único lado de que precisamos: o outro lado é vazio. São mostradas em poses de intensa atividade ou paixão, de forma que seu papel no drama pode ser facilmente lido de longe.

Alguns personagens de contos de fadas aparecem em conjuntos de múltiplos. Os doze irmãos da história assim chamada, as doze princesas de "Os sapatos que dançaram até virar farrapos" (p. 344), os sete anões da história de Branca de Neve (p. 216) — pouca coisa, ou nada, distingue um do outro. A referência de James Merrill à *commedia dell'arte* é adequada aqui: Polichinelo, o personagem da *commedia*, foi tema de uma famosa série de desenhos de Giandomenico Tiepolo (1727-1804), mostrando-o não como um personagem único, mas como um enxame de patetas idênticos. Em um desenho pode haver uma dúzia ou mais de Polichinelos, todos tentando fazer sopa ao mesmo tempo, ou observando perplexos um avestruz. O realismo não consegue dar conta da noção de múltiplos; as doze princesas que saem toda noite e dançam até seus sapatos se desmancharem, os sete anões que dormem em suas camas lado a lado existem em outro reino totalmente diferente, entre o estranho e o absurdo.

Celeridade

Rapidez é uma grande virtude no conto de fadas. Um bom conto se desenvolve com uma velocidade de sonho de acontecimento a acontecimento, parando apenas para dizer o que é preciso e nada mais. Os melhores contos são exemplos perfeitos do que você precisa e do que não: na imagem de Rudyard Kipling, fogo que arde com brilho porque todas as brasas foram amontoadas.

A abertura de um conto, por exemplo. Tudo o que precisamos é da palavra "Era..." e viajamos:

> Era uma vez um homem tão pobre que não conseguia mais sustentar seu único filho. Quando o filho percebeu isso, disse: — Pai, não há por que eu continuar aqui. Sou um fardo para o senhor. Vou sair de casa e ver se consigo ganhar a vida.
>
> ("As três folhas da cobra", p. 102)

Poucos parágrafos adiante, ele já se casou com a filha do rei. Ou o seguinte:

> Era uma vez um fazendeiro que tinha todo o dinheiro e terras que podia desejar, mas apesar de sua fortuna faltava uma coisa em sua vida. Ele e a esposa nunca tiveram filhos. Quando encontrava outros fazendeiros na cidade ou no mercado, sempre caçoavam dele e perguntavam por que ele e a mulher não conseguiam fazer o que seu gado conseguia regularmente. Não sabiam como? Um dia, ele acabou perdendo a paciência e, quando voltou para casa, jurou assim: — Vou ter um filho, nem que seja um ouriço.
>
> ("Hans Meu Ouriço", p. 314)

A rapidez é estimulante. Só dá para ir assim tão depressa, porém, se não se leva muito peso; de forma que não se encontra nenhuma das informações procuradas numa obra moderna de ficção — nomes, aparência, formação, contexto social etc. E isso, claro, é parte da explicação para a ausência de relevo dos personagens. O conto está muito mais interessado no que acontece com eles, ou no que eles fazem acontecer, do que em sua individualidade.

Ao compor um conto desse tipo, nem sempre é fácil ter certeza de quais eventos são necessários, quais são supérfluos. O melhor que pode fazer qualquer pessoa que queira saber como contar uma história é estudar "Os músicos de Bremen" (p. 157), ao mesmo tempo uma historinha sem sentido e uma obra-prima, na qual a narrativa não tem nem um grama desnecessário. Cada parágrafo faz avançar a ação.

Imagens e descrição

Nos contos de fada não existem imagens além das mais óbvias. Branco como a neve, vermelho como o sangue: e é só. Tampouco há qualquer descrição detalhada do mundo natural ou de indivíduos. Uma floresta é profunda, a princesa é bonita, seu cabelo é dourado; não é preciso dizer mais. Quando o que se quer é saber o que acontece em seguida, belos jogos de palavras descritivos só irritam.

Numa história, há uma passagem que combina, com sucesso, uma linda descrição com a relação de eventos de tal forma que determinada coisa não funciona sem a outra. A história é "O junípero", e a passagem de que falo vem depois que a mulher faz seu desejo de um filho vermelho como sangue e branco como a neve (p. 198). O que liga sua gravidez à passagem das estações:

> Um mês passou e a neve derreteu.
>
> Dois meses passaram e o mundo ficou verde.
>
> Três meses passaram e as flores desabrocharam na terra...
>
> Quatro meses passaram e todos os ramos de todas as árvores da floresta ficaram mais fortes, se juntaram, os passarinhos cantaram tão alto que a floresta ressoou, e as flores caíram das árvores.
>
> Cinco meses passaram e a mulher parou debaixo de um junípero. O aroma era tão doce que seu coração saltava no peito e ela caiu de joelhos de alegria.
>
> Seis meses passaram e as frutas ficaram firmes, pesadas, e a mulher continuava ali.
>
> Quando passou o sétimo mês, ela colheu os frutos do junípero e comeu tantos que se sentiu mal e triste.
>
> Depois do oitavo mês, ela chamou o marido e disse, chorando: — Se eu morrer, me enterre debaixo do junípero.

Isso é maravilhoso, mas (como sugiro na nota à história, p. 208) maravilhoso de um jeito peculiar: nenhum contador pode fazer muita coisa para melhorá-la. Ela tem de ser contada exatamente como está ali, ou pelo menos os diferentes meses precisam receber características diferentes, e estar cuidadosamente ligados de modo igualmente significativo ao crescimento da criança no útero da mãe, e esse crescimento ao junípero, que será instrumental em sua ressurreição posterior.

No entanto, isso constitui uma grande e rara exceção. Na maioria dessas histórias, assim como os personagens são planos, as descrições são ausentes. Nas últimas edições, a narrativa de Wilhelm tornou-se um pouco mais ornamentada e inventiva, mas o interesse real do conto continua a ser no que acontece e no que acontece em seguida. As fórmulas são tão comuns, a falta de interesse na particularidade das coisas tão generalizada que chega a ser um verdadeiro choque ler uma frase como esta de "Jorinda e Joringel" (p. 263):

> Era uma tarde adorável: o sol brilhava quente nos troncos das árvores contra o verde-escuro da floresta profunda e pombos arrulhavam tristemente nas velhas faias.

De repente, essa história deixa de soar como um conto de fadas e começa a soar como algo escrito à maneira literária, por um escritor romântico como Novalis ou Jean Paul. A relação de eventos serena, anônima, deu lugar, no espaço de uma frase, a uma sensibilidade individual: uma *única mente* sentiu essa impressão da natureza, viu mentalmente esses detalhes e os registrou. O domínio que um escritor tem das imagens e seu dom de descrição são coisas que o tornam único, mas os contos de fadas não saem inteiros e inalterados das mentes de escritores individuais, afinal de contas; ser únicos e originais não são de nenhum interesse para os contos.

O prelúdio, de William Wordsworth, ou *Ulisses,* de James Joyce, ou qualquer outra obra literária, existem como um texto em primeiro lugar. As palavras nas páginas são o que ele é. É trabalho de um editor ou crítico literário prestar atenção no que exatamente são essas palavras e esclarecer os lugares em que há leituras divergentes em diferentes edições, para garantir que o leitor possa encontrar exatamente o texto em que a obra consiste.

Mas um conto de fadas não é um texto desse tipo. É uma transcrição feita em uma ou mais ocasiões das palavras ditas por uma de muitas pessoas que contaram aquela história. E, é evidente, coisas de todo tipo afetam as palavras que são finalmente escritas. Um contador pode contar a história com mais riqueza, com mais extravagância num dia do que em outro, quando ele está cansado ou não está inspirado. Quem transcreve pode estar com o próprio equipamento deficiente: um resfriado que dificulta a audição ou faz a escrita ser interrompida por espirros e tosses. Outro acidente pode também afetar o processo: um bom conto pode estar na boca de um contador menos dotado.

Isso é muito importante, porque o talento dos contadores, suas técnicas e suas atitudes quanto ao processo variam muito. Os Grimm ficaram muito impressionados com a habilidade de uma de suas fontes, Dorothea Viehmann, quando ela contou um conto uma segunda vez com as mesmas palavras que havia usado antes, facilitando a transcrição; e os contos provenientes dela são especialmente bem estruturados, com um cuidado e uma precisão maravilhosos. Eu também fiquei muito impressionado ao trabalhar os contos dela para este livro.

Da mesma forma, este contador pode ter talento para comédia, aquele para drama e suspense, outro para páthos e sentimento. Naturalmente cada um vai escolher os contos que mais valorizem seus talentos. Quando X, o grande comediante, conta um conto, ele inventará detalhes ridículos ou episódios engraçados que serão lembrados e passados adiante, de forma que o conto será ligeiramente alterado por sua narração; e quando Y, a mestra do suspense, conta um conto de terror, ela inventará da mesma forma, e suas invenções e mudanças passarão a fazer parte da tradição de contar aquela história, até serem esquecidas, ou embelezadas, ou melhoradas por sua vez.

O conto de fadas é um perpétuo vir-a-ser e alterar-se. Conservar uma única versão ou uma única tradução é prender um pássaro na prisão.* Se você, leitor, quiser contar qualquer dos contos deste livro, espero que sinta a liberdade de não ser fiel demais. Tenha total liberdade para inventar outros detalhes além dos que eu forneci ou inventei aqui. Na verdade, você não tem apenas a permissão para isso, mas tem mesmo o dever de se apossar da história.** Um conto de fadas não é um texto.

"Um tom polido"

O escritor de qualquer versão de um conto de fadas pode chegar perto do tom ideal de James Merrill, "sereno, anônimo"? Claro que o escritor pode não desejar isso. Existem muitas versões, e existirão muitas mais, desses contos, transbordantes das obsessões sombrias, ou da personalidade brilhante, ou das paixões políticas de seus autores. Os contos aguentam isso. Mas mesmo que queiramos ser serenos e anônimos, acho que provavelmente é impossível chegar a isso de fato, e que nossas digitais estilísticas pessoais ficarão impressas em cada parágrafo, sem que a gente perceba.

Parece-me que a única coisa a fazer é buscar clareza e parar de se preocupar. Contar estas histórias é um prazer que

---

* O que "põe os Céus em comoção" (William Blake, *Auguries of innocence*, 1803).

** "Um conto não é bonito se não se aumenta nada nele" — provérbio toscano citado por Italo Calvino em sua introdução de *Italian Folktales* [Fábulas italianas] (Londres: Penguin Books, 1982).

seria uma pena estragar com ansiedade. Um enorme alívio e prazer, como o ar fresco que reanima o jovem conde quando ele se deita para descansar em "A menina dos gansos na fonte" (p. 382), sopra sobre o escritor que se dá conta de que não é preciso *inventar*: a substância do conto já está lá, assim como a sequência de acordes de uma canção está lá, pronta para o músico de jazz, e nossa tarefa é seguir de acorde em acorde, de evento em evento, com toda a leveza e suingue de que formos capazes. Como o jazz, contar histórias é uma arte de performance, e escrever é performance também.

Por fim, eu diria a qualquer um que queira contar estas histórias que não tenha medo de ser supersticioso. Se tiver uma caneta da sorte, use-a. Se fala com mais força e inteligência quando usa um pé de meia vermelha e o outro azul, vista-se assim. Quando estou trabalhando, sou altamente supersticioso. A minha superstição tem a ver com a voz em que a história sai. Acredito que toda história é protegida por seu próprio duende, cuja voz incorporamos quando contamos a história, e que a contamos melhor se nos aproximamos do duende com certo grau de respeito e cortesia. Esses duendes são velhos e moços, homens e mulheres, sentimentais e cínicos, céticos e crédulos, e assim por diante; além disso, são completamente amorais: como os espíritos do ar que ajudaram Hans Forte a escapar da caverna (p. 376), os duendes da história estão dispostos a servir qualquer um que tenha o anel, qualquer um que conte a história. À acusação de que isso é bobagem, de que tudo o que se precisa para contar uma história é da imaginação humana, eu respondo: "Claro, e é assim que minha imaginação funciona."

Mas podemos dar o máximo por essas histórias e descobrir que não é suficiente. Desconfio que as melhores têm a qualidade que o grande pianista Artur Schnabel atribuía às sonatas de Mozart: são fáceis demais para crianças e difíceis demais para adultos.

E estes cinquenta contos são, acho, a nata do *Kinder- und Hausmärchen*. Atendi o melhor que pude aos duendes que cuidam de cada uma, assim como Dorothea Viehmann,

Philipp Otto Runge, Dortchen Wild e todos os outros contadores cuja obra está preservada pelos grandes Irmãos Grimm. Espero que nós todos, contadores e ouvintes, vivamos felizes para sempre.

Philip Pullman, 2012

Bibliografia

A edição alemã do *Kinder- und Hausmärchen* (Contos para crianças e famílias), de Jacob e Wilhelm Grimm, a partir da qual trabalhei, é a que se encontra com maior facilidade, a sétima edição de 1857. Foi publicada por Wilhelm Goldmann Verlag. Os números de "tipo de conto" que forneço nas notas de cada história têm por base *The Types of International Folktales*, o grande índice de tipos de contos, compilado originalmente por Antti Aarne e publicado em 1910, revisado por Stith Thompson em 1928 e 1961, e mais recentemente (2004) revisado por Hans-Jörg Uther (veja detalhes completos a seguir), daí a indicação "ATU" ou "AT" para a edição anterior. Além disso, esta seção contém as obras que achei mais interessantes e úteis.

Esopo, *The Complete Fables,* tradução para o inglês de Olivia Temple (Londres: Penguin Books, 1998)

Afanasiev, Alexander, *Russian Fairy Tales,* tradução para o inglês de Norbert Guterman (Nova York: Pantheon Books, 1945)

The Arabian Nights: Tales of 1001 Nights, tradução para o inglês de Malcolm C. Lyons com Ursula Lyons, introdução e notas de Robert Irwin (Londres: Penguin Books, 2008)

Ashliman, D. L., *A Guide to Folktales in the English Language* (Nova York: Greenwood Press, 1987)

Bettelheim, Bruno, *The Uses of Enchantment* (Londres: Peregrine Books, 1978)

Briggs, Katharine M., *A Dictionary of Fairies, Hobgoblins, Brownies, Bogies and Other Supernatural Creatures* (Londres: Allen Lane, 1976)

Briggs, Katharine M., *Folk Tales of Britain* (Londres: Folio Society, 2011)

Calvino, Italo, *Italian Folktales,* tradução para o inglês de George Martin (Londres: Penguin Books, 1982)

Chandler Harris, Joel, *The Complete Tales of Uncle Remus* (Nova York: Houghton Mifflin, 1955)

Grimm, Jacob e Wilhelm, *Brothers Grimm: Selected Tales,* tradução para o inglês de David Luke, Gilbert McKay e Philip Schofield (Londres: Penguin Books, 1982)

_______ *The Penguin Complete Grimms' Tales for Young and Old,* tradução para o inglês de Ralph Mannheim (Londres: Penguin Books, 1984)

_______ *The Complete Fairy Tales,* tradução para o inglês de Jack Zipes (Londres: Vintage, 2007)

_______ *The Complete Grimm's Fairy Tales,* tradução para o inglês de Margaret Hunt, org. James Stern, introdução de Padraic Colum e com um comentário de Joseph Campbell (Abingdon: Routledge, 2002)

Lang, Andrew, *Crimson Fairy Book* (Nova York: Dover Publications, 1967)

_______ *Pink Fairy Book* (Nova York: Dover Publications, 2008)

Perrault, Charles, *Perrault's Complete Fairy Tales,* tradução para o inglês de A. E. Johnson e outros (Londres: Puffin Books, 1999)

Philip, Neil, *The Cinderella Story* (Londres: Penguin Books, 1989)

Ransome, Arthur, *Old Peter's Russian Tales* (Londres: Puffin Books, 1974)

Schmiesing Ann, "*Des Knaben Wunderhorn* and the German *Volkslied* in the Eighteenth and Nineteenth Centuries" (http://mahlerfest.org/mfXIV/schmiesing_lecture.html)

Tatar, Maria, *The Hard Facts of the Grimms' Fairy Tales* (Princeton: Princeton University Press, 1987)

Uther, Hans-Jörg, *The Types of International Folktales: a Classification and Bibliography Based on the System of Antti Aarne and Stith Thompson,* vols. 1-3, FF Communications No. 284-86 (Helsinki: Academia Scientiarum Fennica, 2004)

Warner, Marina, *From the Beast to the Blonde: of Fairy Tales and their Tellers* (Londres: Vintage, 1995)

_______ *No Go the Bogeyman: Scaring, Lulling, and Making Mock* (Londres: Vintage, 2000)

Zipes, Jack, *The Brothers Grimm: From Enchanted Forests to the Modern World* (Nova York: Palgrave Macmillan, 2002)

_______ *Why Fairy Tales Stick: the Evolution and Relevance of a Genre* (Nova York: Routledge, 2006)

_______ (org.), *The Great Fairy Tale Tradition: From Straparola and Basile to the Brothers Grimm* (Nova York: W. W. Norton and Company, 2001)

_______ (org.), *The Oxford Companion to Fairy Tales* (Oxford: Oxford Universiry Press, 2000)

O rei sapo ou Henrique Ferro

Nos tempos de antes, quando desejos ainda eram atendidos, vivia um rei cujas filhas eram todas bonitas; porém a mais nova era tão linda que até o sol, que já viu tantas coisas, ficava deslumbrado cada vez que brilhava no rosto dela. Não longe do palácio do rei, havia uma profunda floresta escura, e debaixo de um limoeiro na floresta havia um poço. No calor do dia, a princesa costumava entrar na floresta e sentar à beira do poço, do qual parecia brotar um delicioso frescor.

Para passar o tempo, a princesa tinha uma bola de ouro que jogava no ar e pegava. Era sua brincadeira favorita. Ora, um dia aconteceu de ela se descuidar um pouquinho ao jogar e não conseguiu pegar a bola, que rolou para longe, na direção do poço, caiu lá dentro e desapareceu.

A princesa correu e olhou a água lá dentro, mas o poço era tão profundo que não conseguiu ver sua bola. Não conseguia ver nem o fundo do poço.

Ela começou a chorar e chorou cada vez mais alto, inconsolável. Mas então alguém falou com ela: — Qual é o problema, princesa? Está chorando tanto que é capaz de comover as pedras.

Ela olhou em torno para ver de onde vinha a voz e viu um sapo que havia posto sua cabeça grande e feia para fora da água.

— Ah, é você, seu espalha-água — ela disse. — Estou chorando porque a minha bola de ouro caiu dentro da água e o poço é tão fundo que não consigo enxergar nada dentro dele.

— Bom, pode parar de chorar — disse o sapo. — Eu posso ajudar, mas o que você me dá em troca se eu pegar a bola para você?

— Tudo o que quiser, sapo! Qualquer coisa! Minhas roupas, minhas pérolas, minhas joias, até a coroa de ouro que estou usando.

— Não quero sua roupa; as suas joias e a sua coroa de ouro não servem para mim, mas se me amar, me levar como seu companheiro de brincadeiras, se deixar eu me sentar ao seu lado à mesa, comer de seu prato, beber de seu copo e dormir em sua cama, então mergulho e trago a sua bola de ouro para você.

A princesa pensou: "O que esse sapo idiota está dizendo? Diga o que disser, mas vai ter de ficar na água que é o elemento dele. Talvez ele consiga pegar minha bola." Mas claro que não disse isso. Falou assim: — Claro, claro. Prometo tudo se me trouxer a minha bola.

Assim que o sapo ouviu a princesa dizer "claro", mergulhou na água e foi até o fundo. Um momento depois, estava nadando de volta com a bola na boca, que atirou no gramado.

A princesa ficou tão contente que pegou a bola de ouro e saiu correndo na mesma hora.

— Espere, espere — chamou o sapo. — Me leve com você! Não corra tanto, não consigo saltar tão depressa!

Mas ela nem ligou. Correu para casa e esqueceu completamente do coitado do sapo, que teve de voltar para dentro do poço.

No dia seguinte, a princesa estava sentada à mesa com seu pai, o rei, e todos os nobres da corte, comendo em seu prato de ouro, quando alguma coisa saltou pelos degraus de mármore: *plip plop, plip plop*. Quando chegou ao alto, bateu na porta e chamou: — Princesa! Princesinha! Abra a porta para mim!

Ela correu para ver quem era, abriu a porta, e era o sapo.

Assustada, ela bateu a porta na mesma hora e correu de volta para a mesa.

O rei viu que ela estava com o coração batendo depressa e perguntou: — Do que está com medo, minha filha? Tem um gigante na porta?

— Ah, não — ela disse —, não é um gigante, é um sapo horrível.

— E o que um sapo quer com você?

— Ah, papai, ontem, quando eu estava brincando na floresta perto do poço, minha bola de ouro caiu na água. Comecei a chorar e chorei tanto que o sapo pegou a bola para mim. E como ele insistiu, tive de prometer que ficaria amigo meu. Mas nunca pensei que ele pudesse sair da água, não de verdade. Agora, ele está aí na porta e quer entrar!

Então, veio uma segunda batida na porta e uma voz disse assim:

Princesa, princesa, mais nova de três,
abra aqui, me deixe entrar!
Senão a promessa que você me fez
não vai poder se realizar.
Cumpra a promessa, ó filha de reis!
Abra aqui, me deixe entrar!

O rei disse: — Se fez uma promessa, vai ter de cumprir. Vá e deixe ele entrar.

Ela abriu a porta e o sapo entrou. Foi saltando até a cadeira dela.

— Me erga — ele disse. — Quero sentar ao seu lado.

Ela não queria, mas o rei disse: — Vamos. Faça o que ele diz.

Então ela ergueu o sapo. Assim que se viu na cadeira, ele pediu para subir à mesa, a princesa teve de erguer o sapo outra vez, e ele disse: — Empurre seu prato de ouro um pouco mais perto para eu poder comer com você.

Ela obedeceu, mas todo mundo percebeu que não estava gostando nem um pouco. O sapo, sim, estava gostando: comeu a comida com grande prazer, enquanto cada bocado parecia parar na garganta da princesa.

Por fim, o sapo disse: — Bom, já estou satisfeito, muito obrigado. Gostaria de ir para a cama. Me carregue até seu quarto e prepare seus lençóis de seda para podermos dormir neles.

A princesa começou a chorar porque sentia medo da pele fria do sapo. Ela estremeceu só de pensar nele em sua cama macia. Mas o rei franziu a testa e disse: — Não se deve desprezar alguém que nos ajudou num momento difícil!

Ela ergueu o sapo com a ponta dos dedos e o deixou diante da porta de seu quarto, que trancou bem trancada.

Mas ele ficou batendo na porta e dizia: — Deixe eu entrar! Deixe eu entrar!

Ela abriu a porta e disse: — Tudo bem! Pode entrar, mas vai ter de ficar no chão.

Fez o sapo deitar no chão, ao pé de sua cama. Mas ele insistiu: — Me erga! Me erga! Estou tão cansado quanto você.

— Ah, mas será possível! — ela disse. Pegou o sapo, ergueu e colocou na ponta mais longe do travesseiro.

— Mais perto! Mais perto! — ele dizia.

Aquilo já era demais. Num ataque de raiva, ela pegou o sapo e atirou-o contra a parede. Mas quando ele caiu na cama de volta, que surpresa! Não era mais um sapo. Era um belo rapaz, um príncipe, com lindos olhos sorridentes.

E ela o amou e o aceitou como companheiro, como o rei ordenara. O príncipe então contou à princesa que tinha sido encantado por uma bruxa má e que só ela, a princesa, podia resgatá-lo do poço. Além disso, no dia seguinte, viria uma carruagem para levar os dois para o reino do príncipe. Os dois adormeceram lado a lado.

E na manhã seguinte, assim que o sol os despertou, uma carruagem parou na frente do castelo, como o príncipe tinha dito. Era puxada por oito cavalos com as cabeças enfeitadas por plumas de avestruz e correntes de ouro brilhando nos arreios. Em cima da carruagem estava o Fiel Henrique. Era o criado do príncipe que, quando soube que seu senhor havia sido transformado num sapo, ficou tão chateado que foi direto ao ferreiro e mandou que pusesse três placas de ferro em seu coração, para que não explodisse de tristeza.

O Fiel Henrique ajudou a princesa e o príncipe a subirem à carruagem e tomou o seu lugar. Estava transbordando de alegria por ver o príncipe outra vez.

Rodaram um pouquinho e, de repente, o príncipe ouviu um grande estalo no banco do cocheiro. Exclamou: — Henrique, a carruagem está quebrando!

— Não, não, meu senhor, é só o meu coração. Quando o senhor morava no poço, quando o senhor era um sapo, fiquei tão triste que mandei pôr placas de ferro no meu coração para ele não se quebrar, porque o ferro é mais forte que a tristeza. Mas o amor é mais forte que o ferro e agora que o senhor é humano outra vez, as placas de ferro estão caindo.

E ouviu-se o mesmo estalo mais duas vezes, e a cada vez eles achavam que era a carruagem, mas a cada vez se enganavam: era uma placa de ferro caindo do coração do Fiel Henrique, porque seu senhor estava salvo.

* * *

Tipo de conto: ATU 440, "O rei sapo".
Fonte: história contada aos irmãos Grimm pela família Wild.
Histórias semelhantes: "O sapo", "O príncipe sapo", "O namorado sapo", "O *paddo*", de Katharine M. Briggs (*Folk Tales of Britain*).

Este é um dos contos mais conhecidos. A ideia central de um sapo repulsivo que se transforma em príncipe é tão atraente e tão cheia de implicações morais que se torna uma metáfora para uma experiência humana capital. A lembrança mais comum é a do sapo que se transforma em príncipe quando a princesa o beija. Os contadores dos Grimm, porém, pensam diferente, assim como os contadores da versão em Briggs, onde o sapo tem de ser decapitado pela donzela para mudar de forma. Mas o beijo tem uma porção de implicações. Afinal, hoje em dia se tornou um elemento do folclore e o que mais pode significar o desejo dele de dormir na cama com a princesa?

Não há dúvida de que o sapo se transforma em príncipe (*ein Königssohn*), embora o título da história o chame de rei ("Der Froschkönig"). Talvez, tendo sido sapo um dia, ele mantenha a associação com sapo quando herda o reino. Não é o tipo de coisa que se esqueça com facilidade.

A figura de Henrique Ferro aparece do nada no final da história e tem tão pouca ligação com o resto que acaba quase sempre esquecida, embora ela deva ter sido considerada importante a ponto de fazer parte do título. Suas placas de ferro são uma imagem tão poderosa que quase merecem uma história própria.

O gato e a rata vão morar juntos

Era uma vez um gato que fez amizade com uma rata. Ele falava tanto da afeição que sentia por ela, de como ela era boa, do quanto era prudente, do jeito que mexia o rabinho e tal que a rata finalmente concordou em ir morar com ele.

— Mas temos de poupar para o inverno — disse o gato. — Senão, vamos ficar com fome justamente quando precisarmos mais de comida. E uma ratinha como você não pode sair à procura de comida no frio. Pode não morrer gelada, mas com certeza vai cair numa ratoeira.

A rata achou excelente esse conselho, juntaram seus dinheiros e compraram um pote de creme. O problema era, então, onde guardar o creme. Depois de muito discutir, por fim o gato falou: — Sabe, acho que não tem lugar mais seguro do que a igreja. Ninguém teria coragem de roubar alguma coisa da igreja. Podemos guardar o pote de creme debaixo do altar, e a gente não toca nele enquanto não precisar de verdade.

Então esconderam o pote na igreja. Mas não demorou muito e o gato sentiu uma vontade tão grande de experimentar aquele creme que falou para a rata: — Ah, ia esquecendo de contar: minha prima acaba de ter um gatinho macho, branco todo cheio de pintas marrons.

— Ah, que lindo! — disse a rata.

— É, e pediram para eu ser o padrinho. Você fica chateada se eu não cuidar da casa um dia e for carregar meu afilhado no batizado dele?

— Não, claro que não — disse a rata. — Com certeza vai ter comida boa depois. Se tiver coisas gostosas, não se esqueça de mim. Ia ser muito bom tomar um pouco daquele vinho doce de batizado.

Claro que a história do gato era uma mentira só. Ele não tinha prima nenhuma e ninguém ia querer aquele gato para padrinho de seu filho. O que ele fez foi ir direto para a igreja, se enfiar debaixo do altar, abrir o pote de creme e lamber toda a nata de cima.

Depois, saiu andando com aquela calma de sempre e subiu para o seu esconderijo no alto do telhado. Lá ficou, ao sol, lambendo os bigodes e lembrando da nata do creme. Já era noite quando voltou para casa.

— Bem-vindo de volta! — disse a rata. — Como foi seu dia? Que nome deram ao gatinho?

— Anata Sefoi — disse o gato bem tranquilo, examinando as garras.

— Anata Sefoi? Que nome estranho para um gatinho — disse a rata. — É algum nome antigo da família?

— Não vejo nada de estranho — disse o gato. — Não é nada mais estranho que o nome de seus afilhados, os Ladrões de Farelos.

Não demorou muito, o gato sentiu vontade de creme de novo e disse para a rata: — Minha querida amiga, posso pedir um favor? Me pediram para ser padrinho de outro gatinho, e como ele tem uma gola de pelo branco no pescoço, seria errado eu recusar. Posso deixar você sozinha em casa mais uma vez? Volto à noite.

A rata disse sim, que estava tudo bem e desejou um bom-dia ao gato. Ele saiu na mesma hora, seguiu pela parede da igreja, entrou lá dentro e lambeu metade do pote de creme.

"Não tem nada mais gostoso que aquilo que se come sozinho", pensou.

Quando voltou para casa, a rata disse: — E como é o nome desse?

— Pelame Tade — disse o gato.

— *Pelame Tade?* Que nome esquisito é esse? Nunca ouvi uma coisa dessas. Com certeza não faz parte do almanaque dos santos.

O creme estava tão gostoso e grosso que o gato logo sentiu água na boca outra vez.

— Tudo que é bom vem em três — disse ele à rata. — Imagine! Me pediram para ser padrinho outra vez. Agora, o filhote é todo preto, sem nem um fio de pelo branco, a não ser nas patas. Isso é muito raro, sabe, e só acontece uma vez a cada dez anos. Você deixa eu ir, não deixa?

— Anata Sefoi? Pelame Tade? — disse a rata. — Que nomes estranhos vocês usam na sua família! Estou estranhando essa história, estou mesmo.

— Ah, que absurdo — disse o gato. — Você fica sentada em casa de manhã até de noite revirando o rabo e deixa tudo quanto é bobagem revirar sua cabeça. Devia sair e tomar um pouco de ar fresco.

A rata não concordava, mas, enquanto o gato estava fora, trabalhou duro para limpar a casa e deixar tudo bem arrumadinho.

Enquanto isso, o gato estava na igreja lambendo o pote de creme. Teve de raspar as últimas gotas com a pata, depois sentou e ficou admirando seu reflexo no fundo do pote vazio.

"Ver o pote assim vazio dá uma tristeza boa...", pensou.

Era tarde da noite quando voltou para casa. Assim que ele entrou, a rata perguntou que nome tinham dado ao terceiro filhote.

— Acho que você não vai gostar desse também — disse o gato. — Chamaram de Jáci Acabou.

— Jáci Acabou! — exclamou a rata. — Nossa, minha nossa! Estou ficando preocupada, juro que estou. Nunca vi um nome desses. Que será que quer dizer?

E ela se enrolou no rabo e foi dormir. Depois disso, ninguém mais convidou o rato para padrinho. E quando chegou o inverno e não havia comida em parte alguma, a rata pensou no pote de creme delicioso muito bem escondido debaixo do altar da igreja.

Ela disse: — Vamos, Gato, vamos lá pegar o pote que nós guardamos. Que delícia deve ser aquele creme.

— É — disse o gato —, você vai gostar tanto quanto botar essa linguinha para tomar a fresca na janela.

E foram. Quando chegaram à igreja, o pote ainda estava lá, claro, mas é óbvio que estava vazio.

— Ai! Ai! Ai! — disse a rata. — Aqui tem coisa, estou começando a entender! Que tipo de amigo é esse? Você não foi padrinho de afilhado nenhum! Você veio aqui e devorou todo o nosso creme. Primeiro a nata se foi...

— Cuidado! — disse o gato.

— Depois ficou pela metade...

— Estou avisando!

— Depois...

— Mais uma palavra e como você também!

— ... já se acabou! — disse a rata, mas era tarde: o gato pulou em cima dela e engoliu a rata com rabo e tudo.

Bem, o que você esperava? É o tipo de coisa que acontece neste mundo.

* * *

Tipo de conto: ATU 15, "O roubo da comida pelo padrinho brincalhão".
Fonte: história contada aos irmãos Grimm por Gretchen Wild.
Histórias semelhantes: "O sr. Raposa e o sr. Lobo", de Italo Calvino (*Italian Folktales*); "Sr. Coelho rói a manteiga", de Joel Chandler Harris (*The Complete Tales of Uncle Remus*).

Uma fábula simples e muito comum. Diversas variantes utilizam um materialismo escatológico: o culpado de verdade passa manteiga debaixo do rabo do amigo para mostrar a culpa dele. Tomei emprestada a ideia do reflexo no fundo do pote do conto de tio Remus, que, assim como esta versão, termina num dar de ombros à injustiça do mundo: "Tribbalashun parece que tá esperano ali na esquina pra pegá nóis tudo" (*The Complete Tales of Uncle Remus*, p. 53).

O menino que saiu de casa para aprender a tremer

Era uma vez um pai que tinha dois filhos. O mais velho era esperto e inteligente, capaz de lidar com qualquer coisa, mas o mais novo era tão devagar que não entendia nada e não aprendia nada. Todo mundo que conhecia os dois dizia: "Esse menino mais novo vai dar trabalho."

Quando precisava fazer algo, era sempre o menino mais velho que fazia. Mas uma coisa o menino mais velho não fazia: se o pai lhe desse alguma tarefa quando estava anoitecendo, ou quando já estava escuro, e se o caminho passava pelo cemitério ou por algum lugar assim assustador, ele dizia: "Ah, não, pai, não vou lá não, porque fico tremendo."

Ou então à noite, as pessoas sentadas em volta da fogueira contando histórias de fantasmas e assombrações, algum ouvinte dizia: "Ah, deixa a gente tremendo."

Sentado num canto, o filho mais novo escutava e não entendia como era tremer. — Todo mundo diz: "Fico todo tremendo, fico todo tremendo!" Não sei o que é isso, não. Eu não tremi nada, e estava ouvindo tudo do mesmo jeito.

Um dia, o pai disse a ele: — Escute, menino, você está ficando grande e forte. Está crescendo e é hora de começar a ganhar a vida. Olhe seu irmão! Ele aprendeu a trabalhar duro, mas você, pelo que vejo, não aprendeu nada.

— Ah, pai, eu gostaria muito de ganhar a vida — disse ele. — Gostaria mesmo. Gostaria de saber tremer. É uma coisa que não consigo entender.

O irmão mais velho ouviu o que ele disse e deu risada. "Que cabeçudo!", pensou. "Nunca vai servir para nada. Não dá para se fazer uma bolsa de seda com uma orelha de porco."

O pai só deu um suspiro. — Bom, não vai fazer mal nenhum você aprender a tremer — disse —, mas não vai ganhar a vida aprendendo a tremer.

Poucos dias depois, o sacristão apareceu para conversar. O pai não conseguiu se controlar: despejou todas as suas preocupações com o filho mais novo, o quanto ele era bobo, que não ia aprender nada, que não entendia nada.

— Veja o seguinte, por exemplo — disse. — Quando perguntei o que ele queria fazer para ganhar a vida, ele disse que queria aprender a tremer.

— Se é isso que ele quer — disse o sacristão —, mande o rapaz para mim. Vou fazer ele tremer bastante. Já está na hora de tomar jeito.

— Boa ideia — disse o pai, pensando: "Quem sabe com alguém de fora da família seja melhor. Vai fazer bem para o menino."

O sacristão levou o menino para sua casa e lhe deu a tarefa de tocar o sino da igreja. Quando ele pegou o jeito, uma noite o sacristão o acordou à meia-noite e mandou que subisse à torre da igreja para tocar o sino.

"Agora você vai aprender a tremer", pensou. E enquanto o rapaz se vestia, o sacristão subiu à torre antes dele.

O rapaz chegou ao campanário e, quando se virou para pegar a corda, viu uma figura branca parada no alto da escada bem na frente do buraco das cordas.

— Quem é? — perguntou.

A figura não falou nem se mexeu.

— Melhor me responder — o rapaz gritou. — Não tem nada o que fazer aqui em cima no meio da noite.

O sacristão ficou bem quieto. Tinha certeza de que o rapaz ia pensar que era um fantasma.

O rapaz gritou de novo: — Estou avisando. Me responda, senão jogo você escada abaixo. Quem é você e o que quer aqui?

O sacristão pensou: "Ele não teria coragem de me jogar escada abaixo, tenho certeza."

E ficou ali parado feito pedra, sem fazer nenhum barulho.

Então o rapaz gritou de novo e, como não obteve resposta, berrou assim: — Bom, foi você que pediu, então lá vai!

Pulou em cima do vulto branco e o jogou do alto da escada. O fantasma foi rolando até lá embaixo e ficou gemendo, amontoado num canto. Vendo que não ia ter mais nenhum problema, o rapaz tocou o sino como foi mandado e voltou para a cama.

A esposa do sacristão estava esperando esse tempo todo e, como o marido demorou para voltar, começou a ficar preocupada. Então, foi procurar o rapaz.

— Onde está meu marido? — perguntou. — Você não viu, não? Ele subiu na torre antes de você.

— Eu não sei — disse o rapaz. — Não vi, não. Tinha alguém enrolado num lençol branco parado perto do buraco das cordas, que não respondia, nem ia embora, então achei que era alguém que ia aprontar alguma coisa e o joguei do alto da escada. Vá e veja, decerto ainda está lá. Sinto muito se for ele. Ele caiu com tudo lá de cima.

A esposa saiu correndo e encontrou o marido gemendo de dor porque tinha quebrado uma perna. Conseguiu carregá-lo para casa e em seguida foi gritando procurar o pai do rapaz.

— Aquele idiota do seu filho! — ela gritou. — Sabe o que ele fez? Atirou o meu marido do alto do campanário! O pobre homem quebrou a perna e não será de admirar que não tenha quebrado metade dos outros ossos também! Tire aquele inútil da nossa casa antes que ele faça o teto cair sobre as nossas cabeças. Nunca mais quero ver esse menino de novo.

O pai ficou horrorizado. Foi correndo até a casa do sacristão e tirou o rapaz da cama.

— Que brincadeira é essa? — perguntou. — Que desrespeito com o sacristão! Deve ter sido o Diabo que fez você fazer isso!

— Mas, pai — disse o rapaz —, eu sou inocente. Não fazia ideia de que fosse o sacristão. Ele ficou lá parado na frente do buraco das cordas com um lençol branco por cima do corpo. Não dava para eu saber quem era e eu avisei três vezes.

— Meu Deus do céu! — disse o pai. — Você só provoca confusão. Suma da minha frente agora mesmo. Não quero ver você nunca mais.

— Com muito prazer — disse o rapaz. — Espere só amanhecer e eu saio pelo mundo, deixo o senhor em paz. Posso aprender a tremer e então vou ter uma profissão e ganhar a vida afinal.

— Tremer, pois sim! Faça o que quiser, para mim tanto faz. Aqui está: cinquenta moedas de táler para você. Pegue e saia para correr mundo, mas não ouse contar a ninguém de onde é, nem quem é seu pai. Eu ficaria envergonhado.

— Tudo bem, pai, vou fazer o que o senhor manda. Se é isso que quer que eu faça, consigo lembrar direitinho.

E, assim que amanheceu, o rapaz pôs as cinquenta moedas no bolso e partiu, dizendo a si mesmo o tempo todo: — Queria tanto tremer! Se ao menos soubesse ficar todo tremendo!

Um homem que seguia o mesmo caminho que o rapaz ouviu o que ele estava dizendo. Não tinham andado muito quando avistaram uma forca.

— Olhe — disse o homem —, uma dica para você. Está vendo aquela forca? Sete homens casaram com a filha do fabricante de corda lá e agora estão aprendendo a voar. Se sentar debaixo da forca e esperar até a noite, com toda certeza vai tremer.

— É mesmo? — disse o rapaz. — Fácil assim? Bom, então, nesse caso, vou aprender. Se eu começar a tremer antes do dia clarear, você pode ficar com minhas cinquenta moedas. Volte e me procure então.

Ele foi até a forca, sentou-se debaixo dela e esperou a noite cair. Sentiu frio, então acendeu uma fogueira, mas à meia-noite soprou um vento e ele não conseguiu se esquentar apesar dos troncos em chamas. O vento balançava os enforcados para lá e para cá, os corpos deles se batiam, e o rapaz pensava: "Se eu estou morrendo de frio aqui perto do fogo, aqueles coitados ali devem estar ainda mais gelados." Então pegou uma escada, subiu e foi soltando um por um, até descer todos para o chão.

Depois, pôs mais lenha na fogueira e arrumou os mortos em volta para se esquentarem; mas eles não se mexiam, nem quando a roupa deles começou a pegar fogo.

— Ei, cuidado — disse o rapaz. — Se não tomarem cuidado, penduro vocês de novo.

Claro que os mortos nem ligaram. Continuaram olhando para o nada enquanto suas roupas queimavam.

Isso fez o rapaz ficar bem zangado. — Falei para tomarem cuidado! — disse. — Não quero que queimem só porque estão com preguiça de afastar as pernas do fogo.

E pendurou todos eles de novo, depois deitou perto da fogueira e dormiu.

Na manhã seguinte, acordou com o homem pedindo as cinquenta moedas de táler.

— Deve ter tremido bastante essa noite, não? — ele perguntou.

— Nem um pouco — o rapaz respondeu. — Como é que eu ia aprender alguma coisa com esses idiotas? Não disseram nem uma palavra, nem quando estavam com as calças pegando fogo.

O homem viu que não ia conseguir as cinquenta moedas de táler, desanimou e foi embora, dizendo para si mesmo: "Que idiota! Nunca encontrei ninguém tão lerdo da cabeça em toda a minha vida."

O rapaz seguiu seu caminho, ainda resmungando consigo mesmo: "Se ao menos eu soubesse tremer! Se ao menos eu soubesse tremer!"

Um carroceiro estava indo para o mesmo lado e ouviu o que ele estava dizendo. Chegou até ele e perguntou: — Quem é você?

— Não sei — o rapaz respondeu.

— De onde você é, hein?

— Não sei, não.

— Então, quem é o seu pai?

— Não posso contar.

— E o que é isso que você fica resmungando o tempo todo?

— Ah — disse o rapaz —, quero aprender a tremer, mas ninguém consegue me ensinar.

— Você é um pobre coitado — disse o carroceiro. — Venha comigo e vou ao menos arranjar um lugar para você dormir.

O rapaz foi com ele e chegaram a uma estalagem onde resolveram passar a noite. Quando entraram no salão, o rapaz disse de novo: — Se ao menos eu soubesse tremer! Ah, se ao menos eu soubesse tremer!

O estalajadeiro ouviu o que ele disse e deu risada, dizendo: — Se é isso que você quer, está com sorte. Vai poder aprender bem pertinho daqui.

— Psiu! — disse a mulher do estalajadeiro. — Não fale disso. Pense em todos os pobres coitados que já morreram. Seria uma grande pena se os lindos olhos desse rapaz nunca mais vissem a luz do dia!

— Mas eu quero aprender a tremer — disse o rapaz. — Foi para isso que saí de casa. Do que estão falando? Onde eu posso aprender? Onde?

E ficou insistindo tanto que por fim o estalajadeiro contou que havia um castelo assombrado perto dali, onde alguém que quisesse tremer podia aprender depressinha se conseguisse passar três noites lá dentro.

— O rei prometeu que dá a filha dele em casamento a quem conseguir fazer isso — falou —, e juro que a princesa é a moça mais linda que existe. Além do mais, lá no castelo tem montes de tesouros, guardados por maus espíritos. Você pode ficar com os tesouros também se passar três noites lá dentro, basta isso para ficar muito rico. Muitos rapazes já tentaram, mas nenhum saiu de lá com vida.

Na manhã seguinte, o rapaz foi procurar o rei e disse: — Se permitir, majestade, eu passarei três noites no castelo assombrado.

O rei olhou bem para ele e gostou do jeitão do rapaz. Falou assim: — Deixo você levar para o castelo três coisas, mas coisas que não sejam vivas.

O rapaz disse: — Nesse caso, eu gostaria de coisas para acender o fogo na lareira, um torno e uma bancada de escultor com uma faca.

O rei mandou levarem essas coisas para o castelo durante o dia. Quando caiu a noite, o rapaz entrou e acendeu um fogo brilhante na lareira de um dos quartos, arrastou a mesa e a faca para o lado do fogo e sentou no torno.

— Ah, se ao menos eu soubesse tremer! — disse. — Mas não sei se é neste lugar que vou aprender.

Quando era quase meia-noite, ele atiçou o fogo. Estava soprando as brasas quando ouviu vozes num canto do quarto.

— *Miau, miau!* Estamos com tanto frio! — diziam as vozes.

— O que estão dizendo? — ele falou. — Se estão com frio, venham para perto do fogo.

No mesmo momento, dois enormes gatos pretos saltaram das sombras e sentaram um de cada lado dele, olhando para o rapaz com seus olhos vermelhos como brasas.

— Que tal um jogo de cartas? — perguntaram.

— Por que não? — o rapaz respondeu. — Mas primeiro me deixem ver suas garras.

Eles esticaram as patas.

— Minha nossa — disse o rapaz —, que unhas compridas. Vou ter de cortar antes de começar o jogo.

Pegou os gatos pelo pescoço, pôs em cima da bancada e apertou suas patas no torno.

— Não estou gostando nada do jeito desses dois — disse. — Perdi toda a vontade de jogar baralho.

Pegou, matou os dois gatos e jogou no fosso.

Tinha acabado de sentar de novo quando de todo canto do quarto saíram gatos pretos e cachorros pretos, todos com coleiras presas em correntes, tudo em brasa. E se amontoaram por todo lado até ele não poder mais se mexer. E uivando, latindo, guinchando horrivelmente, pularam dentro do fogo e espalharam os troncos em chamas para todo lado.

O rapaz ficou olhando curioso durante um minuto ou dois, até perder a paciência. Pegou a faca e gritou: — Fora daqui, seus desordeiros.

E atacou alegremente. Alguns foram mortos, outros fugiram. Quando todos os vivos tinham fugido, ele jogou os mortos no fosso e voltou para dentro para se aquecer.

Mas não conseguia manter os olhos abertos, então foi até a grande cama que havia num canto do quarto.

"Isto aqui parece confortável", pensou. "Bom emprego!"

Mas, assim que se deitou, a cama começou a andar. Saiu pela porta, que se abriu sozinha e foi passando por todo o castelo, cada vez mais depressa.

— Nada mau — o rapaz disse —, mas vamos ainda mais depressa.

E a cama continuava como se fosse puxada por seis bons cavalos, pelos corredores, escada acima, escada abaixo, até que de repente — pof! Virou de pernas para o ar, prendendo o rapaz embaixo. Ficou em cima dele como uma montanha.

Mas ele jogou longe os cobertores e travesseiros e rastejou para fora.

— Chega dessa cama agora — gritou. — Se alguém quiser, pode ficar com ela.

Deitou-se diante do fogo e tranquilamente adormeceu.

Quando o rei entrou de manhã e viu o rapaz dormindo ali, disse: — Ah, que pena. Os fantasmas mataram mais um. E era um rapaz tão bonito!

O rapaz ouviu a voz do rei e se levantou na mesma hora. — Não me mataram ainda, não, majestade — ele disse.

— Ah! Você está vivo! — disse o rei. — Bom, fico contente por você. Como foi a noite?

— Muito bem, obrigado — respondeu o rapaz. — Uma noite já foi, faltam duas.

E voltou para a estalagem. O estalajadeiro ficou perplexo.

— Você está vivo! Pensei que nunca mais ia ver você. Aprendeu a tremer?

— Não, nem um pouquinho. Espero que alguém me faça tremer esta noite.

Na segunda noite, ele foi ao castelo, acendeu o fogo e sentou na frente da lareira outra vez.

— Ah! — disse. — Queria que alguém me fizesse tremer.

Quando foi chegando a meia-noite, ouviu uma barulheira na chaminé. Batidas e gritos, arranhões e choro, até que afinal, com um berro muito alto, a metade de baixo do corpo de um homem caiu na lareira.

— O que é isso? — o rapaz perguntou. — Cadê a outra metade?

Mas, como a metade de homem não tinha olhos nem ouvidos, não conseguia ouvir nada nem enxergar onde estava e saiu correndo pelo quarto derrubando coisas, caindo no chão e levantando outra vez.

Então, novamente uma barulheira na chaminé e no meio de uma nuvem de fuligem caiu a outra metade e depressa escapou do fogo.

— Não está bom esse calor, não? — o rapaz perguntou.

— Pernas! Pernas! Venham cá! Aqui! — chamou a parte de cima, mas a parte de baixo não conseguia ouvir e continuou cambaleando até que o rapaz a segurou pelos joelhos e não deixou escapar. A parte de cima pulou, grudou nela e viraram um homem inteiro outra vez. Era um homem horroroso. Sentou no banco do rapaz diante do fogo e não queria sair, então o rapaz o matou e sentou em seu lugar.

Daí, ouviu-se barulho outra vez e meia dúzia de mortos caiu pela chaminé, um depois do outro. Traziam nove ossos da perna e dois crânios, e começaram a jogar boliche.

— Posso jogar também? — perguntou o rapaz.

— Bom, você tem dinheiro?

— Bastante — ele respondeu. — Mas essas bolas não são bem redondas.

Pegou os crânios, pôs no torno e girou até eles ficarem bem redondos.

— Assim está melhor — disse. — Agora vão rolar direito. Vai ser divertido!

Jogou um pouco com os mortos e perdeu parte do seu dinheiro. Por fim, quando soou a meia-noite, eles todos desapareceram. O rapaz deitou tranquilamente e dormiu.

Na manhã seguinte, o rei entrou novamente para ver como ele estava.

— O que aconteceu dessa vez? — perguntou.

— Foi um jogo de boliche — disse o rapaz. — E eu até perdi dinheiro.

— E conseguiu tremer?

— Nem um pouquinho — respondeu. — Gostei do jogo, mas foi só. Se ao menos eu soubesse tremer!

Na terceira noite, ele sentou à bancada junto ao fogo e suspirou: — Só mais uma noite — disse. — Espero que esta noite eu consiga tremer.

Quando era quase meia-noite, ouviu passos pesados vindo para o quarto e entraram seis homens imensos carregando um caixão.

— Ah, então tem alguém morto aí? — disse o rapaz. — Deve ser o meu primo. Ele morreu faz alguns dias.

Assobiou e chamou, dizendo: — Saia daí, primo! Venha dizer boa-noite!

Os seis homens puseram o caixão no chão e saíram. O rapaz abriu a tampa e olhou o morto que estava dentro. Tocou seu rosto, mas claro que estava frio como gelo.

— Não tem importância — ele disse —, eu te esquento.

Aqueceu as mãos na lareira e pôs no rosto do morto, mas o rosto continuou frio.

Ele então tirou o corpo do caixão, deitou ao lado do fogo, com a cabeça do morto no colo, esfregou suas mãos para fazer o sangue circular. Mas isso também não funcionou.

— Já sei! — falou. — Quando duas pessoas deitam juntas, uma esquenta a outra. Vou levar você para a cama comigo, é isso que eu vou fazer.

Então, pôs o morto na cama e deitou ao lado dele, puxando a coberta por cima dos dois. Depois de alguns minutos, o morto começou a se mexer.

— Assim, sim! — disse o rapaz, animando o falecido. — Vamos lá, primo! Está quase vivo de novo.

Mas o morto de repente se sentou e rugiu: — Quem é você? Hein? Vou torcer o seu pescoço, seu diabo imundo!

E tentou agarrar o pescoço do rapaz, mas o rapaz era rápido demais para ele, e depois de uma luta o pôs de novo no caixão.

— É assim que me agradece? — falou enquanto batia os pregos para prender a tampa.

Assim que a tampa estava pregada, os seis homens apareceram de novo. Pegaram o caixão e foram saindo devagar.

— Ah, não adiantou nada — disse o rapaz, desanimado. — Nunca vou aprender a tremer aqui.

Assim que disse isso, um velho saiu das sombras de um canto do quarto. Era ainda maior que os homens que carregavam o caixão, com uma barba comprida e olhos que brilhavam de ruindade.

— Seu verme desgraçado — disse. — Agora vai descobrir como se treme. Esta noite, você vai morrer.

— O senhor acha? Vai ter de me pegar primeiro — disse o rapaz.

— Você não escapa de mim, por mais depressa que corra!

— Sou tão forte como o senhor, talvez mais — disse o rapaz.

— Isso é o que vamos ver — disse o velho. — Se for mais forte que eu, deixo você ir embora. Mas não vai, não. Agora, venha por aqui.

O velho levou o rapaz pelos corredores escuros do castelo, desceram escadas escuras até chegarem a uma forja, lá nas entranhas da terra.

— Agora vamos ver quem é mais forte — ele disse. Pegou um machado e com um só golpe cravou uma bigorna na terra.

— Faço melhor do que isso — disse o rapaz. Pegou o machado e bateu em outra bigorna de tal forma que ela se abriu em duas por um momento. E nesse momento o rapaz pegou a barba do velho e pôs na abertura da bigorna. A bigorna se fechou e lá ficou o velho com a barba presa.

— Peguei o senhor — disse o rapaz. — Agora vamos ver quem é que vai morrer.

Pegou uma barra de ferro e bateu no velho sem piedade, cobrindo o velho de pancadas até que ele chorou, gemeu e gritou: — Tudo bem! Pare! Eu desisto!

E prometeu ao rapaz grandes riquezas se o soltasse dali. O rapaz girou o machado na abertura e soltou a barba dele. O velho o levou a outro porão, lá no fundo do castelo, e mostrou três arcas cheias de ouro.

— Uma dessas é para os pobres — explicou —, outra é para o rei, e a terceira é para você.

Nesse momento, soou meia-noite e o velho desapareceu, deixando o rapaz no escuro.

— Bom, não tem importância — disse ele —, sei encontrar o caminho de volta.

Tateando pelas paredes, voltou ao quarto e adormeceu na frente da lareira.

Na manhã seguinte, o rei chegou.

— Você deve ter aprendido a tremer agora — disse.

— Não — disse o rapaz. — Fico pensando, como será que é tremer? Deitei na cama com meu primo morto, depois um velho de barba comprida veio e me mostrou um tesouro, mas ninguém me ensinou a tremer.

Trouxeram o ouro do porão e repartiram. O rapaz e a princesa se casaram. Quando chegou a hora, ele herdou o reino. Mas por mais que amasse sua mulher, por mais feliz que fosse, o jovem rei vivia dizendo: — Se ao menos eu soubesse tremer! Se ao menos eu soubesse como é conseguir tremer!

Com isso, acabou irritando a jovem rainha. Ela reclamou com a dama de companhia, que disse assim: — Deixe comigo, majestade. Vou fazer o rei tremer direitinho.

A criada foi até o riacho e pegou um balde cheio de peixinhos. Nessa noite, quando o jovem rei estivesse dormindo, a criada disse à rainha, ela devia puxar as cobertas e despejar o balde em cima dele.

Assim foi feito. O jovem rei sentiu primeiro a água fria, depois os peixinhos se retorcendo e pulando em cima dele.

— Ai, ai, ai! — ele gritou. — Aah! O que está me fazendo tremer? Ai, ai! É verdade, estou tremendo! Consegui tremer afinal! Bendita seja, minha querida esposa! Você conseguiu o que ninguém mais conseguiu. Você me fez tremer!

* * *

Tipo de conto: ATU 326, "O jovem que queria aprender o que era o medo".
Fonte: uma versão mais curta deste conto foi publicada na primeira edição dos Grimm em 1812, mas na forma como aparece aqui foi publicado na segunda edição, de 1819, de acordo com uma versão escrita enviada por Ferdinand Siebert, de Treysa, perto de Kassel.
Histórias semelhantes: "O homem que não conhecia o medo", de Alexander Afanasiev (*Russian Fairy Tales*); "O rapaz que não tinha medo de nada", "A menina destemida", "Aposta vencida", de Katharine M. Briggs (*Folk Tales of Britain*). "Joãozinho Sem Medo", "O braço do morto", "O simplório valente", "A rainha das três montanhas de ouro", de Italo Calvino (*Italian Folktales*).

Conto muito difundido, outra versão dele consta do volume de anotações dos Grimm para *Contos para crianças e famílias*, que publicaram em 1856. "O braço do morto" de Calvino é a mais viva e divertida de suas quatro versões, mas como seu herói não partiu especificamente em busca de aprender o medo, não precisa da lição final do balde de peixinhos. Assim como a heroína de "A menina destemida", de Briggs, uma ótima história de Norfolk que também traz o triste destino do sacristão e a revelação do tesouro no porão pelo fantasma. Acho a versão dos Grimm a melhor de todas.

Valentia colore a maioria das variantes dessa história; os fantasmas e mortos são mais cômicos que aterrorizantes. Marina Warner, em *From the Beast to the Blond*, sugere uma interpretação sexual para o balde de peixinhos.

João Fiel

Era uma vez um velho rei que ficou doente e, deitado com sua dor, pensou assim: "Esta cama em que estou será meu leito de morte." E disse: — Tragam João Fiel. Quero falar com ele.

João Fiel era seu criado favorito. Tinha esse nome porque havia sido fiel e verdadeiro ao rei durante toda a sua vida. Quando ele chegou ao quarto real, o rei mandou que se aproximasse da cama e disse: — Meu bom e fiel João, não estarei mais neste mundo durante muito tempo. A única coisa que me perturba é meu filho. É um bom rapaz, mas é jovem e não sabe o que é melhor para ele. Não vou conseguir fechar os olhos em paz a menos que me prometa que será como um pai adotivo para ele e ensinará tudo o que ele precisa saber.

João Fiel respondeu: — Aceito o encargo alegremente. Não vou abandonar o príncipe e o servirei fielmente, mesmo que custe a minha vida.

— Será uma tranquilidade para mim — disse o rei. — Agora, posso morrer em paz. Quando eu for embora, eis o que você deve fazer: mostre ao príncipe o castelo inteiro, todas as catacumbas, as câmaras, os salões e todos os tesouros que contém. Mas não deixe que ele entre na última sala do corredor comprido. Lá está o retrato da princesa do Telhado de Ouro e, se ele descobrir o quadro, vai se apaixonar por ela. Você saberá que isso aconteceu porque ele irá cair, inconsciente. E depois enfrentará todo tipo de perigos por causa dela. Não permita que isso aconteça, João: é a última coisa que peço a você.

João Fiel prometeu, o velho rei pousou a cabeça no travesseiro e morreu.

Depois do funeral, João Fiel disse ao jovem rei: — Está na hora de conhecer todas as suas posses, majestade. Seu pai me pediu que lhe mostrasse todo o castelo. Ele é seu agora, e precisa conhecer todos os tesouros que contém.

João o levou a toda parte, escada acima e escada abaixo, subiu aos sótãos e desceu aos porões. Todas as salas magníficas estavam abertas para ele — isto é, todas menos uma, porque João Fiel manteve o jovem rei longe do último quarto do longo corredor, onde estava pendurado o retrato da princesa do Telhado de Ouro. O quadro estava exposto de tal forma que quem entrasse no quarto o veria de imediato, e era tão bem pintado e tão vivo que a princesa até parecia respirar. Ninguém podia imaginar nada mais bonito no mundo.

O rei notou que João Fiel sempre fazia com que evitasse essa porta, ou tentava distraí-lo quando estavam por perto, e disse: — Ora, João, estou vendo que você tenta me impedir de entrar ali. Por que nunca abre essa porta?

— Aí dentro existe uma coisa horrível, majestade. O senhor não vai querer ver.

— Pois quero, sim! Já vi todo o castelo agora e este é o último quarto. Quero saber o que existe aí dentro!

E tentou abrir a porta à força, mas João Fiel o impediu. — Prometi ao rei, seu pai, que não deixaria o senhor entrar nesse quarto — disse. — Aí só existe má sorte para nós dois.

— Bom, você está enganado — disse o jovem rei. — Estou tão curioso para ver o que existe aí dentro, que má sorte será se eu não conseguir. Não terei paz, dia e noite, até saber o que existe aí. João, abra a porta!

João Fiel viu que não tinha escolha. Com o coração pesado e um suspiro profundo, pegou a chave e abriu a porta. Entrou primeiro, achando que poderia com seu corpo encobrir o retrato aos olhos do jovem rei, mas não adiantou: o rei ficou na ponta dos pés e olhou por cima de seu ombro. E aconteceu exatamente como o velho rei havia dito: o rapaz viu o retrato e imediatamente caiu no chão, inconsciente.

João Fiel o carregou e levou para seu quarto. “Ah, meu Deus”, pensou, “é um mau começo para o seu reinado. Que azar cairá agora sobre nós?”

O rei logo voltou a si, porém, e disse: — Que belo quadro! Que bela moça! Quem é ela?

— É a princesa do Telhado de Ouro — disse João Fiel.

— Ah, estou apaixonado, João! Amo tanto essa princesa que se todas as folhas de todas as árvores fossem línguas, não conseguiriam dizer o quanto. Arriscaria minha vida pelo amor dela. João, meu fiel servidor, tem de me ajudar! Como posso encontrar a princesa?

João Fiel meditou sobre isso. Era bem sabido que a princesa era uma pessoa reclusa. Porém, logo ele pensou num plano e foi contar ao rei.

— Tudo que ela tem em torno de si é de ouro — explicou —, mesas, cadeiras, pratos, sofás, facas e garfos, tudo de ouro puro. Ora, entre os seus tesouros, majestade, como bem se lembra, sem dúvida, o senhor tem cinco toneladas de ouro. O que eu sugiro é fazer o ourives real pegar, digamos, uma tonelada e fabricar todo tipo de coisas bonitas, pássaros, feras e animais estranhos. Talvez ela goste das coisas e veremos se a sorte nos sorri.

O rei chamou todos os ourives e disse o que queria. Eles trabalharam noite e dia e produziram um grande número de peças tão lindas que o jovem rei tinha certeza que a princesa nunca tinha visto nada igual.

Carregaram tudo num navio e João Fiel e o rei se disfarçaram de mercadores, ficaram irreconhecíveis. Levantaram âncora e atravessaram o mar até chegarem à cidade da princesa do Telhado de Ouro.

João Fiel disse ao rei: — Acho que deve esperar no navio, majestade. Eu desço à terra e vejo se consigo interessar a princesa com nosso ouro. O melhor seria o senhor escolher algumas coisas para ela olhar. Decorar um pouco o navio.

Animado, o rei se pôs a trabalhar; João Fiel desceu à terra com os menores dos objetos de ouro em seu avental e foi direto ao palácio. No pátio, encontrou uma linda moça tirando água de dois poços, com dois baldes de ouro, um para água comum, outro para água espumante. Ela estava para se virar e entrar quando viu João Fiel e perguntou quem era.

— Sou um mercador — disse ele. — Vim de uma terra distante ver se alguém se interessa por nosso ouro.

Abriu o avental e mostrou a ela os objetos.

— Ah, que coisas lindas! — ela disse, pousando os baldes e pegando as peças de ouro uma depois da outra. — Tenho de contar para a princesa. Ela adora ouro, sabe? E tenho certeza de que vai comprar tudo o que tiverem.

Pegou João Fiel pela mão e o levou escada acima, pois era a própria dama de companhia da princesa. Quando a princesa viu os objetos de ouro, ficou deslumbrada.

— Nunca vi peças tão bem-feitas — disse ela. — Não posso resistir. Diga seu preço! Eu compro todas.

João Fiel disse: — Bom, alteza, sou apenas um criado. Meu senhor é o mercador. Geralmente é ele quem cuida desse lado. E essas pequenas amostras que eu trouxe nem se comparam com o que ele tem no navio. São as coisas de ouro mais lindas que já se fez.

— Traga todas aqui! — ela disse.

— Ah, bom, eu gostaria de atender sua ordem, mas é tanta coisa. Levaria dias para trazer tudo até aqui, e além disso, seria preciso tanto espaço para espalhar todas as peças de ouro que acho que seu palácio não teria salas suficientes, mesmo sendo tão maravilhoso como é. — João pensou que isso a deixaria curiosa e tinha razão, porque ela disse: — Então, irei ao seu navio. Me leve até lá agora, e verei todos os tesouros de seu senhor.

Muito satisfeito, João Fiel a levou ao navio. Quando o jovem rei viu a princesa no cais, se deu conta de que ela era ainda mais linda que o retrato e seu coração quase explodiu. Mas acompanhou-a a bordo e fez com que descesse ao bojo do navio, enquanto João Fiel ficava no convés. — Solte as amarras e parta com todas as velas — ele disse ao contramestre. — Voe como um pássaro no ar.

Enquanto isso, lá dentro, o rei mostrava à princesa os vasos de ouro e todos os outros belos objetos, os pássaros, os animais, as árvores e flores, uns realistas, outros fantásticos. Passaram-se as horas, e ela não notou que estavam navegando. Depois de ver tudo, a princesa deu um pequeno suspiro de satisfação.

— Obrigada, meu senhor — disse ela. — Que bela coleção! Nunca vi nada igual. Realmente especial! Mas é hora de eu voltar para casa.

Então olhou pela escotilha e viu que estavam em alto-mar.

— O que está fazendo? — exclamou. — Onde estamos? Fui traída! Caí nas garras de um mercador. Mas você não pode ser um mercador! Deve ser um pirata! Você me sequestrou? Ah, prefiro morrer!

O rei pegou sua mão e disse: — Não sou mercador. Sou um rei, tão bem-nascido quanto você. Só atraí você para bordo porque estou dominado pelo amor. Quando vi seu retrato em meu palácio, caí no chão, inconsciente.

A princesa do Telhado de Ouro se convenceu com suas maneiras gentis, seu coração se comoveu e ela concordou em casar com ele.

Enquanto o navio singrava as ondas, João Fiel, sentado na proa, tocava violino. Nesse momento, três corvos vieram voando em torno do navio e pousaram no gurupés. Ele parou de tocar e ouviu o que eles estavam dizendo, porque falava a língua dos pássaros.

O primeiro disse: — *Kraak!* Olhe! A princesa do Telhado de Ouro! O príncipe está levando a princesa com ele!

O segundo disse: — É, mas ele ainda não conquistou a princesa.

O terceiro disse: — Conquistou, sim! *Kraak!* Olhe só, ela está sentando ao lado dele.

— Não vai ser nada bom para ele — disse o primeiro corvo. — Assim que pisarem em terra, um cavalo castanho vai correr para saudar os dois. O príncipe vai tentar montar nele. *Kraak!* Mas, se montar, o cavalo vai saltar no ar, levar o príncipe embora e ele nunca mais vai ver a princesa outra vez.

— *Kraak!* — disse o segundo corvo. — Não tem jeito de impedir isso?

— Tem, claro que tem, mas eles não sabem. Se alguma outra pessoa saltar para a sela, pegar a arma do coldre e matar o cavalo, o rei estará em segurança. *Kraak!* Mas quem fizer isso não deve nunca contar ao rei por que fez isso, porque se contar, vai se transformar em pedra até os joelhos.

— Eu sei mais que isso — disse o segundo corvo. — Mesmo que o cavalo seja morto, o rei não estará em segurança. Quando ele entrar no palácio, encontrará numa bandeja de ouro um lindo manto de casamento preparado para ele. Parecerá ser feito de ouro e prata, mas é feito de enxofre e piche e, se ele vestir, vai queimar sua pele até os ossos. *Kraak!*

— Sem dúvida, dessa ele não terá como escapar — disse o terceiro corvo.

— Ah, tem, sim, mas ninguém sabe como. Alguém usando luvas pode pegar o manto e jogar no fogo, onde ele queimará em segurança e o rei nada sofrerá. *Kraak!* Mas se a pessoa contar ao rei por que fez isso, se transformará em pedra dos joelhos até o coração.

— Que triste sina! — disse o terceiro corvo. — E os perigos não terminam aí, não. Mesmo que o manto se queime, acho que não é destino do rei casar com sua noiva. Depois da cerimônia, quando o baile começar, a jovem rainha, de repente, vai ficar pálida e cair no chão como morta.

— E terá salvação? — perguntou o primeiro corvo.

— Com a maior facilidade, se alguém souber como. Tudo o que é preciso é erguer a princesa do chão, morder seu seio direito, tirar três gotas de sangue e cuspir fora. Então ela volta à vida. Mas, se a pessoa que fizer isso contar ao rei por que fez isso, seu corpo inteiro se transformará em pedra, do alto da cabeça até a sola dos pés. *Kraak!*

E os corvos voaram embora. João Fiel tinha entendido cada palavra e a partir de então ficou calado e tristonho. Se ele não fizesse o que os corvos disseram, seu senhor ia morrer, porém, se explicasse ao rei por que ia fazer essas coisas estranhas, seria transformado em pedra.

Mas acabou dizendo a si mesmo: — Bom, ele é o meu senhor e vou salvar a vida dele mesmo que tenha de perder a minha.

Quando atracaram, aconteceu exatamente o que o corvo disse. Um magnífico cavalo castanho veio galopando, com sela e arreios de ouro.

— Um bom sinal! — disse o rei. — Ele pode me levar ao palácio.

Quando estava para saltar para a sela, João Fiel o empurrou e saltou no lugar dele. Um momento depois, tirou a arma do coldre da sela e matou o cavalo.

Os outros criados do rei nem ligaram para João, disseram apenas: — Que pena matar um cavalo tão bonito! E, além do mais, empurrar o rei desse jeito, justamente quando ele ia galopar até o palácio.

— Calem a boca — disse o rei. — É de João Fiel que estão falando. Tenho certeza de que ele teve uma boa razão para isso.

Foram para o palácio e lá, no salão, havia um belo manto arrumado em cima de uma bandeja de ouro como o corvo havia dito. João Fiel estava observando atento, e assim que o rei estendeu a mão para pegar o manto, João, com as mãos enluvadas, arrebatou o manto e jogou no fogo. O manto ardeu vivamente.

Os outros criados cochicharam de novo: — Viram isso? Viram o que ele fez? Queimou o manto de casamento do rei!

Mas o jovem rei disse: — Basta disso! Tenho certeza de que João Fiel teve uma boa razão. Deixem João em paz.

Então, celebrou-se o casamento. Terminada a cerimônia, começou o baile e João Fiel ficou num lado do salão, sem tirar os olhos da rainha. De repente, ela ficou pálida e caiu no chão. João correu imediatamente para ela, carregou-a e levou para o quarto real. Deitou-a na cama, ajoelhou-se e primeiro mordeu seu seio direito, depois sugou três gotas de sangue e em seguida cuspiu. Ela abriu os olhos de imediato, olhou em torno, sentou-se respirando normalmente, perfeitamente bem outra vez.

O rei tinha visto tudo e, sem entender por que João havia se comportado daquela forma, se zangou, ordenando que os guardas o levassem para a prisão imediatamente.

Na manhã seguinte, João Fiel foi condenado à morte e levado à forca. Parado no cadafalso, com a corda no pescoço, ele disse: — Todo condenado à morte tem o direito a dizer suas últimas palavras. Tenho esse direito?

— Tem — disse o rei. — Você tem esse direito.

— Fui condenado injustamente — disse João Fiel. — Sempre fui leal ao senhor, majestade, assim como fui ao seu pai. — E contou toda a conversa dos corvos que tinha ouvido na proa do navio e como havia feito aquelas coisas estranhas para salvar da morte o rei e a rainha.

Ao ouvir isso, o rei gritou: — Ah, meu fiel João Fiel! Um indulto! Um indulto que perdoa você! Desçam João Fiel imediatamente!

Mas uma coisa estranha estava acontecendo com João: enquanto dizia suas últimas palavras, seus pés, depois suas pernas, em seguida seu tronco e braços e finalmente a cabeça se transformaram em pedra.

O rei e a rainha foram dominados pela tristeza.

— Ah, que triste recompensa por sua lealdade a nós! — disse o rei. E ordenou que a figura de pedra fosse levada ao seu quarto e colocada ao lado de sua cama. Cada vez que olhava a imagem, lágrimas corriam por seu rosto e ele dizia: — Ah, se ao menos eu pudesse trazer você de volta à vida, meu querido, mais que fiel João Fiel!

O tempo passou e a princesa deu à luz gêmeos, que eram saudáveis e felizes e se tornaram sua grande alegria. Um dia, quando a rainha estava na igreja, os dois meninos brincavam no quarto de seu pai, o rei, que olhou a figura de pedra e disse, como sempre dizia: — Ah, meu querido João Fiel, se ao menos pudesse trazer você de volta à vida!

E, para sua surpresa, a pedra começou a falar e disse: — Pode me trazer de volta à vida se sacrificar aquilo que mais ama.

O rei disse: — Por você eu daria tudo o que tenho!

A pedra continuou: — Se cortar a cabeça de seus filhos com suas próprias mãos e borrifar seu sangue em mim, eu voltarei à vida.

O rei ficou horrorizado. Matar seus próprios filhos amados! Que terrível preço a pagar! Mas lembrou como João Fiel dera sua própria vida por aqueles que servia e transformado em aço o próprio coração; tirou a espada e cortou num instante a cabeça dos dois filhos. E, quando borrifou com seu sangue a figura de pedra, ela se transformou em carne outra vez, a começar pela cabeça, descendo até os pés, e ali estava João Fiel, são e salvo.

Ele disse ao rei: — O senhor foi fiel a mim, majestade, e não ficará sem recompensa.

E João pegou a cabeça dos meninos, colocou-as no lugar, esfregou os pescoços com seu próprio sangue e eles se sentaram, piscaram os olhos, vivos de novo, e continuaram correndo e brincando como se nada tivesse acontecido.

O rei ficou exultante. E quando ouviu a rainha voltando da igreja, fez João e os filhos se esconderem dentro do guarda-roupa. Quando ela entrou, ele disse: — Querida, você foi rezar?

— Fui — ela respondeu —, mas o tempo todo pensava em João Fiel e na coisa horrível que aconteceu com ele por nossa causa.

— Bom — disse o rei —, podemos trazer João Fiel de volta à vida, mas terá um alto preço. Temos de sacrificar nossos dois filhos.

A rainha ficou pálida e o horror quase parou seu coração. Mas ela disse: — Devemos isso a ele, por sua grande lealdade.

O rei se alegrou porque sua resposta foi igual à dele. Abriu o guarda-roupa e de dentro saíram João Fiel e os dois meninos.

— Deus seja louvado! — disse o rei. — João Fiel está salvo e nossos dois filhos vivos também!

Ele contou à rainha o que havia acontecido. E depois disso viveram felizes até o fim de suas vidas.

* * *

Tipo de conto: ATU 516, "João Fiel".
Fonte: história contada aos irmãos Grimm por Dorothea Viehmann.
Histórias semelhantes: "Koschey, o imortal", de Alexander Afanasiev (*Russian Fairy Tales*).

Esta história tem diversos temas intrigantes: o retrato que tem de ser escondido, o conhecimento fatal adquirido por ouvir o que dizem os pássaros, o terrível destino do pobre João e o horrendo dilema enfrentado pelo rei.

A história de Afanasiev não é firme e bem construída como a versão dos Grimm, que passa com grande rapidez e perícia de acontecimento a acontecimento. Assim como em outros contos, percebe-se neste a mão organizadora de Dorothea Viehmann (veja nota para "O enigma", p. 146).

Os doze irmãos

Era uma vez um rei e uma rainha que juntos viviam felizes e governavam bem o seu reino. Tinham doze filhos e todos eram meninos.

Um dia o rei disse à esposa: — Você está grávida de nosso décimo terceiro filho. Se dessa vez for uma menina, os outros doze devem morrer. Quero que ela herde o reino e toda a minha fortuna.

E para mostrar que estava falando sério, mandou fazer doze caixões. Cada um deles cheio com aparas de madeira e na cabeceira de cada um deles um travesseiro de penas e uma mortalha dobrada. Ele trancou todos numa sala e deu a chave à rainha.

— Não conte isso a ninguém — disse.

A mãe chorava o dia inteiro, até que o filho mais novo, chamado Benjamin por causa de um menino da Bíblia, perguntou: — Mãe, por que está tão triste?

— Meu filho querido — ela disse —, não posso contar.

Mas ele não ficou satisfeito com a resposta. Não a deixou em paz até ela destrancar o quarto e mostrar para ele os doze caixões de defunto enfileirados, com as aparas de madeiras, os travesseiros e as mortalhas dobradas.

Chorando ao falar, ela disse: — Meu querido Benjamin, estes caixões são para você e seus irmãos. Se esta criança que estou esperando for uma menina, vocês serão todos mortos e enterrados neles.

Benjamin abraçou a mãe e disse: — Não chore, mãe. Nós vamos fugir e cuidar da nossa vida.

— Isso! — disse ela. — É uma boa ideia. Vão para a floresta e encontrem a árvore mais alta que puderem. De lá vigiem a torre do castelo. Se eu der à luz um menino, ergo uma bandeira branca; se der à luz uma menina, ergo uma bandeira vermelha, e então vocês devem fugir o mais depressa possível. Que Deus proteja a todos! Vou levantar toda noite e rezar por vocês. No inverno vou rezar para que tenham sempre um fogo para se aquecer e no verão vou rezar para que não sofram com o calor.

Depois de dar sua bênção aos doze irmãos, eles partiram para a floresta. Alternavam-se na vigilância num alto carvalho e depois que onze dias se passaram e chegou a vez de Benjamin, ele viu uma bandeira sendo hasteada; mas não era uma bandeira branca, era uma bandeira vermelha.

Ele desceu da árvore e contou para os irmãos. Eles ficaram furiosos.

— Por que temos de sofrer por causa de uma menina? — perguntaram. — Vamos nos vingar! Toda menina que cruzar nosso caminho haverá de se arrepender. Seu sangue vermelho correrá!

Foram mais longe e, no coração mais escuro e mais profundo da floresta, encontraram um chalé. Sentada na porta, com sua mala feita, havia uma velhinha.

— Até que enfim chegaram! — ela disse. — Deixei o chalé bem limpo e quentinho para vocês. Plantei doze lírios aqui debaixo da janela. Enquanto esses lírios florescerem, vocês estarão seguros. Agora, tenho de ir embora.

E pegou a sua mala e desapareceu num caminho escuro antes que eles pudessem dizer uma palavra.

— Bom, vamos viver aqui — disseram. — Parece bastante confortável, e ela disse de fato que era para nós. Benjamin, você é o mais novo e o mais fraco, então pode ficar em casa e cuidar das coisas. Nós vamos caçar para comer.

Então os irmãos mais velhos saíam para a floresta todos os dias e caçavam coelhos, veados, aves, tudo o que pudessem comer. Levavam para casa, Benjamin cozinhava e servia a mesa para eles. Passaram dez anos no pequeno chalé, onde estavam seguros e o tempo correu depressa.

Enquanto isso, a filhinha crescia. Revelou-se uma menina de bom coração, lindo rosto e uma estrela dourada na testa. Um dia, quando toda a roupa do palácio tinha sido lavada, ela viu doze camisas de linho penduradas no varal, cada uma um pouquinho menor que a outra, e perguntou a sua mãe: — De quem são essas camisas, mãe? São pequenas para o papai.

A rainha respondeu com o coração pesado: — Pertencem a seus doze irmãos, querida.

— Eu não sabia que tinha doze irmãos! — exclamou a menina. — Onde eles estão?

— Só Deus sabe. Foram para a floresta e agora podem estar em qualquer parte. Venha comigo, querida, e eu conto tudo para você.

Levou a menina ao quarto trancado e mostrou a ela os doze caixões com as aparas de madeira, os travesseiros, as mortalhas dobradas.

— Esses caixões foram feitos para seus irmãos — explicou —, mas eles fugiram antes de você nascer. — E contou a ela tudo o que havia acontecido.

A menina disse: — Não chore, mãe! Vou procurar meus irmãos. Tenho certeza de que encontro.

E ela passou as doze camisas, dobrou direitinho e partiu para a floresta. Andou o dia inteiro e à noite chegou ao pequeno chalé.

Entrou e encontrou um rapaz jovem. Ele perguntou: — Quem é você? De onde veio?

Ele sabia que era uma princesa por causa das roupas finas, mas ficou surpreso com a beleza dela e com a estrela dourada na testa.

— Sou uma princesa — ela disse — e estou procurando meus doze irmãos. Prometi que andava até o fim do azul do céu para encontrar meus irmãos.

E mostrou a ele as doze camisas, cada uma um pouco menor que a outra. Benjamin percebeu na mesma hora que aquela menina era sua irmã e disse: — Você nos encontrou! Sou seu irmão mais novo e meu nome é Benjamin.

Ela chorou de alegria. Os dois se abraçaram e se beijaram carinhosamente.

Mas quando ele se lembrou do voto de seus irmãos, disse: — Querida irmã, tenho de avisar que meus irmãos juraram que toda menina que encontrassem morreria, porque foi por causa de uma menina que perdemos nosso reino.

Ela disse: — De boa vontade entrego a minha vida se puder libertar meus irmãos de seu exílio.

— Não — disse ele —, você não pode morrer. Não vou deixar que isso aconteça. Entre aqui, debaixo deste barril, até nossos irmãos voltarem, e eu dou um jeito em tudo.

Ela obedeceu. Quando eles voltaram da caçada ao anoitecer, sentaram para comer e perguntaram a Benjamin: — Alguma novidade?

— Vocês não sabem? — ele perguntou.

— Saber o quê?

— Vocês passam o dia inteiro na floresta e eu fiquei aqui dentro de casa, mas mesmo assim sei mais que vocês.

— Sabe o quê? Conte!

— Vou contar — disse ele —, mas só se vocês prometerem que não matam a próxima menina que virem.

Eles já estavam tão curiosos que gritaram: — Nós prometemos, sim! Vamos ser bonzinhos! Agora conte!

Então ele disse: — Aqui está a nossa irmã. — E levantou o barril.

A princesa saiu, com suas roupas reais, tão linda com a estrela dourada na testa, tudo nela era delicado, bom, perfeito.

Todos choraram de alegria, abraçaram e beijaram a irmã e a amaram imediatamente.

Desde então, ela passou a ficar em casa com Benjamin e ajudava no trabalho doméstico. Os onze irmãos mais velhos saíam para caçar na floresta todos os dias e traziam veados, pombos, javalis, e a irmã e Benjamin preparavam tudo para a mesa. Juntavam lenha para o fogo e colhiam ervas para a comida, para que o jantar sempre estivesse pronto assim que os outros voltassem para casa, mantinham a casa em ordem, varriam o chão, faziam as camas, e a irmã lavava toda a roupa e pendurava as camisas, cada uma um pouquinho menor que a outra, para secar ao sol.

Um dia, haviam preparado um bom jantar e estavam sentando à mesa para comer quando a irmã pensou que um pouco de salsinha picada ficaria muito bem no ensopado. Então saiu e colheu um punhado na horta. Quando viu doze lindos lírios debaixo da janela, pensou que os irmãos iam gostar das flores decorando a mesa.

Mas, no momento em que cortou os lírios, o chalé desapareceu, os doze irmãos se transformaram em doze corvos que voaram para as árvores com um grito tristonho e desapareceram. A pobre menina se viu na pequena clareira da floresta completamente sozinha.

Olhou em torno, desalentada, e viu uma velhinha parada ali perto.

— Minha filha, o que você fez? — perguntou a velhinha. — Agora seus irmãos se transformaram em doze corvos e não há como serem transformados de volta.

— Não tem jeito mesmo? — a menina perguntou, tremendo.

— Bom, tem um jeito — disse a velhinha —, mas é tão difícil que ninguém pode conseguir.

— Me conte! Me conte, por favor! — pediu a menina.

— Você tem de ficar calada durante sete anos inteiros, sem falar nunca, nem rir. Se disser uma só palavra, mesmo que seja no último minuto do último dia do último ano, será tudo inútil, porque seus irmãos serão todos mortos por essa única palavra.

E a velhinha foi embora depressa por um caminho escuro antes que a menina pudesse dizer qualquer coisa.

Mas em seu coração ela disse: "Eu *consigo*! *Sei* que consigo! Vou salvar meus irmãos, vou mesmo!"

Escolheu uma árvore alta, subiu entre os galhos, onde sentou fiando e pensando: "Não fale! Não ria!"

Ora, aconteceu que de vez em quando um rei ia caçar nessa parte da floresta. Esse rei tinha um cão de caça que era seu favorito e, quando estavam seguindo uma trilha, o cachorro de repente correu até uma árvore, começou a latir, tentando trepar nela. O rei foi atrás e, ao ver a princesa com a estrela de ouro na testa, ficou tão impressionado com sua beleza que se apaixonou na mesma hora. Ele a chamou e perguntou se queria ser sua esposa.

Ela não disse nem uma palavra, mas fez que sim com a cabeça e ele entendeu que ela havia entendido. Ele subiu na árvore para ajudá-la a descer, montou-a em seu cavalo e foram juntos para casa.

O casamento foi celebrado com grande alegria e festas, mas as pessoas notaram o estranho silêncio da noiva. Ela não só não falava, como não ria.

No entanto, foi um casamento feliz. Mas depois de passarem alguns anos juntos, a mãe do rei começou a falar mal da jovem rainha. Ela dizia ao rei: — Essa infeliz que você trouxe para casa não é melhor que uma mendiga. Quem pode saber as maldades que está pensando? Ela até pode ser muda, mas qualquer boa pessoa pode rir de vez em quando. Quem não dá risada nunca tem algum peso na consciência, pode ter certeza.

No começo, o rei não quis ouvir esse tipo de coisas, mas com o correr dos dias a velha falava e falava, inventando todo tipo de maldades para acusar a jovem rainha, e o rei finalmente começou a acreditar que ela devia ter razão. A jovem rainha foi acusada num tribunal dominado pelos favoritos da velha e eles não hesitaram em condená-la à morte.

Foi erguida uma grande fogueira no pátio, onde ela morreria queimada. O rei ficou olhando de uma janela no alto, lágrimas correndo pelo rosto, pois ele ainda a amava profundamente. Ela foi amarrada à estaca e o fogo vermelho já estava subindo, lambendo sua roupa, quando no último momento os sete anos se completaram.

Então, os doze corvos baixaram, voando, o som de suas asas dominando o pátio. Assim que seus pés tocaram o chão, se transformaram nos irmãos outra vez e correram para a fogueira, chutando os troncos em chamas. Desamarraram a irmã, apagaram as fagulhas que começavam a queimar seu vestido. Eles a beijaram, abraçaram e a tiraram da estaca.

Quanto à jovem rainha, ela estava rindo e falando melhor do que nunca. O rei ficou muito surpreso. Agora que podia falar, ela contou por que havia ficado tanto tempo em silêncio. Ele exultou ao ouvir que sua amada era inocente de todas as coisas terríveis de que sua mãe a acusava.

Então foi a vez de a velha ser acusada, e o tribunal não teve nenhum problema em considerá-la culpada. Ela foi posta dentro de um barril cheio de cobras venenosas e óleo fervendo e não durou muito depois disso.

* * *

Tipo de conto: ATU 451, "A donzela que sai em busca de seus irmãos".
Fonte: história contada aos irmãos Grimm por Julia e Charlotte Ramus.
Histórias semelhantes: "Os cisnes mágicos", de Alexander Afanasiev (*Russian Fairy Tales*); "Os sete irmãos", de Katharine M. Briggs (*Folk Tales of Britain*); "O bezerro de chifres de ouro" e "Os doze bois", de Italo Calvino (*Italian Folktales*); "Os sete corvos", de Jacob e Wilhelm Grimm (*Children's and Household Tales*).

Esse conto tem muitos primos e é fácil ver por quê. O charme do coro de irmãos quase idênticos, que se transformam em aves; da irmã que sem saber provoca a transformação e é colocada diante de uma proibição quase impossível de respeitar; de sua fidelidade e coragem e do destino terrível que parece a ponto de vencê-la, do *timing* perfeito da volta dos irmãos, do som de suas asas batendo — todo esse charme constrói uma história muito bonita.

A versão dos Grimm é descuidada na questão do chalé mágico e dos lírios. Introduzi a velhinha antes do que ela aparece no original, por questão de ritmo.

Um detalhe interessante é que a mãe do rei é primeiro chamada de *Mutter* e poucas frases adiante de *Stiefmutter*, como corrigindo um equívoco anterior. O que ela é, afinal, mãe ou madrasta? Não é a única vez que essa questão surgirá. O contador tem de resolver; ninguém mais pode fazê-lo.

Irmãozinho e Irmãzinha

Irmãozinho pegou Irmãzinha pela mão.

— Escute — ele sussurrou —, desde que nossa mãe morreu não fomos felizes nem uma hora. A madrasta bate na gente todo dia e a caolha da filha dela nos chuta sempre que tentamos chegar perto dela. Além disso, só comemos migalhas de pão velho. O cachorro debaixo da mesa come melhor do que nós; ele sempre ganha um bom pedaço de carne. Deus nos guarde, se nossa mãe pudesse ver como vivemos! Vamos fugir juntos para o mundo. Mesmo como mendigos, a vida não pode ser pior.

A Irmãzinha concordou, porque cada palavra que seu irmão dizia era verdade.

Esperaram até a madrasta tirar uma soneca e saíram de casa, fechando a porta bem quietinhos ao passar. Andaram o dia inteiro por campos e campinas, por pastos e areais. Começou a chover e a Irmãzinha disse: — Deus está chorando agora e nossos corações choram com ele.

À noite, chegaram à floresta. Estavam tão exaustos, com tanta fome e tão tristes, com tanto medo do escuro a baixar em torno deles, que tudo o que conseguiram fazer foi subir em uma árvore oca e adormecer.

Quando acordaram de manhã, o sol já estava brilhando até lá dentro da árvore.

Irmãozinho disse: — Irmã, acorde! Já está quente e ensolarado e eu estou com sede. Acho que estou ouvindo uma fonte. Venha, vamos beber água!

Irmãzinha acordou também e de mãos dadas foram em busca da fonte que escutavam correr entre as árvores.

Ora, o problema era que a madrasta deles era uma bruxa. Conseguia enxergar de olhos fechados e estava vigiando as crianças o tempo inteiro quando saíram da casa na ponta dos pés. Ela foi atrás deles, como fazem as bruxas, deitada rente ao chão, enfeitiçou todas as fontes da floresta e voltou para casa.

Irmãozinho e Irmãzinha logo encontraram a fonte que estavam ouvindo e viram a água fria e transparente brilhando ao correr sobre as pedras. Parecia tão gostosa que os dois se abaixaram para beber.

Mas Irmãzinha havia aprendido a ouvir o que a água corrente diz e ouvia a fonte falando. Quando Irmãozinho já estava levando a água nas mãos em concha até a boca, ela gritou: — Não beba! A fonte está enfeitiçada. Quem beber dessa água vira um tigre. Devolva, devolva! Você vai me estraçalhar!

Irmãozinho fez o que ela dizia, mesmo com muita sede. Foram andando e logo encontraram outra fonte. Dessa vez, ela ajoelhou primeiro e escutou bem perto da água.

— Não, não beba desta também! — disse Irmãzinha.
— "Quem beber a minha água se transforma em lobo", a fonte falou. Acho que é outro feitiço da madrasta.

— Mas estou com tanta sede! — disse Irmãozinho.

— Se você virar um lobo, vai me devorar na mesma hora.

— Prometo que não!

— Lobos não cumprem promessas. Deve haver alguma fonte que não esteja enfeitiçada. Vamos procurar.

Não demorou muito, encontraram uma terceira fonte. Dessa vez, Irmãzinha se abaixou e ouviu com todo o cuidado o que a água dizia: "Quem beber da minha água em gamo se transformará. Quem beber a minha água em gamo se transformará."

Ela virou para falar com o irmão, mas era tarde demais. Ele estava com tanta sede que tinha pulado inteiro dentro da fonte e mergulhou o rosto na água. Na mesma hora seu rosto mudou, ficou mais comprido, coberto de pelos finos, seus membros se transformaram em patas de gamo e ele se levantou, cambaleando, incerto: ali estava, um jovem gamo, um cervo.

Irmãzinha viu que olhava em torno, nervoso, pronto para fugir, e abraçou o seu pescoço.

— Irmão, sou eu! Sua irmã! Não fuja, senão vamos nos perder para sempre! Ah, o que você fez, meu pobre irmão? O que você fez?

Ela chorou e o gamo chorou também. Por fim, Irmãzinha se controlou e disse: — Pare de chorar, meu gamo querido. Eu nunca vou te abandonar, nunca. Venha, vamos fazer o melhor possível nessa situação.

Pegou o cinto dourado que estava usando e amarrou no pescoço do gamo. Depois, trançou uns babados e fez uma corda, que amarrou no cinto. E, levando assim seu irmão, ela seguiu, entrando mais e mais fundo na floresta.

Depois de andarem muito tempo, chegaram a uma clareira, onde havia uma casinha.

Irmãzinha parou e olhou em torno. Estava tudo muito quieto. O jardim era bem cuidado e a porta da casa estava aberta.

— Alguém em casa? — ela falou.

Ninguém respondeu. Ela e o gamo entraram, e era a casinha mais arrumada e limpa que já se viu. A madrasta, a bruxa, não ligava para arrumação, e sua casa era sempre fria e suja. Mas aquela casinha era uma delícia.

— O que nós vamos fazer — disse Irmãzinha ao gamo — é cuidar desta casinha muito bem, deixar tudo sempre limpo e arrumado para o dono dela. Assim não vão ficar bravos se a gente morar aqui.

Ela falava com o gamo o tempo inteiro. Ele entendia bastante e obedecia quando ela dizia: — Não coma as plantas do jardim e, quando quiser fazer xixi ou a outra coisa, vá lá fora.

Com musgo macio e folhas secas, ela fez para ele uma cama na lareira. Toda manhã ela saía e colhia comida para ele: frutinhas silvestres, nozes, raízes bem gostosas. Na horta, havia cenouras, feijão, repolho e ela sempre cortava bastante grama fresca para o gamo, que comia da sua mão. Ele ficava feliz de brincar em torno dela e à noite, quando a Irmãzinha já havia se lavado e feito suas orações, ela se deitava com a cabeça apoiada no gamo, como se fosse um travesseiro. Se Irmãozinho ainda fosse humano, a vida deles seria perfeita.

Assim viveram durante algum tempo. Mas, um dia, aconteceu que o rei promoveu uma grande caçada na floresta. As árvores ressoaram com o som das trompas de caça, o latido dos cachorros, os gritos alegres dos caçadores. O gamo espetou as orelhas e sentiu muita vontade de participar da caçada.

— Deixe eu ir, Irmã! — ele implorou. — Faço qualquer coisa para ir caçar com eles!

Ele tanto insistiu que ela deixou.

— Mas tome todo cuidado para voltar hoje à noite — ela disse, abrindo a porta. — Vou trancar a porta para o caso de algum caçador maluco vir para este lado; então, para eu saber que é você, bata na porta e diga: "Irmã, pode abrir, seu irmão está aqui." Se não disser essas palavras, não abro a porta.

O jovem gamo saiu correndo como um raio pela porta aberta, saltando entre as árvores. Nunca havia se sentido tão bem, tão feliz, tão livre, como na hora que os caçadores o viram e começaram a correr atrás, sem conseguir pegá-lo. Sempre que chegavam perto e achavam que dessa vez não iam errar o alvo, ele saltava para os arbustos e desaparecia.

Quando já estava escurecendo, ele correu para a casinha e bateu na porta.

— Irmã, pode abrir, seu irmão está aqui.

Irmãzinha abriu a porta, ele trotou alegremente para dentro e contou para ela tudo o que havia acontecido na caçada. E dormiu profundamente a noite inteira.

Quando chegou a manhã e ele ouviu ao longe a música das trompas de caça outra vez, não conseguiu resistir.

— Irmã, por favor! Abra a porta, eu suplico! Tenho de ir para a caçada, senão vou morrer de vontade!

Chateada, Irmãzinha abriu a porta e disse: — Não esqueça da senha quando voltar.

Ele não respondeu, só saiu correndo para a caçada. Quando o rei e seus caçadores viram o gamo com a coleira dourada, começaram de imediato a perseguição. Por urzes e samambaias, por clareiras e matagais, o pequeno gamo correu o dia inteiro, escapando da dura perseguição da caçada. Diversas vezes quase o acertaram e, quando o sol estava se pondo, o tiro de uma espingarda feriu a sua perna. Ele não podia mais correr tão depressa e um dos caçadores conseguiu segui-lo até a casa, viu quando bateu na porta e ouviu quando disse as palavras: "Irmã, pode abrir, seu irmão está aqui."

E o caçador viu a porta se abrir, a menina deixar o gamo entrar e fechar a porta outra vez. Ele foi embora e contou ao rei.

— É mesmo? — o rei comentou. — Bom, então vamos caçar esse gamo com ainda mais afinco amanhã.

Irmãzinha sentiu medo quando viu seu gamo ferido. Lavou o sangue de sua perna e fez uma compressa de ervas para ajudar a sarar. Não era mesmo uma ferida muito séria e, quando acordaram de manhã, o pequeno gamo já havia se esquecido dela. Implorou para sair uma terceira vez.

— Irmã, nem sei como contar a paixão que sinto pela caçada! Tenho de ir senão vou enlouquecer!

Irmãzinha começou a chorar. — Ontem você foi ferido — ela soluçou —, hoje vão te matar. E eu vou ficar sozinha na floresta; pense nisso! Não vou ter mais ninguém no mundo! Não posso deixar você ir, não posso!

— Então vou morrer aqui na sua frente. Quando escuto o som das trompas de caça, sinto cada átomo do meu corpo pular de alegria. Meu desejo é grande demais para mim, Irmã! Eu suplico, abra a porta e me deixe ir.

Ela não conseguiu resistir aos seus apelos e com o coração pesado abriu a porta. Sem olhar para trás, o gamo saltou para fora e galopou para a floresta.

O rei havia ordenado a seus caçadores que não ferissem o gamo de coleira dourada. — Se encontrarem o animal, ergam as armas e segurem os cães. Dez moedas de ouro para o primeiro que avistar o gamo!

Caçaram o gamo por todas as partes da floresta, o dia inteiro, e finalmente, quando o sol estava se pondo, o rei chamou os caçadores.

— Me levem até a casinha. Se não conseguimos caçar o gamo desse jeito, vamos pegar de outro. Como é o versinho que ele diz?

O caçador repetiu o verso para o rei. Quando chegaram à casinha, o rei bateu na porta e disse: — Irmã, pode abrir, seu irmão está aqui.

A porta se abriu na mesma hora. O rei entrou e encontrou a moça mais linda que já tinha visto na vida. Ela se assustou de ver um homem e não seu pequeno gamo, mas o homem estava usando uma coroa de ouro e sorria, bondoso. Ele estendeu a mão e pegou a mão dela.

— Quer vir para o meu castelo? — ele perguntou. — Aceita casar comigo?

— Aceito, sim — disse Irmãzinha. — Mas meu pequeno gamo tem de ir também. Não posso viver sem ele.

— Pois ele virá também — disse o rei. — Viverá tanto quanto você e nada lhe faltará.

E quando ele disse isso, o próprio gamo entrou correndo. Irmãzinha o pegou pela coleira dourada e amarrou nela a corda. O rei pôs a moça montada em seu cavalo e foram para o palácio, o gamo trotando orgulhoso atrás da irmã e do rei.

Pouco depois, foi realizado o casamento e Irmãzinha se tornou rainha. Quanto a Irmãozinho, o gamo, ele tinha todo o jardim do palácio para brincar e uma equipe de criados para cuidar dele: o Tratador da Grama, o Valete dos Chifres e Cascos, e a Criada da Escova Dourada, cujo trabalho era escovar seu pelo todos os dias quando ele ia dormir e tirar qualquer pulga ou percevejo que ele pudesse ter pegado. Assim foram todos muito felizes.

Ora, durante todo esse tempo a madrasta malvada pensava que o irmão e a irmã deviam ter sido despedaçados por animais selvagens. Mas, quando leu no jornal que Irmãzinha havia se tornado uma rainha e que seu companheiro constante era um gamo, não demorou muito para entender o que havia acontecido.

— Aquele menino maldito deve ter bebido na fonte em que eu pus o feitiço do gamo! — disse ela à filha.

— Não é justo — a filha choramingou. — Eu é que devia ser rainha, não ela.

— Pare de reclamar — disse a velha. — Quando chegar a hora, você vai ter o que merece.

O tempo passou e a rainha deu à luz um bebê, um lindo menino. O rei saía para caçar o tempo todo. A bruxa e sua filha foram ao palácio disfarçadas de criadas e conseguiram chegar até o quarto da rainha.

— Venha, majestade — disse a bruxa à rainha que estava deitada, exausta, em sua cama. — Seu banho está pronto. Vai se sentir muito melhor. Venha conosco!

Levaram a rainha e a puseram na banheira. Depois, acenderam um fogo debaixo, um fogo tão grande que a rainha sufocou com a fumaça. Para esconder seu crime, com um passe de mágica fecharam a porta com uma parede e colocaram uma tapeçaria por cima.

— Agora vá para a cama — a bruxa disse à sua filha e, quando a garota estava entre os lençóis, a velha a enfeitiçou para ficar exatamente igual à rainha. A única coisa que não conseguiu disfarçar foi o olho que faltava.

— Deite com esse lado da cabeça no travesseiro — ela disse —, e se alguém falar com você, resmungue apenas.

Quando o rei voltou essa noite e soube que tinha um filho, ficou muito contente. Foi até o quarto de sua mulher e ia abrir a cortina para ver como ela estava, mas a falsa criada falou: — Não, majestade! Não abra a cortina de jeito nenhum! Ela precisa descansar e não deve ser incomodada.

O rei saiu na ponta dos pés e não descobriu que uma falsa rainha estava deitada na cama.

Nessa noite, o gamo não conseguia dormir em seu estábulo. Ele subiu a escada até o quarto onde estava o bebê e se recusou a sair de lá. Teve de fazer isso sem explicar nada, porque desde a morte da rainha havia perdido o dom da fala. Então se deitou ao lado do berço e adormeceu.

À meia-noite, a babá que dormia no quarto acordou de repente e viu a rainha entrando no quarto do bebê. Ela parecia estar molhada dos pés à cabeça, como se tivesse acabado de sair do banho. Ela se curvou sobre o berço, beijou o bebê, fez um carinho no gamo e disse:

Como está o meu gamo? Como está meu bebê?
Virei duas vezes mais, depois vou desaparecer.

E saiu sem dizer mais nada.

A babá ficou com tanto medo que não contou a ninguém. Achava que a rainha ainda estava deitada, se recuperando do parto.

Mas na noite seguinte a mesma coisa aconteceu outra vez, só que dessa vez a rainha parecia estar coberta de pequenas chamas e disse:

Como está o meu gamo? Como está meu bebê?
Virei uma vez mais, depois vou desaparecer.

A babá achou que devia contar ao rei. Então, na noite seguinte, ele ficou junto com o bebê no quarto. E quando soou a meia-noite, mais uma vez a rainha entrou. Dessa vez estava envolta em densa fumaça negra.

O rei gritou: — Meu Deus, o que é isso?

A rainha o ignorou, foi olhar o gamo e o bebê, como das outras vezes e disse:

Como está o meu gamo? Como está meu bebê?
Vim pela última vez... tenho de desaparecer.

O rei tentou abraçá-la, mas ela se desmanchou em fumaça, dissolveu-se entre seus braços e misturou-se ao ar.

O gamo puxou a manga do rei e o levou até o lugar onde a tapeçaria estava pendurada. Puxou a tapeçaria e bateu na parede com seus pequenos chifres. O rei entendeu e mandou os criados derrubarem a parede. Com toda a confusão, a falsa rainha saiu da cama e sem que ninguém notasse foi embora na ponta dos pés. Quando a parede caiu, descobriu a banheira toda preta de fuligem e o corpo da rainha deitada, limpa, pálida e bonita dentro da água.

O rei gritou: — Minha esposa! Minha querida esposa!

Curvou-se para abraçar seu corpo e pela graça de Deus ela voltou à vida. Contou ao rei o crime horrível que havia sido cometido e o rei mandou seu mensageiro mais veloz até o portão do castelo, bem a tempo de o vigia prender a bruxa e sua filha quando tentavam escapar.

As duas foram levadas a julgamento. A sentença foi pronunciada: a filha seria levada à floresta para ser devorada pelos animais ferozes e a bruxa seria queimada. Assim que a velha se reduziu a cinzas, seu feitiço se desfez e o gamo se transformou de volta no Irmãozinho, humano outra vez. Ele e Irmãzinha viveram felizes para o resto de suas vidas.

* * *

Tipo de conto: ATU 450, "Irmãozinho e Irmãzinha".
Fonte: história contada aos irmãos Grimm pela família Hassenpflug.
Histórias semelhantes: "Irmã Alionushka, irmão Ivanushka", de Alexander Afanasiev (*Russian Fairy Tales*); "Ninnillo e Nennella", de Giambattista Basile (*The Great Fairy Tale Tradition*, org. Jack Zipes); "O Carneirinho e o Peixinho", "Três homenzinhos na floresta", de Jacob e Wilhelm Grimm (*Children's and Household Tales*); "Alenoushja e seu irmão", de Arthur Ransome (*Old Peter's Russian Tales*).

Uma das poucas histórias de fantasma da coleção e semelhante nisso a "Os três homenzinhos na floresta" (p. 82).

Segundo David Luke, em sua introdução a *Brothers Grimm: Selected Tales*, a primeira transcrição da história em 1812 tinha apenas um riacho enfeitiçado, de forma que o irmão se transforma em gamo imediatamente, mas Wilhelm Grimm acrescentou, em edições posteriores, as outras duas fontes para respeitar o número três, característico dos contos de fadas.

O conto narrado pelos Grimm começa bem e continua mal. A parte final tem vários vazios insuperáveis e transições que deixam o leitor no mínimo intrigado: se a madrasta e a rainha mataram Irmãzinha no banheiro da rainha, o que aconteceu com o corpo? Por que o gamo não falou ao ver o fantasma? De fato, por que o gamo não faz absolutamente nada? Por que a babá não disse nada sobre a aparição da rainha até "muitas noites" terem se passado? A filha da bruxa ficou na cama esse tempo todo?

Essas coisas não são apenas algo com que os contos de fada não se preocupam, e para as quais seria bobagem esperar uma resposta. Essas coisas são mais do que isso: são má narrativa. Achei que era possível lidar com elas e melhorar a história.

Rapunzel

Era uma vez um casal que queria muito ter um filho, mas não conseguiu durante um bom tempo. Por fim, um dia, a esposa notou os sinais inconfundíveis de que Deus havia atendido seus pedidos.

Ora, na parede da casa deles, havia uma janelinha que dava para um magnífico jardim, cheio de todo tipo de frutas e vegetais. Havia um alto muro em torno desse jardim, e ninguém ousava entrar lá, porque pertencia a uma bruxa muito poderosa que era temida por todos. Um dia, a mulher estava parada à janelinha e viu um canteiro de rapôncio ou rapunzel. Estavam tão frescos e verdes que ela ficou com vontade de comer uma salada deles; essa vontade foi ficando mais forte a cada dia, a tal ponto que ela acabou doente de verdade.

O marido, alarmado com seu estado, disse: — Minha querida esposa, qual é o problema?

— Ah — ela disse —, se eu não comer aquele rapunzel do jardim atrás da nossa casa, vou morrer.

O homem amava muito sua esposa e pensou: "Não posso deixar minha querida mulher morrer, preciso conseguir rapunzel para ela, custe o que custar."

Então, quando a noite estava caindo, ele pulou o muro alto e entrou no jardim da bruxa, onde colheu um lindo pé de rapunzel. Voltou depressa e entregou a sua mulher, que imediatamente fez uma salada e comeu com apetite.

Estava gostoso. De fato, estava tão gostoso que sua vontade de comer rapunzel foi ficando mais e mais forte, e ela implorou a seu marido que fosse lá e colhesse mais. Então, mais uma vez, quando estava escurecendo, ele pulou o muro. Mas assim que pisou no chão e se virou para o canteiro de rapôncios, levou um susto, porque ali estava a bruxa, parada na frente dele.

— Então é você o miserável que está roubando meu rapunzel! — ela disse, fuzilando-o com o olhar. — Vai pagar por isso, ouviu bem?

— É justo — disse o homem. — Não posso nem discutir, mas aceite as minhas desculpas. Eu tive de fazer isso. Minha esposa viu seu rapunzel pela janela ali em cima e sentiu um desejo, a senhora sabe como é; uma vontade tão forte que achou que ia morrer se não comesse este rapunzel. Eu não tive escolha.

A bruxa entendeu seus motivos. A raiva sumiu de seu rosto e ela balançou a cabeça.

— Entendo — disse. — Nesse caso, pode levar quanto rapunzel quiser. Mas com uma condição: a filha que sua mulher vai ter será minha. Ela ficará em perfeita segurança; cuidarei dela como uma mãe.

Cheio de medo, o homem concordou e correu de volta para casa com o rapunzel. Quando em seu devido tempo a esposa deu à luz, a bruxa apareceu ao lado de sua cama e tirou a menina de seus braços.

— Vou chamar esta criança de Rapunzel — disse ela, e desapareceu com o bebê.

Rapunzel cresceu e se tornou a menina mais linda sobre a qual o sol jamais brilhou. Quando tinha doze anos, a bruxa a levou até os confins da floresta e a trancou numa torre sem portas, sem escada, sem janelas, a não ser uma janelinha lá no alto. Quando a bruxa queria subir, gritava assim:

Rapunzel, Rapunzel,
solte o seu cabelo.

O cabelo de Rapunzel era muito bonito, tinha a cor e o brilho do ouro. Quando ouvia o chamado da bruxa, ela prendia o cabelo num gancho e o soltava pela janela, por onde descia até o chão, vinte metros abaixo. E a bruxa subia por seu cabelo até o quartinho no alto da torre.

Ela já estava na torre fazia alguns anos, quando o filho do rei foi, um dia, cavalgar na floresta. Ao chegar perto da torre, ele ouviu um canto tão lindo que parou e ficou escutando. Claro que era a solitária Rapunzel, cantando para passar o tempo. E que linda voz tinha ela.

O príncipe queria subir para conhecer a dona de tão bela voz, mas não conseguiu encontrar nenhuma porta. Ficou intrigado e voltou para casa decidido a ver se havia um jeito de subir naquela torre.

No dia seguinte, o príncipe voltou, mas sem nenhum sucesso. Uma canção tão bonita, e não se via quem cantava! Mas enquanto estava pensando, viu que alguém se aproximava e se escondeu atrás de uma árvore. Era a bruxa. Quando ela chegou embaixo da torre, o príncipe ouviu que dizia assim:

Rapunzel, Rapunzel,
solte o seu cabelo.

Para surpresa dele, despencou pela janela um belo cabelo dourado. A bruxa subiu por ele até o alto e entrou pela janelinha.

"Bom", pensou o príncipe, "se é assim que se sobe, vou tentar subir também."

No dia seguinte, quando estava anoitecendo, ele foi até a torre e gritou:

Rapunzel, Rapunzel,
solte o seu cabelo.

O cabelo desceu até o chão, o príncipe pegou os fios macios e perfumados, subiu até o alto e entrou pela janelinha.

Rapunzel ficou apavorada. Nunca tinha visto um homem na vida. Ele não era nada parecido com a bruxa, portanto era estranho, desconhecido, mas era tão bonito que ela ficou confusa e não sabia o que dizer. Um príncipe, porém, sempre sabe o que dizer, e pediu que ela não sentisse medo. Explicou que tinha ouvido sua voz adorável cantando no alto da torre e não teve mais descanso enquanto não conhecesse quem cantava. E agora que a tinha visto, achava que era ainda mais bonita que sua voz.

Rapunzel ficou encantada com isso e logo perdeu o medo. Na verdade, sentiu grande prazer na companhia do jovem príncipe e contente concordou que a viesse visitar outra vez. Não precisaram muitos dias para essa amizade se transformar em amor e, quando o príncipe a pediu em casamento, Rapunzel aceitou imediatamente.

Quanto à bruxa, no começo ela não desconfiou de nada. Mas, um dia, Rapunzel disse: — Sabe, engraçado, minhas roupas não estão servindo mais. Todos os meus vestidos estão apertados.

A bruxa entendeu na hora o que aquilo queria dizer.

— Menina malvada! — disse ela. — Você me enganou! Todo esse tempo você recebia um amante e, agora, olhe aí as consequências! Bom, vou dar um jeito nisso.

Pegou o lindo cabelo de Rapunzel com a mão esquerda, uma tesoura com a direita e *snip-snap!* os fios dourados pelos quais o príncipe havia subido caíram ao chão.

A bruxa então por mágica transportou Rapunzel a um lugar distante e feio. Lá a pobre moça sofreu muito e depois de alguns meses deu à luz gêmeos, um menino e uma menina. Viviam como mendigos: não tinham dinheiro, nem casa, e só contavam com o que conseguiam mendigar quando Rapunzel cantava. Estavam sempre com fome: no inverno, quase morriam de frio, no verão queimavam debaixo do sol tórrido.

Mas vamos voltar à torre.

Na noite do dia em que a bruxa cortou o cabelo de Rapunzel, o príncipe foi à torre como sempre e chamou:

Rapunzel, Rapunzel,
solte o seu cabelo.

A bruxa estava esperando. Tinha amarrado o cabelo de Rapunzel no gancho perto da janela e, quando ouviu o chamado, jogou o cabelo pela janela como a garota fazia. O príncipe subiu, mas em vez de sua querida Rapunzel, na janela encontrou uma velha feia, enlouquecida de raiva, os olhos brilhando de fúria quando gritou para ele:

— Então é você o namoradinho dela! Conseguiu entrar na torre, conseguiu entrar no coração dela, conseguiu entrar na cama dela, malandro, explorador, pilantra, vira-lata bem-nascido! Bom, o passarinho não está mais no ninho! O gato pegou. O que acha disso, hein? E o gato vai arrancar seus lindos olhos antes de terminar. Rapunzel sumiu, entendeu? Você nunca mais vai ver Rapunzel!

E a bruxa empurrou o príncipe para trás e para trás, até ele cair da janela. Um arbusto de espinheiro amaciou sua queda, mas ao preço terrível de furar seus olhos. Cego no corpo e arrasado no espírito, o príncipe foi embora.

Viveu como mendigo algum tempo, sem saber nem em que terra estava. Mas, um dia, ouviu uma voz conhecida, uma voz que amava, e cambaleou até ela. E, ao se aproximar, ouviu duas outras vozes também, vozes de crianças, que de repente pararam de cantar, porque sua mãe, Rapunzel, havia reconhecido o príncipe e saiu correndo para encontrá-lo.

Os dois se abraçaram, chorando de alegria, e duas lágrimas de Rapunzel caíram nos olhos do príncipe, que assim recuperou a visão. Ele viu sua querida Rapunzel e viu seus dois filhos pela primeira vez.

Então, todos juntos voltaram para o reino do príncipe, onde foram bem recebidos e viveram felizes suas longas vidas.

* * *

Tipo de conto: ATU 310, "A donzela na torre".
Fonte: história contada aos irmãos Grimm por Friedrich Schultz, baseada na "Persinette", de Charlotte-Rose de Caumont de La Force, dos *Les Contes des contes*, 1698.
Histórias semelhantes: "Petrosinella", de Giambattista Basile (*The Great Fairy Tale Tradition*, org. Jack Zipes); "Prezzemolina", de Italo Calvino (*Italian Folktales*).

Assim como "O rei sapo ou Henrique Ferro" (p. 25), Rapunzel sobrevive na mentalidade popular mais como um evento isolado do que como uma narrativa complexa. A imagem de metros de cabelo caindo pela janela da torre é inesquecível. Mas o que acontece antes e depois do episódio do cabelo quase sempre é esquecido. O que dizer dos pobres pais, por exemplo? Eles passam anos desejando ter uma filha e, quando ela nasce, a bruxa a leva embora e não sabemos mais nada deles. Sem dúvida, esse é um dos pontos em que os contos de fadas são diferentes dos romances.

Em versões posteriores dos contos dos irmãos Grimm, Wilhelm Grimm expurgou a conversa de Rapunzel com a bruxa que existia em todas as versões anteriores, inclusive a primeira edição dos Grimm, de 1812. Em vez de revelar sua gravidez dizendo que as roupas não servem mais, Rapunzel pergunta à bruxa por que ela é tão mais difícil de puxar para cima do que o jovem príncipe. Essa mudança não é uma melhoria: a torna tonta, em vez de inocente. Além disso, a história é toda alusiva à gravidez: segundo Marina Warner, em *From the Beast to the Blonde*, a planta específica desejada pela esposa era originalmente salsa, um conhecido abortivo. E também, "Persinette", título da história de La Force em que "Rapunzel" foi baseada, quer dizer "salsinha".

Os três homenzinhos na floresta

Era uma vez um homem cuja esposa morreu e uma mulher cujo marido morreu; o homem tinha uma filha e a mulher também tinha uma filha. As meninas se conheciam, um dia foram dar um passeio juntas e chegaram à casa da mulher.

A mulher puxou a filha do homem de lado e, quando sua filha não estava ouvindo, falou: — Sabe, eu gostaria de casar com seu pai. Diga isso para ele e veja o que ele diz. Se ele disser sim, prometo que você vai ter leite para lavar o rosto todos os dias, o que é muito bom para a pele, e vinho para beber. Enquanto minha filha vai beber somente água. Para mostrar o quanto eu quero casar com ele.

A moça voltou para casa e contou ao pai o que a mulher havia dito.

O homem disse: — Casar com ela? Ah, minha nossa. O que devo fazer? Casar é bom, mas pode ser um tormento também, sabe?

Ele não conseguia se decidir. Por fim, tirou a bota e disse à filha: — Olhe, pegue minha bota. Tem um buraco na sola. Pendure no sótão e encha de água. Se ela segurar a água, eu me caso, se a água escorrer para fora, não caso.

A moça fez o que ele mandou. A água fez o couro inchar e fechou o buraco, de forma que, quando ela encheu a bota, toda a água ficou lá dentro. A moça contou ao pai e ele subiu ao sótão para ver.

— Ora, vejam só! Então, vou ter de casar com ela — falou. — Não se pode voltar atrás no que se disse.

Vestiu sua melhor roupa, foi fazer a corte à mulher e acabaram casando.

Na manhã seguinte, quando as duas moças levantaram, a filha do homem encontrou leite para lavar o rosto e vinho para beber. A filha da mulher só tinha água.

Na segunda manhã, as duas moças tinham só água para se lavar e para beber.

Na terceira manhã, a filha do homem tinha água, mas a filha da mulher tinha leite para lavar o rosto e vinho para beber. E assim foram todas as manhãs depois disso. O fato é que a mulher detestava a enteada e todo dia pensava em novas formas de atormentá-la. Na origem desse ódio estava uma inveja profunda, porque a enteada era bonita e bondosa, enquanto sua própria filha era feia e egoísta e nem o leite mais cremoso melhorava o seu rosto.

Num dia de inverno, quando estava tudo congelado, a mulher fez um vestido de papel. Chamou a enteada e disse:
— Vista isto aqui. Depois, vá até a floresta e colha morangos para mim. Quero morangos e nada mais serve.

— Mas morango não dá no inverno — disse a moça. — Está tudo coberto de neve, o chão mais duro que ferro. E por que devo usar esse vestido? O vento vai atravessar o papel que vai rasgar todo nos espinheiros.

— Não ouse discutir comigo! — disse a madrasta. — Vá logo e não volte enquanto não estiver com o cesto cheio de morangos. — Então, deu para a moça um pedaço de pão mais duro que pedra. — Este é o seu almoço — disse. — Tem de fazer durar o dia inteiro porque dinheiro não dá em árvore.

Em segredo, a madrasta pensou: "Se ela não morrer de frio, haverá de morrer de fome, e nunca mais vou ter de ver a cara dela."

A moça fez o que ela mandou. Vestiu a roupa de papel fino e saiu com o cesto. Claro que havia neve por toda parte e nem uma folha verde à vista, muito menos um morango. Ela não sabia nem onde procurar, então entrou na floresta por um caminho que não conhecia. Logo chegou a uma casinha que era da sua altura. Sentados num banco na frente da casa, havia três homenzinhos fumando seus cachimbos. Não eram mais altos que os joelhos dela; os três se levantaram e a cumprimentaram.

— Bom dia — ela disse.

— Que linda moça! — disse um deles.

— E bem-educada — disse o segundo.

— Vamos ver se ela quer entrar — disse o terceiro. — Está frio.

— O vestido dela é de papel — disse o primeiro.

— Deve ser a moda — disse o segundo.

— Mas não esquenta nada — disse o terceiro.

— Gostaria de entrar, senhorita? — disseram os três juntos.

— Muita gentileza de vocês — ela disse. — Gostaria, sim.

Eles apagaram e esvaziaram os cachimbos antes de abrir a porta.

— Não se deve fumar perto de papel — disse um.

— Pega fogo num instante — disse o segundo.

— Perigo terrível — disse o terceiro.

Deram a ela uma cadeirinha para sentar e os três se sentaram num banco junto ao fogo. Ela estava com fome, então pegou seu pedaço de pão.

— Se importam se eu comer o meu lanche? — ela perguntou.

— O que é?

— Só um pedaço de pão.

— Dá um pouco para nós?

— Claro — disse ela. E quebrou o pão em dois. Era tão duro que teve de bater na beira da mesinha. Deu aos três homens o pedaço maior e começou a roer o menor.

— O que faz você nesta floresta fechada? — perguntaram.

— Tenho de colher morangos — disse ela. — Não sei onde vou encontrar morangos no inverno, mas não posso voltar para casa enquanto não encher o cesto.

O primeiro homenzinho cochichou alguma coisa para o segundo, o segundo cochichou para o terceiro, o terceiro cochichou para o primeiro. Depois, olharam todos para ela.

— Você varre o caminho para nós? — disseram. — Tem uma vassoura ali no canto. Basta limpar um pouco a entrada perto da porta dos fundos.

— Claro, com todo prazer — disse ela. Pegou a vassoura e saiu.

Quando ela saiu, eles disseram: — O que podemos dar para ela? Uma moça tão educada. Repartiu seu pão conosco e era só isso que tinha! Nos deu o pedaço maior! Bondosa além de educada. O que podemos dar a ela?

E o primeiro disse: — Eu prometo que ela vai ficar cada dia mais bonita.

O segundo disse: — Eu prometo que cada vez que falar, uma moeda de ouro cairá de sua boca.

O terceiro disse: — Eu prometo que ela vai encontrar um rei e se casar com ele.

Enquanto isso, a moça estava varrendo a neve do caminho. E o que ela encontrou debaixo da neve senão morangos? Dezenas deles, tão vermelhos e maduros como se fosse verão. Ela olhou para a casa e viu os três homenzinhos espiando pela janela. Isso mesmo, eles faziam sim com a cabeça, colha todos que quiser.

Ela encheu o cesto e foi agradecer aos homenzinhos. Eles formaram uma fila para apertar a mão dela e fazer uma reverência.

— Até logo! Até logo! Até logo!

Ela voltou para casa e entregou o cesto à madrasta.

— Onde conseguiu isso? — a madrasta perguntou, irritada.

— Encontrei uma casinha... — começou a dizer, mas uma moeda de ouro caiu de sua boca. Continuou falando, e mais e mais moedas de ouro caíam no chão, formando uma pilha que encobria os seus pés.

— Olhe como ela se exibe! — disse a filha da madrasta. — Também posso fazer isso se eu quiser. Não tem nada de mais.

Claro que ela estava morrendo de inveja e assim que se viu sozinha disse à mãe: — Deixe eu ir à floresta colher morangos! Eu quero! Quero mesmo!

— Não, querida — disse a mãe. — Está muito frio. Você pode morrer congelada.

— Ah, deixe! Por favor! Se deixar, eu dou para a senhora metade das moedas que saírem da minha boca! Deixe!

A mãe acabou deixando. Pegou seu melhor casaco de peles e reformou para caber na filha, deu sanduíches de patê de fígado de galinha para ela levar e um pedaço grande de bolo de chocolate para a viagem.

A filha da madrasta entrou na floresta e encontrou a casinha. Os três homenzinhos estavam lá dentro, olhando pela janela, mas ela não os viu. Abriu a porta e foi entrando.

— Saiam da frente — ela disse. — Quero sentar perto do fogo.

Os três homenzinhos sentaram no banco e olharam enquanto ela pegava seus sanduíches de patê de fígado de galinha.

— O que é isso? — eles perguntaram.

— Meu almoço — ela disse com a boca cheia.

— Dá um pouco para nós?

— De jeito nenhum.

— E esse bolo? É um pedaço bem grande. Vai comer isso tudo?

— É o quanto eu quero. Se quiserem, façam seu próprio bolo.

Quando ela terminou de comer, eles disseram: — Pode varrer o caminho agora.

— Eu não vou varrer caminho nenhum — ela disse. — Acham que sou sua empregada? Que audácia!

Eles ficaram fumando seus cachimbos, olhando para ela e, como evidentemente eles não iam dar nada para ela, a filha da madrasta saiu e foi procurar morangos.

— Que menina grosseira! — disse o primeiro homenzinho.

— E egoísta também — disse o segundo.

— Não chega nem perto daquela que veio antes — disse o terceiro. — O que vamos dar para ela?

— Eu vou garantir que ela fique cada dia mais feia.

— Eu vou garantir que cada vez que ela fale, um sapo saia pulando de sua boca.

— Eu vou garantir que ela tenha uma morte incômoda.

A moça não conseguiu encontrar nenhum morango, então voltou para casa para reclamar. Cada vez que abria a boca, saía um sapo pulando e logo o chão estava coberto de bichos que saltavam, se arrastavam, se encolhiam, e até sua mãe achou que ela era repulsiva.

Depois disso, a madrasta não pensava em outra coisa. Era como se houvesse um verme roendo seu cérebro. A única coisa em que pensava era transformar a vida da enteada num inferno. E, para aumentar o tormento da madrasta, a moça ficava mais bonita a cada dia.

Por fim, a mulher ferveu uma meada de fio e pendurou no ombro da moça.

— Pronto — disse —, pegue o machado, abra um buraco no gelo do rio. Lave bem esta meada de fio e não demore o dia inteiro com isso.

Ela esperava que a moça caísse no rio e morresse afogada, claro.

A enteada fez o que ela mandou. Pegou o machado e a meada de fio, foi até o rio e, quando ia pisar na água congelada, uma carruagem que passava parou a seu lado. Na carruagem, viajava um rei.

— Pare! O que está fazendo? — disse ele. — Esse gelo é perigoso!

— Vou lavar esta meada de fio — a moça explicou.

O rei viu como ela era bonita e abriu a porta da carruagem.

— Gostaria de vir comigo? — perguntou.

— Gostaria, sim — disse ela —, com todo prazer. — Estava contente de se livrar da mulher e de sua filha.

Ela entrou e a carruagem foi embora.

— Pois eu estou procurando uma moça para casar — disse o rei. — Meus conselheiros me disseram que está na hora de eu casar. Você não é casada, é?

— Não — disse a moça, e uma moeda de ouro caiu direitinho de sua boca para seu bolso.

O rei ficou fascinado.

— Que belo truque! — disse ele. — Quer casar comigo?

Ela aceitou e o casamento foi realizado o mais depressa possível. Assim se cumpriu tudo o que os homenzinhos haviam prometido.

Um ano depois, a jovem rainha deu à luz um menino. O país inteiro festejou e a notícia saiu em todos os jornais. A madrasta ficou sabendo. Ela e a filha foram ao palácio, fingindo fazer uma visita de amizade à rainha. Por acaso, o rei não estava e, quando não havia mais ninguém perto, a mulher e sua filha pegaram a rainha e a jogaram pela janela, no riacho que corria debaixo, onde ela morreu afogada na mesma hora. Seu corpo foi ao fundo e ficou escondido pelas algas.

— Agora, deite na cama dela — a mulher disse à filha. — Não diga nada, aconteça o que acontecer.

— Por que não?

— Os sapos — disse a mulher, pegando aquele que tinha acabado de sair de sua boca e jogando pela janela também. — Só fique deitada. Faça o que estou mandando.

A mulher cobriu a cabeça da filha, porque, além dos sapos, ela realmente estava ficando cada dia mais feia. Quando o rei voltou, a mulher explicou que a rainha estava com febre. — Tem de ficar quieta — disse ela. — Nada de conversa. Ela não pode falar nada. O senhor deve respeitar seu descanso.

O rei murmurou palavras de ternura para a filha da mulher que estava debaixo das cobertas e saiu. Na manhã seguinte, veio vê-la outra vez e, antes que a mulher pudesse impedir, sua filha respondeu à pergunta do rei. E um sapo saiu pulando.

— Meu Deus, o que é isso? — ele se admirou.

— Não posso impedir — disse a filha. E outro sapo saiu pulando. — Não é minha culpa. — Mais um sapo.

— O que está acontecendo? — indagou o rei. — O que se passa aqui?

— Ela está com febre do sapo — disse a mulher. — É muito contagioso. Mas ela vai sarar logo, contanto que não seja incomodada.

— Espero que sim — disse o rei.

Nessa noite, o menino da cozinha estava lavando as últimas tigelas e panelas quando viu um pato branco nadando na vala que saía da lavanderia para o riacho.

O pato disse:

— Com o rei adormecido, o meu choro é mais sofrido.

O menino da cozinha não sabia o que dizer. Então, o pato falou de novo:

— Onde estão meus convidados?

— Eles já estão deitados — respondeu o menino.

— E o meu querido bebê?

— Dormindo também — disse o menino —, pode ser.

Então o pato tremulou e sua forma se transformou na rainha. Ela subiu até o berço do filho, pegou-o no colo e o amamentou. Depois o deitou carinhosamente, agasalhou bem e deu-lhe um beijo. Então flutuou para a cozinha, nadou pela vala e voltou para o riacho.

O menino da cozinha tinha ido atrás dela e viu tudo.

Na noite seguinte, ela veio de novo e aconteceu a mesma coisa. Na terceira noite, o fantasma disse ao menino: — Vá e conte ao rei o que viu. Diga para ele trazer a espada, passar em cima da minha cabeça três vezes e depois cortar a minha cabeça.

O menino foi correndo procurar o rei e contou tudo para ele. O rei ficou horrorizado. Entrou na ponta dos pés no quarto da rainha, ergueu as cobertas que cobriam sua cabeça e quase perdeu o fôlego ao ver a filha feia ali deitada, roncando, com um sapo por companhia.

— Me leve ao fantasma! — ele disse ao menino, puxando a espada.

Quando chegaram à cozinha, o fantasma da rainha parou na frente dele. O rei passou a espada três vezes acima de sua cabeça. Mais uma vez ela tremulou e se transformou num pato branco. Imediatamente o rei girou a espada e cortou fora sua cabeça. Um momento depois, o pato desapareceu e em seu lugar estava a rainha de verdade, viva outra vez.

Eles se abraçaram, cheios de alegria. Mas o rei tinha um plano e a rainha concordou em se esconder em outro quarto até o domingo seguinte, quando o bebê seria batizado. No batismo, lá estava a falsa rainha toda coberta com véus, com sua mãe ao lado, ambas fingindo que ela estava doente demais para falar.

O rei disse: — Que castigo merece alguém que arranca da cama uma vítima inocente e a atira no rio para morrer afogada?

A madrasta respondeu de imediato: — É um crime horrível. O assassino deve ser posto num barril cheio de pregos e rolar pelo barranco até a água.

— Então é isso que faremos — disse o rei.

Mandou fazer um barril e assim que ficou pronto a mulher e a filha foram postas ali dentro, a tampa pregada com pregos. O barril rolou barranco abaixo até cair no rio, e esse foi o fim das duas.

* * *

Tipo de conto: ATU 403, "A noiva branca e a negra".
Fonte: história contada aos irmãos Grimm por Dortchen Wild.
Histórias semelhantes: "Belmiele e Belsole", "O rei dos pavões", de Italo Calvino (*Italian Folktales*); "Irmãozinho e Irmãzinha", "A noiva branca e a noiva negra", de Jacob e Wilhelm Grimm (*Children's and Household Tales*).

A segunda parte da história é semelhante a "Irmãozinho e Irmãzinha" (p. 66), mas a primeira metade, com a comédia dos três homenzinhos, tem um tom bem diferente. Fiz os três anõezinhos falarem um pouco mais do que fizeram os Grimm.

João e Maria

Na beira da floresta morava um pobre lenhador com sua mulher e dois filhos: o menino chamado João e a menina, Maria. Mesmo nos melhores momentos, a família tinha muito pouco para comer, e o pior é que era um tempo de escassez. Muitas vezes, o pai não conseguia fornecer nem o pão de cada dia.

Uma noite, deitado em sua cama, preocupado com sua pobreza, ele suspirou e disse à mulher: — O que vai ser de nós? Como podemos alimentar as crianças, se não temos nem para nós mesmos?

— Vou dizer uma coisa — ela falou. — Vamos fazer o seguinte: amanhã de manhã, levamos as crianças para a parte mais fechada da floresta, acomodamos bem os dois, acendemos uma fogueira para eles ficarem aquecidos, damos um pouquinho de pão e deixamos os dois lá sozinhos. Não vão encontrar o caminho de volta e nos livramos deles.

— Não, não, não — disse o marido —, isso de jeito nenhum. Abandonar meus próprios filhos na floresta? Nunca! Vão ser despedaçados pelos animais selvagens.

— Você é bobo — disse a mulher. — Se não nos livrarmos deles, vamos morrer de fome nós quatro. Você pode até começar a aplainar a madeira para os nossos caixões.

E ela não deu sossego ao marido até ele concordar.

— Mas não gosto nada da ideia — ele disse. — Não consigo deixar de sentir pena dos dois...

No quarto ao lado, o menino e a menina estavam acordados. Não conseguiam dormir de tanta fome e ouviram tudo o que a madrasta havia dito.

Maria chorou de tristeza e sussurrou: — Ah, João, é o nosso fim!

— Psiu — disse João. — Não se preocupe. Eu sei o que vamos fazer.

Assim que os adultos adormeceram, João saiu da cama, vestiu seu casaco velho, abriu a parte de baixo da porta e saiu. A lua estava brilhando e as pedrinhas brancas da frente da casa reluziam como moedas. João se abaixou e encheu os bolsos com elas.

Depois, voltou para dentro, subiu na cama e sussurrou: — Não se preocupe, Maria. Durma agora. Deus vai cuidar de nós. De qualquer forma, eu tenho um plano.

Ao amanhecer, antes mesmo de o sol subir, a mulher veio e tirou as cobertas de cima dos dois.

— Acordem, seus vagabundos! — disse ela. — Vamos até a floresta pegar lenha.

Ela deu a cada um uma fatia de pão seco.

— Esse é o almoço de vocês — disse —, e não comam cedo demais, porque isso é tudo o que tem.

Maria pôs o pão no avental, porque os bolsos de João estavam cheios de pedras. Partiram para a floresta. De vez em quando, João parava e olhava para a casa deles, até que afinal o pai perguntou: — O que está fazendo, menino? Vamos logo. Use as pernas.

— Estou olhando meu gatinho branco — disse João. — Ele está em cima do telhado. Quer se despedir de mim.

— Que menino bobo — disse a mulher. — Aquilo não é o seu gato, é o sol brilhando na chaminé.

Na verdade, João estava derrubando as pedrinhas uma a uma no caminho que percorreram. Ele olhava para trás para ter certeza de que estariam visíveis depois.

Quando chegaram ao meio da floresta, o pai disse: — Vão pegar uns gravetos. Vou acender um fogo para vocês não sentirem frio.

As crianças pegaram uns ramos pequenos, uma pilha grande deles, e o pai acendeu a fogueira. Quando as chamas estavam queimando bem, a mulher disse: — Deitem aí bem quentinhos, meus queridos. Nós vamos cortar lenha agora e, quando a gente terminar, voltamos para buscar vocês.

João e Maria sentaram-se diante do fogo. Quando acharam que devia ser meio-dia, comeram suas fatias de pão. Dava para ouvir o barulho do machado não muito longe dali, então acharam que o pai estava perto. Mas não era um machado, era um galho que ele havia amarrado numa árvore morta. O vento balançava o galho que batia no tronco.

Os dois ficaram sentados muito tempo e aos poucos foram sentindo sono. A tarde passou, a luz começou a sumir, os dois se abraçaram apertado e dormiram profundamente.

Acordaram quando estava tudo escuro. Maria começou a chorar. — Como vamos achar o caminho de volta? — ela soluçou.

— Espere até a lua sair — disse João. — Aí você vai ver meu plano em ação.

Quando a lua apareceu, estava cheia e brilhante, e as pedrinhas brancas que João havia derrubado reluziam como moedas novas. De mãos dadas, as duas crianças seguiram a trilha durante toda a noite e quando estava amanhecendo chegaram à casa de seu pai.

A porta estava trancada, então bateram com força. Quando a mulher abriu a porta, seus olhos se abriram também, chocada. — Crianças malvadas! Ficamos tão preocupados! — Abraçou os dois com tanta força que eles não podiam nem respirar. — Por que dormiram tanto? Pensamos que vocês não queriam mais voltar!

E beliscou o rosto deles como se estivesse realmente contente por vê-los. Quando o pai desceu um momento depois, o alívio e a alegria do rosto dele eram verdadeiros, porque ele não queria abandonar os dois.

Então, por essa vez eles estavam salvos. Mas não muito tempo depois, a comida ficou escassa outra vez e muita gente passava fome. Uma noite, as crianças ouviram a mulher dizer ao marido: — Não adianta. Só resta meio pão, depois vamos todos morrer de fome. Temos de nos livrar das crianças e, dessa vez, fazer direito. Da outra vez, eles devem ter feito algum truque, mas se dessa vez a gente for bem longe dentro da floresta eles nunca vão encontrar o caminho de volta.

— Ah, não gosto nada disso — o pai falou. — Na floresta não tem só animais selvagens. Tem duendes e bruxas e sabe Deus o que mais. Não seria melhor repartir o pão com as crianças?

— Não seja idiota — disse a mulher. — Não faz sentido. Você é muito mole, esse é o seu problema. Mole e bobo.

Ela o arrasou com suas críticas e ele não tinha como se defender; se você cede uma vez, tem de ceder sempre.

As crianças estavam acordadas e ouviram a conversa. Quando os adultos adormeceram, João levantou e tentou sair outra vez, mas a mulher tinha trancado a porta e escondido a chave. Mesmo assim, ele consolou sua irmã quando voltou para a cama, dizendo: — Não se preocupe, Maria. Durma agora, Deus vai nos proteger.

De manhã cedinho, a mulher veio e acordou as crianças como tinha feito antes. Deu a cada uma um pedaço de pão, só que dessa vez era menor ainda. Quando seguiam pela floresta, João esfarelou o pão e foi derrubando as migalhas pelo caminho, parando de vez em quando para ter certeza de que estavam visíveis.

— João, vamos logo — disse o pai. — Pare de olhar para trás o tempo todo.

— Estou olhando o meu pombo pousado no telhado — disse João. — Ele quer se despedir de mim.

— Não é pombo nenhum, seu bobo — disse a mulher. — É o sol batendo na chaminé. Largue de ser preguiçoso.

João não olhou mais para trás, mas continuou esfarelando o pão dentro do bolso e derrubando no caminho. A mulher fez os dois andarem depressa, e entraram na floresta, indo mais longe do que jamais tinham ido.

Por fim, ela disse: — Aqui está bom — e mais uma vez fizeram uma fogueira para aquecer as crianças.

— Agora, vocês não se mexam daqui — disse a mulher. — Fiquem sentados e não saiam enquanto a gente não voltar. Já temos muita preocupação sem vocês se perderem por aí. Voltamos ao anoitecer.

As crianças ficaram sentadas ali até sentirem que era meio-dia e então repartiram o pedacinho de pão de Maria, porque João tinha usado todo o seu. Depois, adormeceram e o dia passou, mas ninguém veio buscar os dois.

Já era tarde da noite quando acordaram. — Shh, não chore — disse João. — Quando a lua sair, vamos enxergar as migalhas e voltar para casa.

A lua surgiu e eles começaram a procurar as migalhas, mas não encontraram nenhuma. Os milhares de passarinhos que voam nos campos e na floresta tinham comido tudo.

— Nós vamos encontrar o caminho — disse João.

Mas, por mais que procurassem de um lado e outro, não conseguiam encontrar o caminho de casa. Andaram a noite inteira, depois o dia seguinte inteirinho, e continuavam perdidos. Estavam com fome, com muita fome, porque só haviam comido umas frutinhas que encontraram. Já estavam tão cansados que se deitaram debaixo de uma árvore e dormiram na mesma hora. Quando acordaram, na terceira manhã, e fizeram um esforço para se levantar, continuavam perdidos e a cada passo que davam mergulhavam mais e mais na floresta. Se não encontrassem logo alguma ajuda, eles iam morrer.

Por volta do meio-dia, viram um passarinho branco como a neve pousado num ramo próximo. Ele cantava tão bonito que João e Maria pararam para ouvir; quando ele abriu as asas e voou um pouco mais longe, os dois foram atrás. Ele pousou e cantou de novo, e de novo voou um pouco mais longe, sem pressa, para eles poderem acompanhar, de forma que parecia mesmo que estava guiando os dois.

De repente, os meninos se viram na frente de uma casinha. O passarinho pousou no telhado, e havia uma coisa estranha naquele telhado. De fato...

— É feito de bolo! — disse João.

E quanto às paredes...

— São feitas de pão! — disse Maria.

E quanto às janelas, eram feitas de açúcar.

As pobres crianças estavam com tanta fome que nem pensaram em bater na porta e pedir licença. João pegou um pedaço do telhado, Maria partiu um pedaço da janela e os dois se sentaram onde estavam e começaram a comer.

Depois de alguns bons bocados, ouviram uma voz muito suave dentro da casa:

Tem patinhas ou tem asa,
quem está comendo minha casa?

As crianças responderam:

O vento sopra tão forte,
nós somos filhos da sorte.

E continuaram comendo, tamanha a fome que tinham. João gostou tanto do telhado que pegou um pedaço do tamanho de seu braço. E Maria tirou com cuidado mais um pedaço da vidraça e começou a comer.

De repente, a porta se abriu e uma mulher muito, muito velha apareceu. João e Maria levaram tamanho susto que pararam de mastigar e olharam para ela com as bocas cheias.

Mas a velha sacudiu a cabeça e disse: — Não tenham medo, meus queridos! Quem trouxe vocês aqui? Entrem, entrem, meus amores, venham descansar na minha caixinha de gostosuras. É tão protegida como uma casa!

Ela beliscou carinhosamente as bochechas deles, pegou os dois pela mão e levou para dentro do chalé. Parecia que ela sabia que eles vinham porque a mesa estava servida com dois pratos e ela ofereceu aos irmãos uma deliciosa refeição de leite, panquecas com açúcar e especiarias, maçãs e nozes.

Depois disso, mostrou a eles um quartinho com duas camas já arrumadas com lençóis brancos como a neve. João e Maria se deitaram pensando que estavam no céu e dormiram na mesma hora.

Mas a mulher só estava fingindo ser boa. Na verdade, ela era uma bruxa má e tinha construído sua casa deliciosa para atrair crianças. Quando capturava uma criança, fosse menino ou menina, ela matava, cozinhava e comia. Sempre que isso acontecia, era uma festa para ela. Assim como outras bruxas, essa tinha olhos vermelhos e não conseguia enxergar muito bem, mas tinha o olfato muito bom e sabia imediatamente quando havia humanos por perto. Assim que João e Maria estavam acomodados na cama, ela riu e esfregou as mãos nodosas.

— Peguei dois agora! — gargalhou. — Não vão escapar de mim!

Na manhã seguinte, ela se levantou e foi ao quarto deles, ficou olhando os dois dormindo. Mal conseguia controlar a vontade de beliscar suas bochechas vermelhas.

— Que gostosura! — pensou.

Então pegou João e, antes que ele pudesse dar um grito, o arrastou para fora do chalé até um barracãozinho, onde o prendeu numa jaula. Ele gritou bastante, mas não havia ninguém para ouvir.

Depois, a bruxa sacudiu Maria, dizendo: — Levante, preguiçosa! Vá pegar água no poço e faça alguma coisa para seu irmão comer. Ele está no barracão e quero que fique bem gordo. Quando estiver bem gordinho, vou comer o seu irmão.

Maria começou a chorar, mas não adiantou: teve de fazer tudo o que a bruxa ordenou. João recebia um prato delicioso todos os dias, enquanto ela tinha de sobreviver com as cascas dos lagostins que pegava no rio.

Toda manhã a bruxa ia mancando até o barracão, apoiada em sua bengala, e dizia para João: — Menino! Espete o dedo para fora! Quero ver se já está bem gordo.

Mas João era muito esperto: ele punha um osso pequeno entre as barras da jaula e a bruxa, espiando com seus olhos vermelhos, achava que era seu dedo. Não entendia por que ele ainda não havia engordado.

Quatro semanas se passaram e ela achava que João ainda estava magro. Mas aí lembrou de suas bochechas coradas e disse a Maria: — Ei! Menina! Vá buscar bastante água. Encha o caldeirão e ponha para ferver. Gordo ou magro, osso ou filé, vou abater aquele seu irmão amanhã e cozinhar para um ensopado!

Pobre Maria! Ela chorou e chorou, mas teve de ir buscar a água como a bruxa ordenou. — Por favor, meu Deus, nos ajude! — soluçou. — Se os lobos tivessem nos devorado na floresta, ao menos teríamos morrido juntos.

— Pare com a choradeira — disse a bruxa. — Não vai adiantar nada.

De manhã, Maria teve de acender o fogo debaixo do forno.

— Vamos fazer primeiro os assados — disse a bruxa. — Já preparei a massa. O forno já está bem quente?

Ela arrastou Maria até a porta do forno. As chamas estalavam, brilhando, atrás da porta de ferro.

— Entre e veja se está bem quente — disse a bruxa. — Entre, entre.

Claro que a bruxa queria fechar a porta quando Maria estivesse lá dentro para cozinhar a menina também. Mas Maria percebeu o que ela estava querendo e disse: — Não estou entendendo. Quer que eu entre no forno? Como posso fazer isso?

— Idiota! — disse a bruxa. — Saia da frente, vou mostrar para você. É fácil.

E ela se curvou e pôs a cabeça dentro do forno. Assim que fez isso, Maria a empurrou com tanta força que ela perdeu o equilíbrio e caiu lá dentro. Maria fechou a porta na mesma hora e prendeu com uma barra de ferro. Horríveis gritos e berros saíram de dentro do forno, mas Maria tapou os ouvidos e correu para fora da casa. A bruxa morreu queimada.

Maria foi direto para o barracão e gritou: — João, estamos salvos! A bruxa velha morreu!

João saltou para fora, alegre como um passarinho que encontra a gaiola aberta. Estavam tão felizes! Se abraçaram e se beijaram, pulando de alegria. Não havia mais nada a temer, então entraram correndo na casinha e olharam em volta. Por toda parte havia baús e arcas cheios de pedras preciosas.

— Essas são melhores que as pedrinhas brancas! — disse João, pondo algumas no bolso.

— Vou levar algumas também — disse Maria, e encheu o avental com elas.

— E agora vamos embora — disse João. — Vamos deixar a floresta da bruxa para trás.

Depois de andar algumas horas, chegaram a um lago.

— Vai ser difícil atravessar — disse João. — Não vejo nenhuma ponte.

— E não tem barcos também. Mas olhe — disse Maria —, olhe lá um pato branco. Vamos ver se nos ajuda a passar para o outro lado.

E ela falou assim:

Pato que nada, leve e veloz,
pato branco, tenha pena de nós.
O lago é fundo, largo, gelado,
e temos de ir para o outro lado.

O pato veio nadando até eles e João trepou em suas costas.

— Venha, Maria — disse ele. — Suba aqui junto comigo.

— Não — disse Maria —, ficaria muito pesado. Vamos um de cada vez.

Então o bom patinho levou primeiro um, depois o outro. Quando estavam em segurança na outra margem, continuaram caminhando, e logo a floresta começou a ficar mais conhecida. Por fim, viram sua casa ao longe. Saíram correndo, entraram depressa e pularam nos braços do pai.

O homem não tinha tido nem um momento de alegria desde que deixara os filhos na floresta. A esposa tinha morrido pouco depois e ele estava completamente sozinho, mais pobre do que nunca. Mas então Maria desdobrou o avental e sacudiu as pedras preciosas de forma que se espalharam por toda a sala. E João também jogou no chão um punhado atrás do outro.

Então, todos os problemas terminaram e eles viveram felizes para sempre.

O rato correu,
minha história já morreu...
E se você o pegar, pode fazer
um lindo chapéu com sua pele.

* * *

Tipo de conto: ATU 327, "João e Maria".
Fonte: história contada aos irmãos Grimm pela família Wild.
Histórias semelhantes: "Baba Yaga e o rapaz valente", de Alexander Afanasiev (*Russian Fairy Tales*); "Ninnillo e Nennella", de Giambattista Basile (*The Great Fairy Tale Tradition*, org. Jack Zipes); "Pintainho", "A bruxa do jardim", de Italo Calvino (*Italian Folktales*); "Tumbelina", de Charles Perrault (*Perrault's Complete Fairy Tales*).

"João e Maria", ou Hansel e Gretel no original, é um dos contos mais conhecidos, sem dúvida. Aparece em incontáveis antologias, livros ilustrados, adaptações teatrais (e, neste caso, ópera) até que a familiaridade acaba por amortecer suas qualidades. Mas esse é um clássico grande e feroz. A maravilhosa invenção da casa comestível ao lado da implacável crueldade da bruxa, da esperteza e valentia de Maria ao lidar com ela tão bem, tornam o conto inesquecível.

Mãe ou madrasta? Na primeira edição dos Grimm, de 1812, a mulher é simplesmente "a mãe". Na sétima edição, de 1857, ela se tornou a madrasta e assim permaneceu. É interessante o que Marina Warner, em *From the Beast to the Blonde*, tem a dizer sobre as razões de os Grimm efetuarem a mudança (o único jeito de preservar a visão ideal da mãe era bani-la da história e substituí-la) e também a interpretação freudiana de Bruno Bettelheim (a cisão mãe/madrasta permite que a criança lide sem culpa com a raiva pelo lado ameaçador da própria mãe). Do ponto de vista da narrativa, eu opto pela simplicidade.

Em *Why Fairy Tales Stick*, Jack Zipes observa que por baixo deste conto, que para muitos parece apenas uma questão de capricho, está a realidade infeliz da pobreza rural e a perspectiva de fome real para muitas famílias. Tempos desesperados, soluções desesperadas, sem dúvida, mas a história não deveria condenar um pouco mais o pai? E a morte da madrasta é muito conveniente, principalmente dada a associação entre madrasta e bruxa que muitos contadores de histórias modernos construíram (inclusive eu mesmo). Seria um triste final as crianças voltarem para casa e encontrarem a madrasta ainda no comando. Talvez o pai a tenha matado. Se eu escrevesse este conto como um romance, ele mataria.

O episódio do pato é uma curiosa intervenção da última edição dos Grimm. Não existia antes disso, pelo menos impressa, mas acho que funciona, então a incluí também. O lago é uma passagem intransponível entre uma floresta ameaçadora e a segurança do lar, e uma barreira é uma coisa desejável, a menos que se esteja do lado errado dela; mas ela pode ser atravessada com uma combinação de benevolência da natureza e engenho humano.

As três folhas da cobra

Era uma vez um homem tão pobre que não conseguia mais sustentar seu único filho. Quando o filho percebeu isso, disse: — Pai, não há por que eu continuar aqui. Sou um fardo para o senhor. Vou sair de casa e ver se consigo ganhar a vida.

O pai lhe deu sua bênção e se despediram com tristeza.

O rei de um país vizinho era um governante poderoso e naquela época estava guerreando. O rapaz alistou-se no exército e logo se viu no front, no meio de uma grande batalha. As bombas voavam como granizo, o perigo era hediondo e seus camaradas caíam mortos à sua volta. Quando o próprio general caiu morto, as últimas tropas iam fugir, mas o rapaz assumiu o lugar dele e gritou: — Não vamos ser derrotados! Venham comigo e Deus abençoe o rei!

Os homens o seguiram, ele liderou o ataque e logo puseram o inimigo para correr. Quando o rei ouviu falar do papel do rapaz na vitória, promoveu-o a marechal de campo, deu-lhe ouro e tesouros, além das maiores honras do reino.

Ora, o rei tinha uma filha que era muito bonita, mas vítima de uma estranha obsessão. Fizera a promessa de não casar com homem nenhum, a menos que ele prometesse ser enterrado vivo com ela, caso ela morresse primeiro. — Afinal, se ele me amar de verdade — dizia —, por que iria continuar vivendo? — E ela disse que faria a mesma coisa e seria enterrada com o marido se ele morresse primeiro.

Essa triste condição desanimou muitos pretendentes que teriam implorado para casar com ela, mas o soldado ficou tão impressionado com sua beleza que nada o faria recuar. Então pediu ao rei a mão dela em casamento.

— Sabe o que tem de prometer? — perguntou o rei.

— Se ela morrer antes de mim, tenho de ir para o túmulo com ela — disse o soldado. — Mas amo tanto a princesa que estou disposto a enfrentar esse risco.

O rei concordou e o casamento foi realizado com grande esplendor.

Durante algum tempo, os dois viveram felizes, mas um dia a princesa ficou doente. Vieram médicos de todo o reino, mas nenhum conseguiu achar a cura, e ela acabou morrendo. Então o jovem soldado lembrou da promessa que tinha feito e estremeceu. Não havia como escapar, mesmo que quisesse quebrar a promessa, porque o rei ia pôr sentinelas no próprio túmulo e em volta de todo o cemitério se ele tentasse escapar. Quando chegou o dia do enterro da princesa, levaram seu corpo até a tumba real, cuidaram para que o rapaz estivesse lá dentro e o próprio rei trancou e travou a porta.

Deixaram lá dentro algumas provisões: sobre uma mesa havia quatro velas, quatro pães e quatro garrafas de vinho. O soldado ficou ao lado do corpo da princesa dia após dia; comia apenas um bocado de pão e um gole de vinho, fazendo aquilo durar o máximo possível. Quando tomou o penúltimo gole e o penúltimo bocado, quando a última vela estava bem pequenina, ele entendeu que tinha chegado a hora.

Mas sentado ali, desesperado, viu uma cobra se esgueirar por um canto da tumba e ir na direção do corpo. Achando que a cobra pretendia morder o corpo, o rapaz puxou a espada.
— Enquanto eu viver, você não toca na princesa! — ele disse, e com três golpes despedaçou a cobra.

Pouco depois, uma segunda cobra veio se esgueirando pelo canto. Chegou aos restos da primeira cobra, olhou bem, pedaço por pedaço, e foi embora. Logo voltou e dessa vez trazia três folhas verdes na boca. Cuidadosamente, juntou os pedaços da cobra outra vez, pôs uma folha em cima de cada ferida e um momento depois a cobra voltou à vida, as feridas cicatrizaram e ela estava inteira outra vez. E as duas foram embora juntas bem depressa.

Mas as folhas ficaram onde elas tinham deixado e o rapaz pensou que, se o seu poder milagroso havia trazido a cobra de volta à vida, poderia fazer a mesma coisa com um ser humano. Então pegou as folhas e colocou em cima do rosto branco da princesa, uma na boca e uma em cada olho.

Assim que fez isso, o sangue dela voltou a correr. Um saudável rosado apareceu em suas faces, ela respirou e abriu os olhos.

— Deus do céu! — disse. — Onde estou?

— Está comigo, querida esposa — disse o soldado. E contou o que tinha acontecido. Deu a ela o último bocado de pão e o último gole de vinho; começaram a bater na porta e a gritar tão alto que as sentinelas ouviram do lado de fora e foram correndo falar com o rei.

O rei em pessoa veio ao cemitério e ele próprio destrancou e destravou a porta da tumba. A princesa caiu em seus braços, ele apertou a mão do rapaz e todos se alegraram com o milagre que a tinha trazido de volta à vida.

Quanto às folhas da cobra, o soldado era um homem cuidadoso e não contou a ninguém como a princesa havia revivido. Mas tinha um criado honesto e confiável, então entregou a esse criado as três folhas da cobra para que ele guardasse. — Cuide bem disso — falou — e tenha o cuidado de levar sempre com você, aonde quer que vá. Nunca se sabe quando vamos precisar delas outra vez.

Ora, depois que voltou à vida, a princesa estava mudada. Todo o amor que sentia pelo marido havia secado em seu coração. Mas ela ainda fingia amá-lo e, quando ele sugeriu que fizessem uma viagem por mar para visitar seu velho pai, ela concordou na mesma hora. — Que grande prazer será conhecer o nobre pai de meu querido marido! — ela disse.

Mas uma vez no mar ela esqueceu a grande devoção do rapaz por ela, porque começou a sentir dentro de si um desejo cada vez maior pelo capitão do navio. Nada podia satisfazê-la se não fosse para a cama com ele. E logo se tornaram amantes. Uma noite, nos braços dele, ela sussurrou: — Ah, se meu marido morresse! Que casal nós dois seríamos!

— Isso é fácil de fazer — disse o capitão.

Ele pegou um pedaço de corda e, com a princesa a seu lado, entrou na cabine em que o rapaz estava dormindo. A princesa segurou uma ponta da corda, o capitão passou a outra em volta do pescoço do marido e puxaram com tanta força que, por mais que ele lutasse, não conseguiu afastar os dois, e logo os amantes o haviam estrangulado.

A princesa pegou o marido morto pela cabeça, o capitão, pelos pés, e o jogaram pela amurada do navio. — Agora vamos voltar para casa — disse a princesa. — Vou contar a meu pai que ele morreu no mar. Depois, elogio você, ele nos deixa casar e você herda o reino.

Mas o fiel criado tinha visto tudo o que eles fizeram e, assim que viraram as costas, desamarrou um barquinho e remou em busca do corpo de seu senhor. Logo o encontrou e depois de puxá-lo para o barco, soltou a corda do pescoço do rapaz, pôs as três folhas da cobra em cima de sua boca e dos dois olhos e ele voltou à vida imediatamente.

Então os dois remaram com toda a força. Dia e noite os dois remaram, sem parar para nada, e o barco voou sobre as ondas tão depressa que chegaram à terra um dia antes do navio e foram diretamente ao palácio. O rei ficou muito surpreso.

— O que houve? — perguntou. — Onde está minha filha?

Contaram tudo a ele e o rei ficou chocado ao saber da traição da filha.

— Não acredito que ela possa ter feito uma coisa tão terrível! — ele disse. — Mas a verdade logo virá à luz.

E assim foi. Pouco depois, o navio chegou ao porto, e ao saber disso o rei fez o rapaz e seu criado esperarem num quarto escondidos, de onde poderiam ouvir tudo o que dissessem.

A princesa, toda vestida de preto, veio chorando até seu pai.

— Por que voltou sozinha? — o rei perguntou. — Onde está seu marido? Por que está de luto?

— Ah, meu querido pai — disse ela. — Estou inconsolável! Meu marido ficou doente com febre amarela e morreu. O capitão e eu jogamos seu corpo no mar. Se ele não me ajudasse, não sei o que seria de mim. Mas o capitão é um homem tão bom... Cuidou de meu querido marido quando a febre estava muito alta, apesar do perigo de contágio. Ele mesmo pode contar como foi.

— Ah, seu marido morreu? — perguntou o rei. — Vamos ver se eu consigo fazer com que volte a viver.

Abriu a porta e chamou os outros dois.

Quando a princesa viu o rapaz, caiu no chão como se tivesse sido atingida por um raio. Tentou dizer que o marido devia estar tendo alucinações com a febre, que devia ter entrado em coma tão profundo que eles acharam que tinha morrido. Mas o criado mostrou a corda e diante dessa prova ela teve de admitir sua culpa.

— É verdade, fizemos isso — ela chorou —, mas, por favor, pai, tenha pena de nós!

— Não me fale de pena — disse o rei. — Seu marido estava disposto a morrer na tumba com você, devolveu a sua vida e você o matou enquanto dormia. Vai ter o castigo que merece.

E ela e o capitão foram postos a bordo de um navio com o casco furado e lançados ao mar tempestuoso. Logo afundaram com o navio e nunca mais foram vistos.

* * *

Tipo de conto: ATU 612, "As três folhas da cobra".
Fonte: história contada aos irmãos Grimm por Johann Friedrich Krause e pela família Von Haxthausen.
Histórias semelhantes: "O capitão e o general", "A erva do leão", de Italo Calvino (*Italian Folktales*).

Um conto vivo e intrigante, que se divide em duas metades, sendo a primeira mágica e a segunda romântica/realista. A versão dos Grimm junta habilmente as duas metades por meio das folhas do título. Não fiz nenhuma alteração, a não ser na questão do assassinato do rapaz. No original, ele é simplesmente jogado pela amurada do navio, mas nas duas histórias semelhantes de Calvino o herói é executado, por um pelotão de fuzilamento no primeiro caso e na forca no segundo, e assim está inquestionavelmente morto antes de voltar à vida por meio das folhas mágicas. Achei que o rapaz desta história devia ser inquestionável e dramaticamente morto também, daí o estrangulamento, que permite que o criado prove a culpa da esposa ao mostrar a corda.

Mas em quantos pedaços a cobra foi cortada? Essa questão vital parece ter intrigado todo mundo, inclusive os próprios Grimm. O texto diz, inequivocamente: "*und hieb sie in drei Stücke*" — "e a cortou em três pedaços" — e David Luke, Ralph Mannheim e Jack Zipes deixam assim em suas traduções da história. No entanto, para isso acontecer bastariam dois golpes da espada do jovem e consequentemente haveria apenas dois lugares para as folhas, não três. Temos de observar o que é essencial, e o essencial é o número três (as três folhas, a boca e os olhos da princesa, o clássico "três" do conto de fadas), de forma que é preciso haver três lugares nos quais a segunda cobra aplica as folhas, portanto, três golpes da espada, o que cortaria a cobra em quatro partes, não em três. Mas dizer isso introduziria indevidamente a ideia do *quatro* na mente do leitor. Acho que a melhor solução foi a que utilizei.

O pescador e sua mulher

Era uma vez um pescador que morava com sua mulher num barracão tão imundo que parecia um penico. Todos os dias o pescador saía para pescar e pescava e pescava. Um dia, ele ficou sentado olhando a água transparente, ficou, ficou e deixou sua linha baixar até o fundo do mar. E, quando puxou a linha, havia um grande linguado no anzol.

O linguado falou: — Olhe aqui, pescador, que tal me deixar viver, hein? Eu não sou um linguado comum. Sou um príncipe encantado. O que você ganha me matando? Meu gosto não vai ser nada bom. Me ponha de volta na água, seja bondoso comigo.

— Tudo bem — disse o pescador. — Não precisa dizer mais nada. A mim me basta a palavra de um peixe falante.

Devolveu o linguado à água e ele foi nadando para o fundo, deixando uma longa trilha de sangue.

O pescador então voltou para a sua esposa no barraco imundo.

— Não pescou nada hoje? — ela perguntou.

— Ah, pesquei, sim — ele disse. — Pesquei um linguado. Um linguado bem grandão. Mas ele me disse que era um príncipe encantado e deixei ele voltar para a água.

— Claro! — disse a mulher. — Por que não pediu alguma coisa para ele?

— Não sei — o pescador respondeu. — O que eu devia pedir?

— Esses príncipes encantados podem fazer de tudo — a mulher falou. — Olhe só este barraco. É fedido, tem goteiras quando chove, as prateleiras ficam caindo das paredes; é um lugar horrível para se viver. Volte, chame o linguado e diga que nós queremos um bom chalé, bem limpinho e arrumado. Vá.

O pescador não estava com muita vontade de ir, mas por outro lado sabia o que acontecia se não fizesse o que a mulher mandava, então voltou para a beira do mar. Quando chegou, a água não estava mais transparente, e sim verde-escuro e amarelo turvo.

Ele parou na beirada e falou:

Linguado do fundo do mar,
suba e venha me escutar.
Ilsebill, minha querida,
quer sua vontade atendida.

O linguado subiu e disse: — Sei. E qual é a vontade dela?

— Ah, aí está você. Bom, a ideia não foi minha, você sabe, mas o que ela disse é que eu devia pedir para você realizar um desejo. E me disse o que desejar. Disse que está cansada de viver num barraco que parece um penico e quer morar num chalé.

— Volte para casa — disse o linguado. — O pedido já está atendido.

O pescador voltou para casa e lá estava sua esposa parada na frente de um lindo chalezinho.

— Então! — disse ela. — Não é melhor assim?

Havia um jardim na frente, uma linda saleta, um quarto com uma boa cama de penas, uma cozinha e uma despensa. Todos os cômodos tinham lindos móveis; as tigelas de metal e as panelas de cobre eram tão limpas que brilhavam. Nos fundos, havia um quintalzinho com uma lagoa, galinhas e patos, uma horta e um pomar de árvores frutíferas.

— Então, o que foi que eu disse? — perguntou a mulher.

— Ah, claro — disse o pescador. — É tudo tão bonito. Podemos viver bem aqui.

— Vamos ver — disse a mulher.

Então jantaram e foram para a cama.

Ficou tudo bem durante uma ou duas semanas. Então a esposa falou: — Escute aqui. Este chalé é muito pequeno. Mal consigo me mexer na cozinha, e o jardim em seis passos se atravessa. Não está bom assim, não. Aquele linguado podia ter nos dado um lugar maior se quisesse, para ele é tudo a mesma coisa. Quero viver num palácio todo feito de mármore. Volte e peça um palácio.

— Ah, mulher — disse o homem —, isto já está bem bom. Nós não queremos um palácio. O que vamos fazer com um palácio?

— Muitas coisas — disse a esposa. — Você é um derrotista, essa é que é a verdade. Vá, vá e peça um palácio.

— Ah, não sei, não... Ele acaba de nos dar o chalé. Não quero incomodar de novo. Ele pode ficar zangado.

— Não seja frouxo. Ele pode tudo. Não vai ligar nem um pouco. Vá logo.

O pescador estava incomodado com aquilo. Não queria ir de jeito nenhum. "Não está certo", disse para si mesmo, mas foi mesmo assim.

Quando chegou à beira do mar, a água tinha mudado de cor outra vez. Agora estava azul-escuro, roxo e cinza. Ele parou na beirada e disse:

Linguado do fundo do mar,
suba e venha me escutar.
Ilsebill, minha querida,
quer sua vontade atendida.

— E o que ela quer agora? — perguntou o linguado.

— Bom, sabe, ela disse que o chalé é meio pequeno. Ela gostaria de morar num palácio.

— Volte para casa. Ela já está parada na porta.

O pescador foi para casa e quando chegou não havia mais chalé, mas um grande palácio todo de mármore. A esposa estava parada no alto da escada e ia abrir a porta.

— Venha! — ela disse. — Não arraste os pés! Venha dar uma olhada!

Ele foi com ela. A primeira sala era enorme, com piso de quadrados pretos e brancos. Havia grandes portas em cada parede e ao lado de cada porta um criado que fazia uma reverência e abria a porta. Dava para ver salas em todas as direções, e todas as paredes eram pintadas de branco e cobertas com belas tapeçarias. As cadeiras e mesas em cada sala eram feitas de ouro puro e de todos os tetos pendia um lustre de cristal com mil diamantes brilhando em cada um. Os tapetes eram tão macios que o pescador e sua mulher afundavam até o tornozelo; na sala de jantar estava servido um banquete tão grandioso que as mesas tiveram de ser reforçadas com troncos de carvalho para não caírem. Fora do palácio, havia um pátio imenso coberto de cascalho branco puro, as pedrinhas muito bem polidas uma a uma e nele uma fila de carruagens escarlates de todo tamanho, puxadas por cavalos brancos; quando o pescador e sua mulher saíram, todos os cavalos baixaram as cabeças e fizeram uma reverência. Depois do pátio, havia um jardim de beleza indescritível, com flores cujo aroma perfumava o ar por quilômetros em torno e árvores frutíferas carregadas de maçãs, peras, laranjas e limões; além do jardim um parque de pelo menos um quilômetro, com alces, gamos, lebres e todo tipo de animais decorativos.

— Não é lindo? — perguntou a mulher.

— Ah, é, sim — respondeu o pescador. — Isto está bom demais para mim. Podemos viver aqui e nada nos faltará.

— Veremos — disse a mulher. — Vamos dormir e ver como estaremos de manhã.

Na manhã seguinte, a esposa acordou primeiro. O sol estava nascendo e ela sentou na cama, de onde podia ver o jardim, o parque e as montanhas ao longe. O marido roncava alegremente a seu lado, mas ela cutucou suas costelas e disse:
— Marido! Acorde. Vamos, olhe pela janela.

Ele bocejou, se espreguiçou e foi bem devagar até a janela. — O que é? — perguntou.

— Bom, temos um jardim. Está tudo muito bem. Temos um parque. Que é muito bom e grande. Mas olhe lá longe! Montanhas! Quero ser rei, assim podemos ter as montanhas também.

— Ah, mulher — disse o pescador —, eu não quero ser rei. Por que haveria de querer ser rei? Ainda nem vimos todas as salas deste palácio.

— Esse é o seu problema — ela falou —, não tem ambição. Mesmo que *você* não queira ser rei, *eu* quero ser rei.

— Ah, mulher, não posso pedir isso. Ele já foi muito generoso. Não posso dizer para ele que quero ser rei.

— Pode, sim. Vá de uma vez.

— *Ahhh* — suspirou o pescador. E foi, com o coração pesado. O peixe não vai gostar, ele pensou, mas foi mesmo assim.

Quando chegou à beira do mar, a água estava cinza-escuro, e as ondas se erguiam das profundezas com um cheiro terrível.

O pescador disse:

Linguado do fundo do mar,
suba e venha me escutar.
Ilsebill, minha querida,
quer sua vontade atendida.

— E então? — perguntou o linguado.

— Desculpe, mas ela quer ser rei.

— Volte para casa. Ela já é rei.

Ele voltou. Quando chegou, o palácio estava duas vezes maior que antes e na entrada havia uma alta torre com uma bandeira escarlate tremulando no alto. Sentinelas vigiavam as portas, e quando o pescador foi entrando cautelosamente, eles o saudaram com uma barulheira de rifles tão forte que ele quase pulou fora dos sapatos. Tambores tocaram um repique, trombetas soaram e grandes portas se abriram.

Ele entrou na ponta dos pés e descobriu que tudo havia sido pintado de dourado e era duas vezes maior que antes.

Cada almofada era coberta de veludo carmesim com bordados de ouro. Havia pingentes dourados pendendo de tudo o que tinha cabo, todas as paredes exibiam, em belas molduras douradas, retratos do pescador e sua esposa vestidos como imperadores romanos, rainhas ou deuses e deusas, e todos os relógios tocavam boas-vindas quando ele passava. Então duas grandes portas se abriram e havia toda uma corte à espera dele.

Um mordomo bradou: — Sua Majestade, o Pescador!

Ele entrou e centenas de nobres homens e mulheres fizeram uma profunda reverência, abrindo caminho para ele caminhar até o trono. E sentada no trono estava sua esposa usando um manto de seda todo coberto de pérolas, safiras e esmeraldas. Tinha uma coroa de ouro na cabeça e segurava um cetro de ouro na mão, cravejado com rubis do tamanho, pelo menos, do dedão do pé do pescador. De cada lado do trono, havia uma fila de damas de honra, cada uma um pouco mais baixa que a outra, e todas fizeram uma reverência quando ele passou.

— Bom, mulher — disse o pescador —, você é rei agora?

— Sou, agora sou rei — ela disse.

— Fico contente de ouvir isso — disse ele. — É muito bom. Agora não temos de pedir mais nenhum desejo.

— Hum — ela disse, batendo os dedos no braço do trono. — Não tenho tanta certeza. Já sou rei faz tanto tempo que estou ficando meio chateada. Volte ao linguado e diga que eu quero ser imperador.

— Ah, mulher, pense um pouco — disse o pescador. — Ele não pode fazer de você um imperador. Já existe um imperador e só pode existir um de cada vez.

— Não ouse falar assim comigo! Eu sou o rei, esqueceu? Faça o que eu mando. Vá falar com o linguado. Se ele pode fazer de mim um rei, pode me fazer imperador. Para ele é tudo a mesma coisa. Vá, vá de uma vez!

Lá foi ele, mas estava muito inquieto. Aquilo não ia acabar nada bem, pensou; o linguado ia ficar farto de tantos pedidos.

Quando chegou à beira do mar, a água estava preta, grossa e fervendo desde o fundo. Um vento forte fazia as ondas espumarem. O pescador parou e disse:

Linguado do fundo do mar,
suba e venha me escutar.
Ilsebill, minha querida,
quer sua vontade atendida.

— Bom, diga lá — o linguado falou.

— Ela quer ser imperador.

— Volte para casa. Ela já é imperador.

Ele então voltou para casa e dessa vez encontrou o palácio ainda mais alto que antes, com torres em cada esquina, uma fileira de canhões na frente e todo um regimento de soldados marchando de um lado para outro com uniformes escarlates. Assim que o viram, pararam em posição de sentido, bateram continência e os canhões dispararam uma salva de tiros que fez doer seus ouvidos. O portão se abriu, ele entrou e descobriu que toda a parte interna do palácio agora era dourada e que havia estátuas dele e de sua mulher em poses heroicas ao longo das paredes. Por onde quer que fosse, duques e príncipes corriam para abrir portas e fazer profundas reverências. Na sala principal, encontrou a mulher sentada num trono feito de um único bloco de ouro maciço com dois quilômetros de altura e ele só conseguia vê-la porque a esposa estava usando uma coroa de três quilômetros de altura e dois metros de largura. Era de ouro maciço também, cravejada com carbúnculos e esmeraldas. Numa das mãos ela segurava um cetro, e na outra o globo imperial. Duas fileiras de soldados formavam sua guarda pessoal, cada um pouco menor que o anterior, começando por gigantes da mesma altura do trono até homenzinhos que não eram maiores que meu dedo, todos eriçados de armas. Príncipes, duques, condes e barões todos à disposição.

O pescador foi até o pé do trono e chamou:

— Esposa, já é imperador agora?

— O que você acha?

— Muito impressionante. Espero que afinal pare de fazer pedidos.

— Isso é bem a sua cara. Pobreza de aspiração. Isto não basta ainda, pode crer.

— Ah, mulher, de novo não!

— Volte ao linguado. Diga que eu quero ser papa.

— Mas você não pode ser papa! Só existe um papa em toda a cristandade!

— Sou imperador — ela guinchou — e estou ordenando: volte até o linguado e mande que ele me transforme em papa.

— Não, não, isso é demais. Vamos! Não posso fazer isso.

— Bobagem! Ordeno que vá falar com o linguado! Agora!

O pescador ficou com medo. Sentiu-se mal, seus joelhos estavam tremendo e o vento soprava tão forte que arrancava as folhas das árvores. Caía a escuridão. Quando ele chegou ao mar, as ondas rugiam e batiam nas rochas com explosões que pareciam tiros de canhão. No mar, os navios disparavam foguetes de emergência, rodando no arremesso das ondas. Havia um restinho de azul no céu, mas estava cercado por nuvens vermelhas cor de sangue e lampejos de relâmpagos.

Em desespero, o pescador gritou:

Linguado do fundo do mar,
suba e venha me escutar.
Ilsebill, minha querida,
quer sua vontade atendida.

— Bom, o que ela quer?

— Ela quer ser papa.

— Volte para casa. Ela já é papa.

Quando voltou para casa, ele encontrou uma imensa igreja onde antes ficava o castelo. Era cercada por palácios de todo tamanho e estilo, mas a torre da igreja era a mais alta de todas. Uma vasta multidão tentava entrar pelas portas, mas a multidão lá dentro era ainda maior, de forma que o pescador teve de empurrar, dar cotoveladas e lutar para entrar. A igreja era iluminada por centenas de milhares de velas e em cada nicho havia um confessionário onde um padre ouvia confissões. No centro de tudo, um vasto trono dourado, no qual estava sentada sua esposa, com três coroas na cabeça, uma em cima da outra, e sapatos carmesins nos pés. Uma fileira de bispos esperava para se deitar no chão e beijar os pés dela. Na mão direita, ela usava um anel do tamanho de um frango, na mão esquerda um anel do tamanho de um ganso, uma longa fila de cardeais esperava para beijar seu anel direito e uma longa fila de arcebispos esperava para beijar o esquerdo.

O pescador chamou: — Mulher, você é papa agora?

— Não parece?

— Nunca vi um papa. Não sei. Está feliz afinal?

Ela ficou sentada absolutamente imóvel e não disse nada. Todos os beijos que choviam em suas mãos e pés soavam como um bando de pardais bicando a terra. O pescador achou que ela não tinha ouvido, então gritou de novo: — Esposa, não está feliz ainda?

— Não sei. Não tenho certeza. Tenho de pensar um pouco.

Os dois foram para a cama e o pescador dormiu bem, porque tivera um dia ocupado. Mas a esposa ficou virando e revirando a noite inteira. Não conseguia resolver se estava satisfeita ou não, nem pensar em nada para ser depois de papa, de modo que passou uma noite ruim.

Finalmente, o sol surgiu e, quando ela viu a luz, sentou na cama na mesma hora.

— Já sei! — disse ela. — Marido, acorde. Vamos! Acorde!

Ela cutucou as costelas dele, que gemeu e abriu os olhos.

— O que foi? O que você quer?

— Volte imediatamente até o linguado. Eu quero ser Deus!

Isso fez o pescador sentar na cama. — O quê?

— Quero ser Deus. Quero fazer o Sol e a Lua surgirem. Não suporto ver eles subirem no céu e eu não ter nada a ver com isso. Mas, se eu for Deus, posso fazer tudo acontecer. Posso fazer o Sol e a Lua girarem ao contrário se eu quiser. Então vá e diga ao linguado que eu quero ser Deus.

Ele esfregou os olhos, olhou para ela, mas ela parecia tão louca que ele ficou com medo e saiu da cama bem depressa.

— Agora! — ela gritou. — Vá!

— Ah, por favor, mulher — implorou o pobre homem, caindo de joelhos —, pense bem, meu amor, pense de novo. O linguado fez de você imperador, fez de você papa, mas não pode fazer você virar Deus. É realmente impossível.

A mulher pulou da cama e bateu nele, o cabelo todo espetado na cabeça, os olhos rolando nas órbitas. Ela rasgou a camisola, gritou e bateu os pés, berrando: — Não aguento esperar tanto! Está me deixando louca! Vá e faça o que eu mandei, agora mesmo!

O pescador enfiou a calça, saltando pelo quarto e correu até a beira do mar. Havia uma tal tempestade que ele mal conseguia ficar em pé. A chuva chicoteava seu rosto, as árvores eram arrancadas do chão, as casas tombavam em todas as direções quando grandes pedras vinham voando no ar, arrancadas dos penhascos. O trovão rugia, os raios brilhavam, as ondas do mar eram mais altas que igrejas, castelos e montanhas, com lençóis de espuma voando de seus topos.

Linguado do fundo do mar,
suba e venha me escutar.
Ilsebill, minha querida,
quer sua vontade atendida.

— O que ela quer?

— Bom, sabe, ela quer ser Deus.

— Volte para casa. Ela está de volta ao penico.

E assim foi, lá estão os dois até o dia de hoje.

* * *

Tipo de conto: ATU 555, "O pescador e sua esposa".
Fonte: história escrita por Philipp Otto Runge.
Histórias semelhantes: "O peixe dourado", de Alexander Afanasiev (*Russian Fairy Tales*); "O dragão de sete cabeças", de Italo Calvino (*Italian Folktales*); "As crianças douradas", de Jacob e Wilhelm Grimm (*Children's and Household Tales*).

Conto popular e muito difundido. A história de Calvino, "O dragão de sete cabeças", mostra como uma história muito diferente pode se desenvolver a partir de começos muito semelhantes.

Essa versão é cheia de energia e detalhes inventivos. Assim como "O junípero" (p. 198), é fruto da pena do pintor romântico Philipp Otto Runge (1777-1810) e foi escrita em plattdeutsch, ou baixo-alemão, o dialeto de sua Pomerânia natal:

> *Dar wöör maal eens en Fischer un syne Fru, de waanden tosamen in'n Pißputt, dicht an der See...*

Chegou às mãos dos irmãos Grimm com a ajuda de Clemens Brentano e Achim von Arnim, autores que também tinham grande interesse nos contos folclóricos. Como provam essas duas histórias, Runge era ao menos tão dotado com a pena quanto com os pincéis. O clímax se constrói com velocidade e efeito brilhantes, com a tempestade funcionando como um comentário celeste à progressiva obsessão da mulher.

A maioria dos tradutores traduz *Pißputt* como "chiqueiro" ou algum termo semelhante. Não achei nada melhor que "*pisspot*", penico.

O alfaiate valente

Numa manhã ensolarada um pequeno alfaiate estava sentado com as pernas cruzadas em sua mesa, como sempre, junto a uma janela do andar de cima que dava para a rua. Estava animado, costurando com todo o empenho, quando veio pela rua uma velha vendendo geleia.

— Geleia da boa! Compre a minha geleia!

O pequeno alfaiate gostou de ouvir aquilo, então gritou para baixo: — Traga aqui para cima, dona! Quero dar uma olhada!

A velha carregou seu cesto até lá em cima, três lances de escada. Quando chegou, o alfaiate fez com que desembrulhasse vidro por vidro e examinou detalhadamente cada um, pesando na mão, olhando contra a luz, cheirando a geleia e coisa e tal. Por fim, disse: — Esta aqui parece bem boa, este vidro de morango. Pese uns cem gramas para mim, minha boa senhora, e se chegar a cento e cinquenta, tanto melhor.

— Não quer o vidro inteiro?

— Nossa, não, senhora. Só posso comprar um pouquinho.

Resmungando, ela pesou a geleia e foi embora.

— Bom, Deus abençoe esta geleia e que ela possa dar força e saúde para quem comer! — disse o alfaiate e pegou um pão e uma faca. Cortou um bom pedaço e cobriu com geleia.

— Deve estar gostosa — disse —, mas vou terminar este paletó antes de comer.

Subiu à mesa outra vez e pegou a agulha, costurando cada vez mais depressa. Enquanto isso, o doce aroma da geleia subiu no ar e, flutuando pela sala, saiu pela janela. Um esquadrão de moscas que estava se banqueteando com o corpo de um cachorro morto lá fora na rua sentiu o cheiro, subiu e entrou voando para olhar. Passaram pela janela e pousaram no pão.

— Ei! Quem convidou vocês? — disse o pequeno alfaiate e abanou a mão para afastá-las. Mas elas não entenderam nem uma palavra e além disso estavam muito ocupadas com a geleia, então nem notaram o alfaiate.

Ele acabou perdendo a paciência. — Tudo bem, vocês pediram! — disse. Pegou um pedaço de pano e partiu para cima delas, furioso. Quando parou para respirar e olhou, havia nada menos que sete moscas mortas com as patas para cima.

— Nossa, que herói eu sou! — disse ele. — Melhor contar para toda a cidade agora mesmo.

Pegou a tesoura, depressa cortou uma faixa de seda carmesim e bordou nela grandes letras de ouro: "SETE DE UMA VEZ!"

Pôs a faixa no corpo e olhou no espelho.

— A cidade? — ele pensou. — Não. O mundo inteiro tem de saber disto!

E seu coração pulou de alegria como o rabo de um carneiro abanando. Antes de partir para mostrar ao mundo, olhou em torno, buscando algo para levar com ele, mas só conseguiu encontrar um pedaço de queijo fresco. Pegou aquilo mesmo e pôs no bolso. Correu escada abaixo e seguiu pelas ruas. Do lado de fora do portão da cidade, encontrou um passarinho preso num arbusto e o colocou no bolso também. E partiu para ver o mundo.

Ele era leve e ágil, de forma que não se cansava com facilidade. Seguiu a estrada até o alto de uma montanha e lá encontrou um gigante sentado numa pedra sem fazer nada, admirando a vista.

O pequeno alfaiate foi até ele e disse: — Bom dia, amigo! Você vai correr o mundo? Isso é o que eu vou fazer. Que tal se juntar comigo e a gente viajar juntos?

O gigante olhou aquele sujeitinho com profundo desprezo.

— Seu... seu pirralho! Seu... seu tampinha! Eu me juntar a um inseto como você?

— Ah, é isso que você acha? — disse o alfaiate. Desabotoou o casaco e mostrou sua faixa. — Vou mostrar para você que tipo de homem sou eu.

O gigante soletrou cuidadosamente, letra por letra:

— SETE DE UMA VEZ! — E arregalou os olhos. — Respeito! — ele disse, mas sentiu que tinha de testar o sujeito, então continuou: — Você pode ter matado sete de uma vez, mas isso não é nada, se eles eram ratinhos como você. Vamos ver a sua força. Pode fazer isso?

Ele pegou uma pedra e apertou com tanta força que sua mão começou a tremer, seu rosto ficou muito vermelho e as veias saltaram em sua cabeça. Ele apertou a pedra com tanta força que até conseguiu fazer pingar um pouco de água dela.

— Vamos ver você fazer isso, se tiver força! — disse.

— Só isso? — o pequeno alfaiate falou. — Isso não é nada. Olhe só.

Tirou do bolso o pedaço de queijo e apertou. Claro que o queijo estava cheio de soro, que escorreu por entre os dedos do alfaiate e caiu no chão.

— Melhor que a sua força — falou.

O gigante coçou a cabeça: — Bom — disse o gigante. — Hum. Tudo bem então. Tente isto.

Pegou outra pedra e jogou o mais alto que conseguia. A pedra foi tão alto que quase desapareceu.

— Nada mau — disse o pequeno alfaiate —, mas olhe só, ela está caindo de volta. Eu faço melhor que isso.

Tirou o passarinho do bolso e soltou no ar. Assim que o passarinho se viu livre, voou para o alto e desapareceu.

— Quando eu jogo uma coisa no ar, ela não cai de volta — disse. — O que acha disso, meu amigo supergrande?

— Hum — fez o gigante. — Bom, você espreme forte e joga longe. Mas agora é que vem o teste verdadeiro: vamos ver o que você consegue carregar.

Levou o alfaiate até a beira da floresta, onde tinham acabado de cortar um enorme carvalho.

— Me ajude a carregar isso aqui — o gigante disse.

— Com todo prazer. Você carrega o tronco e eu carrego as folhas e os ramos, que são os mais pesados, como todo mundo sabe.

O gigante se curvou, prendeu a respiração e ergueu o tronco aos ombros. Vendo que o gigante não podia olhar para trás, o pequeno alfaiate saltou e sentou-se confortavelmente entre as folhas, assobiando uma canção, enquanto o gigante cambaleava pelo caminho, carregando todo o peso da árvore nos ombros.

O gigante não conseguiu ir muito longe, porque era uma árvore enorme, e logo parou.

— Ei, escute aqui! Não consigo ir mais longe — disse. E o alfaiate logo saltou das folhas, antes que ele se virasse, e agarrou um punhado de ramos e folhas com ambos os braços, como se estivesse carregando.

— Um sujeito grande como você — disse — não consegue levar nem meia árvore? Ah, você está precisando fazer exercício.

Caminharam juntos um pouco, até que chegaram a uma cerejeira. O gigante pegou um dos ramos mais altos e puxou para baixo, mostrando ao alfaiate as frutas mais maduras.

— Segure isso aqui um pouco para mim enquanto tiro uma pedra do meu sapato — disse ele, e o alfaiate segurou o ramo. Assim que o gigante soltou, o ramo voltou para cima e, como o alfaiate não tinha força para segurá-lo, foi jogado no ar.

Mas ele era ágil e teve a sorte de cair num gramado alto onde rolou sem se machucar. Conseguiu até dar uma boa cambalhota e acabar em pé.

— Não teve força para segurar o galho! — disse o gigante. — Ha!

— Nada disso — respondeu o alfaiate. — Um homem que matou sete de uma vez é capaz de segurar qualquer árvore. Acontece que aqueles caçadores ali estavam prontos para atirar numa moita e eu achei melhor sair do caminho. Aposto que você não é capaz de saltar tão alto como eu saltei. Vamos ver. Experimente.

O gigante deu uma corrida e tentou, mas tinha de levantar muito peso do chão, caiu em cima da cerejeira e acabou preso em seus galhos. Então o pequeno alfaiate ganhou esse concurso também.

— Bom — disse o gigante, ao se levantar do chão —, se você acha que é um herói, venha passar a noite na nossa caverna. Eu moro com outros dois gigantes e não é assim tão fácil impressionar a gente, garanto.

O alfaiate aceitou com prazer e partiram para a caverna. Estava escuro quando chegaram lá e os dois outros gigantes se encontravam sentados ao lado de uma fogueira. Cada um tinha um carneiro assado inteiro nas mãos e comia com apetite, fazendo horríveis barulhos ao mastigar e chupar.

O pequeno alfaiate deu uma boa olhada. — Aqui é bem maior que a minha oficina de trabalho — disse. — Onde eu vou dormir?

Os gigantes mostraram para ele uma cama gigantesca. O alfaiate subiu nela e deitou, mas não conseguia se acomodar, então, enquanto os gigantes conversavam em voz baixa em volta do fogo, ele desceu da cama e se acomodou num canto da caverna.

À meia-noite, o primeiro gigante, achando que o pequeno alfaiate estava dormindo, pegou um porrete enorme e com um só golpe quebrou a cama em duas.

"Isso há de esmagar aquele gafanhoto", pensou.

Na manhã seguinte, os gigantes acordaram e saíram para a floresta. Tinham esquecido totalmente do pequeno alfaiate. Mas ele acordou animado e alegre e saiu correndo atrás deles, assobiando e cantando. Quando os gigantes o viram, ficaram morrendo de medo.

— Ele está vivo!

— Socorro!

— Salve-se quem puder!

E saíram correndo.

— Bom, já chega de gigantes — disse o alfaiate para si mesmo. — Vamos em frente procurar outra aventura.

Seguindo seu faro, andou por aqui e por ali durante vários dias, até chegar a um esplêndido palácio. Havia bandeiras tremulando ao vento, os soldados estavam trocando a guarda e o alfaiate sentou-se no gramado para admirar aquilo tudo. Sentindo sono, deitou-se, fechou os olhos e um instante depois já estava dormindo profundamente.

Enquanto dormia, várias pessoas que passavam viram a faixa carmesim com as letras douradas que diziam: SETE DE UMA VEZ! E começaram a falar:

— Ele deve ser um grande herói!

— Mas o que está fazendo aqui?

— Estamos em época de paz, afinal.

— Tenho certeza de que ele deve ser um duque ou alguma coisa assim. Olhe a nobreza desse rosto.

— Não, aposto que é um homem do povo, mas com certeza já enfrentou uma batalha. Dá para ver o porte militar orgulhoso, mesmo ele dormindo.

— *Sete de uma vez*, imagine só!

— Melhor a gente falar com o rei.

— Boa ideia. Vamos já.

Formou-se um grupo e imediatamente foi solicitada uma audiência com o rei, que ouviu tudo com atenção. Se acontecesse o pior e começasse uma guerra, disseram, deviam conseguir os serviços desse herói a qualquer custo.

— Estão absolutamente certos — disse o rei, e convocou o chefe de seu conselho de defesa. — Vá e espere até esse cavalheiro acordar — ordenou o rei —, ofereça a ele o posto de marechal de campo. Não podemos permitir que nenhum outro reino conte com seus serviços.

O chefe do conselho de defesa foi e esperou o pequeno alfaiate acordar.

— Sua Majestade gostaria de oferecer ao senhor o posto de marechal de campo — disse ele —, para assumir o comando imediato de todo o exército.

— É exatamente para isso que estou aqui! — disse o pequeno alfaiate. — Pronto e disposto a ficar a serviço do rei e ponho toda a minha coragem à disposição dele.

Formou-se uma guarda de honra, o pequeno alfaiate foi recebido com grande cerimônia e instalado em um apartamento próprio no palácio. Teve permissão também para desenhar sua própria farda.

Porém, os soldados que ele ia comandar estavam muito desconfiados com a coisa toda.

— Imagine se ele não gosta de nós?

— Imagine se ele nos der ordens que nós não gostamos e tentarmos discutir com ele?

— É! Ele pode matar sete de nós de uma vez. Somos soldados comuns. Não podemos combater alguém assim.

Discutiram isso tudo nos alojamentos e mandaram uma delegação falar com o rei.

— Majestade, queremos pedir dispensa do serviço! Não estamos à altura de um homem que mata sete de uma vez. Ele é uma arma de destruição em massa!

— Me deixem pensar um pouco — disse o rei.

Ele ficou chateado com a situação. Perder todos aqueles soldados leais por causa de um homem só! Mas, se tentasse se livrar do pequeno alfaiate, quem sabe o que podia acontecer? O alfaiate podia matar a ele e a todo o exército e assumir o trono.

Pensou e pensou a respeito, e finalmente teve uma ideia. Mandou chamar o pequeno alfaiate e disse assim: — Marechal de campo, tenho uma tarefa de que gostaria que cuidasse para mim. Um grande herói como o senhor não haverá de recusar, com certeza. Em uma das minhas florestas moram dois gigantes que estão atormentando todo mundo, roubando, matando, saqueando, queimando casas e nem sei o que mais. Ninguém tem coragem de chegar perto deles, temendo pela própria vida. Ora, se o senhor conseguir nos livrar desses gigantes, eu lhe dou minha filha em casamento e metade do meu reino como dote. E pode levar cem cavaleiros como reforço.

“Era uma proposta dessas que eu estava esperando”, pensou o pequeno alfaiate. — Majestade, aceito o encargo com prazer! — disse ele. — Sei muita coisa sobre gigantes.

Mas não preciso dos cavaleiros. Alguém que matou sete de uma vez não precisa ter medo de dois.

E assim partiu, deixando os cem cavaleiros irem junto, só para assistirem. Quando chegaram à beira da floresta, ele disse aos cavaleiros: — Esperem aqui. Eu dou um jeito nos gigantes e, quando estiver tudo em segurança, chamo vocês.

O pequeno alfaiate marchou valentemente para dentro da floresta, olhando para um lado e outro. Logo encontrou os gigantes. Estavam os dois dormindo debaixo de um carvalho, roncando tanto que os galhos da árvore balançavam para cima e para baixo. O alfaiate não perdeu nem um momento. Encheu os bolsos de pedras e subiu num galho até ficar bem em cima dos gigantes.

Então jogou as pedras uma depois da outra no peito de um dos dorminhocos. No começo, o gigante não sentiu nada, mas acabou acordando e cutucou o companheiro.

— Que história é essa de jogar pedras em mim?

— Não estou jogando pedra nenhuma! — disse o outro gigante. — Está sonhando!

Dormiram de novo e o alfaiate começou a jogar pedras no segundo gigante, que acordou e sacudiu o primeiro.

— Ei! Pare com isso!

— Não estou fazendo nada! Do que você está falando?

Discutiram um pouco, mas estavam cansados depois de muito pilhar e roubar, e logo dormiram de novo. Então o pequeno alfaiate pegou uma pedra maior, mirou bem e jogou no nariz do primeiro gigante.

Ele acordou com um rugido. — Agora já é demais! — berrou. — Não vou aguentar isso nem mais um minuto!

E jogou o outro gigante contra a árvore com tanta força que a árvore tremeu. O pequeno alfaiate se agarrou nos galhos para não cair e ficou olhando os dois gigantes se atacarem para valer. Bateram, socaram, chutaram, se estapearam até ficarem tão bravos que os dois arrancaram árvores e se bateram com elas com tanta força que os dois caíram mortos no mesmo momento.

O pequeno alfaiate desceu do carvalho. "Que bom que não arrancaram esta árvore", ele pensou. "Eu teria de pular feito um esquilo. Mas minha família sempre foi esperta de corpo."

Tirou a espada, fez alguns cortes no peito de cada gigante e voltou até os cavaleiros, que esperavam fora da floresta.

— Pronto — disse ele —, acabei com os dois. Foi difícil em alguns momentos, porque os dois arrancaram árvores para se defender, mas não adiantou nada. Eu mato sete de uma vez.

— Não está ferido?

— Não, nem um arranhão. Bom, meu paletó está meio rasgado, olhem só. Vão dar uma olhada nos corpos dos gigantes se não acreditam em mim.

Os cavaleiros entraram na floresta e encontraram os dois gigantes como ele tinha falado, caídos numa poça do próprio sangue com árvores arrancadas em torno deles.

Então o pequeno alfaiate voltou para o rei esperando a recompensa. Mas o rei tinha tido tempo de pensar melhor e lamentou ter prometido sua filha àquele homem que podia ser perigoso, afinal.

— Antes de lhe dar minha filha e metade do meu reino — disse o rei —, uma outra tarefa precisa de um herói. Na floresta existe um rinoceronte assustador que está causando todo tipo de estrago e gostaria que ele fosse capturado.

— Sem nenhum problema, majestade — disse o pequeno alfaiate. — Um rinoceronte é muito menos trabalho que dois gigantes.

Pegou um machado, um rolo de corda e marchou para a floresta, mandando mais uma vez o regimento ficar esperando do lado de fora. Não demorou muito, encontrou o rinoceronte. O animal veio correndo para atacá-lo com o chifre do nariz como se quisesse atravessar o seu corpo, mas ele ficou parado, imóvel, até a fera estar a um metro e pouco e então saltou de lado. Bem atrás dele havia uma árvore. O rinoceronte bateu de cara no tronco e seu chifre ficou preso.

— Bom, meu belo rinoceronte — disse o alfaiate —, está bem preso agora, não está?

Amarrou a corda no pescoço do bicho e cortou a árvore com o machado até liberar o chifre. O rinoceronte ficou mansinho esse tempo todo e deixou que o alfaiate o levasse pela floresta.

Chegaram ao palácio, e o alfaiate apresentou o rinoceronte ao rei.

— Ah — disse o rei. — Bom. Hummm. Só mais uma coisa. Antes de casar com minha filha, gostaria que capturasse um javali selvagem que anda estragando tudo quanto é horta e fazenda por aqui. Mando os caçadores junto com o senhor para ajudar.

— Ah, não preciso de nenhum caçador — disse o pequeno alfaiate, o que agradou muito aos caçadores, porque eles já haviam encontrado o javali algumas vezes e não tinham nenhuma vontade de encontrar de novo. Mas foram com ele, só pela exibição, e ficaram do lado de fora da floresta, jogando dados até ele estar pronto para conduzir todos de volta.

Havia uma pequena capela na floresta. O alfaiate foi até lá e esperou até o javali se aproximar, sabendo que ele ia sentir o seu cheiro e atacar. Logo o grande bicho veio abrindo caminho pelo mato e pulou em cima dele, espumando pela boca e exibindo as presas afiadas. Assim que viu o animal, o caçador entrou na capela e é claro que o javali entrou atrás.

Mas o alfaiate pulou por uma janela, deu a volta correndo e fechou a porta antes que o javali se desse conta de onde tinha ido. E lá estava ele, preso. Os caçadores aplaudiram o alfaiate, tocaram suas trompas e foram com ele de volta ao palácio.

O herói entrou e contou tudo ao rei, que teve de cumprir sua promessa afinal, querendo ou não. Então, celebrou-se o casamento com muito esplendor, mas pouca alegria, e o alfaiate se tornou rei.

Pouco depois, a jovem rainha ouviu seu marido falar durante o sono: “Vamos, rapaz! Depressa com esse paletó e remende essa calça senão te bato com o metro.”

Na manhã seguinte, foi falar com o rei. — Papai — disse ela —, acho que meu marido não passa de um simples alfaiate. E contou o que tinha ouvido o alfaiate falar durante a noite.

— Sabe de uma coisa? Desconfio de algo semelhante — disse o rei. — Vamos fazer o seguinte: deixe a porta do quarto aberta esta noite e meus criados ficarão do lado de fora. Assim que ele dormir, você sai na ponta dos pés. Os criados entram, amarram seu marido e o colocam num navio que o levará até a China.

A jovem rainha achou que era um bom plano. Porém, o pequeno portador da espada do rei, que era grande admirador do alfaiate, ouviu tudo e foi contar a ele toda a intriga.

— Sei, sei — disse o alfaiate. — Deixe comigo.

À noite, foi para a cama na hora de sempre e, quando sua esposa achou que estava dormindo, foi pé ante pé até a porta. Mas o alfaiate, que só estava fingindo dormir, gritou bem alto: "Vamos, rapaz! Depressa com esse paletó e remende essa calça senão te bato com o metro. Matei sete de uma vez, acabei com dois gigantes, domei um rinoceronte, capturei um javali selvagem e agora tenho de ter medo de uns criados tremendo na porta do quarto!"

Quando os criados ouviram isso, ficaram tão apavorados que viraram e saíram correndo como se houvesse um fantasma atrás deles. Nenhum ousou nunca mais sequer chegar perto dele.

Então o pequeno alfaiate foi rei e continuou rei pelo resto de seus dias.

* * *

Tipo de conto: ATU 1640, "O alfaiate valente".
Fonte: história do livro *Wegkürtzer*, de Martinus Montanus (c. 1557)
Histórias semelhantes: "Foma Berennikov", "Ivã, o simplório", de Alexander Afanasiev (*Russian Fairy Tales*); "John Glaick, o alfaiate valente", de Katharine M. Briggs (*Folk Tales of Britain*); "João Forte, matador de quinhentos", "João Balento", de Italo Calvino (*Italian Folktales*).

História popular, com muitos primos em várias línguas. O personagem pequeno, ágil e esperto é sempre um favorito das plateias quando confrontado com o gigante grande e bobo: Davi e Golias são o exemplo mais conhecido. Esta versão dos Grimm é uma das mais vivas.

"Nove alfaiates fazem um homem", diz um ditado, mas não dá bem para entender por quê.

Cinderela

Era uma vez um homem rico, cuja mulher ficou doente. Quando sentiu que estava perto da morte, ela chamou sua única filha para perto de si.

— Minha filha querida — disse —, seja sempre boa como ouro e dócil como um cordeiro, e então terá sempre a proteção do Senhor. Além disso, eu estarei sempre olhando por você, estarei sempre a seu lado.

Disse essas palavras, fechou os olhos e morreu.

Todos os dias a menina ia ao túmulo da mãe perto do pombal e chorava. Era boa como ouro e dócil como um cordeiro. Quando chegou o inverno, a neve cobriu o túmulo com um manto branco; e quando, depois, veio o sol da primavera e levou embora a neve, o homem se casou com outra mulher.

A nova esposa tinha duas filhas. Elas eram bonitas, mas tinham o coração duro, egoísta e arrogante. Depois do casamento, as três se mudaram para a casa e foi então que as coisas começaram a ir mal para a enteada.

— Por que essa idiota tem de sentar na sala conosco? — diziam as irmãs. — Se quer comer seu pão, tem de merecer. A cozinha é o lugar dela.

Pegaram dela as lindas roupas que sua mãe havia feito e em troca lhe deram um vestido cinza sem graça e tamancos de madeira.

— Olhe só a Princesinha agora! Vestida na última moda! — caçoaram enquanto a levavam à cozinha.

Ela era forçada a trabalhar como escrava da manhã à noite. Tinha de levantar ao amanhecer, pegar água no poço, limpar as lareiras e acender os fogos, cozinhar toda a comida e lavar todos os pratos. Mas não era só isso, porque as irmãs faziam de tudo para tornar as coisas mais difíceis para a pobre moça. Caçoavam dela, faziam piada com suas amigas tolas, e havia um tormento com que sempre se divertiam: espalhavam ervilhas secas ou lentilhas nas cinzas do fogão, de forma que ela precisava sentar no chão e catar uma por uma. E quando estava cansada no fim do dia, podia pensar numa cama confortável? Nada disso. Tinha de dormir no borralho, sobre as cinzas. E nunca tinha tempo de se lavar e limpar, de forma que estava sempre empoeirada e encardida.

Por causa disso, puseram-lhe um nome especial.

— Como vai ser? Cara Cinza?

— Bumbum Cinzento?

— Cinzadela?

— Cinderela. Isso!

Um dia, o pai dela teve de ir à cidade cuidar de negócios e perguntou às filhas o que queriam que trouxesse para elas.

— Roupas! — disse uma. — Uma porção de vestidos bem bonitos.

— Para mim, joias — disse a outra. — Pérolas, rubis e tudo.

— E você, Cinderela? — ele perguntou.

— Pai, me traga o primeiro ramo que roçar seu chapéu quando voltar para casa.

Então ele voltou da cidade com lindos vestidos para uma, joias preciosas para a outra. E, passando por um matagal ao voltar, um ramo de aveleira roçou seu chapéu, de forma que ele o arrancou da árvore e trouxe para Cinderela.

Ela agradeceu e plantou o ramo no túmulo de sua mãe. Regou a terra com suas lágrimas e o ramo cresceu, virou uma linda árvore. Ela cuidava da planta três vezes por dia e era a favorita das aves; pombos e rolinhas pousavam em seus ramos.

Um dia chegou um convite do palácio real. O rei ia dar uma grande festa que duraria três dias e todas as moças do reino estavam convidadas, para o príncipe escolher sua noiva. Quando as duas irmãs souberam disso, ficaram animadas e começaram imediatamente a se aprontar.

— Cinderela! Venha cá. Depressa, menina! Escove meu cabelo. Não *puxe*! *Cuidado!* Agora dê brilho nas fivelas de nossos sapatos. Alargue um pouco o meu vestido debaixo dos braços. Me dê aquele colar da sua mãe. Prenda meu cabelo igual ao da mulher no quadro. Não, assim não, sua idiota! — E assim por diante.

Cinderela fazia tudo o que pediam, mas chorava, porque gostaria de ir ao baile também. Implorou a sua madrasta.

— *Você?* Ir ao baile? Quem você pensa que é? Não passa de uma relaxada suja, isso sim. E como acha que vai fazer para ir a um baile da alta sociedade sem charme, sem beleza, sem conversa? Volte para a cozinha, menina.

Mas Cinderela insistiu. A madrasta acabou perdendo a paciência e jogou uma tigela de lentilhas nas cinzas.

— Se conseguir catar todas dentro de duas horas e separar as boas das ruins, pode ir ao baile conosco.

Cinderela saiu correndo pela porta dos fundos, atravessou o jardim. Parou debaixo da aveleira e disse:

Pombas, pardais e rolinhas,
passarinhos a voar,
ajudem-me com as lentilhas
que tenho de encontrar!
As boas vão pra tigela,
as outras, fiquem com elas.

Duas rolinhas entraram voando na cozinha e começaram a catar as lentilhas das cinzas. Balançavam as cabecinhas e *pick, pick, pick, pick.* Vieram uns pombos da floresta, pombos de coleirinha, pombos comuns, pombos dos rochedos e foram todos para a cinza, *pick, pick, pick, pick.* Em menos de uma hora tinham terminado, voaram pela porta e foram embora.

A moça levou a tigela para sua madrasta, achando que agora poderia ir ao baile.

— Nada feito — disse a mulher. — Você não tem o que vestir e não sabe dançar. Quer que todo mundo dê risada de você? — Jogou duas tigelas de lentilhas nas cinzas e disse:

— Cate essas, agora. Se conseguir catar tudo em menos de uma hora, pode ir ao baile.

E pensou: "Ela jamais vai conseguir."

Cinderela saiu pela porta dos fundos outra vez. Ficou embaixo da aveleira e disse:

Vem passarinho do ar,
na aveleira pousar!
E nas cinzas escondidas
ache as lentilhas perdidas.
As boas vão pra tigela,
as outras, fiquem com elas.

Vieram dois pombos brancos voando, entraram logo na cozinha e começaram *pick, pick, pick, pick.* Depois vieram dois pintarroxos, depois dois melros, depois duas alvéolas, depois dois tordos, depois dois bem-te-vis, depois duas cotovias, depois duas cambaxirras e todos juntos *pick, pick, pick, pick.*

Em menos de meia hora, Cinderela levou as tigelas para sua madrasta. A pobre moça era inocente a ponto de achar que dessa vez a mulher diria sim.

— Não adianta — disse a madrasta. — Você não tem nenhum sapato apresentável. Acha que pode ir ao baile usando esses tamancos de madeira? Que tipo de simplória as pessoas vão achar que você é? Nós vamos ficar com vergonha da sua companhia.

E lá se foi com suas duas filhas, deixando Cinderela sozinha.

Primeiro, ela se lavou dos pés à cabeça, escovou o cabelo até não restar nada de cinza e fuligem. Aí, saiu pela porta dos fundos e sussurrou para a aveleira:

Ah, tenha pena de mim!
Que esta prisão chegue ao fim!
E apesar desta pobreza
quero um vestido e beleza.

— De que cor? — as folhas sussurraram.

— Ah! Queria um vestido da cor do brilho das estrelas.

As folhas estremeceram um pouco e, pendurado no galho mais baixo, havia um lindo vestido de baile, da cor do brilho das estrelas, e um par de sapatos de seda.

— Obrigada! — Cinderela falou e correu para vestir a roupa nova.

Serviu tudo perfeitamente em seu corpo. Ela não tinha espelho, então não podia saber como estava bonita. Quando chegou ao baile, ficou surpresa com o tratamento que recebia, todo mundo abria caminho para ela, as damas a convidavam para sentar e tomar chá, os cavalheiros a tiravam para dançar. Pouca gente havia sido boa com ela e não estava acostumada a ser admirada e convidada.

Mas não dançou com nenhum dos nobres, moços ou velhos, ricos ou bonitos. Só quando o príncipe fez uma reverência e a tirou para dançar foi que ela se levantou e o acompanhou até o meio do salão. Os dois dançaram com tanta leveza e elegância que todo mundo parou para ficar olhando os dois, até as suas irmãs. Elas não a reconheceram, achando que Cinderela estava em casa no meio das cinzas e que aquela linda estranha era uma princesa de alguma terra estrangeira. De fato, sua beleza teve um estranho poder sobre elas, pois afastou durante algum tempo toda a inveja que existia em seus pequenos e duros corações e as fizeram admirá-la com sinceridade.

Mas Cinderela não ficou muito tempo. Depois que dançou com o príncipe e ele a fez prometer que não dançaria com mais ninguém, ela aproveitou um intervalo na música para escapar e voltar correndo para casa.

O príncipe foi atrás, mas Cinderela correu tão depressa que ele não conseguiu alcançá-la e quando chegaram à casa ela havia desaparecido. O príncipe esperou e o pai dela apareceu.

— Viu a princesa misteriosa? — o príncipe perguntou. — Acho que ela entrou no pombal.

O pai pensou: “Seria a minha Cinderela?”, foi pegar a chave do pombal e abriu a porta. Não havia nem sinal dela. O príncipe voltou para o baile sozinho.

Cinderela havia saído pelos fundos do pombal, tirado o vestido cor de luz das estrelas e os sapatos de seda, colocado no cabide e pendurado na aveleira. Houve uma espécie de tremor e o vestido e os sapatos desapareceram. Ela então se deitou com sua roupa velha diante da lareira fria. Quando a madrasta e as irmãs voltaram, a acordaram para que ajudasse a soltar os espartilhos, porque mal conseguiam respirar.

— Ufa! Que alívio! — disse uma.

— Ah, Cinderela, você devia ter visto — disse a outra.

— Que sensacional! — continuaram. — Apareceu uma princesa de alguma terra estrangeira, ninguém sabia o nome dela, e o príncipe não quis dançar com mais ninguém. Ela era tão bonita que você nem ia acreditar. Ainda vejo a princesa na minha frente! O vestido dela era maravilhoso, da cor do brilho das estrelas. Não consigo imaginar onde ela arrumou um vestido daqueles! Ninguém neste país consegue fazer aquilo. Você não vai acreditar, Cinderela, mas ela fez todo mundo, inclusive nós duas, parecer um pouco desleixadas.

No dia seguinte, as duas passaram ainda mais tempo se aprontando. Cinderela teve de dar cem escovadas no cabelo de cada uma, de apertar ainda mais seus espartilhos e lustrar seus sapatos até elas poderem enxergar seu reflexo neles.

Assim que elas saíram, ela correu para a aveleira e sussurrou:

Mais uma vez aqui vim
pedir que cuide de mim!
Pode atender meu pedido
e me dar outro vestido?

— De que cor? — perguntaram as folhas.

— Queria um vestido da cor do luar — ela respondeu.

As folhas farfalharam e, no cabide bem ao lado dela, um vestido da suave cor prateada do luar apareceu, junto com um par de sapatos de prata.

— Obrigada! — ela sussurrou e correu para vestir a roupa; foi depressa para o baile.

Dessa vez, o príncipe estava à sua espera; assim que ela apareceu, correu e pediu que dançasse com ele. Quando qualquer outro cavalheiro a tirava para dançar, o príncipe dizia: — Esta dama é minha parceira em todas as músicas.

Então a noite passou como a anterior, embora houvesse ainda mais animação e curiosidade entre os nobres e as damas. Quem podia ser aquela linda estranha? Devia ser uma princesa de algum reino rico e poderoso. Mas ninguém sabia e ninguém notou que ela saiu de mansinho, a não ser o próprio príncipe. Ele correu atrás dela no escuro e a seguiu até sua casa. No jardim, havia uma linda pereira, pesada de tantas frutas. Cinderela subiu nela rapidamente e se escondeu entre os ramos. O príncipe não fazia ideia de onde ela teria ido.

Quando o pai de Cinderela voltou para casa, encontrou o príncipe ainda lá.

— Acho que ela subiu naquela árvore — ele disse.

O pai pensou: "Sem dúvida, não pode ser Cinderela."

Trouxe um machado e cortou a árvore, mas não havia ninguém entre os galhos. Cinderela tinha descido sorrateiramente pelo outro lado, devolvido o vestido cor de luar à aveleira e entrado para se encolher nas cinzas como sempre.

Na terceira noite, tudo aconteceu como antes. A madrasta e as irmãs foram ao baile e Cinderela sussurrou para a aveleira:

Aveleira do jardim,
mais um vestido pra mim!
É o último que estou pedindo,
então, que seja o mais lindo!

— De que cor? — as folhas farfalharam.

— Dessa vez, eu gostaria de um vestido da cor da luz do sol — disse ela.

E na mesma hora a árvore estremeceu e surgiu um vestido tão lindo que Cinderela quase não teve coragem de tocar. Era de ouro puro e brilhava, radioso, como o sol da manhã. E havia um par de sapatos de ouro para usar com ele.

— Obrigada! — Cinderela falou.

No baile, o príncipe não olhou para mais ninguém. Dançaram a noite inteira e ele não deixava que ela saísse do seu lado. Quando ela disse que estava na hora de ir embora, ele quis acompanhá-la, mas ela escapou antes que ele pudesse detê-la. Dessa vez, porém, ele havia preparado uma armadilha. Disse aos criados para espalhar piche na escadaria, de forma que, quando ela desceu correndo, um dos sapatos ficou preso e ela teve de deixá-lo para trás.

O príncipe pegou o sapato e não deixou ninguém mais tocar nele. Limpou o piche e descobriu que era de ouro puro.

De manhã, uma proclamação ecoou por todo o reino: "Quem perdeu um sapato no baile do príncipe ontem pode vir ao castelo procurar por ele. O príncipe se casará com a dama em quem o sapato servir."

Damas e criadas, camponesas e princesas vieram de todo aquele reino e de muitos reinos em torno, mas nenhuma delas conseguia calçar o sapato. Por fim, chegou a vez das irmãs de Cinderela. A propósito, os pés delas eram sua melhor parte, bonitos e bem formados, e as duas acharam que o sapato ia servir. Mas, só por precaução, a mãe chamou a primeira irmã e sussurrou: — Se não servir, leve esta faca e corte um pedaço de seu calcanhar. Só vai doer um pouquinho e você será rainha.

A primeira irmã entrou no quarto para experimentar. Não conseguia enfiar o pé no sapato, então fez o que a mãe mandou e cortou um pedaço do calcanhar. Apertou o pé dentro do sapato e saiu mancando, tentando sorrir.

O príncipe tinha de cumprir o prometido e se casar com ela. Ajudou-a a subir em seu cavalo. Mas, quando estavam se afastando, os pombos cantaram da aveleira:

Cucurru, esteja avisado
que o sapato está manchado.
Grande é o pé da moça esperta.
Não é essa a noiva certa!

O príncipe olhou e viu que tinham razão. Havia sangue pingando do sapato. Ele virou o cavalo e voltou.

A mãe disse à segunda irmã: — Se o sapato não servir, corte o dedão do pé. Não vai doer muito, só arder um pouco, e você casa com o príncipe.

A segunda irmã fez o que a mãe mandou e o príncipe a montou em seu cavalo e começou a voltar para o palácio. Mas os pombos na aveleira cantaram outra vez:

Cucurru, esteja avisado,
do sapato ensanguentado!
Comprido é o pé da malvada.
Essa é a moça errada!

O príncipe a levou de volta e disse ao pai: — Tenho certeza de que segui a princesa misteriosa até esta casa. Não tem nenhuma outra filha?

— Bom, tenho só a Cinderela — disse o pai —, mas não pode ser ela, não.

— Não é ela de jeito nenhum! — disse a madrasta. — Não podemos deixar que seja vista, alteza. Ela é suja demais para se ver.

— Se tem mais uma filha, insisto em ver quem é — disse o príncipe. — Que seja trazida imediatamente.

Então foram buscar Cinderela na cozinha. Ela não queria ir enquanto não se lavasse e claro que tiveram de lavar o sapato de ouro, de forma que o príncipe precisou esperar. Mas finalmente Cinderela entrou na sala e fez uma reverência. O coração do príncipe bateu muito forte quando a viu. Ela se sentou, ele calçou o sapato em seu pé e serviu perfeitamente.

— Esta é minha noiva! — disse ele. E tomou Cinderela nos braços.

A madrasta e as irmãs ficaram horrivelmente pálidas e quase roeram os dedos de raiva, envergonhadas.

O príncipe montou Cinderela em seu cavalo e foram embora, enquanto os pombos cantavam na aveleira:

Cucurru, agora é fato,
não há sangue no sapato!
Não é largo, nem aperta,
essa é a noiva certa!

Eles então voaram e pousaram nos ombros de Cinderela, um de cada lado, e ali ficaram.

No casamento, as duas irmãs ficaram bajulando o casal real, querendo tirar vantagem da sorte de Cinderela. Quando o príncipe e sua noiva foram para a igreja, a irmã mais velha seguiu à direita deles, a irmã mais nova à esquerda; os pombos vieram e bicaram um olho de cada uma. Depois da cerimônia, quando saíram da igreja, a mais velha foi à esquerda e a mais nova à direita. Os pombos vieram de novo e bicaram o outro olho delas.

E assim sua maldade e falsidade foram castigadas com a cegueira até o fim de seus dias.

* * *

Tipo de conto: ATU 510A, "Cinderela".
Fonte: um contador de histórias anônimo do Hospital Elizabeth em Marburg, com material adicional de Dorothea Viehmann.
Histórias semelhantes: "A gata borralheira", de Giambattista Basile (*The Great Fairy Tale Tradition,* org. Jack Zipes); "Ashpitel", "A menina da cinza", "Casaco de musgo", "Rashin Coatie", de Katharine M. Briggs (*Folk Tales of Britain*); "Gràttula-Bedàttula", de Italo Calvino (*Italian Folktales*); "Cinderela", de Charles Perrault (*Perrault's Complete Fairy Tales*); *The Cinderela Story,* de Neil Philip (contendo vinte e quatro versões diferentes da história e um excelente comentário).

A história de Cinderela deve ser uma das mais profundamente estudadas de todo o corpo dos contos de fadas. Livros inteiros foram escritos a respeito do conto e de suas variantes. É a pantomima mais popular da Grã-Bretanha. O mais importante é que parece funcionar sempre.

Grande parte da popularidade da história se deve a Charles Perrault, cuja inventividade e encanto deliciaram leitores desde o momento em que seu livro *Histoires ou contes du temps passé* (Histórias ou contos do tempo antigo), mais conhecido em inglês por seu subtítulo, Histórias da mamãe Ganso, foi publicado em 1697. A coisa que todo mundo sabe a respeito de Perrault é que ele traduziu errado *vair*, pele, por *verre*, vidro, mas não acredito nisso. Perrault era suficientemente inventivo para imaginar um sapato de vidro, coisa que é impossível, mágica e infinitamente mais memorável do que pele. Foi também Perrault quem transformou o princípio auxiliador da história (que é sempre uma mãe substituta, seja aveleira crescendo no túmulo da mãe verdadeira, ou cabra, ou vaca, ou pomba) em madrinha, cuja função é imediatamente fácil de entender.

Uma interpretação errada e comum é que se trata simplesmente de uma história de pobre que fica rica. Há pobreza e há riqueza, mas segundo Bruno Bettelheim em *The Uses of Enchantment*, o tema mais importante é a rivalidade entre irmãos, que compreende a chegada da menina à maturidade sexual, simbolizada pelo casamento. Por isso a função encarnada pela fada madrinha é tão importante: ela representa a mãe fazendo o que uma boa mãe faria, e ajudando a menina a parecer tão bela por fora como por dentro.

Para esta versão tomei emprestada a ideia dos vestidos de cores diferentes da "Casaco de musgo" britânica, que no meu entender é a melhor Cinderela.

Na primeira versão dos Grimm, publicada em 1812, não há castigo nenhum para as irmãs de criação. A história termina com pombos dizendo que essa é a esposa certa. O castigo da cegueira foi acrescentado em sua versão de 1819 e mantido em versões posteriores. A cegueira vai muito bem num conto, mas seria difícil de colocar no palco. A peça não é nenhum *Rei Lear*. Nenhuma irmã feia é cegada na pantomima, nem na ópera. *Cendrillon,* de Massenet (1899), e *La Cenerentola,* de Rossini (1817), ambas têm final feliz. Em Perrault, onde impera a doçura, as irmãs acabam casadas com nobres da corte.

Ela tem muitos nomes. Os Grimm a chamam de Aschenputtel, mas ela é definitivamente Cinderella em inglês e outras línguas ocidentais. Em nossas casas com aquecimento central hoje em dia, em que poucas crianças jamais viram *cinder*, cinza, ou sabem do que se trata, Cinderela soa apenas como um nome bonito, mas achei que era preciso algum contexto.

O enigma

Era uma vez um príncipe que meteu na cabeça que ia correr o mundo, sem levar ninguém com ele além de um criado fiel. Um dia, chegaram a uma grande floresta e quando escureceu não conseguiram encontrar nenhum lugar para se abrigar. Não sabiam onde passar a noite.

Então o príncipe viu uma casinha. Indo na direção da casa, havia uma moça, e quando chegaram perto, ele viu que ela era jovem e bonita.

O príncipe a alcançou e disse: — Me diga, moça, meu criado e eu podemos passar a noite nessa casinha?

— Podem — respondeu ela com a voz triste —, mas eu não acho que seja uma boa ideia. Eu não faria isso se fosse você.

— Por que não? — perguntou o príncipe.

A moça suspirou. — Minha madrasta mora aí — disse —, e ela pratica as artes do mal. Além disso, não gosta de estranhos. Mas, se precisam mesmo entrar, não comam nem bebam nada do que ela oferecer.

O príncipe entendeu que era a casa de uma bruxa. Mas estava escuro e eles não podiam continuar. Além disso, ele não tinha medo de nada, de forma que bateu e entraram.

A velha estava sentada numa poltrona diante do fogo e quando olhou para o príncipe seus olhos brilharam como duas brasas.

— Boa noite, meus jovens — disse ela com sua voz mais gentil. — Sentem e descansem.

Ela soprou o fogo e mexeu alguma coisa numa panelinha. Seguindo o conselho da moça, o príncipe e seu criado não comeram nem beberam nada; se cobriram direitinho e dormiram profundamente até de manhã.

Quando o dia amanheceu, aprontaram-se para ir embora. O príncipe já estava montado em seu cavalo quando a velha saiu e disse: — Espere um pouco. Tomem alguma coisa antes de pegarem a estrada.

Enquanto ela voltava para a casa, o príncipe se afastou, mas o criado teve de apertar o cinturão da sela e ainda estava lá quando a velha trouxe algo para ele beber.

— Aí está você — disse ela. — Leve isso para o seu patrão.

Mas ele não teve tempo de obedecer porque assim que pegou o copo da mão dela, o vidro se quebrou e a bebida se espalhou em cima de seu cavalo. Era um veneno, claro, e tão forte que o pobre animal caiu morto na hora. O criado saiu correndo atrás do príncipe e contou o que tinha acontecido. Teriam ido embora dali mesmo, mas ele não queria abandonar sua sela, então voltaram para pegá-la. Quando chegaram ao cavalo morto, encontraram um corvo já empoleirado em sua cabeça, bicando seus olhos.

— Quem sabe a gente não encontra mais nada para comer hoje — ele pensou, então matou o corvo e levou com ele.

Vagaram pela floresta o dia inteiro, mas não conseguiam achar a saída. Quando a noite caiu, chegaram a uma estalagem e o criado deu o corvo para o estalajadeiro preparar o jantar deles.

Ora, o que eles não sabiam é que tinham caído num antro de malfeitores — assassinos, na verdade. E, assim que o príncipe e o criado se sentaram, apareceram doze bandidos, dispostos a acabar com eles. Mas, quando viram chegar o jantar, os assassinos acharam que podiam comer primeiro. Foi a última refeição deles, porque não tinham engolido mais que um bocado do ensopado de corvo quando caíram todos mortos. O veneno do cavalo era tão forte que havia passado para o corvo, o suficiente para matar todos eles.

O estalajadeiro fugiu ao ver o que aconteceu e não havia mais ninguém no local além da filha do estalajadeiro. Era uma boa menina e não tinha nada a ver com os assassinos e sua maldade. Ela destrancou uma porta secreta e mostrou ao príncipe o tesouro que eles haviam roubado: pilhas de ouro e prata e montes de joias. O príncipe disse que podia ficar tudo para ela: ele não queria nada daquilo.

E mais uma vez ele e o criado seguiram seu caminho.

Viajaram por longo tempo e um dia chegaram a uma cidade onde havia uma princesa que era tão bonita quanto orgulhosa. Ela havia anunciado que só se casaria com um homem que lhe fizesse uma pergunta que não conseguisse responder. Porém, se doze sábios resolvedores de enigmas aprovassem sua resposta, a cabeça dele seria cortada. Ela teria três dias para pensar, mas era tão inteligente que sempre resolvia o enigma antes desse prazo. Nove homens já tinham tentado vencê-la, mas todos haviam perdido a cabeça.

Isso, porém, não preocupava o príncipe. Ficara tão fascinado com sua grande beleza que estava disposto a arriscar a vida. Foi ao palácio e apresentou seu enigma.

— Um matou nenhum — disse ele —, mesmo assim matou doze. O que é?

Ela não fazia ideia do que podia ser. Pensou e pensou, mas não lhe veio nada à cabeça. Consultou seus livros de enigmas, mas não encontrou nada semelhante em toda a história dos enigmas. Parecia que finalmente havia encontrado alguém à sua altura.

Mas não estava disposta a ceder, de forma que, quando veio a noite, sua criada entrou sorrateiramente no quarto do príncipe. Lá teria de ouvir com cuidado qualquer coisa que o príncipe falasse dormindo, no caso de ele revelar a resposta ao enigma em seu sono. Mas não deu certo, porque o criado do príncipe havia tomado seu lugar e quando a criada entrou ele arrancou o manto com que ela havia se coberto e a espantou com uma vara. Então isso não deu certo.

Na segunda noite, a princesa mandou outra criada, para ver se conseguia descobrir alguma coisa. O criado tirou o manto dela também e a afastou com uma vara ainda maior. Então, não deu certo também.

Na terceira noite, o príncipe resolveu esperar e vigiar ele mesmo. Dessa vez, veio a princesa em pessoa. Estava vestindo um lindo manto cinza-névoa; sentou-se suavemente na cama ao lado dele e esperou até ter certeza de que estava dormindo.

Mas ele ainda estava acordado e, quando ela sussurrou: — Um matou nenhum. O que é isso? — ele respondeu: — Um corvo comeu a carne de um cavalo envenenado e morreu.

Então ela perguntou: — Mesmo assim matou doze. O que quer dizer isso?

Ele respondeu: — Doze assassinos comeram o ensopado feito com o corvo e morreram por isso.

Ela agora tinha a certeza de ter conseguido a resposta. Tentou ir embora na ponta dos pés, mas o príncipe agarrou seu manto e segurou com tanta força que ela o deixou e saiu.

Na manhã seguinte, a princesa anunciou que tinha resolvido o enigma. Mandou chamar os doze resolvedores de enigmas e contou o que queria dizer. Parecia que o príncipe estava condenado, mas ele pediu para falar.

— A princesa veio ao meu quarto quando achou que eu estava dormindo — ele disse — e me perguntou a resposta. Ela nunca teria adivinhado se não fosse assim.

Os resolvedores de enigmas conferenciaram entre si e perguntaram: — O senhor tem alguma prova disso?

Então o príncipe mostrou os três mantos. Quando os resolvedores de enigmas viram o manto cinza-névoa que ninguém mais usava a não ser a princesa, disseram: — Mande bordar esse manto com ouro e prata, alteza, porque será seu vestido de noiva. O jovem príncipe venceu.

* * *

Tipo de conto: ATU 851, "A princesa que não conseguiu resolver o enigma".
Fonte: história contada aos irmãos Grimm por Dorothea Viehmann.
Histórias semelhantes: "A princesa que queria resolver enigmas", de Alexander Afanasiev (*Russian Fairy Tales*); "O jovem príncipe", de Katharine M. Briggs (*Folk Tales of Britain*); "O filho do mercador de Milão", de Italo Calvino (*Italian Folktales*).

Este conto é de um tipo bem distribuído; uma variação dele aparece, por exemplo, na ópera *Turandot* de Puccini (1926). A versão dos Grimm é muito melhor que a maioria, por sua organização e clareza da estrutura em três partes. Organização e clareza são grandes virtudes quando se conta uma história. A fonte dos Grimm para esse conto foi Dorothea Viehmann, uma vendedora de frutas de Zwehrn, não longe de Kassel, onde moravam os Grimm. Ela forneceu a eles vários contos, dos quais alguns aparecem nesta coleção, e possuía a rara qualidade de não só contar uma história com vivacidade e fluência, mas de repeti-la frase por frase para eles poderem anotar com precisão. Os irmãos prestaram este tributo a ela no prefácio da primeira edição:

> "Quem acredita que as narrativas orais são sempre falsificadas, que não são cuidadosamente preservadas, e que longas narrativas são, em geral, impossíveis, devia ter a chance de ouvir a precisão que ela mantém em cada história e como se aplica em narrá-las corretamente; quando ela conta uma coisa, nunca muda o conteúdo e corrige um erro assim que o nota, mesmo que isso exija que se interrompa."

(Citado na tradução de Maria Tatar em *The Hard Facts of the Grimms' Fairy Tales*.)

O rato, o pássaro e a salsicha

Um ratinho, um pássaro e uma salsicha resolveram morar juntos. Durante um longo tempo viveram felizes, sobrevivendo com o que tinham e conseguindo até economizar um pouco. O trabalho do pássaro era ir à floresta todo dia e trazer lenha para o fogo, o ratinho tinha de trazer água do poço, acender o fogo e arrumar a mesa, e a salsicha cozinhava.

Mas nunca nos contentamos em viver bem quando pensamos em viver melhor. Um dia, quando o pássaro estava na floresta, encontrou outro pássaro e se gabou de sua vida boa. O outro pássaro o chamou de bobo.

— Como assim?

— Bom, quem é que faz o trabalho mais pesado? Você. Tem de voar para lá e para cá levando a lenha no bico, enquanto os outros dois vivem na folga. Estão se aproveitando de você, não se iluda.

O passarinho pensou um pouco. Era verdade que depois de acender o fogo e levar a água, o ratinho geralmente ia para seu quarto e tirava uma soneca antes da hora de pôr a mesa. A salsicha ficava diante das panelas quase o tempo todo de olho nos legumes, e de vez em quando mergulhava na água para dar gosto. Se precisava de mais tempero, nadava mais devagar. Isso era mais ou menos tudo o que ela fazia. Quando o pássaro voltava para casa com a lenha, eles a arrumavam ao lado da lareira e se sentavam para comer, depois dormiam profundamente até o dia seguinte. Era assim que viviam e era uma boa vida.

Porém, o pássaro não conseguia parar de pensar no que o outro passarinho havia dito e no dia seguinte se recusou a ir catar lenha.

— Chega de ser escravo — declarou. — Vocês devem ter achado que eu era bobo. Já está na hora de experimentar um arranjo melhor.

— Mas está funcionando tão bem assim! — disse o ratinho.

— Claro que para você está mesmo.

— Além disso — a salsicha falou —, cada tarefa combina com nossos talentos pessoais.

— Só porque nunca tentamos fazer diferente.

O ratinho e a salsicha discutiram, mas o passarinho não queria saber de nada. Por fim, os dois cederam e tiraram a sorte. O trabalho de catar lenha ficou para a salsicha, a cozinha para o ratinho e buscar água e acender o fogo para o pássaro.

O que aconteceu?

A salsicha saiu para catar lenha, o pássaro acendeu o fogo e o ratinho pôs a panela no fogão. Então, ficaram esperando a salsicha voltar com a primeira carga de lenha. Ela demorou tanto, que os dois começaram a ficar preocupados, então o pássaro foi ver se estava tudo bem.

Não muito longe da casa, encontrou um cachorro lambendo os beiços.

— Viu uma salsicha por aqui?

— Vi, sim. Acabei de comer ela. Deliciosa.

— Como assim? Não pode fazer isso! Que coisa horrível! Vou denunciar você para as autoridades!

— Não fiz nada de errado. Que eu saiba não é proibido caçar salsichas.

— Claro que está errado! Ela estava tranquilamente fazendo seu trabalho! Isso é assassinato!

— Aí que você se engana, meu amigo. Ela estava com documentos falsos e isso é um crime muito sério.

— Documentos falsos? Nunca ouvi besteira maior. Cadê os documentos? Cadê a prova?

— Comi também.

O pássaro não podia fazer nada. Numa briga entre um cachorro e um passarinho, só existe um vencedor, e não é o passarinho. Ele voltou para casa e contou ao ratinho o que havia acontecido.

— Foi comida? — o ratinho falou. — Ah, que horror! Vou sentir muita falta dela.

— É muito triste. Vamos ter de nos virar sem ela — disse o pássaro.

Ele pôs a mesa enquanto o ratinho terminava os últimos toques do ensopado. Lembrou-se de como a salsicha nadava e nadava no caldo para que ficasse gostoso e resolveu fazer a mesma coisa, então subiu no cabo da panela e mergulhou; mas ou o caldo estava quente demais e ele sufocou, ou não sabia nadar e se afogou, o fato é que nunca mais saiu.

Quando o pássaro viu o caldo de legumes fervendo com um rato morto ali dentro, entrou em pânico. Estava cuidando do fogo e, no susto, espalhou a lenha em brasa por todo lado e tocou fogo na casa. Foi correndo até o poço, pegar água para apagar, mas prendeu a pata na corda. E quando o balde cheio despencou para dentro do poço, lá se foi o passarinho junto. Então ele morreu afogado, e foi esse o fim de todos.

* * *

Tipo de conto: ATU 85, "O rato, o pássaro e a salsicha".
Fonte: uma história de *Wunderliche und Wahrhafftige Gesichte Philanders von Sittewald* (A maravilhosa história verdadeira de Philander von Sittewald), de Hans Michael Moscherosch1650.

Diferentes do gato e da rata (p. 31), estes parceiros não são fundamentalmente conflitantes. Podiam ter vivido felizes por um longo tempo, se a satisfação do pássaro não tivesse sido fatalmente comprometida. Essa é a única moral desta história, mas ela é uma espécie de fábula, assim como o conto do gato e da rata, de forma que se espera mesmo uma moral.

Alguns leitores curiosos poderão sentir vontade de saber de que tipo era a salsicha. Afinal, segundo a internet, a Alemanha tem mais de 1.500 tipos de salsichas: de qual delas se pode esperar esse tipo de domesticidade altruísta? Bom, a salsicha era uma *bratwurst.*

Mas por alguma razão a palavra *bratwurst* não é tão engraçada como "salsicha". Segundo um famoso comediante cujo nome me escapa, *sausage*, salsicha, é a palavra mais engraçada da língua inglesa. Esta história sem dúvida causaria outro tipo de comoção se fosse sobre um ratinho, um pássaro e uma costeleta de carneiro.

Chapeuzinho Vermelho

Era uma vez uma menina tão delicada e boa que todo mundo a adorava. Sua avó, que a amava mais que todo mundo, deu de presente para ela uma capinha feita de veludo vermelho que lhe caía tão bem que ela queria usar o tempo todo. Por causa disso, todos a chamavam de Chapeuzinho Vermelho.

Um dia, a mãe disse assim: — Chapeuzinho Vermelho, tenho um serviço para você. Sua avó não está muito bem e quero que leve para ela este bolo e uma garrafa de vinho. Ela vai se sentir bem melhor. Seja educada quando entrar na casa dela e dê um beijo nela por mim. Tome cuidado e não saia do caminho, senão pode tropeçar, quebrar a garrafa e derrubar o bolo, aí não terá nada para levar para ela. Quando entrar na sala, não se esqueça de dizer: "Bom dia, vovó", e não fique espiando pelos cantos.

— Vou fazer tudo direitinho, não se preocupe — Chapeuzinho Vermelho falou e deu um beijo de despedida em sua mãe.

A avó morava na floresta, a meia hora de caminhada dali. Depois de poucos minutos, apareceu um lobo. Ela não sabia o animal malvado que ele era, então não sentiu medo nenhum.

— Bom dia, Chapeuzinho Vermelho! — disse o lobo.

— Obrigada, lobo, bom dia para o senhor também.

— Aonde vai assim tão cedo?

— Vou à casa da vovó.

— E o que tem nessa sua cesta?

— Vovó não está muito bem, estou levando para ela um bolo e uma garrafa de vinho. Fizemos o bolo ontem, cheio de coisas boas, farinha e ovos, e vai fazer bem a ela, vai se sentir melhor.

— Onde mora sua avó, Chapeuzinho?

— Bom, tenho de seguir este caminho até chegar a três carvalhos bem grandes. Lá fica a casa dela, atrás de uma cerca de aveleiras. Não é muito longe, uma caminhada de uns quinze minutos, acho. O senhor deve conhecer o lugar — disse Chapeuzinho Vermelho.

O lobo pensou: "Ora, esta coisinha gostosa parece um bom bocado. Deve ser ainda mais gostosa do que a velha, mas se eu for bem cuidadoso, posso comer as duas."

Então, durante um momento, acompanhou Chapeuzinho Vermelho e disse: — Olhe essas flores, Chapeuzinho! Não são lindas? Aquelas ali embaixo da árvore. Por que não chega mais perto para ver melhor? Parece até que está indo para a escola, tão séria e decidida. Nem vai ouvir os passarinhos se continuar assim. A floresta é tão bonita, pena você não aproveitar.

Chapeuzinho Vermelho olhou para onde ele apontava e, quando viu os raios de sol dançando aqui e ali entre as árvores e as flores bonitas que havia por toda parte, pensou: "Posso colher umas flores e levar para vovó! Ela vai ficar bem contente com essas aqui. E ainda é cedo, tenho tempo de fazer isso e ainda voltar para casa na hora."

Então saiu do caminho, correu pelo meio das árvores, colhendo flores; mas a cada uma que pegava via outra ainda mais linda um pouco adiante, então corria para pegar essa também. E foi indo cada vez mais longe para dentro da floresta.

Enquanto ela fazia isso, o lobo correu diretamente para a casa da vovó e bateu na porta.

— Quem é?

— Chapeuzinho Vermelho — disse o lobo. — Trouxe um bolo e vinho para a senhora. Abra a porta!

— É só levantar o trinco — disse a vovó. — Estou tão fraca que não posso sair da cama.

O lobo levantou o trinco e a porta se abriu. Ele entrou, olhou em torno para ver onde ela estava, saltou em cima da cama da vovó e a engoliu inteira. Depois, vestiu a roupa dela, pôs a touca de dormir na cabeça, fechou bem as cortinas e deitou na cama.

Durante todo esse tempo, Chapeuzinho Vermelho estava distraída, colhendo flores. Quando tinha colhido tantas que nem podia mais carregar, lembrou do que precisava fazer e seguiu o caminho até a casa de sua avó. Ao chegar, ficou surpresa, porque a porta estava aberta e o quarto escuro.

"Nossa!", pensou, "não estou gostando disso. Estou com medo, e normalmente eu gosto da casa da vovó."

Falou: — Bom dia, vovó! — mas ninguém respondeu.

Então ela foi até a cama e abriu a cortina. Lá estava sua avó, com a touca enfiada na cabeça e parecendo muito estranha.

— Ah, vovó, que orelha grande a senhora tem!

— É para te ouvir melhor.

— Vovó, que olhos grandes a senhora tem!

— É para te enxergar melhor.

— Vovó, que mãos grandes a senhora tem!

— É para te agradar melhor.

— E, ah, vovó, que boca grande e assustadora a senhora tem...

— É para te comer melhor!

E logo que disse isso, o lobo saltou da cama e engoliu Chapeuzinho Vermelho. Assim que engoliu a menina, ele se sentiu cheio e satisfeito, e como a cama era tão boa e macia, subiu nela de volta, dormiu profundamente e começou a roncar muito alto mesmo.

Aconteceu de um caçador estar passando por ali.

"A velhinha está fazendo tanto barulho", ele pensou. "Melhor eu dar uma olhada para ver se está tudo bem."

Entrou e, quando chegou perto da cama, parou assustado.

"Lobo maldito!", pensou. "Estou procurando você faz muito tempo. Até que enfim encontrei!"

Ergueu a espingarda, mas abaixou outra vez, porque pensou que o lobo podia ter comido a velhinha e ele talvez pudesse salvá-la. Então largou a espingarda, pegou uma tesoura e começou a cortar, abrindo a barriga do lobo. Logo depois de dois cortes, viu o chapeuzinho vermelho e depois de mais dois cortes a menina saltou para fora.

— Ah, foi horrível! — disse ela. — Eu fiquei tão assustada! Estava tão escuro dentro da barriga do lobo!

Então a vovó começou a sair, um pouco sem fôlego, mas não muito pior por causa da experiência. Enquanto o caçador a ajudava a sentar numa cadeira, Chapeuzinho Vermelho saiu e pegou umas pedras pesadas. Encheu o corpo do lobo com elas. Depois, Chapeuzinho Vermelho costurou a barriga dele direitinho e o acordaram.

Vendo o caçador ali com sua arma, o lobo entrou em pânico e saiu correndo para fora, mas não foi muito longe. As pedras eram tão pesadas que ele logo caiu morto.

Os três ficaram muito contentes. O caçador tirou a pele do lobo e levou embora para casa. Vovó comeu o bolo e tomou o vinho, enquanto Chapeuzinho Vermelho pensava: "Escapamos por pouco! Enquanto eu viver, nunca mais farei isso. Se mamãe disser para eu não sair do caminho, não vou sair de jeito nenhum!"

* * *

Tipo de conto: ATU 333, "Chapeuzinho Vermelho".
Fonte: história contada aos irmãos Grimm por Jeanette e Marie Hassenpflug.
Histórias semelhantes: "A vovó falsa", "O lobo e as três meninas", de Italo Calvino (*Italian Folktales*); "Chapeuzinho Vermelho", de Charles Perrault (*Perrault's Complete Fairy Tales*).

Acho que este e "Cinderela" (p. 131) são os dois contos de fadas mais conhecidos (pelo menos no Reino Unido), e os dois devem muito de sua popularidade a Charles Perrault (veja nota a "Cinderela" na p. 140). Sua versão é diferente da dos Grimm, principalmente porque termina com o lobo comendo Chapeuzinho Vermelho. Não existe salvamento pelo valente caçador; em vez disso, um verso moralista alerta que nem todos os lobos são maus — alguns são sedutores de fala mansa.

O caçador é um detalhe interessante. As florestas alemãs não eram apenas espaços selvagens, que não pertenciam a ninguém: geralmente pertenciam a príncipes e depois da grande demanda por madeira para a construção de barcos e da destruição da vegetação para abrir caminho para plantações e gado, a maior parte das florestas era para prazer e recreação: em resumo, para caçadas. Como diz John Eliot Gardiner em seu trabalho sobre J. S. Bach: "Em termos de influência sobre o manejo de suas florestas (i.e., dos nobres proprietários), o caçador eclipsava o lenhador (assim como hoje, tantas vezes, o camponês e o mantenedor da caça predominam sobre o lenhador)."

Talvez um lenhador, menos seguro diante de animais selvagens do que um caçador, e com menos probabilidade de portar uma arma, tivesse fugido na ponta dos pés do lobo adormecido e deixado Chapeuzinho Vermelho e sua avó serem digeridas.

Mesmo que isso fosse provável, tanto Perrault quanto os Grimm reforçam a respeitabilidade burguesa. Na versão dos Grimm, Chapeuzinho Vermelho não precisa de um lembrete moralista de não se afastar do caminho — ela aprendeu a lição. (Durante o pânico com a pedofilia, era comum ouvir essa história usada para lembrar as crianças do "estranho perigoso".) Ela nunca mais se afastará do caminho.

A famosa gravura de Gustave Doré, publicada em 1863 como ilustração da versão de Perrault, mostrando Chapeuzinho Vermelho na cama com o lobo, nos lembra de parte da força desta história: lobos *são* sexy. Assim como raposas, como Beatrix Potter bem sabia ao criar e desenhar o gentil "cavalheiro com bigodes cor de areia" de *The Tale of Jemima Puddle-Duck* (1908), sua própria variante da história de Chapeuzinho Vermelho. Perrault o teria reconhecido de imediato.

Talvez o comentário de Charles Dickens resuma a atração da heroína com maior vivacidade: "Chapeuzinho Vermelho foi meu primeiro amor." Bruno Bettelheim cita o que ele teria dito: "Sinto que, se tivesse casado com Chapeuzinho Vermelho, conheceria a felicidade perfeita." (*The Uses of Enchantment*, p. 23.)

Os músicos de Bremen

Era uma vez um homem que tinha um burro e durante anos esse burro carregou sacos de grão para o moinho sem uma palavra de queixa; mas agora suas forças estavam se acabando, então não podia mais trabalhar tão duro como antes, e seu dono achou que estava na hora de parar de alimentá-lo. O burro notou isso e não gostou nem um pouco, então fugiu e procurou a estrada para Bremen. Seu plano era se tornar um músico na cidade.

Tinha andado um pequeno trecho quando topou com um cachorro de caça deitado na estrada. O cachorro estava ofegando como se tivesse acabado de correr quilômetros.

— Por que está sem fôlego, Pegador? — perguntou o burro.

— Bom, estou ficando velho, sabe? — explicou o cão. — E não consigo mais correr tão depressa quanto antes. Meu dono acha que não sirvo mais para nada e quer me matar, então fugi; mas não sei como ganhar a vida de nenhum outro jeito e estou ficando com fome.

— Bom, vou te dizer uma coisa — disse o burro —, estou mais ou menos na mesma situação, mas tenho um plano. Vou para Bremen, porque lá eles pagam bem os seus músicos. Venha comigo e seja músico. Eu vou tocar alaúde, não parece muito difícil, e você pode tocar bateria.

— Muito boa ideia — disse o cão e foi junto com o burro.

Andaram um pequeno trecho e viram um gato sentado à beira da estrada que parecia ter perdido uma moeda grande e achado uma pequena.

— O que foi, Limpa Bigodes? — perguntou o burro.

— Ai, minha nossa — disse o gato —, estou numa enrascada. Comecei a envelhecer um pouco, claro que vocês nem devem ter notado, mas não sou mais jovem como antes e meus dentes não são mais tão cortantes. Eu caçava camundongos, ratos, toda sorte de pragas, sabe, pode escolher, mas hoje em dia prefiro ficar sentado perto do fogão e cochilar. Minha dona ia me jogar fora, mas eu fugi. Nem imagino o que fazer agora. Você tem ideia?

— Venha conosco para Bremen — disse o burro. — Vamos tocar com os músicos da cidade. Você sabe cantar, ouvi você cantando muito bem durante a noite, venha junto com a gente.

O gato achou que era muito boa ideia e seguiram todos juntos. Então, chegaram a uma fazenda. Em cima do telhado havia um galo, cantando com toda força.

— Por que está cantando? — o burro perguntou. — Já amanheceu faz tempo.

— Estou fazendo a previsão do tempo — disse o galo. — É dia de Nossa Senhora, dia em que ela lava as camisas do Menino Jesus e pendura para secar. Estou dizendo à família que vai ser um dia seco e ensolarado. Você acha que eles agradecem? Nem um pouco. Vão receber convidados amanhã e estão querendo me comer, então a mulher do fazendeiro disse que hoje à noite vai cortar fora minha cabeça. Eu vou cantar e cantar enquanto tiver ar nos meus pulmões.

— Nossa, que coisa triste — disse o burro. — Por que não vem conosco para Bremen? Vamos ser músicos. Você tem uma linda voz e quando tocarmos juntos, vamos ser irresistíveis.

O galo concordou. E partiram, mas não conseguiriam chegar à cidade de Bremen em um dia, então resolveram procurar abrigo para a noite na floresta onde já se encontravam. O burro e o cachorro deitaram debaixo de uma grande árvore, o gato subiu num galho, o galo voou para o ponto mais alto. De repente, desceu de novo com notícias. Antes de dormir, olhou em torno, norte, sul, leste, oeste, e pensou que devia haver uma casa não muito longe porque tinha visto uma luz acesa.

— Bom, vamos lá — disse o burro. — Não pode ser pior do que aqui.

— E, se tem uma casa — disse o cachorro —, pode haver uns ossos com um pouco de carne ainda grudada neles.

Então seguiram na direção da luz e logo a viram, brilhando entre as árvores. Foi ficando maior e maior e de repente estavam diante dela. O burro, como era o mais alto, foi até a janela e olhou para dentro.

— O que está vendo, Cara Cinzenta? — perguntou o galo.

— Estou vendo uma mesa coberta com coisas boas para comer e beber, mas...

— Mas o quê?

— Sentados em volta da mesa estão doze ladrões, todos comendo tudo o que podem.

— Se ao menos fosse a gente! — disse o galo.

Discutiram entre si como fazer para afastar os ladrões e por fim chegaram a um plano: o burro apoiava as patas da frente no peitoril da janela, o cachorro subia em suas costas, o gato subia no cachorro e o galo se empoleirava em cima do gato, assim podiam fazer música. Então se aprontaram e depois que o burro contou os tempos, todos começaram a cantar juntos o mais alto que podiam: o burro zurrava, o cachorro latia, o gato miava e o galo cocoricava. Quando terminaram, pularam todos pela janela, quebrando o vidro e fazendo um barulho terrível.

Os ladrões deram um pulo ao mesmo tempo, pensando que era o Diabo, ou pelo menos um fantasma, e fugiram para a floresta, morrendo de medo. Os quatro músicos sentaram e comeram tudo o que restava, se empanturrando como se não fossem mais comer durante um mês.

Quando terminaram sentiram cansaço, porque tinham tido um dia longo, então deitaram para dormir. Cada um encontrou o lugar de que mais gostava: o burro deitou perto do monte de esterco do lado de fora, o cachorro se enrolou atrás da porta, o gato se esticou perto do fogo na lareira e o galo empoleirou-se na viga do teto.

À meia-noite, os ladrões, que estavam observando de longe, viram que a luz havia se apagado.

— A gente não devia ter deixado que nos assustassem assim — disse o chefe. — Não foi muito valente, foi? Agora, Esquerdinha, volte e dê uma olhada. Veja o que está acontecendo.

Esquerdinha se esgueirou até a casa. Não conseguiu ouvir nada, então entrou na cozinha na ponta dos pés e olhou em torno. Não havia nada para ver além dos olhos acesos do gato. Esquerdinha achou que eram duas brasas, riscou um fósforo para acendê-las de novo e tocou o focinho do gato.

Naturalmente, o gato não gostou daquilo. Deu um pulo, miando e guinchando e arranhou a cara do ladrão.

— Aaaaaai! — Esquerdinha gritou e correu para a porta. Tropeçou no cachorro, que lhe deu uma mordida forte na perna.

— Uau! — Esquerdinha gritou e saiu correndo para o pátio. O burro acordou e deu-lhe um forte coice no traseiro.

— Aaaaah! — Esquerdinha berrou e acordou o galo que cantou: — Cocoricó!

— Nããããoo! — Esquerdinha gemeu e saiu correndo pela floresta, temendo pela própria vida.

— O que foi? O que foi? — perguntou o chefe dos ladrões.

— Não podemos voltar lá! — disse Esquerdinha. — Tinha uma bruxa horrível na cozinha que me arranhou com suas unhas. E um homem com uma faca atrás da porta me apunhalou numa perna. E um bruto com um porrete do lado de fora, que me bateu com tanta força que acho que quebrou meu traseiro. E o juiz sentado no teto gritou: "Corram com o preso para cá!" Então saí correndo.

Desde então, os ladrões não tiveram mais coragem de voltar à casa. Os quatro músicos de Bremen, por outro lado, gostaram tanto do lugar que nunca mais foram embora. Ainda estão morando lá, e quanto à última pessoa que contou esta história, seus lábios ainda estão se mexendo.

* * *

Tipo de conto: ATU 130, "Os animais da pousada noturna".
Fonte: história contada aos irmãos Grimm pela família Haxthausen e por Dorothea Viehmann.
Histórias semelhantes: "O touro, o carneiro, o galo e o ganso", "Como Jack foi em busca de sua fortuna", de Katharine M. Briggs (*Folk Tales of Britain*).

Os pobres animais aposentados, com sua ideia querida de tocar música na cidade de Bremen, acabam se dando bem, e isso é bom. Gosto desse conto por causa da simplicidade e potência de sua forma. Quando um conto é tão bem composto que a linha narrativa parece não ser capaz de tomar nenhum outro rumo e quando ele toca cada evento importante encaminhando para o final, só se pode curvar a cabeça em respeito ao contador.

O osso cantor

Num certo país, numa certa época, muita gente andava preocupada com um javali selvagem que estava destruindo os campos dos fazendeiros, matando o gado e estraçalhando a vida de pessoas com suas presas. O rei proclamou que quem livrasse a terra daquele monstro receberia uma grande recompensa, mas o animal era tão grande e forte que ninguém ousava chegar perto da floresta em que vivia. Por fim, o rei anunciou que quem o matasse ou capturasse receberia sua única filha em casamento.

Ora, nesse país havia dois irmãos, filhos de um homem pobre, e eles declararam que iam assumir essa arriscada tarefa. O irmão mais velho, que era malandro e esperto, resolveu isso por arrogância, porém o mais novo, que era simples e puro, foi movido pela bondade de seu coração.

O rei disse: — Se querem ter certeza de encontrar a fera, devem entrar na floresta por lados opostos.

Seguindo o conselho, o irmão mais novo entrou na floresta pelo oeste e o mais novo pelo leste.

O mais novo nem tinha andado muito quando apareceu um homenzinho na trilha, levando uma lança preta. Ele disse: — Vou te dar esta lança porque você tem o coração puro. Pode usar a lança para matar o javali selvagem e ter certeza de que vai funcionar. Ele não vai fazer nenhum mal a você.

O irmão mais novo agradeceu ao homenzinho e avançou pela floresta, levando a lança ao ombro. E logo encontrou a grande fera em pessoa. O javali investiu para cima do rapaz, mas ele segurou a lança com firmeza e em sua fúria cega o javali avançou sobre a lança com tanta força que a ponta da lâmina cortou em dois seu coração.

O rapaz carregou o monstro nas costas e partiu, com a intenção de levá-lo ao rei; mas, quando chegou à borda da floresta, encontrou uma taverna em que as pessoas estavam se divertindo, bebendo e dançando. Entre elas, encontrava-se seu irmão mais velho. Aquele malandro não tinha tido coragem de entrar na floresta e, achando que o javali não teria pressa para ir a lugar nenhum, resolvera tomar um pouco de vinho para ganhar coragem. Quando viu seu irmão mais novo saindo das árvores com o javali nos ombros, seu coração mau e invejoso começou a tentá-lo.

Ele gritou: — Irmão! Que grande feito o seu! Parabéns! Agora venha e sente aqui, vamos brindar a sua vitória.

O rapaz, em sua ingenuidade, não desconfiou de nada. Contou ao irmão mais velho sobre o homenzinho e sobre a lança preta com que havia matado o javali.

Ali ficaram até o anoitecer e então partiram juntos. Quando já estava escuro, chegaram a uma ponte sobre um ribeirão.

— Vá você primeiro — disse o mais velho.

O irmão mais novo foi na frente. Quando estava no meio da ponte, o irmão mais velho bateu na cabeça dele com tanta força que ele morreu na mesma hora. O assassino o enterrou no barranco debaixo da ponte, pôs o javali nos ombros e levou para o rei.

— Eu matei — disse ele —, mas não vi meu irmão mais novo. Espero que esteja bem.

O rei cumpriu a promessa e o irmão mais velho casou com a princesa. Depois de algum tempo, como seu irmão não havia voltado, ele disse: — Meu medo é que o javali tenha estraçalhado meu irmão. Ah, meu pobre irmão!

Todo mundo acreditou nele e achou que o assunto acabava aí.

Mas nada se esconde aos olhos de Deus. Depois de muitos anos, um pastor estava levando seus carneiros pela ponte quando viu alguma coisa branca brilhando na margem abaixo. Pensou que podia fazer algo com aquilo, desceu para pegar e encontrou um osso branco como a neve, que levou para casa e esculpiu como bocal para sua trompa.

Mas para sua surpresa, quando soprou o osso, ele começou a cantar sozinho:

Pastor, sopre a trompa para eu cantar,
que minha voz de novo se faça ouvir,
já que meu irmão resolveu me matar,
me enterrar e roubar o javali.
Coisa tão vil e cruel ele fez,
para casar com a filha de reis.

— Que bocal maravilhoso! — disse o pastor. — Faz minha trompa cantar sozinha. Tenho de mostrar para o rei.

Quando levou a trompa ao rei, ela começou a cantar sozinha de novo, como antes. O rei não era nada bobo: entendeu muito bem o que havia acontecido e mandou cavar a terra embaixo da ponte. O esqueleto inteiro do morto estava ali, menos um osso.

O irmão perverso não tinha como negar. Por ordem do rei, ele foi costurado dentro de um saco e afogado no mesmo ribeirão ao lado do qual seu irmão havia sido enterrado. Quanto ao irmão mais novo, seus ossos descansam agora num lindo túmulo vizinho a uma igreja.

* * *

Tipo de conto: ATU 780, "O osso cantor".
Fonte: história contada aos irmãos Grimm por Dortchen Wild.
Histórias semelhantes: "O cachimbo milagroso", de Alexander Afanasiev (*Russian Fairy Tales*); "Binnorie", de Katharine M. Briggs (*Folk Tales of Britain*); "A pena de pavão", de Italo Calvino (*Italian Folktales*).

Removam-se os únicos elementos sobrenaturais, o homenzinho que dá ao irmão mais novo a lança para matar javalis e o osso que canta, e o conto poderia facilmente fazer parte das histórias domésticas da antologia imensamente popular, *Schatzkästlein des Rheinischen Hausfreundes* (A arca do tesouro), de Johann Peter

Hebel, publicada em 1811, um ano antes da primeira edição dos Grimm. A especialidade de Hebel eram os contos da vida cotidiana com um caráter divertido, sensacional ou moral, e o assassinato revelado por acaso figura em mais de uma de suas anedotas.

Mas o caráter sobrenatural deste conto é importante e muito divulgado. Às vezes, o instrumento mágico que canta a verdade é feito com um osso, às vezes com um caniço, às vezes com uma harpa feita com o osso esterno e cabelos da vítima, como no britânico "Binnorie"; mas a verdade sempre aflora.

O Diabo com os três fios de cabelo dourado

Era uma vez uma mulher pobre que teve um filho, e o bebê tinha uma membrana na cabeça. Era um sinal de boa sorte, e, quando a vidente da aldeia ficou sabendo disso, profetizou que aos catorze anos o menino se casaria com a filha do rei.

Poucos dias depois, o rei em pessoa foi até a aldeia. Estava viajando incógnito, de forma que ninguém o reconheceu, e quando perguntou o que estava acontecendo, quais eram as notícias, sobre o que as pessoas falavam na aldeia etc., contaram que havia nascido um menino com uma membrana na cabeça. Ao que parece, disseram, isso quer dizer que ele vai ter sorte, e se casar com a filha do rei quando tiver catorze anos.

Ora, o rei era um homem mau e não ficou nada satisfeito com essa profecia. Procurou os pais do menino e disse: — Meus amigos, vocês têm aqui um filho de sorte e eu sou um homem rico. Este é o primeiro sinal da sorte dele: confiem o menino a mim e eu me encarrego da sua criação.

No começo, eles recusaram, mas, quando o estranho ofereceu uma boa quantia de ouro, viram o quanto era boa a proposta e disseram: — Bom, ele é um menino de sorte, afinal, e há de dar tudo certo para ele. — Então acabaram concordando e entregaram o menino.

O rei pôs o bebê numa caixa e foi embora, até chegar a um rio profundo. Jogou a caixa na água e pensou: "Bom trabalho. Salvei minha filha de um pretendente inadequado."

E foi para casa. Se tivesse ficado para olhar, teria visto que a caixa não afundou como ele queria, mas flutuou como um barquinho e nela não entrou nem uma gota de água. Foi flutuando rio abaixo até três quilômetros da capital, num ponto em que havia um moinho, e parou na barragem do moinho. O aprendiz de moleiro estava pescando ali naquela hora e puxou a caixa com um gancho, achando que tinha encontrado um grande tesouro. Quando abriu a caixa, porém, ficou perplexo de encontrar um bebezinho, limpo e cor-de-rosa. Como não tinha o que fazer com um bebê, levou-o para o moleiro e sua esposa. Eles ficaram deslumbrados com o bebezinho, porque não tinham filhos. — Foi Deus quem mandou esse menino para nós — disseram.

Então ficaram com o menino de sorte, cuidaram bem e o criaram com todo o cuidado, ensinaram a ter bons modos e ser sempre bom e honesto.

O tempo passou e alguns anos depois o rei estava caçando quando se viu no meio de uma tempestade e foi se abrigar nesse mesmo moinho. Perguntou ao moleiro e sua esposa se aquele belo rapaz era filho deles.

— Não — disseram. — Ele foi encontrado. Catorze anos atrás, veio flutuando dentro de uma caixa até a barragem e nosso aprendiz trouxe o bebê para nós.

O rei entendeu que aquele menino não era outro senão o menino de sorte que ele mesmo havia jogado na água e disse: — Minha boa gente, deixariam esse menino levar uma carta à rainha? Pago duas moedas de ouro.

O casal concordou e mandou o menino se aprontar. O rei pegou um papel e escreveu para a rainha: "Assim que o menino que está levando esta carta chegar, deve ser morto e enterrado. Isso deve ser feito antes que eu volte para casa."

O rapaz pegou a carta e partiu, mas logo se perdeu e ao anoitecer ainda estava vagando por uma grande floresta. Na escuridão que caía, viu uma única luz brilhando entre as árvores. Como era a única luz visível, foi até ela e não demorou muito estava diante de um chalezinho. Lá dentro havia uma velha cochilando diante da lareira acesa. Ela se assustou quando o viu e disse: — De onde você saiu? Para onde vai?

— Vim do moinho — ele falou — e estou levando uma carta para a rainha. Mas me perdi na floresta e gostaria de passar a noite aqui, por favor.

— Coitadinho — disse a velha —, veio dar no esconderijo dos ladrões. Eles agora estão fora, roubando, mas quando voltarem, vão matar você com toda certeza.

— Que venham — disse o rapaz de sorte —, não tenho medo de ladrões. Mas preciso deitar e dormir porque estou muito cansado.

Deitou-se num banco e adormeceu na mesma hora. Logo depois, os ladrões entraram e perguntaram, raivosos: — Quem é esse moleque deitado aí?

— É só um rapaz inocente — disse a velha. — Ele se perdeu na floresta e deixei que deitasse aqui porque estava muito cansado. Está levando uma carta para a rainha.

— É mesmo? — disse o chefe dos ladrões. — Vamos dar uma olhada.

Pegaram a carta do bolso dele, abriram e soletraram com todo cuidado o que estava escrito: que o rapaz devia ser morto assim que entregasse a carta.

— Ah, isso não está certo — disse o chefe. — É um truque sujo.

Mesmo os ladrões, com os corações duros que tinham, sentiram pena. O chefe pegou um pedaço de papel e escreveu outra carta, dizendo que o rapaz devia casar com a filha do rei assim que chegasse. Deixaram que ficasse dormindo no banco até de manhã e quando ele acordou devolveram-lhe a carta e mostraram o caminho para o palácio.

Quando chegou lá, entregou a carta à rainha e ela, claro, mandou preparar um casamento magnífico e o rapaz se casou com a princesa. Como ele era bonito, bondoso e gentil com todo mundo, ela ficou contente com a escolha.

O rei acabou voltando e descobriu que a profecia da aldeia havia se realizado; apesar de tudo, o rapaz estava casado com sua filha.

— Como isso pode ter acontecido? — ele perguntou à rainha. — Não recebeu minha carta? Não falei nada de casamento.

A rainha mostrou a carta a ele. O rei leu e entendeu o que havia acontecido. Mandou chamar o rapaz e disse: — O que significa isso? Não foi essa a carta que eu dei para você. Foi outra bem diferente. Como você explica, hein?

— Acho que não posso explicar — o rapaz replicou. — Passei a noite na floresta e alguém deve ter trocado a carta enquanto eu dormia.

— Bom, nem precisa pensar que vai conseguir se safar dessa — o rei rugiu. — Quem casou com minha filha terá de ir até o inferno e trazer os três fios de cabelo dourado da cabeça do Diabo.

— Ah, posso fazer isso — disse o rapaz. — Trago os cabelos dourados para o senhor. Não tenho medo do Diabo.

Assim disse adeus e partiu. O primeiro lugar a que chegou foi uma grande cidade com um vigia no portão.

— Qual é a sua profissão? E o que você sabe?

— Eu sei tudo o que sei — disse o rapaz —, e o que não sei posso descobrir.

— Bom, então pode nos fazer um favor. Na praça do mercado tem uma fonte que costumava jorrar vinho e agora não jorra nem água. O que aconteceu com ela?

— Vou descobrir, eu garanto — disse o rapaz. — Conto na volta.

Seguiu seu caminho e logo chegou a uma cidade em que o vigia fez a mesma pergunta: — Qual é a sua profissão? E o que você sabe?

— Eu sei tudo o que sei — disse o rapaz —, e o que não sei posso descobrir.

— Então me diga: no parque tem uma árvore que dava maçãs de ouro. Mas alguma coisa deu errado e ela agora não dá nem folhas.

— Deixe comigo — disse o rapaz. — Conto na volta.

Foi um pouco mais adiante e chegou a um rio onde um barqueiro esperava para atravessar as pessoas de um lado para o outro.

— Qual é a sua profissão? E o que você sabe?

— Eu sei tudo o que sei — disse o rapaz —, e o que não sei posso descobrir.

— Bom, uma pergunta para você. Por que eu tenho de ficar atravessando o rio sem ninguém para revezar comigo?

— Não se preocupe — disse o rapaz. — Vou descobrir a resposta, com toda certeza.

Não muito depois de atravessar o rio, o rapaz encontrou a entrada do inferno. Era escura, enfumaçada e abominável. O Diabo não estava em casa naquela hora, mas sentada numa grande poltrona, lendo o jornal, estava a avó do Diabo.

— O que você quer? — ela perguntou.

Ela não parecia tão ruim, então o rapaz contou o que tinha vindo fazer.

— O rei disse que, se eu não levar os três fios de cabelo dourado da cabeça do Diabo, não vou poder continuar casado com a princesa.

— Isso não vai ser fácil — disse a avó. — Se ele descobrir você aqui, provavelmente vai te comer. Mas você é um rapaz bonito e fiquei com pena de você, então vou fazer tudo o que posso. Primeiro, transformo você numa formiga.

Ela fez isso e pegou-o do chão com a ponta dos dedos para ter certeza de que podia ouvi-la.

— Se esconda na minha saia — ela disse —, e eu arranco os cabelos para você.

— Tem mais uma coisa — disse a formiga. — Preciso saber a resposta para algumas perguntas. Por que a fonte da praça do mercado não dá mais nem água quando antes costumava jorrar vinho? Por que a árvore do parque, que dava maçãs de ouro, não produz nem folhas mais? E por que o barqueiro tem de ficar transportando as pessoas pelo rio?

— Isso não é tão fácil — ela disse. — Não posso prometer nada. Mas fique quieto e escute com cuidado o que ele diz.

A formiga fez que sim com a cabecinha minúscula e se escondeu debaixo das saias dela. E bem na hora, porque o Diabo voltou para casa naquele momento e começou a vociferar.

— O que foi? — disse a avó.

— Humano! Estou sentindo o cheiro! Onde está? Hein?

Ele revirou a sala inteira, erguendo cadeiras, olhando em todos os cantos.

— Que diabo! — disse a avó. — Acabei de arrumar a sala, não está vendo? Vai desarrumar tudo outra vez. Sente e coma seu jantar, pare de fazer confusão por nada.

— Só que estou sentindo — o Diabo resmungou —, estou sentindo cheiro de humano.

Mas sentou-se à mesa e devorou seu jantar. Depois, deitou com a cabeça no colo da avó.

— Cate os piolhos da minha cabeça, avó — disse ele.

Ela começou a catar, então ele adormeceu e começou a roncar. Assim que ouviu aquilo, a velha pegou um fio de cabelo dourado e arrancou.

— *Aai!* — o Diabo gritou, acordando na mesma hora. — O que está fazendo?

— Eu tive um sonho — disse a avó, pondo com todo o cuidado o cabelo dourado do lado dela, onde ele não pudesse ver.

— Que sonho? Do que se trata?

— Uma fonte — ela disse. — Era na praça do mercado. Anos atrás, jorrava vinho e todo mundo podia beber à vontade, mas agora não jorra nem água.

— Gente idiota — o Diabo murmurou, deitando em seu colo outra vez. — Basta tirar o sapo que está debaixo da pedra da fonte. Se matarem o sapo, o vinho jorra de novo.

A avó voltou a catar piolhos e mais uma vez ele começou a roncar. Procurando no emaranhado dos cabelos, ela encontrou mais um fio dourado e arrancou.

— *Ai!* Por que fica fazendo isso?

— Desculpe, meu bem — disse ela. — Tive um outro sonho e não sabia o que estava fazendo.

— Outro sonho, é? E o que foi dessa vez?

— No meio do pátio tinha uma árvore e ela não dá nem folhas mais. Anos atrás, dava maçãs de ouro.

— Não entendem nada nessa cidade. Se cavarem em volta do tronco, vão descobrir o rato que está roendo as raízes. Se matarem o rato, vão ter maçãs de ouro outra vez.

— Pronto, pronto — disse ela. — Se eu fosse tão esperta quanto você, não te acordava de novo. Volte a dormir, meu querido.

O Diabo se acomodou e pôs a cabeça de volta no colo dela. E começou a roncar outra vez. Ela esperou um pouco mais dessa vez, depois arrancou o terceiro fio de cabelo dourado e colocou ao lado dos outros.

— *Ai-ai!* A senhora fez de novo! O que significa isso, sua velha idiota?

— Pronto, pronto — disse ela. — Foi aquele queijo que comi no jantar. Está me fazendo sonhar de novo.

— A senhora e seus sonhos. Se fizer isso de novo, vai levar um soco. Sonhou com quê?

— Sonhei com um barqueiro. Ele fica levando as pessoas de um lado para outro, anos e anos, sem ninguém com quem revezar.

— Ah. Essa gente não entende nada? O que ele tem de fazer é entregar a vara de empurrar o barco para a primeira pessoa que for atravessar o rio. E essa pessoa vai ter de ficar no lugar dele.

— Pronto, pronto — disse ela —, volte a dormir, meu lindo. Não vou ter mais sonho nenhum.

E como ela o deixou sossegado o resto da noite, o Diabo dormiu muito bem. Quando acordou e foi trabalhar na manhã seguinte, a avó esperou até ter certeza de que tinha ido, tirou a formiga debaixo das saias e a transformou de volta em rapaz.

— Ouviu tudo direitinho? — perguntou.

— Ouvi, sim, cada palavra — ele respondeu. — Conseguiu os três fios de cabelo?

— Aqui estão — disse ela, e entregou os cabelos para ele.

Sendo um rapaz bem-educado, ele agradeceu e foi embora, feliz por ter conseguido tudo o que precisava.

Quando voltou ao rio, o barqueiro perguntou: — Então? O que descobriu?

— Primeiro me leve para o outro lado — o rapaz respondeu. E quando estavam do outro lado, falou: — Basta você entregar a vara nas mãos da primeira pessoa que atravessar e estará livre.

Foi andando até chegar à cidade da árvore estéril. O vigia no portão também estava esperando a resposta.

— Matem o rato que está roendo as raízes e a árvore dará maçãs de ouro outra vez — disse o rapaz.

O prefeito e a corporação ficaram tão aliviados que o recompensaram com dois burros carregados de ouro. Levando os burros para casa, ele parou na outra cidade onde a fonte havia secado.

— Cavem debaixo da pedra do fundo da fonte e matem o sapo que se esconde lá embaixo — ele disse.

Fizeram isso na mesma hora e a fonte começou a jorrar vinho de novo. Todos beberam à saúde do rapaz e o recompensaram com mais dois burros carregados de ouro.

Levando seus quatro burros, ele voltou para casa. Todo mundo ficou muito contente ao vê-lo, principalmente a esposa. E quando o rei viu os burros e a carga que traziam, ficou exultante.

— Meu caro rapaz! — disse ele. — Que maravilha ver você de volta! E esses cabelos da cabeça do Diabo, esplêndidos! Ponha em sua mesa de cabeceira. Mas onde conseguiu todo esse ouro?

— Um barqueiro me levou para o outro lado do rio. Em vez de areia, a margem do outro lado era toda de ouro, a pessoa pode pegar o quanto quiser. Eu levaria vários sacos se fosse o senhor.

O rei era tão intensamente ambicioso que partiu de imediato. Correu o dia inteiro até chegar ao rio e apressou o barqueiro, impaciente.

— Calma, equilibre bem — disse o barqueiro quando o rei subiu a bordo. — Não sacuda o barco. Pode segurar um pouco a vara para mim?

Claro que o rei segurou e o barqueiro saltou para a terra imediatamente. Ele deu risada, cantou e pulou de alegria, foi-se embora dali. E o rei foi obrigado a ficar para sempre no barco, transportando as pessoas para um lado e outro como castigo por seus pecados.

* * *

Tipo de conto: ATU 930, "A profecia", continuando como ATU 461, "Os três pelos da barba do Diabo".
Fonte: história contada aos irmãos Grimm por Dorothea Viehmann.
Histórias semelhantes: "Marco, o rico, e Vassily, o azarado", de Alexander Afanasiev (*Russian Fairy Tales*); "Mais bela que todas as outras", "O peixe e o anel", "A dama sobressalente", de Katharine M. Briggs (*Folk Tales of Britain*); "O ogro emplumado", "O mercador de Ismail", "Mandorlinfiore", de Italo Calvino (*Italian Folktales*); "O grifo", de Jacob e Wilhelm Grimm (*Children's and Household Tales*).

Assim como "As três folhas da cobra" (p. 102), esta história se divide em duas partes. Em alguns contos relacionados acima, depois da profecia sobre a criança (geralmente uma menina) que nasceu para casar com um homem rico, vem um teste de outra espécie: em vez de conseguir três cabelos do Diabo (ou penas de um ogro, ou qualquer outra coisa), ela precisa encontrar o anel que o noivo relutante jogou no mar, e o casamento não pode se realizar enquanto o anel não aparecer, o que acaba acontecendo, na barriga de um peixe. Gosto desta versão porque a recompensa é pela coragem, não mera sorte.

A moça sem mãos

Era uma vez um moleiro que foi pouco a pouco mergulhando na pobreza, até não ter mais nada além de seu moinho e de uma boa macieira atrás do moinho. Um dia, ele foi à floresta recolher lenha quando um velho que nunca tinha visto antes apareceu na frente dele.

— Por que se cansar cortando lenha? — perguntou o velho. — Prometa que me dá o que estiver atrás do seu moinho que faço você ficar rico.

"O que tem atrás do meu moinho?", pensou o moleiro. "Só pode ser a macieira."

— Tudo bem — disse ele. — Eu dou.

O velho escreveu um contrato e o moleiro assinou. O velho pegou o papel com uma risada bem estranha.

— Volto para buscar daqui a três anos. Não se esqueça.

O moleiro correu para casa e a esposa foi ao encontro dele.

— Ah, marido — disse ela —, não imagina o que aconteceu! Caixas e arcas de tesouros por toda a casa, tudo de uma vez, cheias até a borda, moedas de ouro, todo tipo de dinheiro, joias, tudo, de onde pode ter vindo tudo isso? Será que o bom Deus está nos abençoando afinal?

— Ele cumpriu a parte dele do trato — disse o moleiro. E contou à esposa sobre o velho da floresta. — Eu só precisei assinar prometendo o que está atrás do moinho. Esse tesouro vale bem uma macieira, não é?

— Ah, marido! O que foi que você fez? Deve ter sido o Diabo! Ele não estava falando da macieira. Falava da nossa filha! Ela está lá atrás, varrendo o caminho!

A filha do moleiro, que era uma linda moça, viveu os três anos seguintes rezando piedosamente a Deus. Quando chegou o dia em que o Coisa Ruim viria buscá-la, ela se lavou da cabeça aos pés, pôs um vestido branco e desenhou um círculo de giz à sua volta, no chão. O Diabo apareceu logo de manhã e descobriu que não conseguia chegar perto dela.

Ele disse ao moleiro: — Por que deixou ela se lavar, seu velho idiota? Não deixe ela chegar nem perto da água, nem uma gota, senão não consigo nem tocar nela.

O moleiro ficou apavorado. Fez o que o Diabo mandou e não deixou a filha tomar nem uma gota de água, por mais sede que tivesse. Na manhã seguinte, o Diabo voltou.

— Olhe! As mãos dela estão limpas! Por que deixou que ela lavasse as mãos?

Acontece que ela havia chorado a noite inteira e suas lágrimas tinham lavado suas mãos. O Diabo ficou furioso, mas ainda não conseguia tocá-la.

— Certo — disse ele —, agora você vai ter de cortar as mãos dela.

O moleiro ficou horrorizado. — Não posso fazer isso! — exclamou. — Minha própria filha. Não posso fazer isso com ela!

— Bom, se não cortar — disse o Diabo —, terei de levar você no lugar dela.

Aquilo foi demais para o moleiro. Ele foi até a moça e disse: — Minha querida filha, vou ter de cortar suas mãos, senão o Diabo vai me levar e tenho muito medo. Me perdoe, minha querida! Me ajude com isso, e me perdoe!

A moça disse: — Querido pai, eu sou sua filha. Pode fazer comigo o que quiser. — Estendeu as mãos e deixou que o pai as cortasse.

O Diabo voltou mais uma vez, mas a pobre moça tinha chorado de novo e cobriu de lágrimas os cotos, de forma que estava perfeitamente limpa. Ele teve de desistir, porque havia tentado três vezes e esse era o limite.

O moleiro disse: — Minha querida, é por sua causa que somos assim tão ricos. Nada lhe faltará. Garanto que viverá no luxo o resto da vida.

Mas ela disse: — Não posso mais viver aqui. Vou embora. Dependerei da bondade de estranhos para tudo o que preciso.

Ela pediu que ele amarrasse seus braços mutilados nas costas e partiu. Andou o dia inteiro e não parou até escurecer. A lua estava brilhante e à luz do luar ela viu, do outro lado de um rio, um jardim real no qual as árvores estavam cobertas com lindos frutos. Queria muito comer alguma coisa, mas não conseguia chegar lá, por causa da água.

Não havia comido nada o dia inteiro e estava sentindo muita fome. Pensou: "Ah, se ao menos eu estivesse no jardim! Podia comer as frutas diretamente das árvores. Se não puder fazer isso, vou morrer."

Ajoelhou-se e rezou. E imediatamente apareceu um anjo. Ele foi até o rio, fechou uma comporta e o riacho secou, de forma que ela pôde atravessar.

A moça entrou no jardim com o anjo atrás dela. Viu uma árvore coberta de lindas peras maduras, todas numeradas, de forma que não se podia roubar nenhuma, mas não conseguiu resistir: foi até a árvore e comeu uma pera, apenas uma, o suficiente para satisfazer sua fome, nada mais. Depois de comer, ela foi se deitar entre os arbustos.

O jardineiro estava vendo tudo, mas viu o anjo com ela e pensou que ela também fosse um espírito. Não ousou fazer nenhum barulho.

Na manhã seguinte, o rei veio olhar o jardim. Viu imediatamente que tinham comido uma das peras e chamou o jardineiro.

— Ah, majestade! Noite passada veio um espírito que atravessou o riacho e comeu a pera diretamente da árvore! Não tinha mãos, majestade!

— Como atravessou o riacho?

— Um anjo desceu, fechou a comporta e fez o riacho secar. Fiquei com medo, majestade, então não falei, nem impedi nada. Depois de comer a pera, o espírito foi para algum lugar.

— Isso não parece muito provável — disse o rei. — Melhor eu ficar vigiando junto com você esta noite para o caso de acontecer de novo.

Na noite seguinte, o rei entrou silenciosamente no jardim, acompanhado por um padre que ia falar com o espírito se ele aparecesse de novo. Sentaram e esperaram e, claro, à meia-noite a moça saiu do esconderijo, chegou até a árvore e comeu uma pera apenas com a boca. Ao lado dela, um anjo vestido de branco montava guarda.

O padre foi até eles e perguntou: — De onde vem, minha filha? De Deus ou do mundo? É um espírito ou um ser humano?

— Não sou espírito — disse ela. — Sou uma pobre mulher, abandonada por todos, a não ser Deus.

O rei ouviu o que ela disse e replicou: — Mesmo que o mundo inteiro tenha te abandonado, eu não abandonarei.

Ele a levou para o castelo. Ela era tão bonita e boa que ele se apaixonou e se casou com ela. Mandou fazer mãos de prata para ela e viveram felizes.

Depois de um ano, o rei foi para a guerra. Deixou a jovem rainha aos cuidados de sua mãe. — Se ela tiver um bebê — disse ele —, cuide bem da mãe e da criança, e me escreva imediatamente, contando a notícia.

Pouco depois, ela deu à luz um lindo menino. A mãe do rei escreveu como ele havia mandado, contando a alegre notícia.

Mas indo ao encontro do rei, o mensageiro parou num riacho para descansar. Durante todo esse tempo, o Diabo estivera vigiando a moça, decidido a destruir sua felicidade. Então pegou a carta e trocou por outra, dizendo que a rainha havia dado à luz um monstro.

Quando o rei leu isso, ficou horrorizado e muito triste, mas escreveu de volta dizendo que deviam cuidar bem do bebê até ele voltar. Mais uma vez o mensageiro se deitou para dormir e mais uma vez o Diabo veio e trocou a carta que o mensageiro estava levando. A nova carta dizia que deviam matar a rainha e o bebê.

A rainha-mãe ficou chocada e assustada quando leu isso. Voltou a escrever ao filho, mas recebeu a mesma resposta porque o Diabo estava vigilante e sempre trocava as cartas. A última carta dizia até que deviam guardar os olhos e a língua da rainha como prova. Quando a velha rainha leu isso, chorou amargamente pelo derramamento de sangue inocente, mas então teve uma ideia: mandou matar uma corça e tirar seus olhos e língua, que guardou em segurança.

— Minha querida — disse ela à rainha —, você não pode ficar aqui. Não sei por que o rei deu essa ordem terrível, mas aqui está, escrita pela mão dele, e a única coisa que você pode fazer é ir embora com seu filho e nunca mais voltar.

A rainha-mãe amarrou o bebê às costas da mãe e a pobre mulher foi embora mais uma vez, chorando. Andou, andou e andou até chegar a uma floresta escura, profunda, e ajoelhou-se para rezar.

Um anjo apareceu, como antes, e dessa vez a levou a uma casinha. Uma placa acima da porta dizia: "Aqui todos são bem-vindos e vivem livres."

Da casa, saiu uma donzela tão branca como o anjo e disse: "Majestade, entre."

Desamarrou o bebê de suas costas e o pôs ao seio da rainha para que pudesse mamar. Depois, os levou a uma cama muito bem arrumada.

— Como sabe que sou rainha?

— Sou um anjo, enviado pelo céu para cuidar de você. Não se preocupe com nada.

E durante sete anos ela viveu naquela casinha, ela e seu filho, muito bem tratados. Nesse tempo, pela graça do céu e por sua própria piedade, suas mãos cresceram de volta.

O rei finalmente voltou da guerra, e a primeira coisa que quis foi ver sua esposa e filho.

A velha mãe começou a chorar: — Que homem perverso, você! Como pode dizer isso depois de mandar matar os dois?

O rei ficou perplexo, mas ela mostrou para ele as cartas que o Diabo havia falsificado. — Fiz o que você mandou! — disse a mãe. — Aqui está a prova: os olhos e a língua dela.

O rei começou a chorar ainda mais amargamente que sua mãe. Por fim, a velha teve pena dele e disse: — Algo muito mau aconteceu aqui. Mas não precisa chorar, porque sua mulher ainda vive. Estes são os olhos e a língua de uma corça. Amarrei o bebê às costas da mãe e mandei que saísse pelo mundo, prometendo nunca mais voltar aqui, porque você estava furioso com ela.

— Tem razão — disse o rei. — Isto é obra do Diabo. Mas vou sair à procura dela e não vou comer, nem beber, nem dormir numa cama, enquanto não encontrar minha querida esposa e meu filho.

O rei viajou por todo o mundo durante quase sete anos, procurando em toda caverna e choupana, em toda vila e aldeia, e não encontrou nem sinal dela. Então começou a pensar que talvez tivessem morrido. Conforme havia prometido, não comeu nem bebeu nada durante todo esse tempo, mas o favor dos céus o mantinha vivo. Por fim, chegou a uma grande floresta e encontrou uma casinha com uma placa acima da porta que dizia: "Aqui todos são bem-vindos e vivem livres."

O anjo branco como a neve veio e o pegou pela mão.

— Bem-vindo, majestade! De onde vem?

— Viajei pelo mundo durante sete anos — disse ele. — Estava em busca de minha esposa e meu filho, mas não encontrei em parte alguma.

O anjo lhe ofereceu comida e bebida, mas ele recusou, dizendo que só queria descansar um pouco. Deitou-se e cobriu o rosto com um lenço.

O anjo foi ao quarto ao lado, onde a rainha estava sentada com seu filho, que ela chamara de Tristonho.

O anjo disse: — Venha para a sala e traga seu filho. Seu marido veio procurar vocês.

Ela correu até onde ele estava deitado e o lenço caiu do rosto dele.

— Pegue o pano, Tristonho — disse ela —, e cubra de novo o rosto de seu pai.

O menino pegou o lenço e cobriu o rosto do rei. O rei ouviu isso em seu sonho e deixou o pano cair de novo de propósito.

O menino ficou impaciente e disse: — Mas, mãe, como posso cobrir o rosto de meu pai? Você me disse que eu não tinha pai neste mundo, só um pai no céu, aquele a quem rezo ao dizer: "Pai nosso, que estais no céu." Como pode este homem maltratado ser meu pai?

Ao ouvir isso, o rei se sentou e perguntou à mulher quem era ela.

— Sou sua esposa — ela disse —, e este é seu filho, Tristonho.

Mas ele olhou suas mãos e viu que eram mãos vivas de verdade.

— Minha esposa tinha mãos de prata — ele disse.

Ela respondeu: — Em sua misericórdia, Deus fez minhas mãos crescerem de volta.

O anjo trouxe do quarto as mãos de prata e isso o convenceu. Aquela era sua amada esposa, aquele, seu filho, não havia dúvida, e ele beijou e abraçou os dois, dizendo, cheio de alegria: — Uma pedra pesada foi tirada do meu coração!

O anjo serviu a todos algo de comer e voltaram para casa, para a boa mãe do rei. Quando essa notícia correu pelo reino, todos ficaram felizes. O rei e a rainha comemoraram seu casamento mais uma vez e viveram felizes para sempre.

* * *

Tipo de conto: ATY 706, "A donzela sem mãos".

Fonte: histórias contadas aos irmãos Grimm por Marie Hassenpflug, Dorothea Viehmann e Johann H. B. Bauer.

Histórias semelhantes: "A donzela sem braços", de Alexander Afanasiev (*Russian Fairy Tales*); "A madrasta cruel", "A filha Doris", de Katharine M. Briggs (*Folk Tales of Britain*); "Olivia", "A perua", de Italo Calvino (*Italian Folktales*).

Esse tipo de história é bem difundido. Os elementos são vívidos e cruentos, e o resultado satisfatório, com a família real restaurada, inclusive as mãos. E a imagem da linda moça sem mãos, toda vestida de branco, acompanhada por um anjo, comendo uma pera no jardim enluarado, é muito comovente e estranha.

No entanto, o conto em si é repulsivo. O aspecto mais repelente é a covardia do moleiro, que não é punido. O inabalável tom piedoso é enjoativo, e a restauração das mãos da pobre mulher simplesmente absurda.

Mas contos de fadas não devem mesmo ser cheios de coisas absurdas?

Não. A ressurreição do menino em "O junípero", por exemplo (p. 198), é verdadeira e correta. Esta parece apenas tola: em vez de sermos tocados por deslumbramento, aqui apenas damos risada. Porém, este conto, e outros como ele, deve ter falado muito profundamente a muitas plateias para ter se difundido tão amplamente, ou talvez muita gente goste de histórias de mutilação, crueldade e religiosidade sentimental.

Os elfos

Primeira história

Era uma vez um sapateiro que havia ficado tão pobre (não por culpa dele) que mal lhe sobrava couro para trabalhar — na verdade, tinha o suficiente para fazer um par de sapatos apenas. Ele cortou os dois pés à noite, pensando começar a trabalhar neles na manhã seguinte, e foi dormir. Estava com a consciência tranquila, então dormiu serenamente.

Na manhã seguinte levantou, comeu um pedaço de pão seco, sentou à bancada e descobriu que os sapatos já estavam prontos. Ficou assombrado. Pegou o par e examinou bem de perto, por todos os ângulos. Cada ponto estava bem-feito e correto; nada fora do lugar. Ele próprio não teria feito melhor.

Um cliente logo entrou, procurando sapatos exatamente daquele número, e gostou tanto que comprou o par, pagando um bom preço.

Isso deu ao sapateiro dinheiro suficiente para comprar couro para dois pares de sapatos. Ele comprou e, como antes, cortou os dois pares, pensando continuar o trabalho de manhã, com toda a disposição. Mas nem precisou disso: quando se levantou, os sapatos já estavam prontos, como antes, costurados como que por um mestre sapateiro. Logo encontrou compradores para eles, o que gerou lucro suficiente para comprar couro destinado a quatro pares; na manhã seguinte, estavam prontos e ele os vendeu, e assim foi. Toda noite, ele cortava o couro para os sapatos, na manhã seguinte estavam prontos, de forma que logo estava ganhando um bom dinheiro e não demorou muito para se tornar um homem rico.

Uma noite, não muito antes do Natal, cortou diversos sapatos, como sempre, e quando estava indo para a cama, disse a sua mulher: — Por que não ficamos um pouco acordados hoje para ver se descobrimos quem está nos ajudando?

A esposa achou que era uma boa ideia, acenderam o lampião e se esconderam atrás de um varal de roupas penduradas num canto da oficina de trabalho.

À meia-noite, dois homenzinhos nus se esgueiraram por baixo da porta, saltaram para a bancada, onde se puseram a trabalhar imediatamente, costurando os couros recortados com uma velocidade que o sapateiro mal podia acreditar. Trabalharam até terminar cada sapato, então arrumaram os pares na bancada e foram embora por baixo da porta.

De manhã, a esposa do sapateiro falou: — Acho que devemos fazer alguma coisa para retribuir aos dois homenzinhos. Afinal, eles nos deixaram ricos e lá estavam, andando no frio sem roupa nenhuma. Vou fazer umas camisas e paletós para eles, e roupa de baixo e calças, e também vou tricotar um par de meias para cada um. E você pode fazer para cada um deles um parzinho de sapatos.

— Boa ideia — disse o sapateiro. E se pôs a trabalhar.

Essa noite, em vez dos couros cortados, deixaram as roupas em cima da bancada e se esconderam para ver o que os homenzinhos fariam. À meia-noite, eles entraram e saltaram para cima da bancada como antes, pensando em começar a trabalhar. Aí, pararam, olharam as roupas, coçando a cabeça, intrigados. Então entenderam que as roupas eram para eles, pularam de alegria e vestiram tudo na mesma hora, se enfeitando e cantando:

É um progresso verdadeiro:
não somos mais sapateiros!

Saltaram por todo lado como dois gatinhos, pelas cadeiras, pela bancada, pela lareira, pelo peitoril da janela e por fim se esgueiraram por baixo da porta e sumiram.

Nunca mais voltaram, mas o sapateiro prosperou. Todo o seu trabalho foi bem dali em diante, e ele e sua mulher viveram ricos e felizes até o fim de seus dias.

Segunda história

Era uma vez uma pobre criada que sempre trabalhava duro, era empenhada e caprichosa em tudo que fazia. Todo dia, ela varria a casa e empilhava o lixo na frente da porta.

Uma manhã, quando ia começar o trabalho, viu uma carta no meio do lixo. Como não sabia ler, encostou a vassoura num canto e levou a carta à sua patroa. Era um convite dos elfos, para a moça ser madrinha no batismo de um bebê elfo.

— Não sei o que fazer, madame! — disse ela.

— É difícil mesmo, Maria — disse a patroa. — Mas ouvi dizer que não é direito recusar um convite dos elfos. Acho que deve aceitar.

— Bom, se a senhora acha — disse Maria.

A patroa ajudou e escreveu uma carta aceitando o convite. A moça a deixou onde havia encontrado a anterior e quando virou as costas a carta havia desaparecido; pouco depois, três elfos apareceram e a levaram a uma montanha oca. Ela teve de baixar um pouco a cabeça para entrar, mas uma vez lá dentro ficou surpresa com a beleza de tudo o que via, tão delicado e precioso que nem dava para descrever.

A mãe do bebê estava deitada numa cama feita do ébano mais preto, engastado com madrepérola. O painel da cabeceira era bordado com fios de ouro, o berço era de marfim, e a banheirinha, de ouro maciço. O bebê não era maior que a unha do dedinho dela.

A moça foi madrinha, depois pediu para voltar para casa porque precisava trabalhar no dia seguinte; mas os elfos insistiram que ficasse com eles apenas três dias. Foram tão convincentes e gentis que ela cedeu e se divertiu bastante; fizeram todo o possível para que ficasse contente.

Depois de três dias, ela disse que realmente precisava voltar para casa. Eles encheram seus bolsos de ouro e a levaram para fora. Ela partiu para casa, onde chegou no fim da manhã e encontrou a vassoura no canto em que havia deixado. Pegou-a e começou a varrer, mas ficou perplexa quando alguns estranhos saíram da casa e perguntaram o que estava fazendo. Acontece que sua velha patroa tinha morrido e ela não havia passado três dias na montanha, como pensava, mas sete anos.

Terceira história

Elfos roubaram do berço um bebê e em seu lugar deixaram um pequeno monstro com cabeça grande e olhos arregalados que não fazia nada além de comer e beber.

Em sua aflição, a mãe foi à casa de uma vizinha e pediu seu conselho. A vizinha falou para ela levar o bebê à cozinha, colocá-lo no berço diante da lareira e acender o fogo. Depois, devia pegar duas cascas de ovo e ferver água dentro delas. Isso faria o monstrinho rir e, assim que desse risada, ficaria tudo bem com ele.

A mulher fez tudo o que a vizinha mandou. E quando pôs as cascas de ovo no fogo, o cabeção cantou:

Já vi de tudo, sou mais velho que as montanhas,
mas ferver água no ovo é uma coisa muito estranha!

E rolou de rir. Assim que ele deu risada, apareceu uma multidão de pequenos elfos trazendo o bebê da mãe. Puseram o bebê no berço diante da lareira, levaram embora o monstrengo e a mulher nunca mais os viu.

* * *

Tipo de conto: Primeira história: ATU 503, "Os presentes do povo pequeno"; segunda história: ATU 476, "Parteira no submundo"; terceira história: AT 504, "O bebê trocado".

Fonte: as três histórias foram contadas aos irmãos Grimm por Dortchen Wild.
Histórias semelhantes: "Comida, fogo e companhia", "*Goblin Combe*", "O bastante para prosseguir", "Os dois *humphs*", de Katharine M. Briggs (*Folk Tales of Britain*); "Os dois corcundas", de Italo Calvino (*Italian Folktales*).

Estes contos fazem parte do grupo muito reduzido de contos dos irmãos Grimm que têm fadas de fato. Independentemente de como chamemos esse ser sobrenatural, elfo, fada ou (nome dado usualmente a eles no Reino Unido) *brownies*, existe uma etiqueta que tem de ser levada em conta ao lidar com eles. Katharine M. Briggs, a grande autoridade em contos folclóricos britânicos, diz: "Qualquer oferta de recompensa por seus serviços afastava o *brownie*; isso parecia ser um tabu absoluto" (*A Dictionary of Fairies*, p. 46). No entanto, sua história "O bastante para prosseguir" parece contradizer isso, pois nela crianças educadas são recompensadas, e o fazendeiro rude, castigado. Talvez dependa apenas de sorte e de ser cuidadoso.

A segunda e a terceira histórias são pouco mais que anedotas, como chegaram a nós, embora, claro, pudessem ser elaboradas. A primeira é a mais conhecida: alguns leitores podem reconhecer nela uma vaga semelhança com *O alfaiate de Gloucester* (1902), de Beatrix Potter.

O noivo ladrão

Era uma vez um moleiro que tinha uma linda filha. Quando ela chegou à idade de casar, ele pensou que devia procurar um marido adequado para ela. "Se aparecer alguém respeitável", ele disse a si mesmo, "dou minha filha a ele."

A notícia correu e não demorou muito apareceu um cavalheiro perguntando sobre sua linda filha. O moleiro o entrevistou, não encontrou nele nenhum defeito e prometeu que podia se casar com ela.

Mas a filha não o aceitou de jeito nenhum. Havia nele algo em que ela não confiava e, além disso, sempre que pensava nele ou ouvia seu nome, sentia o coração se contrair de horror.

Um dia, o futuro noivo disse a ela: — Minha querida, sabe que estamos noivos para casar, mas você nunca me fez uma visita. Por que não vem à minha casa? Afinal, logo será a sua casa.

— Não sei onde é sua casa — disse a moça.

— Fica na floresta — ele disse. — Uma bela localização, sabe?

— Acho que nunca vou conseguir encontrar o caminho para lá — ela disse.

— Não, não, você deve vir no domingo. Já convidei algumas pessoas que estão querendo conhecer você. Vou fazer uma trilha de cinzas, para você seguir pelo meio das árvores.

No domingo, a moça teve um péssimo pressentimento; preferia qualquer coisa a atravessar a floresta até a casa do noivo. Encheu os bolsos com ervilhas, para marcar a trajeto no caso de acontecer alguma coisa. No limiar da floresta, encontrou a trilha de cinza. Depois de cada passo, jogava duas ervilhas de um lado e outro. Caminhou o dia inteiro até que chegou a uma parte da floresta onde as árvores eram tão grossas e tão altas que abaixo delas só havia escuridão e ali, no coração da floresta, encontrou a casa do noivo. Estava escura e silenciosa, parecia deserta. Não havia ninguém lá dentro além de um passarinho numa gaiola e ele não era nenhum consolo porque só cantava assim:

Volte! Não entre! Vá embora! Alerta!
É a casa do assassino! Seja esperta!

Ela olhou para o pássaro e perguntou: — Não pode me dizer mais nada além disso, passarinho?

E o passarinho cantou de novo:

Volte! Não entre! Vá embora! Alerta!
É a casa do assassino! Seja esperta!

A noiva foi de quarto em quarto, mas não encontrou ninguém, até que desceu ao porão. Lá encontrou uma velha sentada à luz do fogo, sacudindo a cabeça.

— Por favor, pode me dizer se meu noivo mora aqui? — ela perguntou.

— Ah, pobre menina — replicou a velha —, por que veio a esta casa? É um covil de assassinos. Você fala de um noivo, mas o único noivo com quem vai se casar é a Morte. Está vendo esse grande caldeirão no fogo? Me mandaram pôr para ferver. Quando aparecerem, vão cortar você em pedacinhos e jogar no caldeirão, cozinhar até ficar macia e comer você inteira. São um bando de canibais. Mas senti pena de você, porque é uma pobre moça inocente, e além disso tem um lindo rosto. Venha aqui.

A velha a levou para trás de um grande barril, onde ficava escondida do resto do porão.

— Fique aí e não faça barulho — disse ela. — Se te escutarem, será o seu fim. Mais tarde, quando forem dormir, você escapa.

Assim que disse isso, o bando de assassinos voltou para casa, arrastando com eles outra moça que tinham capturado. Ela gritava e chorava, mas eles estavam bêbados e não davam atenção a seus pedidos de misericórdia. Forçaram a moça a beber um copo de vinho tinto, um copo de vinho branco, depois um copo de vinho amarelo, e esse terceiro foi demais para ela, seu coração explodiu.

Então tiraram sua linda roupa, a puseram deitada em cima da mesa antes de a cortarem em pedaços e temperar com sal. A pobre noiva estava atrás do barril, tremendo dos pés à cabeça, pensando que destino os assassinos reservavam para ela.

Então, um deles viu um anel de ouro no dedo da moça morta. Pegou um machado e cortou fora o dedo, mas ele voou justamente por cima do barril e caiu no colo da noiva. O bandido não conseguia ver onde tinha ido parar, então pegou um lampião e começou a procurar.

Outro assassino falou: — Olhe atrás do barril grande. Acho que caiu lá.

Mas a velha chamou: — Venham comer seu jantar. O dedo não vai fugir, podem procurar de manhã.

— Ela tem razão — disseram os outros. Puxaram suas cadeiras e se sentaram para comer. A velha pôs uma poção para dormir no vinho, de forma que antes mesmo de terminar de comer estavam todos caídos, dormindo.

Quando a noiva ouviu seus roncos, saiu de trás do barril. Teve de passar por cima dos assassinos que dormiam espalhados pelo chão do porão. Morria de medo de pisar em algum e acordá-lo.

— Meu Deus, me ajude! — ela sussurrou e chegou à escada do porão em segurança, onde a velha estava à sua espera. Subiram silenciosamente, abriram a porta e saíram o mais depressa possível.

Tinha sido muito bom a moça espalhar as ervilhas, porque a cinza que marcava a trilha havia sido soprada pelo vento. Mas as ervilhas haviam brotado e ao luar estavam bem visíveis. As duas seguiram a trilha até o moinho e chegaram quando o sol estava nascendo. A moça contou a seu pai tudo o que tinha acontecido e a velha confirmou.

Quando chegou o dia do casamento, o noivo apareceu, sorrindo e sendo agradável com todo mundo. O moleiro tinha convidado os parentes e amigos e todos ficaram impressionados com a gentileza daquele belo homem. Quando se sentaram para comer, cada convidado devia contar uma história. A noiva não disse nada enquanto ouviam as histórias contadas em torno da mesa, e por fim o noivo falou: — Vamos, querida, não tem uma história para contar? Fale alguma coisa.

Então, ela disse: — Tudo bem. Vou contar um sonho que eu tive. Estava andando numa floresta quando cheguei a uma casa escura. Não havia ninguém à vista, só um passarinho numa gaiola que cantava assim: "*Volte! Não entre! Vá embora! Alerta! É a casa do assassino! Seja esperta!*"

— Cantou isso duas vezes, mas era apenas um sonho, querido do meu coração. Passei por todas as salas e embora não houvesse ninguém ali, havia alguma coisa estranha no lugar. Acabei descendo para o porão e lá encontrei uma velha sacudindo a cabeça. Perguntei: "Meu noivo mora nesta casa?" Ela respondeu: "Ah, minha pobre menina, você está na casa de um assassino. Seu noivo mora aqui, sim, mas vai cortar você em pedaços, cozinhar e comer."

— Nada disso! — disse o noivo.

— Meu coração, não se preocupe: foi apenas um sonho. A velha me escondeu atrás de um grande barril e logo os ladrões voltaram, arrastando com eles uma pobre moça que gritava e implorava misericórdia. Eles forçaram a coitada a tomar três copos de vinho, um tinto, um branco e um amarelo; isso fez o coração dela explodir e ela morreu.

— Não é nada disso, e não foi nada disso! — gritou o noivo.

— Calma, coração: foi apenas um sonho. Tiraram a linda roupa da moça, deitaram seu corpo na mesa, cortaram em pedaços e temperaram com sal.

— Não é nada disso, não foi nada disso, e Deus permita que não seja nada disso! — gritou o noivo.

— Querido do meu coração, fique onde está: foi apenas um sonho. Então um dos ladrões viu um anel de ouro no dedo da pobre moça. Pegou um machado, cortou fora o dedo que voou no ar e caiu no meu colo. E aqui está o dedo com o anel.

Dizendo isso, ela ergueu o dedo e o anel para todo mundo ver.

O noivo, que tinha ficado branco como um papel, deu um pulo e tentou escapar, mas os convidados o pegaram, seguraram com força e o levaram à justiça. Mandaram soldados para capturar o resto do bando e foram todos condenados à morte por seus malfeitos.

* * *

Tipo de conto: ATU 955, "O noivo ladrão".
Fonte: história contada aos irmãos Grimm por Marie Hassenpflug.
Histórias semelhantes: "O porão sangrento", "Dr. Forster", "Sr. Raposo", de Katharine M. Briggs (*Folk Tales of Britain*); "O casamento de uma rainha com um bandido", de Italo Calvino (*Italian Folktales*).

Não há nada minimamente sobrenatural neste conto: é uma boa história sanguinolenta e chocante, tão bem situada em nosso próprio mundo que não surpreende que em uma de suas variantes, "O porão sangrento", de Katharine M. Briggs, os pais da moça valente telefonem para a Scotland Yard pedindo que mandem detetives à narradora.

Por alguma razão, o Reino Unido é especialmente fecundo em variantes desta história. As interjeições do noivo ladrão na sequência do sonho da noiva eu tomei emprestadas de uma outra história, "Sr. Raposo". Shakespeare também tomou emprestado dessa história:

> BENEDITO: Como diz a velha história, meu senhor: "Não é nada disso, não foi nada disso, e, de fato, Deus permita que não seja nada disso."
>
> *Muito barulho por nada*, ato I, cena 1

Padrinho Morte

Um homem pobre tinha doze filhos e precisava trabalhar dia e noite para conseguir um pouco de comida para eles. Então, quando sua mulher deu à luz o décimo terceiro filho, ele não sabia mais o que fazer e saiu correndo pela estrada, pensando que podia pedir à primeira pessoa que encontrasse para ser o padrinho.

A primeira pessoa com quem cruzou foi o próprio Deus. Como Deus sabe tudo, o homem nem precisou pedir o que tinha em mente.

— Meu pobre homem — disse ele —, sinto muito por você. Ficarei contente de carregar seu filho no batismo. Cuidarei dele, não se preocupe com nada.

— Quem é o senhor? — o homem perguntou.

— Eu sou Deus.

— Bom, siga seu caminho. Não quero o senhor para padrinho. O senhor dá aos ricos que não precisam, e deixa os pobres morrerem de fome.

Claro que ele só disse isso porque não sabia o propósito de Deus ser tão bondoso com os ricos e tão cruel com os pobres.

Ele continuou seu caminho, e a pessoa que encontrou em seguida foi um cavalheiro vestido com as melhores roupas.

— Ficarei contente de ajudar — disse ele. — Faça seu filho meu afilhado e eu lhe dou todas as riquezas do mundo e garanto uma vida divertida para ele também.

— E quem é o senhor?

— Sou o Diabo.

— O quê! Não quero o senhor para padrinho. O senhor engana as pessoas e faz elas cometerem pecados. Já ouvi falar muito do senhor.

Então continuou, e a próxima pessoa que encontrou foi um velho cambaleando na direção dele com pernas fracas.

— Me deixe ser padrinho de seu filho — disse o velho.

— Quem é o senhor?

— Sou a Morte e faço todos serem iguais.

— Então é o senhor — disse o homem pobre. — O senhor leva os pobres e leva os ricos igualmente. Será padrinho do meu filho.

— Sábia decisão — disse a Morte. — Farei seu filho ser rico e famoso. Todos que são meus amigos nunca fracassam.

— Então, domingo que vem — disse o homem. — E não se atrase.

A Morte apareceu no batismo conforme havia prometido, fez os votos e se comportou muito bem.

O rapaz cresceu e quando chegou à idade certa seu padrinho apareceu e disse: — Venha comigo, rapaz.

O rapaz seguiu seu padrinho pela floresta, onde o velho lhe mostrou uma determinada erva.

— Isto é um presente de seu padrinho — disse. — Vou fazer de você um médico famoso. Sempre que for chamado à cama de um doente, olhe em torno e você vai me ver. Se eu estiver ao lado da cabeceira, pode dizer à família que vai ficar tudo bem. Então dê ao paciente um pouco desta erva, do jeito que quiser: mande mascar umas folhas, faça chá com as folhas, moa as raízes até virarem pasta, prepare comprimidos, não faz diferença: dentro de um dia ou dois o paciente estará perfeitamente bem outra vez. Mas, se eu ficar ao lado dos pés da cama, ele pertence a mim, entendeu? Tem de dizer que não há nada a fazer pelo paciente, que nenhum médico do mundo poderá salvá-lo. Isso funcionará sempre, mas cuidado: se der a erva a alguém que me pertence, tudo de mal acontecerá com você.

O rapaz fez o que o padrinho mandou e não demorou muito para ser o médico mais famoso do mundo. As pessoas ficavam maravilhadas com sua capacidade de saber se um paciente ia viver ou morrer. Vinha gente do país inteiro para se consultar e pagavam tanto dinheiro que ele logo se tornou um homem muito rico.

Ora, aconteceu que o rei desse país ficou doente. O médico famoso foi chamado e os cortesãos perguntaram se o paciente real ia sobreviver. Porém, ao entrar no quarto, ele viu que seu padrinho estava parado ao lado dos pés da cama. O rei estava condenado. Claro que não era isso que a família do rei queria ouvir.

"Se eu pudesse contrariar meu padrinho só uma vez!", pensou o médico. "Ele vai se zangar, sem dúvida, mas sou afilhado dele, afinal de contas. Talvez ele deixe passar. Vou arriscar."

Então, virou o paciente, de forma que a Morte ficou parada à cabeceira e fez o rei beber um chá das folhas. Logo o rei estava sentado, passando muito melhor.

Porém, assim que o médico ficou sozinho, a Morte veio a ele, a testa franzida, o dedo apontado.

— Você me enganou! — disse. — Não vejo isso com bons olhos. Vou deixar passar dessa vez porque você é meu afilhado, mas se tentar mais uma vez, vai se arrepender, porque levo *você* comigo quando sair.

Não muito depois, a filha do rei caiu gravemente doente. Era filha única e o rei chorava dia e noite até seus olhos estarem tão inchados que mal podia enxergar. Ele anunciou a todo o mundo que quem curasse sua filha podia se casar com ela e herdar o reino.

Naturalmente, nosso médico estava entre aqueles que resolveram tentar. E mais uma vez, quando entrou no quarto da doente, lá estava a Morte parada aos pés da cama. Dessa vez, porém, o rapaz mal enxergou seu padrinho, porque depois do primeiro olhar ao rosto da princesa ficou apaixonado: ela era tão bonita que ele não conseguia pensar em mais nada. A Morte franziu a testa, contraiu a boca, sacudiu o punho, e o rapaz nem notou: virou a princesa, deu-lhe dois comprimidos e imediatamente ela se sentou e a cor voltou a suas faces.

Mas a Morte, enganada pela segunda vez, não estava disposta a esperar. Pegou o médico pela mão e disse: — Certo, meu rapaz, você sabia.

E o puxou do lado da cama da princesa, tirou-o do palácio, da cidade, e sua mão gelada era tão firme que o jovem médico não conseguia se soltar, por mais que tentasse. A Morte o levou a uma grande caverna debaixo das montanhas, onde milhares e milhares de velas brilhavam, algumas altas, outras de tamanho médio, algumas tão curtas que estavam a ponto de se apagar. De fato, a cada momento algumas velas se apagavam e outras de repente se acendiam, de forma que as pequenas chamas pareciam pular de um ponto a outro em constante movimento.

— Está vendo essas velas? — perguntou o padrinho Morte. — Todos os que estão vivos na terra têm uma vela acesa aqui. As altas são das crianças, as médias de pessoas casadas no auge da vida, e as pequenas dos velhos. No geral, quero dizer. Algumas pessoas que ainda são jovens têm uma vela curta aqui.

— Qual é a minha? — perguntou o médico, pensando que sua vela ainda devia ter muito para queimar.

A Morte apontou um pequeno toco cuja chama já estava tremulando. O rapaz ficou horrorizado.

— Ah, padrinho, meu bom padrinho, acenda outra para mim, eu imploro! Quero tanto casar com a princesa. O senhor sabe por que virei a cama: me apaixonei por ela à primeira vista, não pude evitar! Por favor, padrinho, me deixe viver minha vida!

— Impossível — disse a Morte. — Não posso acender outra vela enquanto a primeira não se apagar.

— Ah, eu imploro, por favor, use essa vela para acender uma vela nova para eu poder continuar brilhando quando a primeira se apagar!

A Morte fingiu que ia fazer isso, pegou uma vela nova e grande e colocou em pé, depois pegou o toco que estava quase se apagando. Mas estava decidida a ter sua vingança; então, ao virar a vela pequena para acender a grande, deixou que a velha chama se apagasse. O médico caiu morto na mesma hora, pois era igual a todo mundo: havia caído nas mãos da Morte.

* * *

Tipo de conto: ATU 332, "Padrinho Morte".
Fonte: história contada aos irmãos Grimm por Marie Elizabeth Wild.
Histórias semelhantes: "A terra em que ninguém nunca morre", de Italo Calvino (*Italian Folktales*); "O padrinho", "O mensageiro da morte", de Jacob e Wilhelm Grimm (*Children's and Household Tales*).

O outro conto dos Grimm desse tipo, "O padrinho", é curto e espirituoso, sem a força desta história. O conto de Calvino é semelhante apenas na conclusão — que ninguém escapa das mãos da morte. Claro, há inúmeras variações dessa ideia; "O conto do que perdoa", de Geoffrey Chaucer, é um dos mais conhecidos.

O junípero

Há dois mil anos, ou numa época muito antiga, vivia um homem rico com sua esposa boa e bela. Os dois se amavam profundamente. Só faltava uma coisa para completar sua felicidade: filhos. Mas por mais que quisessem um filho, por mais que a mulher rezasse dia e noite, não vinha filho nenhum, nenhum filho vinha.

Ora, em frente da casa havia um pátio, onde crescia um junípero. Um dia, no inverno, a mulher estava debaixo dessa árvore descascando uma maçã, sem querer cortou o dedo, e uma gota de sangue caiu na neve.

— Ah — ela suspirou —, se ao menos eu tivesse um filho vermelho como sangue e branco como a neve!

Ao dizer isso, seu coração ficou leve e ela se sentiu feliz. Voltou para dentro de casa, com a certeza de que tudo acabaria bem.

Um mês passou e a neve derreteu.

Dois meses passaram e o mundo ficou verde.

Três passaram e as flores desabrocharam na terra.

Quatro meses passaram e todos os ramos de todas as árvores da floresta ficaram mais fortes, se juntaram, os passarinhos cantaram tão alto que a floresta ressoou e as flores caíram das árvores.

Cinco meses passaram e a mulher parou debaixo de um junípero. O aroma era tão doce que seu coração saltava no peito e ela caiu de joelhos de alegria.

Seis meses passaram e as frutas ficaram firmes, pesadas, e a mulher continuava ali.

Quando passou o sétimo mês, ela colheu os frutos do junípero e comeu tantos que se sentiu mal e triste.

Depois do oitavo mês, ela chamou o marido e disse, chorando: — Se eu morrer, me enterre debaixo do junípero.

Ela se sentiu reconfortada com a promessa dele e mais um mês passou. Ela então teve um filho vermelho como sangue e branco como a neve; quando ela viu o menino, seu coração não suportou de alegria e ela morreu.

O marido a enterrou debaixo do junípero, chorando amargamente. Depois de algum tempo, sua primeira angústia havia diminuído e, embora ainda chorasse, era menos do que antes. Depois de mais algum tempo, ele se casou de novo.

Teve uma filha com a segunda esposa, mas o de sua primeira mulher, vermelho como sangue e branco como a neve, era um filho. A segunda esposa amava sua filha, mas sempre que olhava o menino sentia o coração retorcer de ódio, porque sabia que ele herdaria a riqueza do marido e temia que sua filha ficasse sem nada. Vendo isso, o Diabo entrou nela e não deixava que pensasse em outra coisa. Desse momento em diante, ela não deixava o menino em paz: batia nele, amarrava suas mãos, gritava com ele e o fazia ficar parado no canto, até o pobre menino sentir tanto medo que mal ousava voltar para casa depois da escola, porque não havia como encontrar paz.

Um dia, a mulher estava na despensa quando sua filhinha, Marlene, entrou atrás dela e pediu: — Mãe, posso comer uma maçã?

— Claro, querida — disse a mulher, e deu à menina uma bela maçã vermelha da arca. Essa arca tinha uma tampa pesada, com um fecho forte de ferro.

— Mãe, meu irmão pode comer uma também? — Marlene perguntou.

A menção ao menino fez a mulher sentir raiva, mas ela se conteve e disse: — Claro que sim, quando ele voltar da escola.

Por acaso, ela olhou pela janela e o menino estava chegando em casa. Foi como se o próprio Diabo tivesse entrado em sua cabeça, porque ela pegou a maçã da menina e disse: — Você não pode comer antes de seu irmão. — Jogou a maçã na arca e fechou, e Marlene subiu para seu quarto.

Então, o menino entrou e o Diabo em forma de mulher falou, delicadamente: — Meu filho, gostaria de uma maçã?

Mas os olhos dela estavam ferozes.

— Mãe — disse o menino —, você parece tão brava! Eu gostaria, sim, de uma maçã.

Ela não podia parar. Tinha de continuar.

— Venha comigo — disse ela, abrindo a tampa da arca. — Escolha uma maçã você mesmo. Olhe bem lá dentro, assim, as melhores estão no fundo...

E quando o menino estava inclinado dentro da arca, o Coisa Ruim a cutucou e blam! Ela soltou a tampa da arca, a cabeça dele caiu e rolou entre as maçãs.

Ela então ficou com muito medo e pensou: — O que eu posso fazer? Talvez haja um jeito... — Correu para cima, abriu a cômoda, pegou um cachecol branco, sentou o menino numa cadeira na porta da cozinha, pôs a cabeça no pescoço outra vez e amarrou o cachecol branco de forma que nada se percebesse. Depois, pôs uma maçã na mão dele e foi à cozinha colocar água para ferver.

Marlene entrou na cozinha e disse: — Mãe, meu irmão está sentado na porta, com uma maçã na mão, e está com o rosto tão pálido! Pedi para me dar a maçã, mas ele não respondeu. Fiquei com medo.

— Bom, volte lá e fale com ele outra vez — disse a mãe. — Se ele não responder, dê um tapa no rosto dele.

Então Marlene foi até o menino e disse: — Irmão, me dê a maçã!

Ele ficou imóvel e não disse nada, então ela deu um tapa no rosto dele e a cabeça do menino caiu. A pobre Marlene ficou apavorada. Deu um grito, correu para sua mãe e chorou: — Ah, mãe, mãe, arranquei a cabeça de meu irmão! — Ela chorou e soluçou, e nada a consolava.

— Ah, Marlene, que menina má! — disse a mãe. — O que você fez? Mas fique quietinha, não diga nem uma palavra. Não se pode fazer nada. Não vamos contar a ninguém. Vamos pôr seu irmão no ensopado.

Então, ela pegou o menino, cortou em pedaços e pôs na panela. Marlene não conseguia parar de chorar; na verdade, tantas lágrimas caíram no caldeirão que não foi preciso colocar sal.

O pai voltou para casa e sentou-se à mesa. Olhou em torno e perguntou: — Onde está o menino?

A mulher pôs uma grande tigela de ensopado na mesa. Marlene chorava e chorava sem parar.

O pai tornou a perguntar: — Onde está meu filho? Por que não está sentado conosco?

— Ah — disse a mulher —, ele foi visitar a família dos tios-avós da mãe dele. Vai ficar por lá um pouco.

— Mas por quê? Ele nem se despediu.

— Ele queria ir. Disse que vai ficar seis semanas. Não se preocupe, vão cuidar bem dele.

— Bom, estou preocupado com isso — disse o pai. — Não devia ter ido sem pedir minha permissão. Fico chateado de ele não estar aqui. Devia ter se despedido de mim. — Começou a comer e disse: — Marlene, por que está chorando? Seu irmão vai voltar, não se preocupe.

Ele comeu um pouco mais do ensopado e disse: — Mulher este é o melhor ensopado que já comi. Está delicioso! Me dê um pouco mais. Vocês duas não estão comendo. Tenho a sensação de que é tudo para mim. — Ele comeu toda a tigela, cada pedacinho, e jogou os ossos debaixo da mesa.

Marlene foi à sua cômoda, pegou o melhor lenço de seda. Juntou todos os ossos de debaixo da mesa, amarrou no lenço e levou para fora. Seus pobres olhos haviam chorado tanto que não restavam mais lágrimas e ela só podia chorar sangue.

Ela depositou os ossos na grama verde ao pé do junípero e, ao fazer isso, sentiu o coração mais leve e parou de chorar.

A árvore de junípero então começou a se mexer. Primeiro os galhos se separaram, depois se juntaram, como alguém que bate palmas. Quando isso aconteceu, uma névoa dourada se formou em torno dos ramos e subiu como uma chama. E no coração da chama havia um belo pássaro que subiu ao céu cantando e trinando alegremente. Quando o pássaro desapareceu, o junípero voltou a ser como era antes, mas o lenço e os ossos haviam desaparecido. Marlene ficou feliz outra vez, feliz como se seu irmão ainda estivesse vivo. Correu para dentro de casa e sentou para jantar.

Enquanto isso, o pássaro voava para longe. Voou para uma cidade, pousou no telhado da casa de um ourives e começou a cantar:

A madrasta cortou minha cabeça,
meu pai me engoliu no ensopado,
debaixo do junípero minha irmã
enterrou meus ossos bem enterrados.
Quiui! Quiui! Pássaro tão belo
como eu jamais será encontrado.

Dentro de sua oficina, o ourives estava fazendo uma corrente de ouro. Ouviu o pássaro cantando no alto e achou que seu canto era muito bonito. Então se levantou e saiu apressado, para ver que tipo de pássaro era aquele. Saiu de casa tão depressa que esqueceu um dos chinelos e parou no meio da rua com seu avental de couro e o chinelo num só pé, a torquês de ourives numa das mãos, a corrente de ouro na outra. Olhou para o alto para ver o pássaro, protegeu os olhos com a mão e chamou: — Ei, pássaro! Que lindo o seu canto! Cante de novo para mim!

— Ah, não — disse o pássaro —, não canto duas vezes por nada. Me dê essa corrente de ouro e canto de novo para você.

— Pode pegar, é sua — disse o ourives. — Venha, leve, mas por favor cante de novo!

O pássaro desceu, pegou a corrente de ouro com a pata direita, empoleirou-se na cerca do jardim e cantou:

A madrasta cortou minha cabeça,
meu pai me engoliu no ensopado,
debaixo do junípero minha irmã

enterrou meus ossos bem enterrados.
Quiui! Quiui! Pássaro tão belo
como eu jamais será encontrado.

O pássaro então voou para longe e encontrou a casa de um sapateiro. Pousou no telhado e cantou:

A madrasta cortou minha cabeça,
meu pai me engoliu no ensopado,
debaixo do junípero minha irmã
enterrou meus ossos bem enterrados.
Quiui! Quiui! Pássaro tão belo
como eu jamais será encontrado.

O sapateiro estava batendo na fôrma, mas o martelo parou no ar quando ele ouviu o canto. Saiu correndo e olhou para o telhado. Teve de proteger os olhos, porque o sol estava muito forte.

— Pássaro — disse ele —, você é um cantor maravilhoso! Nunca ouvi um canto assim! — Correu de volta para dentro e chamou: — Mulher, saia e ouça este pássaro! É uma maravilha!

Chamou a filha e os filhos dela, seus aprendizes, a criada, e todos saíram para a rua e olharam para cima, deslumbrados. As penas vermelhas e verdes do pássaro brilhavam, e as penas douradas do pescoço eram ofuscantes ao sol, seus olhos brilhavam como estrelas.

— Pássaro — disse o sapateiro —, cante de novo!

— Ah, não — disse o pássaro —, não canto duas vezes por nada. Me dê aquele sapato vermelho que estou vendo em sua bancada.

A esposa entrou na oficina e trouxe os sapatos. O pássaro desceu e pegou-os com a pata esquerda. Depois voou em torno da cabeça deles, cantando:

A madrasta cortou minha cabeça,
meu pai me engoliu no ensopado,

debaixo do junípero minha irmã
enterrou meus ossos bem enterrados.
Quiui! Quiui! Pássaro tão belo
como eu jamais será encontrado.

E voou embora, para longe da cidade, seguindo o rio; na pata direita levava a corrente de ouro, na esquerda, os sapatos vermelhos. Voou e voou e chegou a um moinho. E a roda do moinho fazia *clipeti-clap, clipeti-clap, clipeti-clap.* Fora do moinho, vinte aprendizes estavam sentados, cinzelando uma nova mó, *hick-hack, hick-hack, hick-hack* e o moinho fazia *clipeti-clap, clipeti-clap, clipeti-clap.*

O pássaro circulou em cima dele, pousou no alto de uma tília que ficava na frente do moinho e começou a cantar:

A madrasta cortou minha cabeça...

Um dos aprendizes parou de trabalhar e olhou para o alto.

meu pai me engoliu no ensopado...

Mais dois pararam de trabalhar e ouviram.

debaixo do junípero minha irmã...

Quatro pararam.

enterrou meus ossos bem enterrados...

E oito deixaram de lado os cinzéis.

Quiui! Quiui! Pássaro tão belo...

E mais quatro se puseram a olhar.

como eu jamais será encontrado!

Por fim, o último aprendiz ouviu, baixou o cinzel e então os vinte explodiram num viva, aplaudiram e jogaram os chapéus para o alto.

— Pássaro — gritou o último aprendiz —, foi o canto mais lindo que eu já ouvi! Mas só ouvi o último verso. Cante de novo para mim!

— Ah, não — disse o pássaro —, não canto duas vezes por nada. Me dê essa mó que vocês estão cinzelando e canto de novo.

— Se fosse minha, daria para você na mesma hora! — disse ele. — Mas...

— Ah, o que é isso? — disseram os outros. — Se ele cantar de novo, pode levar a mó e tudo bem.

Então os vinte aprendizes pegaram uma vara comprida, enfiaram uma ponta debaixo da mó e a ergueram: *Upa! Upa! Upa!*

O pássaro voou, enfiou a cabeça no buraco do meio da mó e, usando-a como um colar, voou de volta à arvore e cantou outra vez:

A madrasta cortou minha cabeça,
meu pai me engoliu no ensopado,
debaixo do junípero minha irmã
enterrou meus ossos bem enterrados.
Quiui! Quiui! Pássaro tão belo
como eu jamais será encontrado.

Quando parou de cantar, abriu as asas e voou embora. Na pata direita, levava a corrente de ouro, na pata esquerda, os sapatos vermelhos e em volta do pescoço a mó de moinho. Voou e voou até voltar para a casa de seu pai.

Dentro da casa, pai, mãe e Marlene estavam sentados à mesa.

O pai disse: — Sabe, estou feliz por alguma razão. Me sinto melhor do que todos esses dias.

— Sorte sua — disse a mulher. — Eu não me sinto nada bem. Me sinto como se uma tempestade estivesse chegando.

Quanto a Marlene, ela simplesmente chorou.

Foi nesse momento que o pássaro chegou. Ele sobrevoou a casa, pousou no telhado e nesse momento o pai disse: — Não, acho que nunca me senti tão bem. O sol está brilhando lá fora e sinto como se fosse encontrar um velho amigo.

— Bom, eu me sinto péssima! — disse a mulher. — Não sei o que há de errado comigo. Sinto frio e calor no corpo todo. Meus dentes estão batendo, mas minhas veias estão cheias de fogo.

Ela abriu o corpete com mãos trêmulas. Marlene sentou-se num canto, chorando, chorando tanto que seu lenço ficou encharcado.

Então o pássaro saiu do telhado e voou para o junípero, onde todos podiam vê-lo, e cantou:

A madrasta cortou minha cabeça...

A madrasta apertou as mãos nos ouvidos e fechou os olhos com toda força. Dentro de sua cabeça trovejava e por trás das pálpebras queimavam e ribombavam raios.

meu pai me engoliu no ensopado...

— Mulher, olhe isso! — o homem gritou. — Nunca vi um pássaro tão bonito! E canta como um anjo. O sol está brilhando e o ar tem cheiro de canela!

debaixo do junípero minha irmã...

Marlene pousou a cabeça nos joelhos, chorou e soluçou, mas o pai disse: — Vou sair. Tenho de ver esse pássaro de perto!

— Não! Não vá! — gritou a mulher. — Sinto como se a casa inteira estivesse tremendo, queimando!

enterrou meus ossos bem enterrados.

Quiui! Quiui! Pássaro tão belo
como eu jamais será encontrado.

Ao cantar a última nota, o pássaro deixou cair a corrente de ouro diretamente no pescoço do pai. Serviu tão perfeitamente que parecia ter sido feita para ele. O pai correu para dentro e disse: — Que belo pássaro! E veja o que ele me deu: olhe!

A mulher estava apavorada demais para olhar. Caiu no chão, sua touca se soltou da cabeça e rolou para um canto.

Então, o pássaro cantou de novo:

A madrasta cortou minha cabeça...

— Não! Não suporto! Queria afundar cem metros na terra para não ouvir esse canto!

meu pai me engoliu no ensopado...

E a esposa caiu de novo, como se estivesse tonta, as unhas raspando o chão.

debaixo do junípero minha irmã...

Então, Marlene enxugou os olhos e se levantou. — Vou ver se o pássaro me dá alguma coisa — disse. E correu para fora.

enterrou meus ossos bem enterrados.

Ao dizer isso, o pássaro deixou cair os sapatinhos vermelhos.

Quiui! Quiui! Pássaro tão belo
como eu jamais será encontrado.

Marlene calçou os sapatos e descobriu que serviam perfeitamente. Ficou encantada, dançou e voltou para dentro de casa, dizendo: — Ah, que pássaro maravilhoso! Eu estava tão triste quando saí, e veja o que ele me deu! Mãe, olhe que sapato lindo!

— Não! Não! — gritou a mulher. Ela se pôs de pé e seu cabelo estava todo arrepiado na cabeça, como chamas de fogo. — Não aguento mais! Sinto que o mundo está se acabando! Não aguento!

Saiu correndo pela porta, atravessou o gramado e *blam!* O pássaro deixou cair a mó do moinho, e ela morreu esmagada.

O pai e Marlene ouviram o barulho e correram para fora. No lugar havia fumaça e fogo queimando; então veio um sopro de vento e limpou aquilo tudo. E quando o vento passou, lá estava o menino parado.

Ele pegou o pai pela mão, Marlene pela outra e os três estavam muito felizes; então, entraram em casa e sentaram-se para jantar.

* * *

Tipo do conto: ATU 720, "O junípero".
Fonte: história escrita por Philipp Otto Runge.
Histórias semelhantes: "O passarinho", "O galo branco", "Laranja e Limão", "A roseira", de Katharine M. Briggs (*Folk Tales of Britain*).

Na beleza, no horror, na perfeição da forma, esta história é sem igual. Assim como "O pescador e sua mulher" (p. 108), é obra do pintor Philipp Otto Runge e chegou aos Grimm em manuscrito no dialeto pomerânio de *plattdeutsch* ou baixo-alemão.

A comparação com diversas versões da história em *Folk Tales of Britain,* de Katharine M. Briggs, revela o quanto Runge melhorou a trama básica da narrativa. As versões dela são ralas e insubstanciais: esta é uma obra-prima.

O prelúdio, com sua adorável evocação das estações mudando enquanto se desenvolve a gravidez da mulher, associa a criança em seu ventre ao poder regenerativo da natureza, especialmente ao próprio junípero. Depois da morte da mãe, vem a primeira parte da história propriamente dita, a história cruenta da madrasta e do menino até a aparição do pássaro, o que poderia ser simples Grand Guignol se não fosse a rara profundidade de maldade mostrada pelo personagem da mãe. São interessantes também os paralelos com o drama grego (Atreu alimentando Tieste com seus próprios filhos) e com Shakespeare (Tito Andrônico fazendo Tamora comer os seus). O pai que come o filho está aberto a muitas interpretações: uma vez, um aluno meu sugeriu que o pai inconscientemente registra o perigo que a madrasta significa para o filho e o coloca num lugar onde estará absolutamente seguro. Acho essa possibilidade engenhosa.

Depois do horror da primeira parte da história propriamente dita, tudo é sol e luz. Primeiro, não conseguimos entender o que o pássaro está fazendo, mas a corrente de ouro e os sapatos vermelhos são bonitos e a comédia do ourives saindo da casa e perdendo o chinelo é divertida. Por fim, chegamos ao moinho e termina a segunda parte da história com o pássaro, de maneira improvável, mas convincente, voando com uma mó de moinho além de sapatos e corrente. Então começamos a entender.

A parte final da história lembra o clímax de "O pescador e sua mulher", a tempestade fazendo um paralelo com o ápice de culpa e loucura da mulher. Dessa vez, a tempestade é interna: o pai e Marlene não sentem nada além de prazer e alívio quando o menino volta para eles, enquanto a mãe enlouquece de terror.

Há um ponto interessante referente à narrativa oral dessa história, que realça sua natureza literária. É muito importante lembrar exatamente a sequência de eventos à medida que a gravidez da mulher progride e o número de aprendizes que vai parando de cinzelar a mó a cada verso do canto. E a maneira precisa como o terror da mulher se intercala com o canto do pássaro e os presentes da corrente e dos sapatos. A precisão da narrativa de Runge merece — e fornece — fidelidade completa.

Que privilégio contar essa história.

Rosa Silvestre

Era uma vez um rei e uma rainha que todo dia diziam um para o outro: — Não seria ótimo ter um filho? — Mas apesar de tanto desejarem, de tanto rezarem, de todos os remédios caros e dietas especiais, não vinha filho nenhum.

Então um dia, quando a rainha estava se banhando, um sapo pulou da água e sentou na margem, dizendo: — Seu desejo será realizado. Em menos de um ano, trará uma filha ao mundo.

As palavras do sapo mostraram-se verdadeiras. Um ano depois, a rainha deu à luz uma menina tão bonita que o rei não conseguia conter sua alegria e mandou fazer uma grande festa para a qual convidou não apenas seus parentes nobres de todos os países vizinhos, como também amigos e pessoas distintas de todo tipo. Entre elas estavam as Treze Sábias. O rei queria que estivessem lá para que vissem sua filha com bons olhos, mas o problema é que só tinha doze pratos de ouro para elas serem servidas. Uma das Sábias teria de ficar em casa.

As comemorações duraram algum tempo e terminaram quando as Sábias apresentaram seus dons à princesa. Uma lhe deu virtude, a outra deu beleza, uma terceira riqueza e assim por diante; tudo o que se pudesse desejar ela possuía.

A décima primeira havia acabado de atribuir seu dom (a paciência) quando houve uma agitação na porta. Os guardas estavam tentando impedir a entrada de alguém, mas ela os afastou e entrou mesmo assim. Era a décima terceira Sábia.

— Então acharam que eu não merecia um convite? — ela perguntou ao rei. — Que erro cometeram! Aqui está minha resposta a esse insulto: no dia em que completar quinze anos, a princesa espetará o dedo numa roca de fiar e cairá morta.

Virou-se e foi embora.

Todo mundo estava em choque. Mas a décima segunda Sábia, que ainda não havia anunciado o seu dom, deu um passo à frente e disse: — Não posso desfazer inteiramente o mal que está feito, mas posso abrandar o mau voto. A princesa não morrerá, mas dormirá por cem anos.

O rei, querendo proteger a filha, baixou uma ordem para que queimassem todas as rocas de fiar do reino. Enquanto a princesa crescia ficou claro que todos os dotes das Sábias nela se encontravam em abundância: nunca se vira uma moça mais gentil, mais bonita, mais inteligente e alegre. Era amada por todo mundo que a conhecia.

Ora, no dia em que a princesa completou quinze anos, aconteceu de o rei e a rainha estarem fora e a moça se viu sozinha no castelo. Ficou passeando de uma sala para outra, olhando isto e aquilo, foi ao porão, ao mirante do telhado, aonde bem quis. E por fim subiu à velha torre, onde nunca havia estado antes. Subiu a empoeirada escada em espiral e encontrou no alto uma portinha com uma chave enferrujada na fechadura.

Curiosa, a princesa girou a chave e a porta se abriu. Na salinha, estava uma velha com uma roca, ocupada a fiar.

— Bom dia, minha senhora — disse a princesa. — O que está fazendo?

— Estou fazendo fio — disse a velha.

Claro que a princesa nunca tinha visto ninguém fiando antes.

— O que é essa coisinha que fica balançando na ponta do fio? — ela perguntou.

A velha se ofereceu para mostrar a ela como fazia. A princesa pegou o fuso e um segundo depois havia picado o dedo e caiu numa cama que estava preparada, dormindo profundamente.

Seu sono era tão profundo que se espalhou por todo o castelo. O rei e a rainha tinham acabado de voltar e assim que entraram no salão caíram onde estavam. Seus criados e atendentes também caíram, como dominós enfileirados, assim como os cavalos nas cavalariças, os tratadores que cuidavam deles, os pombos no forro, os cachorros no pátio. Um cachorro estava se coçando e adormeceu assim mesmo, com a pata traseira atrás da orelha. As moscas na parede dormiram. Uma gota de gordura que estava para cair de um assado ficou onde estava, não se moveu. A cozinheira estava a ponto de bater no ajudante de cozinha; sua mão parou a centímetros da orelha dele e seu rosto ficou franzido esperando o golpe. Lá fora, o vento parou de soprar; nem uma folha se mexeu; as próprias ondas do lago se imobilizaram como se fossem feitas de vidro.

No castelo e no parque em torno, a única coisa que se mexia era o espinheiro. A cada ano ele crescia um pouco mais, e lentamente cresceu e cresceu até subir pelas muralhas do castelo e continuar subindo, subindo, ano após ano, até cobrir o castelo inteiro. Não se via nada da construção, nem mesmo a bandeira do telhado.

Claro que as pessoas se perguntavam o que estava acontecendo, e onde estavam o rei, a rainha e sua linda filha. Mas havia algumas pessoas que tinham estado na festa do nascimento da princesa e que se lembravam das Sábias e de seus dons, além da maldição da única que ficara de fora.

— Tudo isso é porque a linda princesa adormeceu — disseram. — Ela ainda deve estar lá. Quem conseguir entrar e resgatar a mocinha casará com ela, vocês vão ver.

Naturalmente, com o passar do tempo, vários jovens apareceram, príncipes, soldados, filhos de fazendeiros, mendigos, rapazes de todo tipo, tentando abrir um caminho no espinheiro e encontrar a porta do castelo. Tinham certeza de que, uma vez lá dentro, encontrariam a princesa, a acordariam com um beijo e quebrariam o encanto.

Mas nenhum deles conseguiu. O espinheiro era imensamente cerrado, os espinhos tão longos e afiados que rasgavam a roupa e a carne de quem forçasse a passagem. Todos os rapazes ficavam presos. Quanto mais esperneavam, mais fundo os espinhos entravam, não podiam continuar, não podiam voltar, não podiam se libertar e todos morriam inevitavelmente no espinheiro.

Muitos e muitos anos depois, quando quase ninguém mais se lembrava da história da princesa adormecida, um jovem príncipe veio ao país. Estava viajando incógnito, hospedou-se numa estalagem simples, não longe do castelo, e ninguém sabia quem ele era. Uma noite, ouviu um velho contando uma história junto à lareira. Era uma história sobre um grande espinheiro dentro do qual havia um castelo, dentro do qual havia uma torre, dentro da qual havia um quarto onde uma linda princesa estava adormecida.

— Muitos valentes rapazes tentaram atravessar o espinheiro — disse ele —, mas nenhum conseguiu. Quem chegar lá perto verá os esqueletos deles, ou pedaços deles onde dá para enxergar. Mas ninguém viu a princesa e ela está lá dormindo até hoje.

— Eu vou tentar! — disse o rapaz. — Minha espada é bem afiada para enfrentar espinhos.

— Não faça isso, filho! — disse o velho. — Se entrar no espinheiro, nenhum poder na Terra poderá libertar você. Sua espada vai perder o fio em centenas de espinhos antes de você entrar um metro.

— Não — declarou o príncipe. — Vou conseguir e pronto. Começo amanhã de manhã.

Acontece que o dia seguinte era o último dos cem anos da maldição. Claro que o príncipe não sabia nada disso, mas partiu com o coração cheio de coragem. Chegou ao grande espinheiro e descobriu que não era nada parecido com o que o velho havia dito, porque, além de espinhos, o espinheiro estava abrindo lindas flores rosadas, milhares e milhares delas. Apesar disso, porém, podia ver os esqueletos de muitos outros jovens nos ramos emaranhados. Havia no ar um doce aroma igual ao de maçãs, e quando o príncipe chegou perto do espinheiro os ramos se abriram sozinhos para deixá-lo passar, fechando-se em seguida.

Ele chegou ao pátio e viu pombos dormindo, o cachorro com a pata ainda atrás da orelha, as moscas dormindo na parede; entrou na cozinha e viu o rosto do ajudantezinho todo franzido esperando o tapa da cozinheira, as chamas imóveis no fogão, a gota de gordura ainda pendurada do boi que estava assando; ele vagou pelos quartos do andar de cima e viu criado após criado adormecido no meio do que estava fazendo, e o rei e a rainha dormindo no chão do salão, exatamente onde haviam caído.

Então chegou à torre. Subiu a empoeirada escada espiral, encontrou a portinha, girou a maçaneta enferrujada. A porta se abriu de imediato. Ali, na cama, estava a princesa mais linda que o rapaz já havia visto ou imaginado.

Ele se inclinou sobre ela, beijou seus lábios e Rosa Silvestre abriu os olhos, deu um pequeno suspiro de surpresa e sorriu para o príncipe, que se apaixonou por ela imediatamente.

Desceram juntos, vendo todo mundo acordar em torno deles. O rei e a rainha acordaram, olharam em torno com olhos arregalados, por causa do grande espinheiro que havia crescido em volta de todo o castelo. Os cavalos acordaram, se sacudiram e relincharam; os pombos no telhado acordaram, o cachorro no pátio continuou se coçando, a cozinheira bateu na orelha do ajudantezinho com tanta força que ele gritou, a gota de gordura caiu no fogo e chiou.

E no seu devido tempo o príncipe se casou com Rosa Silvestre. O casamento foi celebrado com grande esplendor e os dois viveram felizes para sempre, juntos até o fim de suas vidas.

* * *

Tipo de conto: ATU 410, "A bela adormecida".

Fonte: história contada aos irmãos Grimm por Marie Hassenpflug.

Histórias semelhantes: "Sol, Lua e Talia", de Giambattista Basile (*The Great Fairy Tale Tradition*, org. Jack Zipes); "O soldado napolitano", de Italo Calvino (*Italian Folktales*); "O caixão de vidro", de Jacob e Wilhelm Grimm (*Children's and Household Tales*); "A bela adormecida na floresta", de Charles Perrault (*Perrault's Complete Fairy Tales*).

Bruno Bettelheim faz, como era de se esperar, uma interpretação absolutamente freudiana desse conto. Segundo ele, o sono de cem anos que se segue a uma inesperada perda de sangue não é "nada mais que um silencioso crescimento e preparação do qual a pessoa despertará madura, pronta para a união sexual" (*The Uses of Enchantment*, p. 232).

Além disso, não adianta nada tentar prever o que deverá acontecer com uma criança que cresce. O rei tenta destruir todas as rocas do reino para impedir o fatal sangramento da princesa ao chegar à puberdade, aos quinze anos, como a fada má previu. Apesar de todas as precauções do pai, quando a filha está pronta, a puberdade virá.

A interpretação de Bettelheim é persuasiva. Mas seja o simbolismo subjacente, seja a deliciosa riqueza de detalhes (o pobre ajudante de cozinha, condenado a esperar cem anos para levar um tapa), o fato é que esta continua sendo uma das histórias mais queridas de todos os contos dos Grimm.

E a princesa precisa de seus cem anos e do espinheiro. Aos quinze anos, ela ainda não é adulta; ou, como Louis Jordan costumava cantar: "Essa franguinha ainda é muito nova para fritar."

Branca de Neve

Num dia de inverno, quando os flocos de neve caíam como penas, uma rainha estava sentada a costurar à janela, cuja moldura era do ébano mais negro. Ela abriu a janela para olhar o céu e, ao fazê-lo, picou o dedo e três gotas de sangue caíram na neve do peitoril. O vermelho e o branco ficaram tão bonitos juntos que ela disse a si mesma: "Queria ter uma filha branca como a neve, vermelha como o sangue e preta como a moldura da janela."

Logo depois, a rainha teve uma filhinha e ela era branca como a neve, vermelha como o sangue e preta como o ébano, de forma que foi chamada de Branca de Neve. Assim que o bebê nasceu, a rainha morreu.

Um ano depois, o rei se casou com outra mulher. Ela era linda, mas orgulhosa e arrogante, e não suportava pensar que ninguém fosse mais bonita que ela. Tinha um espelho mágico e toda manhã parava na frente dele, olhava seu reflexo e perguntava:

Espelho, espelho que pode tudo ver,
quem é a mais bela, venha me dizer.

E o espelho respondia:

Majestade, a senhora é a mais bela.

Ela ficava satisfeita então porque sabia que o espelho só podia falar a verdade.

Mas Branca de Neve estava crescendo o tempo todo. Quando tinha sete anos, era mais linda que um dia de primavera. Na verdade, mais bonita até do que a rainha.

Então um dia a rainha perguntou ao espelho:

Espelho, espelho que pode tudo ver,
quem é a mais bela, venha me dizer.

e o espelho respondeu:

Sua majestade ainda é bela, minha senhora,
Branca de Neve é mil vezes mais bela agora.

Imediatamente a rainha se assustou. A inveja retorceu suas entranhas e seu rosto impecável assumiu um tom amarelo-esverdeado doentio. Desse momento em diante, bastava ela olhar para Branca de Neve para sentir seu coração apertado pela maldade. A inveja e o orgulho cresceram como erva daninha em sua alma e ela não tinha paz dia e noite.

Por fim, mandou chamar um dos caçadores do rei e disse assim: — Leve essa menina até o fundo da floresta. Não quero que ela apareça nunca mais na minha frente. Mate Branca de Neve e como prova traga para mim seus pulmões e o fígado.

O caçador fez o que foi ordenado. Quando estava com Branca de Neve no coração da floresta, tirou sua faca e estava a ponto de penetrar o coração da inocente quando ela exclamou: — Ah, não me mate, caçador, eu imploro pela minha vida! Fujo para bem longe na floresta e nunca mais volto para casa, prometo!

Ela era tão bonita que o caçador ficou com pena e disse: — Pobre menina, vá então... fuja!

"De qualquer forma os animais ferozes da floresta vão acabar com ela", ele pensou, mas saber que não precisava matá-la aliviou um grande peso de seu coração.

Nesse momento, uma jovem corça estava passando entre os arbustos. O caçador a matou, tirou seus pulmões e fígado e levou para a rainha como prova da morte de Branca de Neve. O cozinheiro recebeu ordem de temperar bem os pedaços, passar na farinha e fritá-los e a rainha malvada comeu tudo. E esse, pensou ela, era o fim de Branca de Neve.

Mas, enquanto isso, Branca de Neve estava sozinha na grande floresta, sem a menor ideia do que fazer ou de onde ir. Olhou em torno, mas nada que via entre as folhas e arbustos ajudava. Estava assustada e começou a correr, sem dar atenção às pedras afiadas, aos galhos e aos pequenos animais que saltavam diante dela. Correu e correu, e quando o dia estava se apagando e a noite estava próxima, viu uma casinha. Bateu, mas não havia ninguém, então ela entrou, esperando descansar.

Tudo na casa era pequeno, muito limpo e arrumado. Havia um pote de ensopado ao lado do fogão e a mesinha estava coberta com uma toalha muito branca, com sete tigelinhas, uma fatia de pão ao lado de cada uma, sete facas, garfos e colheres e sete canequinhas. No andar de cima havia sete caminhas, todas enfileiradas, todas bem arrumadas com lençóis muito brancos, e ao lado de cada cama havia um copinho e uma escova de dentes.

Branca de Neve estava com muita fome e sede, de forma que comeu um pouco do ensopado da panela, deu uma mordida em cada fatia de pão e tomou um gole de vinho de cada caneca. Então se deu conta do quanto estava cansada e deitou numa das camas, mas era muito grande; ela experimentou outra, mas era muito curta; a sétima cama era do seu tamanho. Então ela fez suas orações, deitou-se, fechou os olhos e um minuto depois estava dormindo.

Quando escureceu, os donos da casinha voltaram para casa. Eram sete anões e ganhavam a vida extraindo metal precioso da mina debaixo das montanhas. Eles entraram, acenderam os lampiões e viram que as coisas não estavam como haviam deixado.

— Alguém sentou na minha cadeira!

— Alguém comeu na minha tigela!

— Morderam meu pão, olhe só!

— A concha foi usada, alguém comeu um pouco do ensopado!

— E usaram meu garfo...

— Usaram minha faca...

— Beberam na minha caneca!

Olharam uns para os outros com os olhos arregalados. Depois olharam todos para o teto e subiram a escada, pé ante pé. Foram olhar suas camas e sussurraram:

— Alguém experimentou minha cama!

— E a minha...

— E a minha...

— E a minha...

— E a minha...

— E a minha...

— Ah, *olhem*!

O sétimo anão encontrou Branca de Neve dormindo. Todos foram até ela, na ponta dos pés, e olharam, admirados. A luz do lampião iluminava seu rosto no travesseiro muito branco.

— Meu Deus! Que linda criança!

— Quem pode ser?

— Não podemos acordar a pobrezinha! Está dormindo...

— Que rosto lindo!

— De onde será que vem?

— É um mistério, meus irmãos! Um grande mistério!

— Vamos voltar lá para baixo. Temos de discutir o que fazer...

Na ponta dos pés desceram a escada e sentaram-se em volta da mesa.

— Ela parece exausta, pobrezinha.

— Melhor não deixar que acorde.

— Que durma até de manhã.

— Vai ver que está escapando de uma bruxa...

— Bobo! Bruxas não existem.

— Acho que é um anjo.

— Até pode ser, mas está na minha cama, onde é que eu vou dormir?

Os outros seis concordaram em deixar o sétimo anão dormir na cama deles, uma hora na cama de cada um, ao longo de toda a noite. E foram deitar.

Quando Branca de Neve acordou de manhã e encontrou os sete anões todos olhando para ela (eles já tinham levantado e se aprontado), ficou alarmada.

— Não se assuste, menina!

— Nós somos amigos!

— Talvez não muito bonitos...

— Mas não vamos lhe fazer mal.

— É uma promessa!

— Está segura aqui!

— Como é seu nome, querida?

— Me chamo Branca de Neve — ela respondeu.

Perguntaram de onde vinha, como tinha encontrado a casinha, tudo; ela contou que a madrasta havia tentado matá-la e que o caçador poupara sua vida, depois correra em pânico pelo mato e pelas árvores até encontrar a casinha deles.

Os anões foram para um canto do quarto e discutiram baixinho, depois voltaram e disseram:

— Se cuidar da casa para nós...

— Varrer e limpar, sabe? Essas coisas...

— E cozinhar! Não esqueça de cozinhar!

— É, e cozinhar, e arrumar as camas...

— E lavar a roupa...

— E costurar e remendar nossas meias...

— Então pode ficar conosco, querida, e terá tudo o que precisar.

— Ah, faço isso, sim, de todo coração! — Branca de Neve respondeu.

Então eles concordaram e Branca de Neve ficou cuidando da casa para eles. Toda manhã, eles iam para a montanha cavar em busca de ouro e prata e, quando voltavam à noite, seu jantar estava pronto, a casa limpa e arrumada, tudo em ordem.

Durante o dia, claro, Branca de Neve ficava muito sozinha e os anões a alertaram: — Tome cuidado. Sua madrasta pode procurar você, se souber que está viva. Não deixe ninguém entrar!

Como havia comido o fígado e os pulmões que achava ser de Branca de Neve, a rainha não teve mais medo do espelho mágico e perguntou de novo:

Espelho, espelho que pode tudo ver,
quem é a mais bela, venha me dizer.

Mas levou um choque terrível quando o espelho respondeu:

Sua majestade ainda é bela, é verdade,
mas no fundo da floresta, longe da cidade,
na casa dos sete anões que vão protegê-la,
Branca de Neve ainda é mil vezes mais bela.

A rainha encolheu-se de horror, pois sabia que o espelho não podia mentir e então compreendeu que o caçador a enganara. Branca de Neve ainda estava viva! Todos os seus pensamentos giravam em torno de uma única coisa: como matar Branca de Neve? Se ela, a rainha, não era a mulher mais bela de todo o país, sabia que a inveja ia atormentá-la dia e noite.

Acabou pensando num plano. Maquiou o rosto com todo cuidado e se disfarçou numa velha vendedora, com tamanha habilidade que ninguém a reconheceria. Achou o caminho até a casa dos sete anões e enquanto eles estavam trabalhando na mina da montanha, bateu na porta.

Branca de Neve estava arrumando as camas. Ouviu as batidas e abriu a janela do andar de cima.

— Bom dia — disse. — O que está vendendo?

— Finas rendas e lindas fitas — respondeu a rainha. — Gostaria de ver o que tenho aqui, querida? Olhe que beleza!

Tirou uma renda feita de seda trançada. Branca de Neve achou que era mesmo muito linda e a velha senhora tinha uma cara honesta. Não tinha perigo deixar que entrasse.

Desceu correndo, destrancou a porta e olhou a renda.

— Por que não experimenta? — disse a velha vendedora. — Nossa, menina, está precisando de cuidados. Venha aqui, meu bem, deixe eu enfeitar seu corpete com esta linda renda.

Branca de Neve ficou ali parada, sem desconfiar de nada, enquanto a velha enrolava e enrolava a renda em seu corpete e depois puxou, puxou, puxou tão apertado que Branca de Neve não podia mais respirar. Os olhos da pobre menina tremularam, seu lábios se moveram e ela caiu, sem sentidos.

— Não é tão bonita agora que está morta — resmungou a velha. E foi embora depressa.

Logo depois, os anões voltaram para casa, porque o dia já estava terminando. Quando viram Branca de Neve caída, sem respirar, ficaram apavorados. Levantaram a menina e, ao ver a causa do problema, depressa cortaram a renda que não a deixava respirar. Pouco a pouco, ela foi voltando à vida e contou o que havia acontecido.

— Bom, você sabe quem era aquela vendedora, não sabe?

— Era a rainha má!

— Não podia ser mais ninguém.

— Não deixe ela entrar de novo, aconteça o que acontecer!

— Cuidado, Branca de Neve! Ah, tome cuidado!

— Lembre bem: esteja alerta!

— Não deixe entrar *ninguém*.

Enquanto isso, a rainha voltava depressa para casa. Assim que se viu em segurança em seu quarto, perguntou ao espelho:

Espelho, espelho que pode tudo ver,
quem é a mais bela, venha me dizer.

E o espelho respondeu:

Sua beleza, majestade, não pode ser negada,
mas cortaram a renda com uma faca afiada,
Branca de Neve não morreu, não foi embora,
ainda é mil vezes mais bela que a senhora.

Quando a rainha ouviu isso, sentiu tamanho aperto no coração que seu sangue correu com mais força e seus olhos quase explodiram.

— Ainda viva! Ainda viva! Vamos cuidar disso! — disse ela. — Não vai viver muito mais, prometo.

A rainha entendia das artes de bruxaria e amassou ervas raras enquanto pronunciava um encantamento, depois mergulhou um lindo pente no suco de ervas. Era um veneno mortal. Com a ajuda de um pouquinho mais de mágica, transformou completamente sua aparência, de forma a não se parecer em nada com a velha de antes, e partiu para a casinha dos anões.

Bateu na porta e chamou: — Lindas bugigangas! Pentes, broches, espelhos! Coisas bonitas para meninas bonitas!

Branca de Neve olhou pela janela do andar de cima e respondeu: — Não posso deixar a senhora entrar. Estou proibida. Melhor a senhora ir embora.

— Tudo bem, minha querida — disse a velha. — Não vou entrar na casa. Tenho certeza de que ninguém vai se importar se você der uma olhada. Que tal este lindo pente, olhe!

Era *mesmo* muito bonito e Branca de Neve achou que não fazia mal dar uma olhada. Então desceu correndo e abriu a porta.

— Ah, que lindo cabelo! — disse a velha. — Tão preto, forte e brilhante! Ah, mas tão embaraçado. Quando foi que escovou direito seu cabelo, meu bem? Não cuidam de você aqui?

Ela passava os dedos pelo cabelo de Branca de Neve enquanto falava.

— Deixe eu desembaraçar um pouco com este lindo pente. Você vai gostar, não vai? Estou vendo. Venha aqui, querida...

Branca de Neve baixou a cabeça, obediente, e a velha cravou o pente em sua cabeça com tanta força que a menina caiu sem nem um grito.

— Agora acabou-se para você, mocinha! Vamos ver se fica bonita quando começar a apodrecer! — disse a rainha e voltou correndo para casa antes que os anões aparecessem.

Por sorte, era quase noite e não muito depois de a rainha má deixar Branca de Neve caída ali, os anões voltaram e a encontraram.

— Branca de Neve! O que aconteceu?

— Ela está respirando?

— Aquela rainha má outra vez...

— O que é isso enfiado no cabelo dela?

— Tire, depressa!

— Cuidado! Pode ter veneno!

— Cuidado... cuidado...

Enrolaram um lenço no pente e o tiraram delicadamente. Quase no mesmo instante Branca de Neve suspirou e abriu os olhos.

— Ah, anões, que boba eu fui! Ela não parecia nada com a velha de antes e achei que não fazia mal...

Disseram então que só não faria mal se ela tivesse juízo e fizesse o que eles mandavam. Não podia abrir a porta para *ninguém*.

A rainha correu para casa e tirou o disfarce antes de se pôr na frente do espelho. Disse:

Espelho, espelho que pode tudo ver,
quem é a mais bela, venha me dizer.

E o espelho respondeu:

Sua majestade, é verdade, ainda é bela.
Os anões chegaram assim que foi embora
e tiraram o pente com toda a cautela.
Branca de Neve ainda é mais bela que a senhora.

Isso fez a rainha cambalear e ter de se apoiar na parede. O sangue sumiu de seu rosto, deixando-o de um branco sujo, com manchas amarelas e esverdeadas. Ela endireitou bem o corpo, os olhos faiscando.

— Branca de Neve tem de morrer! — exclamou.

Foi ao seu quarto mais secreto e trancou a porta. Ninguém podia entrar ali, nem os criados. Então, com a ajuda de um livro de feitiços e vários frascos escuros, começou a preparar uma maçã envenenada. Era branca de um lado e vermelho-

-rosado do outro; quem a visse ia querer dar uma mordida; mas se mordesse, mesmo um pedaço minúsculo, cairia morto imediatamente.

Então, a rainha se disfarçou pela terceira vez, pôs a maçã no bolso e partiu para a casinha dos anões.

Bateu na porta e Branca de Neve olhou pela janela.

— Não posso deixar ninguém entrar — ela disse. — Não tenho permissão.

— Tudo bem, minha querida — disse a rainha que parecia uma velha camponesa. — Só pensei que você gostaria de uma maçã. A colheita foi tão grande este ano que não sei o que fazer com tanta maçã.

— Não, não posso aceitar nada — disse Branca de Neve.

— Ah, que pena! — disse a velha. — Elas são tão gostosas. Olhe, vou dar uma mordida se você está desconfiada.

Ela havia preparado a maçã com tamanha habilidade que só o lado vermelho estava envenenado. Claro que ela mordeu a parte branca e então entregou-a a Branca de Neve.

Parecia tão deliciosa que a pobre menina não conseguiu resistir. Estendeu a mão pela janela, pegou a maçã e deu uma grande mordida na parte vermelha. Mal tinha retirado o pedaço quando caiu no chão, morta.

A rainha malvada se debruçou para dentro, viu a menina caída no chão e deu uma alta gargalhada.

— Branca como a neve, vermelha como o sangue, preta como o ébano! E agora morta como uma pedra! Esses macaquinhos não vão conseguir acordar você dessa vez.

Quando voltou a seu quarto, perguntou ao espelho:

Espelho, espelho que pode tudo ver,
quem é a mais bela, venha me dizer.

E o espelho respondeu:

Majestade, a senhora é a mais bela.

Ela deu um profundo suspiro de satisfação e felicidade. Se um coração invejoso consegue encontrar paz, o dela encontrou naquele momento.

Quando os anões voltaram para casa essa noite, encontraram Branca de Neve caída no chão, rígida, imóvel. Não respirava, os olhos estavam fechados e ela não se mexia. Estava morta. Eles procuraram em torno o que podia tê-la matado e não encontraram nada; soltaram as rendas no caso de ela não estar conseguindo respirar; examinaram seu cabelo em busca de um pente envenenado; aqueceram a menina diante do fogo, puseram uma gota de conhaque em seus lábios, a deitaram na cama, a sentaram numa cadeira, nada adiantou.

Então caíram em si e concluíram que estava realmente morta e a puseram num esquife com delicadeza e sentaram em torno, chorando por três dias. Tinham a intenção de enterrá-la, mas ela parecia ainda tão viçosa e bonita, como se estivesse apenas dormindo, que não conseguiram colocá-la debaixo da terra negra.

Então mandaram fazer um caixão de vidro e a colocaram dentro. Com letras de ouro escreveram nele "PRINCESA BRANCA DE NEVE" e o levaram até o alto da montanha. A partir de então, um dos anões ficava ao lado dela o tempo inteiro. Se revezavam nessa vigília, e os pássaros vinham e choravam por ela também: primeiro uma coruja, depois um corvo e finalmente um pombo.

E assim ficaram as coisas durante um longo, longo tempo. O corpo de Branca de Neve não se decompunha, ela ainda era branca como a neve, vermelha como o sangue e preta como o ébano.

Um dia, um príncipe estava caçando na floresta, encontrou a casa dos anões e pediu abrigo para a noite. Na manhã seguinte, viu a luz do sol cintilar no alto da montanha e subiu para ver o que havia lá. Encontrou o caixão de vidro, leu a inscrição dourada e viu o corpo de Branca de Neve.

Disse aos anões: — Deixem que eu leve o caixão comigo. Pago quanto quiserem.

— Não queremos dinheiro — disseram. — Não podemos vender o caixão nem por todo o dinheiro do mundo.

— Então me deem o caixão — ele implorou. — Eu me apaixonei pela princesa Branca de Neve e não posso viver sem ela. Tratarei seu corpo com todo o respeito e dignidade que teria por uma princesa viva.

Os anões se afastaram um pouco e discutiram baixinho. Então voltaram, disseram que estavam com pena dele e queriam que garantisse que cuidaria de Branca de Neve devidamente, para que pudesse levá-la para o seu reino.

O príncipe agradeceu, mandou os criados pegarem o caixão com grande cuidado e o levaram com ele. Mas quando estavam descendo a montanha, um dos criados tropeçou e sacudiu o caixão. Isso deslocou o pedaço de maçã da garganta de Branca de Neve, que não havia acabado de engoli-lo.

E lentamente ela acordou, empurrou a tampa do caixão, sentou-se e estava completamente viva outra vez.

— Nossa, onde estou? — ela quis saber.

O príncipe respondeu alegremente: — Está comigo! — Contou a ela tudo o que havia acontecido e disse: — Eu te amo mais que qualquer outra coisa no mundo. Venha comigo ao castelo de meu pai e seja minha esposa.

Branca de Neve se apaixonou por ele no mesmo instante, e o casamento foi celebrado com grande esplendor e magnificência.

Entre os convidados para a cerimônia, estava a perversa madrasta de Branca de Neve. Depois de vestir seu vestido mais lindo, ela parou diante do espelho mágico e perguntou:

Espelho, espelho que pode tudo ver,
quem é a mais bela, venha me dizer.

E o espelho respondeu:

Sua majestade ainda é bela, minha senhora,
a jovem rainha mil vezes mais bela agora.

A rainha quase sufocou de horror. Ficou tão assustada, tão apavorada, que não sabia o que fazer. Não queria ir ao casamento e não queria ficar de fora. No entanto, sentia que tinha de ir e ver a jovem rainha; acabou indo. E quando viu Branca de Neve, ela a reconheceu imediatamente e foi tomada de horror. Só conseguiu ficar ali parada, tremendo.

Mas um par de sapatos de ferro já estava no fogo. Quando ficaram vermelhos em brasa, foram trazidos com pinças e colocados no chão. A rainha má foi obrigada a calçá-los e dançar com eles até cair morta.

* * *

Tipo de conto: ATU 709, "Branca de Neve".
Fonte: história contada aos irmãos Grimm pela família Hassenpflug.
Histórias semelhantes: "Branca de Neve", de Katharine M. Briggs (*Folk Tales of Britain*); "Bella Venezia", "Giricoccola", de Italo Calvino (*Italian Folktales*).

A atração gravitacional do filme de Walt Disney *Branca de Neve e os sete anões* sempre será exercida sobre este conto, a menos que o contador simplesmente decida ignorar o filme, o que não é tão difícil de fazer seguindo a orientação dos Grimm.

Disney é um grande contador de histórias, porém, e é interessante ver que os artistas do estúdio Disney, trabalhando sob sua direção, focalizaram não apenas um aspecto do conto que está nos Grimm (a maldade da madrasta/rainha), mas também outro que não está (a comédia dos anões, seus nomes e personalidades individuais). "Trabalhe com o que tem nas mãos" é um bom lema para a contação de histórias. O estúdio Disney era muito bom com gags visuais e com o encanto de crianças pequenas encarnado pelos animais da floresta (olhos grandes, natureza confiante, corpos redondos) e pelos anões, que são crianças com barbas.

E sou a favor de roubar tudo o que funcione. O que funciona numa mídia não funciona necessariamente em outra, porém, e não acho que caracterizar em separado cada anão funcione fora da tela. Eles não funcionam assim no conto dos Grimm: aí eles são um bando de pequenos espíritos da terra, benevolentes e anônimos. São perfeitamente capazes de cuidar de si mesmos, ao contrário das crianças barbudas de Disney, que precisam que Branca de Neve cozinhe para eles e cuide da casa nos moldes da mãe norte-americana.

Tanto em Disney como nos Grimm, eles podem chorar por Branca de Neve, mas não trazê-la de volta à vida. Só um feliz incidente, engendrado pelo príncipe, pode fazer isso.

Na primeira edição dos Grimm, em 1812, a rainha má é a mãe de Branca de Neve. Ela só passa a ser a madrasta na segunda edição, de 1819, quando a mãe de Branca de Neve morre no parto. O que aconteceu com o pai? Vago, tênue, esquemático, como muitos personagens masculinos dos Grimm, ele é simplesmente obliterado pelo poder da monstruosa rainha.

Rumpelstiltskin

Era uma vez um pobre moleiro que tinha uma filha linda. Um dia, ele estava conversando com um rei e, para impressioná-lo, disse: — Sabe, majestade, tenho uma filha capaz de fiar ouro da palha.

O rei disse ao moleiro: — Gostei do que ouvi. Se a sua filha é tão esperta como diz, venha com ela ao castelo amanhã e vamos ver o que ela pode fazer.

Quando a menina foi levada ao rei, ele a pôs num quarto todo cheio de palha, até o teto. Deu a ela uma roca de fiar, vários carretéis e disse: — Pronto. Trabalhe o dia e a noite inteiros e, se não tiver fiado toda essa palha em ouro até amanhã de manhã, será executada.

Ele próprio trancou a porta e ela foi deixada ali sozinha.

A pobre menina sentou num canto, sem saber o que fazer. Claro que não sabia fiar palha em ouro e quanto mais o tempo passava mais assustada ficava, até que finalmente começou a chorar.

De repente, a porta se abriu e entrou um anãozinho.

— Bom dia, linda moleira, por que está choramingando assim?

— Tenho de fiar essa palha em ouro e não sei fazer isso. Vão me matar!

— Ah. Bom, o que você me dá se eu fizer isso para você?

— Meu colar!

— Deixe eu dar uma olhada.

Ele examinou o colar, balançou a cabeça e pôs a joia no bolso. Depois, sentou-se à roca de fiar. Trabalhava tão depressa que ela mal enxergava suas mãos. *Vuir! vuir! vuir!* fazia a roda e o primeiro carretel estava cheio. Ele pôs outro na roca e *vuir! vuir! vuir!* o segundo cheio também. E continuou assim até de manhã, quando toda a palha havia sido fiada e todos os carretéis estavam cheios de ouro. Então o anão foi embora sem dizer uma palavra.

Ao amanhecer, o rei veio e destrancou a porta. Ficou contente de ver todo aquele ouro e também um pouco surpreso porque a filha do moleiro havia conseguido. Mas não bastava para ele, então levou a moça a outro quarto, ainda maior, cheio de palha como o primeiro.

— Fie tudo isso em uma noite, senão perderá a vida! — ele disse. E trancou a porta.

Mais uma vez a moça começou a chorar e mais uma vez a porta se abriu e lá estava o anãozinho.

— O que você me dá se eu fiar tudo isso em ouro para você?

— O meu anel!

— Deixe eu dar uma olhada.

Ele olhou bem o anel e pôs no bolso. Então começou a fiar. E a roda fez *vuir! vuir! vuir!* a noite inteira e de manhã toda a palha estava transformada em ouro.

O rei ficou ainda mais contente, mas ainda não bastava aquele ouro. Levou a filha do moleiro para um quarto ainda maior, todo cheio de palha, como os outros, e disse: — Fie isso tudo em ouro e será minha esposa. — E o rei estava pensando: “Ela é só a filha do moleiro, mas nunca vou encontrar esposa mais rica no mundo.”

Quando a moça estava sozinha, o anão abriu a porta uma terceira vez.

— O que você me dá?

— Não tenho mais nada!

— Então, tem de me prometer que quando for rainha me dará seu primeiro filho.

“Bom, quem pode saber o que vai acontecer no futuro?”, ela pensou, e prometeu o que o anãozinho pedia.

Ele se pôs a trabalhar e de manhã toda a palha havia se transformado em fio de ouro. Quando o rei viu aquilo, cumpriu sua promessa e a linda filha do moleiro se tornou rainha.

Um ano depois, ela deu à luz um belo bebê. Tinha tirado da cabeça o anãozinho, mas de repente lá estava ele.

— Agora tem de me dar o que prometeu! — disse ele.

— Ah, não, não, por favor, qualquer coisa menos isso! Dou toda a riqueza do reino.

— Para que vou querer isso se sei fiar palha em ouro? Quero um bebê vivo, isso que eu quero.

A rainha começou a chorar e chorou tanto que o anãozinho ficou com pena dela.

— Tudo bem, eu te dou três dias — disse ele. — Se descobrir o meu nome dentro de três dias, pode ficar com seu filho.

A rainha ficou acordada a noite inteira, tentando lembrar todos os nomes que já tinha ouvido. Mandou um mensageiro à cidade, recolher nomes estranhos e escreveu tudo o que ele trouxe. Quando o anão voltou, ela começou:

— É Gaspar?

— Não, esse não é meu nome.

— É Melchior?

— Não, esse não é meu nome.

— É Baltazar?

— Não, esse não é meu nome.

Ela falou todos os nomes que o mensageiro havia trazido e a cada um o anãozinho respondia: — Não, esse não é meu nome.

No segundo dia, ela mandou o mensageiro ao campo. Devia haver alguns nomes estranhos por lá, ela pensou, e havia mesmo. Quando o anão voltou, ela experimentou.

— É Rompicles?

— Não, esse não é meu nome.

— É Roquemofo?

— Não, esse não é meu nome.

— É Mostardureira?

Mas ele sempre respondia: — Não, esse não é meu nome.

Ela estava ficando desesperada. No terceiro dia, porém, o mensageiro voltou com uma história estranha.

— Não ouvi mais nenhum nome como aqueles que encontrei ontem, majestade, mas quando estava perto do topo da montanha, na parte mais fechada da floresta, vi uma casinha. Tinha uma fogueira acesa na frente e um anãozinho, a senhora devia ter visto!, um absurdo!, dançando em volta do fogo, pulando numa perna só, cantando assim:

Mais uma vez a rainha vai tentar
e o bebê real será meu enfim!
Na água, na terra, no fogo e no ar,
Meu nome é sempre Rumpelstiltskin!

Bem podem imaginar como a rainha ficou feliz ao ouvir isso.

Quando o anãozinho apareceu, esfregando as mãos, pulando de alegria, dizendo: — Agora, majestade, qual é o meu nome? Hein? Hein?

— É Tomás?

— Não, esse não é meu nome.

— É Ricardo?

— Não, esse não é meu nome.

— Será... vamos ver... Haroldo?

— Não, esse não é meu nome.

— Bom, então talvez seja... Rumpelstiltskin?

— Foi o Diabo quem contou! O Diabo quem contou! — o anão gritou. E em sua fúria bateu o pé direito com tanta força que afundou no chão até a cintura. Então agarrou o pé esquerdo com as duas mãos e se rasgou em dois.

* * *

Tipo de conto: ATU 500, "O nome do ajudante sobrenatural".
Fonte: história contada aos irmãos Grimm por Dortchen Wild.

Histórias semelhantes: "Duffy e o Diabo!", "Perrifool", "Titty Tod", "Tom Tit Tot", "Whuppity Stoorie", de Katharine M. Briggs (*Folk Tales of Britain*).

Nenhuma seleção de contos dos Grimm estaria completa sem "Rumpelstiltskin". Os irmãos revisaram o conto depois da primeira edição de 1812, sobretudo em função de maior elaboração. Por exemplo, na primeira edição, Rumpelstiltskin simplesmente fugia, raivoso, quando seu nome era descoberto, em vez de se bisseccionar da maneira engenhosa descrita aqui, que vem da edição de 1819. As histórias de natureza repetitiva podem assumir uma boa dose de elaboração.

Fiar era uma ocupação doméstica de grande importância econômica antes que a Revolução Industrial eliminasse esse meio de subsistência. Uma esposa que soubesse fiar bem era um prêmio valioso, mesmo (pelo menos numa história) para um rei. Ainda usamos a expressão fio da meada quando falamos de contar histórias, embora a conexão tenha se perdido há muito.

A versão inglesa "Tom Tit Tot" (de *Folk Tales of Britain*), com sua heroína sexy, relaxada e ambiciosa é, a meu ver, uma versão ainda melhor deste conto.

O pássaro dourado

Nos velhos tempos, havia um rei que tinha um lindo jardim dos prazeres atrás do palácio, e nesse jardim havia uma árvore que dava maçãs de ouro. Todo ano, assim que as maçãs estavam maduras, o rei mandava contá-las e numerá-las, mas um ano, na mesma manhã em que foi feita a contagem, descobriu-se que estava faltando uma. O jardineiro-chefe informou ao rei e o resultado foi que o rei mandou vigiar a árvore todas as noites.

Tão importante era essa tarefa que ele a deixou a cargo de seus três filhos. Na primeira noite, mandou o mais velho. O príncipe, porém, não conseguiu ficar acordado e à meia-noite estava dormindo profundamente. De manhã, faltava mais uma maçã.

Na noite seguinte, o rei mandou o segundo filho, mas ele não foi nada melhor. Quando o relógio bateu meia-noite, seus olhos estavam fechados e de manhã mais uma maçã desaparecera.

Então foi a vez do terceiro filho. O rei não confiava inteiramente nele, e relutou em permitir que montasse guarda, mas o rapaz o convenceu e o rei acabou concordando. Assim como seus irmãos, o terceiro filho deitou-se embaixo da árvore e se acomodou para a longa vigília, decidido a combater o sono.

Quando as badaladas da meia-noite soaram no palácio, houve um movimento nas folhas acima dele e um belo pássaro dourado pousou num ramo. Brilhava tanto que era como se todo o jardim estivesse iluminado por mil luzes. O jovem príncipe olhou com cuidado, fez pontaria com seu arco e flecha e, quando o pássaro bicou uma maçã, atirou uma flecha na árvore. O pássaro voou embora imediatamente, mas uma de suas penas douradas flutuou até a grama.

De manhã, o príncipe levou a pena ao rei e explicou o que tinha acontecido. O rei convocou uma reunião de seu conselho privado e todo mundo examinou a pena. Concluíram que uma pena daquelas valia mais que o próprio reino.

— Bom, se é assim tão preciosa — disse o rei —, não se pode esperar que eu me satisfaça com só uma pena. Quero o pássaro inteiro e vou conseguir isso, vocês vão ver!

Então o filho mais velho partiu para procurar o pássaro, convencido de que era esperto o bastante para encontrá-lo e trazê-lo de volta. Não tinha avançado muito quando viu uma raposa sentada na borda da floresta olhando para ele. O príncipe fez pontaria com sua arma, mas a raposa exclamou:

— Não atire! Eu lhe dou um bom conselho. Está procurando o pássaro dourado, não está? Bom, se continuar por aqui vai encontrar uma aldeia com duas hospedarias, uma de cada lado da estrada. Uma estará muito iluminada, cheia de música e risos, mas não entre lá de jeito nenhum: vá para a outra, mesmo que não goste do aspecto dela.

O príncipe pensou: "Ela acha que isso é um bom conselho? Como pode um bicho idiota desses me dar um conselho?" E puxou o gatilho. Mas a raposa era muito rápida: em um momento sumiu por entre as árvores escuras, o rabo esticado para trás.

O príncipe seguiu seu caminho e quando a noite caía chegou a uma aldeia, exatamente como a raposa descrevera. Duas hospedarias, uma brilhantemente iluminada, cheia de sons alegres, a outra tristonha e escura.

"Bom, eu seria um idiota se ficasse nessa choupana miserável", pensou. Entrou no lugar alegre, divertiu-se muito e se esqueceu completamente do pássaro dourado, de seu pai, de todas as boas lições que aprendera.

Passou algum tempo e o filho mais velho não dava sinal de voltar, então o segundo filho partiu em busca do pássaro dourado. Assim como seu irmão, encontrou a raposa, ouviu seu conselho, não deu atenção e chegou às duas hospedarias.

Lá estava seu irmão, chamando por ele. Não conseguiu resistir: entrou e se divertiu, esquecendo-se de tudo, menos de seu prazer.

Mais tempo passou e então o príncipe mais novo pediu para ir tentar a sorte. O pai, porém, tinha outras ideias. — É inútil — disse ao primeiro-ministro. — Ele tem ainda menos chance de encontrar o pássaro do que seus irmãos. E se encontrar algum perigo não vai saber se cuidar. Francamente, não acho que ele esteja à altura.

Mas o príncipe ficou pedindo, pedindo, e por fim o rei cedeu. O rapaz partiu como seus irmãos tinham feito e encontrou a raposa sentada no mesmo lugar, dando o mesmo conselho. O príncipe era um rapaz de bom coração e disse: — Obrigado, raposinha. Não se preocupe, não vou te machucar.

— Não vai se arrepender — disse a raposa. — Agora, se montar nas minhas costas, levo você até lá num piscar de olhos.

O príncipe aceitou e a raposa partiu, correndo montanha acima e vale abaixo tão depressa que o vento assobiava no cabelo do príncipe. Quando chegaram à aldeia, o príncipe, seguindo o conselho da raposa, ficou na hospedaria sem graça, onde passou uma noite tranquila e confortável. Na manhã seguinte, saiu para a estrada e encontrou a raposa à sua espera.

— Como você teve juízo e seguiu meu conselho — disse a raposa —, vou te ajudar com a próxima parte da viagem. Vamos agora a um castelo, que tem toda uma tropa de soldados do lado de fora. Não preste nenhuma atenção a eles, porque estarão deitados no chão, dormindo e roncando. Passe pelo meio deles e entre no castelo. Atravesse diretamente todas as salas até a última, onde vai encontrar o pássaro dourado. Ele estará numa gaiola de madeira. Perto haverá uma gaiola dourada, mas não dê atenção a isso: é apenas decoração. Lembre-se: faça o que fizer, não tente tirar o pássaro da gaiola simples e colocar na de ouro. Se fizer isso, terá problemas.

Depois de dizer isso, a raposa esticou o rabo de novo, o jovem príncipe subiu em suas costas e partiram mais depressa que antes. Quando chegaram ao palácio, a raposa ficou do lado de fora e o príncipe entrou, e lá encontrou tudo como a raposa havia dito. Atravessou todas as salas e encontrou o pássaro dourado com a gaiola de ouro ao lado. As três maçãs de ouro também estavam lá, no chão. A gaiola de madeira era tão feia e a de ouro tão bonita que o príncipe sentiu vontade de acertar as coisas, apesar do que a raposa havia dito. Tirou o pássaro da gaiola de madeira e colocou na gaiola de ouro.

Assim que fez isso, o pássaro soltou um grito agudo que acordou de repente todos os soldados lá fora. Eles entraram correndo, prenderam o jovem príncipe e o levaram para o calabouço.

Na manhã seguinte, ele foi levado ao tribunal. Admitiu tudo e o juiz o condenou à morte. Porém, o rei daquele país gostou do jeito do jovem príncipe e disse que pouparia sua vida com uma condição: que o príncipe trouxesse para ele um cavalo de ouro que corria mais depressa que o vento. Se trouxesse, sua condenação seria anulada e ele receberia o pássaro dourado como recompensa.

O príncipe partiu, mas sem muita esperança. De fato, ele não fazia ideia de onde encontrar o cavalo, nem por onde começar a procurar e teve bastante pena de si mesmo. Porém, assim que pegou a estrada, viu sua amiga raposa outra vez.

— O que foi que eu disse? — perguntou a raposa. — Todo esse problema porque você não me ouviu. Bom, não importa, estou aqui agora e vou contar a você onde encontrar o cavalo de ouro. Venha comigo. Eu levo você a um castelo onde ele está num estábulo. Existem lá vários tratadores, mas estarão todos dormindo profundamente do lado de fora, então você poderá pegar o cavalo sem nenhum problema. Mas trate de colocar nele a velha sela de couro bem simples e não a sela de ouro que vai encontrar lá dentro. Senão: problemas.

A raposa esticou o rabo, o príncipe montou em suas costas e partiram, tão depressa que o vento assobiava no cabelo do príncipe. Chegaram ao castelo, onde tudo era como a raposa havia dito. O príncipe entrou no estábulo e encontrou o cavalo dourado, tão belo que teve de proteger os olhos com a mão. Ao olhar em torno procurando a sela, achou ridículo usar a sela de couro velha e gasta, quando havia uma sela de ouro tão bonita esperando para ser usada.

Então pôs a sela de ouro, o cavalo relinchou tão alto que os tratadores acordaram, pegaram o príncipe e ele foi condenado à morte. O rei desse castelo também poupou sua vida. A condição, dessa vez, era que ele trouxesse a princesa dourada do castelo dourado.

E partiu o príncipe com o coração pesado outra vez e mais uma vez encontrou a fiel raposa.

— Que homem difícil de ajudar — disse a raposa. — Eu devia deixar você se virar sozinho, mas tenho pena de você. O caminho em que estamos leva diretamente ao palácio dourado. Vamos chegar lá ao anoitecer e quando estiver escuro e tudo quieto, a princesa dourada irá ao banheiro para tomar banho. O que você tem de fazer é correr assim que ela o vir e dar um beijo nela. Feito isso, ela irá com você e pode levá-la para qualquer lugar. Mas não pode permitir que ela se despeça dos pais. Se permitir, vai dar tudo errado.

A raposa esticou o rabo, o príncipe montou em suas costas e partiram, o vento assobiando nos cabelos do príncipe. Logo chegaram ao castelo dourado, onde tudo era como a raposa havia dito. O príncipe se escondeu até a meia-noite e quando todos foram dormir, a princesa foi ao banheiro. O príncipe correu e a beijou; ela disse que iria a qualquer lugar do mundo com todo prazer, mas primeiro tinha de se despedir do pai e da mãe. Ela implorou, suplicou, chorou, e embora ele tenha resistido a seus pedidos no começo, ela era tão bonita e seu sofrimento tão grande que ele acabou cedendo.

Naturalmente, assim que se aproximaram da cama real, o rei acordou. Assim como todo mundo no palácio. O príncipe foi preso e na manhã seguinte foi levado à presença do rei.

— Sua vida não vale nada, rapaz — disse o rei. — Terei de mandar que seja executado imediatamente, mas preciso que uma tarefa seja cumprida e, se você cumprir, pouparei sua vida. Na frente da minha janela há uma montanha que tapa a vista. Remova a montanha dentro de sete dias e a princesa será sua. Senão, perde a cabeça.

Deram ao príncipe uma pá e ele começou a trabalhar imediatamente, mas seis dias haviam se passado quando ele olhou o quanto tinha feito e seu coração parou. Não havia quase nenhuma diferença.

Porém continuou cavando durante todo o sétimo dia, até a noite. Nessa altura, a raposa apareceu outra vez.

— Nem sei por que me dou ao trabalho — disse ela. — Você não merece ajuda, mas tenho um fraco por você. Vá para a cama e eu removo a montanha.

Na manhã seguinte, quando o príncipe acordou, olhou pela janela e viu que a montanha havia desaparecido. Cheio de alegria, correu para o rei.

— Majestade, consegui! Não existe mais montanha!

O rei olhou pela janela e não podia negar: a montanha havia desaparecido. — Muito bem — disse ele. — Goste ou não, tenho de cumprir minha palavra. Pode levar minha filha.

Então o jovem príncipe e a princesa dourada partiram juntos e logo a fiel raposa se juntou a eles.

— Você conseguiu o melhor dos prêmios — disse a raposa —, mas a princesa dourada precisa do cavalo dourado.

— Como posso conseguir isso? — o príncipe perguntou.

— Vou contar, mas você vai me dar ouvidos dessa vez — disse a raposa. — Primeiro, você leva a princesa ao rei que mandou você ir buscá-la. Haverá uma grande festa e alegremente vão deixar que você pegue o cavalo dourado. Quando trouxerem o cavalo você tem de montar nele imediatamente, apertar a mão de todo mundo e se despedir. Tome o cuidado de apertar a mão da princesa dourada por último e, quando a mão dela estiver na sua mão, você a puxa para cima do cavalo e saem galopando depressa. Ninguém vai conseguir alcançar vocês porque esse cavalo é mais rápido que o vento.

Tudo aconteceu como a raposa havia dito, a festa, o cavalo de presente, os apertos de mão, a escapada. A raposa seguiu com eles e quando pararam afinal ela disse: — Fez o que foi mandado. Muito bem. Agora vou ajudar você a pegar o pássaro dourado. Quando chegar perto do castelo onde o pássaro é guardado, deixe a princesa descer do cavalo. Eu cuido dela enquanto você faz o resto. Tem de cavalgar pelo pátio, todo mundo vai se alegrar quando você aparecer e trarão o pássaro de ouro para você. Assim que tiver a gaiola nas mãos, parta depressa como o vento e volte para pegar a princesa.

Esse plano também funcionou. Agora o príncipe tinha todos os tesouros que queria, estava pronto para voltar para casa, mas a raposa disse: — Antes de ir, eu gostaria de uma recompensa por toda a ajuda que lhe dei.

— Claro! — disse o príncipe. — O que você quer?

— Quando chegarmos à floresta, gostaria que me matasse e cortasse minha cabeça e minhas patas.

— Seria uma estranha forma de gratidão — disse o príncipe. — Não posso fazer isso de jeito nenhum.

— Bom, se não fizer isso, terei de deixar você. Mas vou te dar um último conselho: duas coisas você não deve fazer. Não compre carne de forca e não sente na beira do poço.

Dizendo isso, a raposa correu para dentro da floresta.

O príncipe pensou: — Que estranho animal, que ideia! Quem compra carne de forca? E eu nunca quis sentar na beira de um poço.

Seguiu seu caminho com a linda princesa. Não passou muito tempo, chegaram à aldeia onde seus dois irmãos haviam ficado. Lá encontrou uma multidão muito ruidosa e agitada. Perguntou o que estava acontecendo e contaram que dois homens iam ser enforcados. Ele abriu caminho entre as pessoas e descobriu que os dois homens eram seus irmãos. Tinham gastado todo o seu dinheiro e feito todo tipo de maldade.

O jovem príncipe perguntou se havia algum jeito de eles serem poupados.

— Bom, você pode comprar a liberdade deles — disseram —, mas por que gastar dinheiro bom salvando gente tão ruim?

Ele não hesitou. Pagou o dinheiro e comprou a liberdade dos dois. Tiraram as algemas de seus irmãos com severos alertas para nunca mais visitarem aquela aldeia. Então partiram e depois de uma marcha puxada durante toda a manhã chegaram à floresta onde haviam encontrado a raposa. O sol estava quente, e como era tão fresco e agradável debaixo das árvores, os irmãos disseram: — Vamos descansar um pouco aqui. Olhe, podemos tirar água do poço.

O jovem príncipe concordou. Esqueceu dos alertas da raposa e sentou na beira do poço, sem desconfiar de nada. Em um momento os dois irmãos o empurraram para dentro do poço, foram embora com a princesa, o cavalo e o pássaro e os levaram ao pai.

— Veja, pai! — disseram. — Não só o pássaro, mas o cavalo dourado e a princesa do castelo dourado também! Nada mau, hein?

O rei ordenou uma grande celebração, mas cortesãos atentos notaram que o cavalo se recusava a comer, o pássaro a cantar e a princesa não fazia nada além de chorar.

E o que aconteceu com o irmão mais novo? Ele não se afogou, porque o poço estava seco; e não quebrou nenhum osso porque estava cheio de musgo. Ficou sentado no fundo, pensando em como sair e já estava desesperado quando a raposa fiel apareceu outra vez. Ela saltou dentro do poço e ralhou com o príncipe.

— O que foi que eu disse? — falou. — Bom, acho que devia esperar por isso. Não importa, não vou deixar você aqui no fundo. Segure na minha cauda e segure forte.

O príncipe obedeceu e um minuto depois estava subindo atrás da raposa e se limpando.

— Ora, você não está fora de perigo ainda — disse a raposa. — Seus irmãos não tinham certeza de você ter morrido no poço, então colocaram guardas em torno de toda a floresta com ordens para atirar em você assim que te virem.

Partiram e então o príncipe encontrou um mendigo e trocou de roupa com ele. Dessa forma, conseguiu chegar à corte sem ser reconhecido. Assim que entrou, o pássaro começou a cantar, o cavalo começou a comer e a linda princesa parou de chorar.

O rei ficou perplexo. — O que significa isso? — perguntou.

— Não sei — disse a princesa. — Eu estava triste e agora estou alegre. Estou tão feliz como se meu noivo estivesse chegando.

Ela contou ao rei tudo o que havia acontecido, desafiando os irmãos que ameaçaram matá-la se revelasse a verdade. O rei ordenou que toda a corte se reunisse e o jovem príncipe também estava lá, vestindo os trapos que tinha trocado com o mendigo. A princesa o reconheceu imediatamente e correu para abraçá-lo. Os irmãos maus foram presos e executados. O jovem príncipe se casou com a princesa e foi nomeado herdeiro do trono.

Mas o que aconteceu com a pobre raposa? Um dia, muito tempo depois, o príncipe estava passeando na floresta quando encontrou sua velha amiga que disse: — Você agora tem tudo o que queria, mas eu não tenho nada além de má sorte há anos. Você se recusou a me libertar quando eu pedi.

E mais uma vez a raposa pediu que ele a matasse e cortasse fora suas patas e sua cabeça. Dessa vez, o príncipe atendeu o pedido e assim que o fez, a raposa se transformou em ninguém menos que o irmão da princesa, finalmente libertado do encanto que havia sido lançado sobre ele.

E desse momento em diante, nada faltou à felicidade deles enquanto viveram.

* * *

Tipo de conto: ATU 550, "Pássaro, cavalo e princesa".
Fonte: história contada aos irmãos Grimm por Gretchen Wild.
Histórias semelhantes: "Príncipe Ivã, o pássaro de fogo e o lobo cinzento", de Alexander Afanasiev (*Russian Fairy Tales*); "O rei dos arenques", de Katharine M. Briggs (*Folk Tales of Britain*); "A garra do pássaro", de Andrew Lang (*Pink Fairy Book*).

Gretchen Wild e os Grimm realizaram um trabalho excepcional com este conto, que pode se desmantelar com a maior facilidade.

Com isso fizeram com que ficasse parecendo bastante com uma narrativa oculta ou esotérica de busca e salvação, não muito distante do gnóstico "Hino da pérola", do século III, ou de *As bodas alquímicas de Christian Rosenkreutz,* de 1616. Seria fácil construir uma interpretação nessa linha: o jovem príncipe seria o indivíduo em busca de si mesmo, a princesa dourada sua metade feminina, ou, em termos junguianos, sua *anima*, que tem de ser conquistada dos poderes invisíveis do mundo: invisíveis porque a montanha tapa a vista do rei, claro. Quando a montanha é removida, o rei se torna sábio o suficiente para ver e permite que a jovem noiva siga seu destino verdadeiro. O cavalo dourado é a força do príncipe, que não pode ser submetida aos arreios fáceis da lisonja e da presunção, mas apenas pela dignidade do trabalho honesto. O pássaro dourado é a alma do príncipe: só ele pode vê-lo no jardim do rei, só ele pode persegui-lo e conquistá-lo afinal. Os dois irmãos são os eus inferiores do príncipe, dominados por fim por sua bondade inocente; e ele é ajudado pela raposa, que, claro, é a sabedoria. A sabedoria está associada de perto ao *self* do próprio buscador (ele é irmão da princesa), mas que não pode ser visto pelo que é, a não ser através do sacrifício. As maçãs douradas do jardim do rei são fragmentos da verdade que precisam ser distribuídos gratuitamente com mão generosa, mas que o rei, cego por uma estreiteza de entendimento, trata como posses que precisam ser contadas e numeradas...

E assim por diante. Não acredito nem por um momento nessa interpretação, assim como não acredito nas tolices subjunguianas, mas é uma leitura possível, que pode ser sustentada. O que isso mostra? Que o sentido precede a história, que é composta para ilustrá-lo como uma alegoria, ou que a história se encaixa acidentalmente numa forma interpretável?

Evidentemente a última hipótese. Interpretações muito engenhosas de histórias são pouco mais que enxergar padrões agradáveis nas fagulhas de uma fogueira, mas não fazem mal nenhum.

Desfazendeiro

Era uma vez uma aldeia na qual cada fazendeiro era rico, a não ser um que chamavam de Desfazendeiro. Ele não tinha dinheiro nem para comprar uma vaca, embora ele e a mulher quisessem muito ter uma.

Um dia, ele disse a ela: — Escute, tive uma boa ideia. Sabe nosso primo, o carpinteiro? Vamos pedir a ele que faça para nós uma novilha de madeira e pinte com a cor exata, de forma que pareça verdadeira. É capaz de ela acabar crescendo e então teríamos uma vaca. O que acha?

— É uma boa ideia — disse a esposa.

Então foram até o carpinteiro e explicaram o que queriam. Ele tinha uns bons pedaços de pinho, fez um desenho, depois serrou, projetou, esculpiu e pregou; com tinta marrom pintou até ninguém poder dizer que não era de verdade. Fez a novilha com a cabeça baixa como se estivesse pastando e lhe deu longos cílios pretos também.

Quando as vacas da aldeia foram levadas ao pasto na manhã seguinte, Desfazendeiro chamou o vaqueiro e disse: — Tenho aqui uma novilha que ainda é muito pequena para andar. Precisa ser carregada.

— Sem problema — disse o vaqueiro. Carregou a novilha, levou-a para o pasto e a pôs na relva. O vaqueiro disse a si mesmo: "Ela logo vai estar correndo por aí. Olhe como pasta o capim!"

Ao anoitecer, quando chegou a hora de levar as vacas de volta, o vaqueiro não conseguiu fazer a novilha se mexer. — Droga — ele disse —, você pastou o dia inteiro, aposto que já tem força para voltar para casa com suas quatro patas. Não vou carregar você na ida e na volta.

Desfazendeiro estava parado na porta de casa, esperando a novilha voltar. O rebanho passou e atrás dele o vaqueiro, mas nem sinal da novilha.

— Ei! — disse Desfazendeiro —, onde está minha novilha?

— Ainda está lá pastando. Chamei, mas ela nem se mexeu. Não posso esperar o dia inteiro. Estas vacas precisam ser ordenhadas.

O vaqueiro deixou as vacas no local da ordenha e voltou ao pasto com Desfazendeiro. Mas, quando chegaram lá, alguém tinha roubado a novilha.

— A culpa é sua — disse Desfazendeiro.

— Não é, não! Ela deve estar perdida por aí.

— Bom, você devia ter ido atrás dela — disse Desfazendeiro.

E levou o vaqueiro ao prefeito, que ficou chocado com sua negligência e mandou que desse uma vaca a Desfazendeiro para compensar sua perda.

Então Desfazendeiro e sua mulher tinham a vaca que tanto queriam. Estavam felizes, mas não tinham com que alimentá-la, nem dinheiro para comprar feno, então tiveram de matá-la. Salgaram a carne, curtiram o couro, que era um bom couro, e Desfazendeiro foi à cidade com ele, tentando vendê-lo para comprar um bezerro.

No caminho, passou por um moinho e ali, pousado no chão, encontrou um corvo com as duas asas quebradas. Desfazendeiro sentiu pena da ave, então a pegou com cuidado e enrolou no couro. Nuvens negras estavam se juntando no céu e o vento ficava mais forte; assim que ele protegeu o corvo a chuva despencou com força. Não havia onde mais se abrigar, então Desfazendeiro bateu na porta do moinho.

A mulher do moleiro, que estava sozinha, abriu a porta para ele.

— O que deseja? — ela perguntou.

— Desculpe incomodar, dona, mas posso me abrigar aqui?

— Ah, acho que está chovendo um pouco. Tudo bem, entre. Pode deitar na palha ali.

Ela apontou um grande monte no canto e quando Desfazendeiro estava acomodado, trouxe-lhe pão e queijo.

— Muita bondade sua, dona.

— Bom, parece que a chuva vai durar a noite inteira — ela disse.

Desfazendeiro comeu o pão e o queijo, deitou, fechou os olhos, com o couro a seu lado. A mulher, que ficou de olho nele, imaginou que ele estivesse cansado e, como não se mexia, tinha certeza de que estava dormindo.

Logo depois, ouviu-se uma batida suave na porta e a mulher atendeu com um dedo nos lábios. Desfazendeiro abriu os olhos o suficiente para ver o padre entrar.

— Meu marido saiu — ele a ouviu dizer —, podemos festejar!

Desfazendeiro pensou: "Festejar é? Então por que ela me enganou com pão e queijo?"

Ficou olhando com os olhos entrecerrados enquanto a mulher do moleiro fazia o padre sentar à mesa, piscando os cílios e falando com voz doce. Serviu a ele um assado de porco, uma grande salada, um bolo de frutas recém-saído do forno e uma garrafa de vinho.

Mas o padre estava acabando de pôr o guardanapo no colarinho branco quando se ouviu um barulho lá fora.

— Minha nossa! — a mulher exclamou. — Meu marido! Depressa para o armário!

O padre se escondeu no armário mais depressa que uma barata e a mulher enfiou a carne no forno, o vinho debaixo do travesseiro, a salada debaixo dos lençóis, e o bolo no chão, embaixo da cama.

Então correu para abrir a porta.

— Ah, graças a Deus você voltou! — disse ela. — Estava ficando assustada. Que tempestade! Parece o fim do mundo!

O moleiro entrou sacudindo a água da roupa e logo viu Desfazendeiro dormindo na palha.

— O que ele está fazendo aqui? — perguntou.

— Ah, coitado — disse a esposa. — Ele bateu na porta quando a chuva começou. Pediu abrigo, então dei pão e queijo a ele e disse que podia deitar ali.

— Bom, não me importa — disse o moleiro. — Mas sabe de uma coisa? Estou morrendo de fome. Me dê alguma coisa para comer.

— Só tem pão e queijo, meu bem.

— O que tiver na despensa para mim está bom — disse o moleiro. E olhando para Desfazendeiro, chamou: — Ei, companheiro, levante, venha comer mais um pouco comigo.

Não precisou convidar duas vezes. Desfazendeiro levantou de um salto, se apresentou, sentou-se à mesa com o moleiro e começou a comer.

Depois de um minuto, o moleiro viu o couro com o corvo ainda na palha.

— O que é aquilo ali? — perguntou.

— Ah, aquilo é uma coisa especial — disse Desfazendeiro. — Tenho um vidente ali.

— É mesmo? — admirou-se o moleiro. — Pode prever o futuro?

— Com certeza — disse Desfazendeiro. — Mas só prevê quatro coisas, a quinta ele guarda para si.

— Então, vamos lá, faça ele prever alguma coisa.

Desfazendeiro pegou o couro com todo cuidado e pôs no colo. Então apertou de leve a cabeça do corvo até ele crocitar: *Cróó! Cróó!*

— O que está dizendo?

— Bom — disse Desfazendeiro —, disse que tem uma garrafa de vinho debaixo do travesseiro.

— Que nada! — disse o moleiro, mas se levantou para olhar e encontrou o vinho. — Que incrível! O que mais ele prediz?

Desfazendeiro apertou a cabeça do corvo de novo: *Cróó! Cróó!*

— O que está dizendo agora?

— Em segundo lugar — disse Desfazendeiro —, ele diz que no forno tem um assado de porco.

— Porco assado? Não acredito... Ora, pois não é mesmo? Tem, sim! Um belo pedaço de carne, olha só! O que mais ele diz?

Desfazendeiro fez o corvo profetizar outra vez. — Dessa vez — falou —, ele prediz que tem uma salada debaixo dos lençóis.

O moleiro encontrou isso também. — Que incrível! — disse. — Nunca vi uma coisa dessas na minha vida.

— *Cróó! Cróó!* — fez o corvo uma quarta vez. E Desfazendeiro interpretou: — Tem bolo embaixo da cama.

O fazendeiro foi pegar. — Bom, estou boquiaberto! — disse. — E a gente ia comer só pão e queijo. Mulher, o que está fazendo aí parada? Venha e sente com a gente!

— Não — disse ela. — Estou com dor de cabeça. Acho que vou para a cama.

Claro, ela estava era apavorada. Enfiou-se na cama, cobriu-se bem e verificou se estava com as chaves do armário.

O moleiro cortou a carne de porco, serviu vinho para ele e para Desfazendeiro e começaram a comer.

— Então esse vidente — disse o moleiro — não conta a quinta coisa que prevê, é?

— Exatamente, isso mesmo — disse Desfazendeiro.

— E o que seria, assim, no geral?

— Pode ser qualquer coisa. Mas vamos comer primeiro, porque tenho a impressão de que a quinta coisa é bem ruim.

Então comeram até se fartar e o moleiro perguntou: — A quinta previsão... Será mesmo que é tão ruim?

— Bom, o negócio é que a quinta previsão — disse Desfazendeiro — é sempre muito valiosa. Ele nunca dá de graça.

— Ah. E que preço ele está pedindo?

— Quatrocentos táleres.

— Minha nossa!

— Bom, como eu disse, é muito valiosa. Mas como o senhor foi tão generoso, acho que consigo convencer o vidente a deixar por trezentos.

— Trezentos, é?

— Isso mesmo.

— Não deixa mais barato que isso?

— Bom, o senhor viu como ele acerta sempre. Não dá para pôr defeito até agora.

— É verdade. Isso não se pode negar. Trezentos táleres, é?

— Trezentos.

O moleiro foi, pegou a bolsa, contou o dinheiro. Sentou-se de novo e disse: — Pois vamos ouvir, então, o que ele tem a dizer.

Desfazendeiro apertou a cabeça do corvo: *Cróó! Cróó!* ele fez.

— E então? — perguntou o moleiro.

— Ah, meu Deus — Desfazendeiro falou. — Ele disse que o Diabo está dentro do seu armário.

— *O quê?* — exclamou o moleiro. — Não posso aceitar uma coisa dessas.

Correu para destrancar a porta da frente, que deixou bem aberta. E disse: — Onde está a chave do armário? Onde foi parar?

— Está comigo — disse a mulher com voz abafada pelos cobertores.

— Então me dê aqui, depressa.

O moleiro pegou a chave, destrancou o armário e o padre saiu correndo o mais depressa que pôde, sumiu pela porta da rua aberta.

O moleiro ficou de boca aberta, o cabelo em pé na cabeça. Então trancou de novo a porta da rua.

— Ele estava certo, o seu vidente! — disse. — Era o Diabo, sem dúvida! Vi o desgraçado com meus próprios olhos!

E teve de beber o resto do vinho para acalmar os nervos. Desfazendeiro foi dormir na palha e de manhã cedinho foi-se embora com os trezentos táleres.

De volta à aldeia, Desfazendeiro começou a gastar o dinheiro. Comprou terra, construiu uma boa casa e logo os aldeões estavam dizendo: — Com certeza ele esteve onde cai neve de ouro. De lá se traz dinheiro às carradas.

O que queriam dizer é que não acreditavam que tivesse conseguido aquele dinheiro honestamente. Desfazendeiro foi chamado a se explicar para o prefeito.

— Muito fácil — disse ele. — Peguei o couro de minha vaca e vendi na cidade. Há uma grande demanda por couro agora. Os preços subiram muito.

Assim que ouviram isso, as pessoas de toda a aldeia começaram a matar suas vacas e curtir os couros, se preparando para ir vender na cidade e conseguir esse preço incrível.

— Eu primeiro — disse o prefeito.

E mandou sua criada ir vender o primeiro couro. Ela conseguiu três táleres e os outros aldeões não conseguiram nem propostas desse valor.

— Bom, o que querem que eu faça com todos esses couros? — perguntou o comerciante de couros. — Não há demanda hoje em dia.

Naturalmente, os aldeões ficaram furiosos com Desfazendeiro. Ele foi denunciado ao prefeito como trapaceiro e não demorou muito para o conselho da aldeia decidir o seu destino.

— Vai ter de morrer — disse o prefeito —, preso dentro de um barril furado e rolado para dentro da lagoa.

Foi chamado um padre para rezar uma missa por sua alma e os aldeões deixaram os dois sozinhos durante a celebração. Por sorte, Desfazendeiro reconheceu o padre.

— O senhor escapou do armário — disse ele —, agora me faça escapar desse barril.

— Bom, bem que eu gostaria...

— Basta confirmar o que eu disse — falou Desfazendeiro.

Tinha visto o pastor descendo a estrada com seu rebanho de ovelhas. Por acaso, sabia que o pastor desejava uma coisa mais que tudo no mundo: era ser prefeito.

Então Desfazendeiro gritou o mais forte que pôde: — Não, não vou fazer isso! O mundo inteiro pode me pedir, que não faço. Eu me recuso!

O pastor parou e perguntou: — O que está acontecendo? O que você não faz?

— Querem que eu seja prefeito — disse Desfazendeiro — e disseram que tudo o que tenho de fazer é entrar no barril, mas isso eu não faço. De jeito nenhum.

— Sério? — perguntou o pastor. — Para ser prefeito só precisa entrar dentro desse barril?

Desfazendeiro cutucou o padre, que disse: — É, sim, é verdade.

— Ah, então, se é só isso... — disse o pastor. E entrou no barril. Desfazendeiro pregou a tampa, pegou o cajado do pastor e levou embora o rebanho.

O padre foi ao conselho da aldeia, disse que a missa estava rezada e o barril estava pronto. O prefeito seguiu na frente de todos, chegaram depressa e rolaram o barril para dentro da lagoa.

Enquanto o barril ia batendo pela estrada, o pastor gritou lá de dentro: — Vou gostar de ser prefeito!

Acharam que era Desfazendeiro gritando, claro, e gritaram de volta: — Claro que vai gostar! Mas primeiro pode dar uma olhada lá no fundo!

Rolaram o barril para dentro da água e voltaram para casa. O padre ficou para trás e com a batina levantada tentou erguer o barril para que o pastor não morresse afogado. Enquanto isso, os aldeões tiveram a surpresa de sua vida porque quando chegaram à praça da aldeia lá estava Desfazendeiro com um rebanho de ovelhas.

— Desfazendeiro! Que diabo está fazendo aqui? Como escapou do barril?

— Foi fácil — disse ele. — O barril foi baixando cada vez mais até chegar ao fundo; então chutei a tampa, que abriu, e eu saí. Vocês nunca viram prados tão bonitos como os que existem lá no fundo! Lindas pastagens, sol quente e tantos carneiros que não dá nem para contar. Então eu peguei alguns e trouxe comigo.

— Sobrou algum ainda?

— Ah, muitos. Mais que suficiente para todo mundo.

Então, eles todos viraram e saíram correndo para a lagoa, cada um decidido a trazer de volta um rebanho. Bem naquele momento, o céu por acaso estava com aquelas nuvens brancas que parecem carneirinhos, e os aldeões ficaram tão excitados vendo o reflexo das nuvens na água que não notaram o pastor encharcado na outra margem, espancando o padre. Só conseguiam exclamar de admiração com as nuvens, se acotovelando pela melhor posição na margem.

— Eu primeiro — disse o prefeito e mergulhou, espirrando água.

Ouviu-se um gorgolejar na água quando ele afundou e, pensando que ele estava chamando os outros, todos mergulharam atrás dele.

Depois disso, não havia mais ninguém na aldeia, de forma que Desfazendeiro se viu encarregado de tudo. Devolveu as ovelhas ao pastor, declarou-se prefeito e se tornou um homem rico.

* * *

Tipo de conto: AT 1535, "O camponês rico e o camponês pobre", inclusive um episódio de tipo 1737, "Troca de lugar com o malandro no saco".
Fonte: histórias contadas aos irmãos Grimm pela família Hassenpflug e Dorothea Viehmann.
Histórias semelhantes: "O couro precioso", de Alexander Afanasiev (*Russian Fairy Tales*); "João e os gigantes", "Carneiros a pedido", de Katharine M. Briggs (*Folk Tales of Britain*).

Desfazendeiro é o *trickster* clássico. Pensamento rápido e descaramento são as qualidades para desempenhar esse papel, mas é preciso também uma boa coleção de idiotas. Era o que não faltava na aldeia dele.

Mas até que ponto idiotas devem ser punidos por terem as ideias curtas? Parece justo que os aldeões que queriam matar Desfazendeiro morressem afogados, porque isso vem como resultado direto de sua ambição, mas é um pouco duro demais com o pastor, que nunca desejou mal nenhum a Desfazendeiro. No original, o pastor morre afogado e o padre sai ileso, o que também não parece justo. Nesta versão, fiz o padre salvar o pastor e depois ser castigado por seu esforço, o que parece um pouco mais equilibrado.

Padres não são frequentes nos contos de Grimm, mas, quando surgem, sua função parece ser quase sempre envolver-se com a mulher dos outros. No conto "O velho Hildebrando", por exemplo, há um padre que engana um camponês e o faz ir à Itália, para que ele e a mulher do camponês possam passar um bom momento juntos. Ele é desmascarado e espancado no final, e com toda a razão.

Milpeles

Era uma vez um rei cuja esposa, com seus cabelos dourados, não tinha igual em todo o mundo.

Acontece que ela adoeceu e, sentindo que estava para morrer, disse ao rei: — Se você se casar de novo quando eu morrer, não deve ser com ninguém menos bonita que eu, ou com o cabelo menos dourado que o meu. Prometa.

O rei prometeu e logo depois ela fechou os olhos e morreu.

Durante um longo tempo o rei ficou inconsolável e não conseguia nem pensar em arranjar uma segunda esposa. Mas seus conselheiros acabaram dizendo: — Majestade, não há como escapar: o país precisa de uma rainha. O senhor tem de se casar novamente.

Então, enviaram mensageiros a toda parte, em busca de uma noiva tão bonita como a rainha havia sido. Porém, não tiveram sucesso, por mais que procurassem. Além disso, mesmo que tivessem encontrado alguém tão bonita quanto ela, podia não ter o cabelo dourado. E os mensageiros voltaram para casa de mãos vazias.

Ora, o rei tinha uma filha cujo cabelo era tão dourado como o de sua mãe havia sido, e que prometia ser tão bonita quanto ela. Durante sua infância, o rei nem notou isso, mas um dia, quando ela chegou à idade certa, ele notou no cabelo dela o brilho do sol que entrava pela janela. De repente, o rei viu que ela era tão bela quanto sua mãe havia sido, e se apaixonou por ela na mesma hora.

Convocou seu conselho particular e anunciou: — Encontrei minha noiva, afinal. Não existe na nação ninguém tão bonita como minha filha; então decidi casar com ela.

Os conselheiros ficaram horrorizados.

— Majestade, isso é impossível! O senhor Deus proíbe uma coisa dessas! É um dos piores pecados. Nada de bom resultará disso e a nação cairá em ruínas!

Quanto à moça, ela ficou horrorizada. Esperando ganhar algum tempo, disse: — Querido pai, antes de casar com o senhor, preciso de três vestidos: um de ouro como o sol, um de prata como a lua e um que cintile como as estrelas. E além disso, preciso de um manto feito com mil tipos de pele diferentes, uma para cada tipo de animal do reino.

Ela pensou que isso seria impossível e o impediria de realizar seu plano perverso. Mas o rei estava tão loucamente apaixonado que nada o detinha. Contratou os tecelões mais hábeis do país para tecer os três tipos de tecido, os melhores costureiros para cortar e costurar os três vestidos magníficos. Enquanto isso, mandou caçadores trabalharem na floresta e dia após dia eles traziam seus troféus de couros e peles. Os melhores preparadores de peles cortaram mil pedaços e costuraram uns nos outros, e não demorou muito ficou claro para a moça que seu pai ia fornecer tudo o que ela havia pedido.

Então, um dia, ele disse assim: — Minha querida, está quase tudo pronto. Amanhã vamos nos casar!

Ela viu que não havia como escapar, que o único jeito era fugir. Quando estavam todos dormindo no palácio, ela pegou três pequenas coisas de seus tesouros: um anel de ouro, uma pequena roca de fiar e um pequeno carretel de ouro. Dobrou os três vestidos tão bem que couberam dentro de uma casca de noz, vestiu seu manto de peles e escureceu o rosto e as mãos com fuligem. Então, encomendando a alma a Deus, deixou o palácio e pegou a estrada.

Caminhou e caminhou até chegar a uma floresta majestosa. Nesse momento, a noite estava terminando, os primeiros pássaros começavam a cantar e a princesa estava tão cansada que encontrou uma árvore oca e se encolheu ali dentro, onde adormeceu em um instante.

O sol surgiu e ela continuava dormindo. Com a luz plena do dia, ela continuava dormindo. Ora, aconteceu que um rei que era dono daquela floresta estava caçando por ali essa manhã. Seus cães de caça farejaram algo estranho, correram para a árvore e a circundaram, latindo e latindo.

— Tem algum animal escondido ali — o rei disse a seus caçadores. — Vão ver o que é.

Eles foram e voltaram dizendo: — É um bicho estranho, majestade, diferente de tudo o que a gente já viu nesta floresta. Sua pele é como mil peles diferentes e está lá deitado, dormindo.

— Vejam se conseguem pegar o animal vivo — disse o rei. — Amarramos nesta carruagem e levamos para o castelo.

Com todo o cuidado para o caso de ser um bicho perigoso, os caçadores chegaram à árvore oca e agarraram a princesa.

Ela acordou ao ser arrastada de seu esconderijo e cheia de medo gritou: — Não me machuquem! Sou uma pobre moça, só isso! Minha mãe e meu pai me abandonaram e estou perdida!

— Bom, Milpeles, não está perdida agora. Você é um troféu. Agora é nossa. Vamos levar você para a cozinha e pode lavar os pratos.

Vendo que não se tratava de uma fera rara, o rei perdeu o interesse. Os caçadores a puseram no carro e foram embora, sacudindo pela estrada esburacada até o castelo, onde os criados a levaram e puseram em um quartinho escuro e empoeirado debaixo da escada.

— Pode morar aqui, criatura peluda — disseram.

Fizeram com que trabalhasse na cozinha. Ela carregava lenha e cuidava do fogo, puxava água do poço, depenava galinhas, lavava e descascava vegetais, lavava os pratos engordurados; todo o trabalho sujo era dado a Milpeles. E lá ela viveu como doméstica durante longo tempo. Ah, linda princesa, o que será de você?

Bem, um dia anunciaram que o rei daria um grande baile no castelo. Milpeles ficou curiosa e disse ao cozinheiro: — Será que posso subir e dar uma olhada? Fico na porta.

— Pois vá — disse o cozinheiro. — Mas volte dentro de meia hora. A cinza do fogo não vai se limpar sozinha.

Milpeles pegou um lampião e uma bacia de água e levou para seu quartinho. Lá tirou o seu manto, lavou as mãos e o rosto, de forma que sua beleza voltou a aparecer. Então abriu a casca de noz, pegou o vestido que era de ouro como o sol, vestiu e subiu para o salão. Todos os criados fizeram uma reverência a ela, os convidados sorriram polidamente, porque todos acharam que devia ser uma princesa.

Quando o rei a viu, sentiu como se um raio atingisse seu coração. Nunca tinha visto tamanha beleza em toda a sua vida. Dançou com ela, meio tonto e, quando a dança terminou, ela fez uma reverência e desapareceu tão depressa que ele não viu para onde foi. Interrogou todos os guardas, todas as sentinelas: ela havia saído do castelo? Alguém tinha visto para onde fora?

Mas ninguém viu nada, porque ela saiu muito depressa e voltou para seu quartinho. Dobrou o vestido, vestiu seu manto de peles, sujou o rosto e as mãos, e mais uma vez era Milpeles, a criada da cozinha.

Começou a limpar as cinzas e o cozinheiro falou: — Deixe isso para amanhã. Tenho outro trabalho para você. Faça uma sopa para o rei enquanto eu subo para dar uma olhada no salão. Mas tome o cuidado de não deixar nem um fio de cabelo cair no caldo, senão fica sem comer de hoje em diante.

O cozinheiro subiu e Milpeles começou a fazer uma sopa de pão, o melhor que podia. Quando estava pronta, ela pegou seu anel de ouro e pôs na tigela do rei.

Quando o baile terminou, o rei pediu sua sopa. Estava tão boa que ele achou que nunca tinha comido nada melhor. E quando chegou ao fundo da tigela...

— O que é isto? Um anel de ouro? Como isto veio parar aqui? Chame o cozinheiro!

O cozinheiro ficou apavorado. Ao sair depressa da cozinha, disse a Milpeles: — Você deve ter deixado cair um cabelo na sopa. Não falei para tomar cuidado? Espere até eu voltar. Vai ficar toda roxa, menina.

O cozinheiro foi falar com o rei, tremendo, enrolando o avental nas mãos.

— Foi você quem fez esta sopa? — o rei perguntou. — Pare de tremer. Endireite o corpo.

— Foi, sim, majestade — o cozinheiro disse, baixinho.

— Não está falando a verdade. Esta sopa é diferente da que você faz sempre. E está muito melhor. Quem fez, hein?

— Desculpe, majestade, o senhor tem razão, não fui eu. Foi uma criadinha peluda.

— Mande-a subir.

Quando Milpeles chegou, o rei disse: — Quem é você?

— Sou uma pobre moça sem pai nem mãe.

— Como veio trabalhar no castelo?

— Me encontraram dentro de uma árvore, majestade.

— Hum. E onde arrumou este anel?

— Não sei nada de anel nenhum, majestade.

O rei achou que ela devia ser boba e a dispensou.

Algum tempo depois, houve outro baile e, como antes, Milpeles pediu ao cozinheiro para ir dar uma olhada no salão.

— Bom, tudo bem — disse ele. — Meia hora só. E quando voltar aqui, faça aquela sopa de pão de que o rei tanto gosta.

Milpeles correu ao seu quartinho, lavou-se depressa, pôs o vestido que era de prata como a lua. Subiu e entrou no salão. O rei a viu no meio da multidão de dançarinos, porque ela estava ainda mais bela que antes. Dançaram e o tempo pareceu se limitar a um momento para ele porque, assim que terminaram a música, ela desapareceu.

Desceu correndo ao seu quartinho, guardou o vestido e se transformou em Milpeles outra vez antes de correr para a cozinha e fazer a sopa de pão. Enquanto o cozinheiro estava olhando o salão, ela colocou sua pequena roca de fiar de ouro na tigela e despejou a sopa por cima.

E como antes o rei encontrou a pequena roca, mandou chamar o cozinheiro e o cozinheiro admitiu que, mais uma vez, Milpeles é que havia feito a sopa e o rei mandou chamá-la.

— Devo confessar que estou intrigado com você — disse ele. — Me conte de novo de onde veio.

— De uma árvore oca, majestade.

Não, ele pensou, a pobre moça deve ser fraca da cabeça. Que pena, ela pode até ser bonita debaixo dessa sujeira. Mas evidentemente não sabia nada sobre a pequena roca de fiar dourada, então ele a mandou embora.

Quando o rei deu um terceiro baile, tudo aconteceu como antes. O cozinheiro, porém, começou a ficar desconfiado e disse: — Acho que você deve ser uma bruxa, criatura peluda. Sempre põe na sopa alguma coisa que faz o rei gostar mais da sua que da minha. — Mas ele era bondoso e a deixou subir e olhar os nobres e as damas como antes.

Ela colocou seu vestido que cintilava como as estrelas e correu para o salão. O rei nunca tinha visto ninguém tão adorável e mandou a orquestra tocar uma música bem longa para poder conversar com ela. Ela era leve em seus braços, como o próprio brilho das estrelas, mas falou muito pouco. No entanto, ele conseguiu colocar no dedo dela um anel, sem que ela percebesse.

Quando a música terminou, a meia hora havia passado, e ela tentou escapar. O rei tentou detê-la, mas ela era rápida demais para ele e conseguiu fugir.

Quando voltou ao quartinho, não teve tempo de tirar o vestido, então colocou o manto de peles por cima dele, sujou-se, mas na pressa deixou passar um dedo, que continuou limpo. Depois correu para fazer a sopa e enquanto o cozinheiro estava olhando o salão, colocou o carretel de ouro na tigela como antes.

Quando o rei encontrou o carretel, não perdeu tempo chamando o cozinheiro, mandou vir Milpeles diretamente. Assim que ela entrou, ele viu o dedo limpo e o anel que ele havia posto ali quando dançavam. Pegou a mão dela e segurou firme. Quando ela tentou escapar, o manto de peles se abriu um pouco e revelou o brilho do vestido estrelado. O rei baixou o capuz do manto e seu cabelo dourado se desprendeu. Ele afastou o manto de peles totalmente e revelou a linda princesa com que havia dançado menos de meia hora antes. Depois de lavar o rosto e as mãos, ninguém podia negar que era mais bela que qualquer outro ser vivo.

— Será minha noiva querida — disse o rei. — E nunca nos separaremos.

O casamento foi realizado pouco depois e viveram felizes para sempre.

* * *

Tipo de conto: ATU 510 B, "Peau d'Asne" [Pele de asno].
Fonte: história contada aos irmãos Grimm por Dortchen Wild.
Histórias semelhantes: "O urso", de Giambattista Basile (*The Great Fairy Tale Tradition*, org. Jack Zipes); "Maria de Madeira", de Italo Calvino (*Italian Folktales*); "Pele de asno", de Charles Perrault (*Perrault's Complete Fairy Tales*); "Tebaldo", de Giovanni Francesco Straparola (*The Great Fairy Tale Tradition*, org. Jack Zipes).

A história começa muito bem: o rei promete à esposa não se casar com ninguém menos bela que ela quando morrer, depois se apaixona pela própria filha... Mas no meio do caminho, quando a princesa foge, não sabemos mais nada do pai obcecado; a história muda totalmente de rumo e se torna uma variação de "Cinderela" (p. 131). O que aconteceu com o tema do incesto? Me parece que fugir não é jeito de uma história resolver algo tão dramático. A questão merece solução melhor.

A versão de Straparola se dá conta disso e faz o rei, Tebaldo, perseguir a filha incansavelmente. Seguindo essa pista, eu continuaria o conto que os Grimm nos legaram contando que o bom rei e sua noiva viveram felizes e tiveram dois filhos. Um dia, um mercador chegou ao palácio com uma caixa cheia de lindos brinquedos. Daria um brinquedo ao menino e outro à menina, dizendo: — Falem de mim a sua mãe. — Eles iriam correndo até ela para mostrar uma pequena roca de fiar de ouro e um carretel dourado. Perturbada, ela ordenaria que o mercador fosse trazido à sua presença, mas ele teria desaparecido.

O dia seguinte seria domingo, e ela o veria no meio da multidão quando a família real vai à catedral. Ele olharia para ela, daria um sorriso e ela não teria dúvida: seu pai. Pela primeira vez, ela confessaria ao marido o horror que a fizera fugir de casa e se transformar em Milpeles. Ele ficaria chocado e ordenaria que o mercador fosse encontrado e preso.

Nessa noite, a rainha iria confessar, temendo ser de alguma forma culpada pelo desejo abominável do pai. O padre garantiria que ela era inocente, mas que estava julgando errado o pai, cujo amor por ela era puro e sagrado. Além disso, o amor entre pais e filhas é santificado nas Escrituras, como no caso de...

Nesse momento, ela reconheceria a voz dele e sairia correndo, pedindo socorro, e descobriria que estava trancada dentro da igreja com seu pai. Os gritos da rainha alertariam a guarda, que arrombaria a porta para encontrar o falso padre a ponto de violentá-la.

Por ordem do rei, o vilão seria levado embora e enforcado. Depois de morto, seus braços e pernas seriam cortados e enterrados separadamente em solo não consagrado.

Nessa noite, a rainha acordaria de um pesadelo e encontraria dedos sujos de terra tocando seus lábios: o braço direito do pai. Louca de terror, ela gritaria por seu marido e o encontraria a seu lado na cama a ponto de ser estrangulado: o braço esquerdo do pai. Ninguém pode fazer nada, a não ser ela mesma. A rainha afasta o braço do rosto e o joga no fogo. Depois faz a mesma coisa com o outro braço que está na garganta de seu marido, empilha mais lenha por cima até que se queime e se transforme em cinza.

Acho que isso funcionaria bastante bem.

Jorinda e Joringel

Era uma vez um antigo castelo no meio de uma densa floresta, onde morava uma velha completamente sozinha. Era uma bruxa poderosa. Todo dia ela se transformava num gato ou numa coruja e toda noite retomava a forma humana. Sabia capturar pássaros e outros animais, que ela matava, assava e comia. Se algum homem chegava a cem passos do castelo, ela lançava sobre ele um encantamento que o deixava imóvel até que o libertasse. Se uma garota inocente chegava perto, porém, a velha a transformava num pássaro e a prendia à força dentro de um cesto. Depois, levava o cesto para uma sala do castelo, onde mantinha mais de sete mil outros pássaros desse tipo.

Ora, naquela época havia uma moça chamada Jorinda, que as pessoas diziam ser a moça mais bonita de todo o reino. Estava noiva de um rapaz muito bonito chamado Joringel. Não faltava muito para o casamento e o que eles mais gostavam era estar um na companhia do outro.

Uma tarde, quiseram ficar sozinhos; então foram dar um passeio na floresta. — Precisamos tomar cuidado para não chegar muito perto do castelo — disse Joringel.

Era uma tarde adorável: o sol brilhava quente nos troncos das árvores contra o verde-escuro da floresta profunda e os pombos arrulhavam tristemente nas velhas faias. De vez em quando, Jorinda chorava sem saber por quê. Sentou-se ao sol, suspirou e Joringel suspirou também. Estavam tristes como se estivessem perto da morte. Na intensidade de sua emoção, perderam a noção de onde estavam e não conseguiram encontrar o caminho de volta.

Quando o sol estava quase se pondo, ainda metade acima e metade abaixo das montanhas, Joringel, procurando o caminho certo, afastou as folhas de um arbusto e viu o muro do castelo a poucos metros. Foi tamanho o choque que ele quase desmaiou. No mesmo momento, ouviu Jorinda cantando:

Anelzinho vermelho a voar,
Triste, triste, tão triste é o seu cantar;
doce pássaro que canta absorto,
o lindo pombo que amanhece...

Mas não completou o verso. Em vez disso, Joringel ouviu um rouxinol trinando e viu, horrorizado, que o rouxinol estava pousado num ramo no lugar onde havia deixado Jorinda. Não só isso, mas uma coruja de olhos brilhantes voava em torno dela. Circulou três vezes, piando: *Uhuuu! Uhuuu!*

E o próprio Joringel se transformou em pedra. Não podia se mexer, não podia gritar, não podia nem piscar. Estava quase escuro então. A coruja voou para um arbusto e ele a perdeu de vista, mas então as folhas se agitaram e do arbusto saiu uma velha, encurvada, amarela, com olhos vermelhos como sangue e o nariz em gancho que quase encostava no queixo. Resmungando consigo mesma, ela pegou o rouxinol do ramo e levou embora.

E Joringel não podia gritar, não podia mover um músculo. O rouxinol desaparecera.

Não demorou muito a velha voltou de mãos vazias. Com voz rouca disse: — Quando a lua brilhar na cesta, Zaquiel, solte esse aí.

Nesse momento, Joringel sentiu os membros se soltarem e conseguia se mexer de novo. Pôs-se de joelhos diante da velha e exclamou: — Ah, por favor, me devolva minha Jorinda!

— Nunca! — disse a bruxa. — Ela não volta nunca mais.

Ele implorou, gritou, chorou, mas nada a fazia mudar de ideia. Nem parou para ouvir e o deixou dizendo: — Ah, o que será de mim?

Ele foi embora dali até uma aldeia onde não era conhecido. Lá encontrou trabalho de pastor, que conservou durante longo tempo. Muitas vezes voltava para olhar o castelo, mas nunca se aproximava.

Uma noite, teve um sonho estranho: sonhou que havia encontrado uma linda flor vermelha com uma pérola aninhada entre as pétalas. No sonho, ele colhia a flor e levava ao castelo, onde conseguia abrir qualquer porta e qualquer cesto que tocasse com a flor e libertava Jorinda.

Quando acordou na manhã seguinte, partiu imediatamente para encontrar a flor de seu sonho. Procurou durante oito dias e no nono encontrou uma flor vermelha como sangue, com uma gota de orvalho entre as pétalas, grande como uma bela pérola.

Colheu a flor com o maior cuidado e levou-a ao castelo. Ao passar pelo círculo mágico, sentiu que nada o detinha: conseguiu caminhar sem nenhum impedimento até o portão. Animado com isso, Joringel tocou o portão com a flor e o portão se abriu na mesma hora.

Ele entrou e parou no triste pátio, tentando escutar o som dos pássaros. Não foi difícil de ouvir. Seguiu o canto e logo se viu numa grande sala onde estavam todos presos em seus sete mil cestos.

Naquele momento, a bruxa alimentava os passarinhos, e quando Joringel entrou, ela parou e olhou para ele, cuspindo e berrando de raiva. Suas pragas eram horrendas e ela cuspia bile e veneno pelos lábios enrugados, mas nada o tocava e ela não conseguia chegar nem perto de arranhá-lo com suas unhas em garra.

Ele não se deteve. Foi libertando os pássaros um depois do outro, pensando como faria para encontrar Jorinda entre tantos outros. Mas então notou que a velha tinha pegado um cesto e estava saindo para a porta.

Ele atravessou a sala num salto, tocou o cesto com a flor e o cesto se abriu. Tocou também a bruxa com a flor e todos os poderes dela se desmancharam. E ali estava Jorinda, linda como sempre. Ela passou os braços por seu pescoço e os dois trocaram um abraço apertado.

Ele soltou todos os outros pássaros e logo Joringel e Jorinda voltaram para casa, onde se casaram e viveram felizes por muitos e muitos anos.

* * *

Tipo de conto: ATU 405, "Jorinda e Joringel".
Fonte: *Heinrich Stillings Jugend*, de Johann Heinrich Jung-Stilling (*Heinrich Stilling's Youth*, 1777).

Este conto é estranho, na medida em que não tem nada de folclórico. Por um lado, é o único conto dos Grimm em que existe uma descrição da natureza ("Era uma tarde adorável: o sol brilhava quente...") sem nenhuma função, só pela descrição em si; por outro lado, o comportamento dos amantes parece apresentar um excesso de sensibilidade que só pode pertencer ao romantismo literário. Simplesmente não dá a sensação de um conto folclórico.

A fonte dos Grimm para esse conto é, em parte, a autobiografia de Johann Heinrich Jung (1740-1817), um médico, amigo de Goethe, mais conhecido por seu pseudônimo, Heinrich Stilling. O tema da busca da flor vista em sonho lembra a obra arquetípica do romantismo alemão *Heinrich von Ofterdingen* (1802), de Novalis. Esse tipo de coisa estava no ar na época dos irmãos Grimm. "Jorinda e Joringel" poderia ser trabalhada para ficar mais extensa, mas isso afastaria ainda mais a história do âmbito do folclore e a definiria claramente como um romance de fantasia. Por mais que se faça com ela, porém, jamais desaparecerá o sabor literário com que nasceu.

O anel vermelho dos versos se refere ao olho da pomba, cuja íris parece mesmo ter um anel vermelho.

Seis que se deram bem no mundo

Era uma vez um homem que tinha jeito para tudo. Havia lutado na guerra e agido com bravura, mas, quando a guerra terminou, ele foi dispensado com três tostões e mais nada.

— Espere aí! — disse. — Que pagamento é esse? Se encontrar as pessoas certas para me ajudar, faço o rei esvaziar o tesouro, esperem só para ver.

Furioso, ele marchou para a floresta. Não tinha ido muito longe quando viu um homem arrancar seis árvores como se fossem espigas de trigo. O soldado disse a ele: — Quer ser meu criado e vir comigo?

— Claro — o homem respondeu —, mas primeiro tenho de levar estes gravetos para minha mãe.

Então, pegou uma árvore e amarrou em torno das outras, pôs o maço inteiro no ombro e levou embora. Pouco depois voltou e foi embora junto com seu senhor, que disse: — Nós dois com certeza vamos nos dar bem no mundo.

Tinham andado um pouquinho quando viram um caçador apoiado num joelho, apontando para alguma coisa que não conseguiam ver.

O soldado perguntou: — Caçador, no que está atirando?

— A três quilômetros daqui — disse o caçador —, tem uma mosca pousada no galho de um carvalho. Vou atirar no olho esquerdo dela.

— Ah, venha comigo — disse o soldado. — Se nós três formos juntos, com certeza vamos nos dar bem no mundo.

O caçador estava disposto, então seguiram juntos. Logo chegaram a sete moinhos, cujas pás estavam girando e girando, mesmo sem nenhum sopro de vento, nem uma folha a se mexer nas árvores.

— Nossa, vejam só isso! — disse o soldado. — Nunca vi coisa igual. O que pode estar girando essas pás?

Continuou andando com seus criados e três quilômetros adiante encontraram um homem sentado em cima de uma árvore, tapando uma narina e soprando com a outra.

— O que está fazendo aí em cima? — perguntou o soldado.

— A três quilômetros por esta estrada existem sete moinhos de vento. Eu estou soprando para suas pás rodarem. Não sei como não viram.

— Ah, venha comigo — disse o soldado. — Vimos os moinhos, sim. Com um talento como o seu, nós quatro com certeza vamos nos dar bem no mundo.

O soprador concordou. Seguiram em frente e depois de algum tempo encontraram um homem parado numa perna só, com a outra perna desencaixada no chão a seu lado.

— Você parece estar bem à vontade — disse o soldado. — Está descansando, é?

— Bom, sabe, sou corredor. Vou depressa, não tenho como evitar. Com as duas pernas corro mais depressa do que um pássaro.

— Ah, venha comigo — disse o soldado. — Esse é um talento raro. Junte forças conosco e tenho certeza de que vamos nos dar bem no mundo.

O corredor seguiu com eles e chegaram a um homem que estava usando o boné de lado, com a aba em cima de uma orelha.

— Por que está usando seu boné desse jeito? — o soldado perguntou. — Está maluco?

— Ah, tenho uma boa razão — disse o homem. — Se puser o boné direito, vai cair uma geada tão forte, de repente, que os passarinhos vão morrer gelados no ar.

— Bom, não podemos deixar um dote desses ficar sem uso — disse o soldado. — Junte-se a nós que vamos nos dar bem no mundo.

Ele então foi com o resto e logo chegaram a uma cidade onde o rei tinha acabado de fazer uma proclamação. Quem disputasse uma corrida com sua filha e vencesse casava com ela e herdava o reino. Se perdesse a corrida, porém, perdia a cabeça também.

O soldado achou que valia a pena arriscar, então foi até o rei e disse: — Eu aceito o desafio, majestade, com a condição de que um dos meus criados corra em meu lugar.

— Como quiser — disse o rei —, mas com uma condição também. Se ele perder, vocês dois vão para a forca.

Eles concordaram: cada corredor recebia uma caneca com a qual tinha de trazer água de uma fonte que ficava muito longe. Quem chegasse de volta primeiro vencia. Quando estava tudo pronto, o soldado prendeu a perna do criado no lugar e disse: — Não se distraia no caminho. É a sua cabeça que está em jogo, lembre bem.

O corredor e a filha do rei pegaram suas canecas e partiram. Depois de menos de um minuto, quando a filha do rei havia seguido apenas um trechinho, o corredor já tinha sumido de vista. Em um segundo ele chegou até a fonte, encheu a caneca e virou. Mas na metade do caminho de volta, porém, sentiu vontade de tirar uma soneca, então deitou e fechou os olhos, usando como travesseiro o crânio de um cavalo que encontrou no chão, para não ficar cômodo demais porque não queria dormir muito e perder a corrida.

Enquanto isso, a filha do rei, que era muito melhor na corrida do que as pessoas comuns, chegou à fonte. Encheu sua caneca e partiu imediatamente para o trajeto de volta e logo passou por seu oponente dormindo profundamente.

"O inimigo caiu em minhas mãos!", ela pensou. E esvaziou a caneca dele antes de continuar correndo.

Estaria tudo perdido se o caçador não estivesse no alto da muralha do castelo observando tudo com seus olhos aguçados.

— A filha do rei não deve nos vencer! — ele exclamou e carregou sua arma, fez pontaria e atirou no crânio de cavalo debaixo da cabeça do corredor, acordando-o com um tranco.

O corredor se sentou, piscou os olhos, viu que sua caneca estava vazia e que a filha do rei o tinha ultrapassado. Sem nem se preocupar, correu de volta à fonte, encheu a caneca outra vez e voltou depressa à cidade, conseguindo vencer a filha do rei por dez minutos.

— Eu só estava esticando as pernas — ele disse. — Nem se pode chamar de corrida o que eu estava fazendo no caminho de ida.

O rei não ficou nada satisfeito de perder sua filha para um soldado plebeu, e a filha dele gostou ainda menos da história. Então, os dois se puseram a pensar juntos para encontrar um jeito de se livrar do soldado e de seus companheiros. Por fim, o rei falou: — Ah! Já sei. Não se preocupe, vamos fazer com que eles nunca mais voltem para casa.

Foi até os seis e disse: — Quero ter a certeza de que vocês estão se divertindo. Comam, bebam, alegria!

Então os levou a uma sala que tinha o piso de ferro, as portas eram feitas de ferro também e as janelas tinham pesadas grades de ferro. No meio da sala, havia uma mesa com um esplêndido banquete, e o rei disse: — Entrem e aproveitem!

Assim que estavam todos dentro, ele mandou trancar as portas. Depois chamou o cozinheiro, mandou que acendesse um fogo na sala abaixo daquela e ficasse alimentando a fogueira e continuasse alimentando, até o ferro ficar vermelho em brasa. O cozinheiro obedeceu e não demorou muito os seis companheiros em torno da mesa começaram a sentir calor. Primeiro, acharam que era por causa da comida que estavam comendo, mas foi ficando mais e mais quente e tentaram sair da sala. Descobriram que a porta estava trancada e as janelas gradeadas. Então entenderam o que o rei pretendia: queria queimar os seis vivos.

— Bom, ele que tente — disse o homem com o boné de lado. — Vou trazer uma geada que vai fazer esse fogo ir embora se arrastando de vergonha.

Então pôs o boné direito e veio uma geada tamanha que o calor diminuiu de imediato e a comida na mesa começou a congelar. Depois de umas duas horas, o rei achou que eles já deviam estar torrados e mortos, então mandou abrir a porta para ver. Mas encontrou todos com plena saúde. Na verdade, disseram, queriam sair e esquentar um pouco porque a sala estava tão fria que a comida havia congelado nos pratos.

O rei ficou furioso e desceu para ralhar com o cozinheiro.

— Achei que tinha mandado você fazer o fogo ficar mais e mais quente!

— E eu fiz, majestade, aqui está, olhe, queimando forte!

Quando o rei viu a fogueira crepitando, entendeu que ele ainda não tinha levado a melhor sobre os seis companheiros e teria de tentar alguma coisa mais esperta da próxima vez.

Então, ele quebrou a cabeça e finalmente pensou que tinha encontrado um jeito de se livrar deles. Disse ao soldado: — Olhe, você é um homem do mundo, vamos falar com franqueza. Se eu te der algum ouro, você desiste da princesa e vai embora?

— Está certo — disse o soldado. — Que tal deixar que eu pegue todo o ouro que um dos meus criados conseguir carregar? Aí eu me despeço da princesa e vou embora.

— Um criado só?

— Só um. Nos dê umas duas semanas e voltamos para pegar.

O rei concordou. O soldado partiu, chamou os alfaiates do reino e encomendou a eles que costurassem um saco gigantesco. O trabalho levou duas semanas e, quando ficou pronto, o homem forte, aquele que arrancava árvores, pôs o saco no ombro e foi até o rei com seu senhor.

O rei viu os dois chegando e perguntou: — Quem é esse sujeito estranho carregando aquele imenso saco de lona no ombro? Minha nossa! É do tamanho de uma cas...

De repente, percebeu quem era o homem. "Ah, não!", o rei pensou. "Esse é o criado que vai pegar o ouro... e esse é o saco para carregar! Não acredito!"

O rei mandou que os tesoureiros trouxessem uma tonelada de ouro, achando que com certeza seria suficiente.

Precisaram de seis granadeiros para trazer tudo aquilo, mas o homem forte pôs tudo no saco com uma só mão e disse: — Isso não enche nem o fundo. Vamos circulando e tragam mais. Queremos ir embora ainda hoje.

Pouco a pouco, o tesouro do rei foi trazido para fora e o homem forte o jogava dentro do saco.

— Ainda não está nem na metade! — disse ele. — Até agora foram só migalhas. Vamos logo!

Então tiveram de enviar sete mil carroças cheias de ouro de todo o reino e o homem forte jogou tudo dentro do saco, junto com os bois que puxavam as carroças.

— Bom, ainda não está bem cheio, mas vai ter de bastar assim — disse ele. — Melhor não ser ambicioso.

Jogou o saco ao ombro e foi embora com os seus companheiros.

O rei ficou olhando isso tudo e, quando viu que a riqueza de seu reino estava desaparecendo nos ombros de um homem, perdeu as estribeiras.

— Mandem a cavalaria atrás deles! — ordenou. — Não vou tolerar uma coisa dessas! Tragam de volta aquele ouro!

Os dois regimentos logo alcançaram o soldado e seus criados e o comandante gritou: — Mãos ao alto! Larguem esse saco de ouro e recuem, senão cortamos vocês em tiras!

— O que é isso que ele está querendo dizer? — disse o soprador. — Mãos ao alto? Cortar em tiras? Vamos ver se vocês gostam de rodar pelo ar.

Ele tampou uma narina, soprou com a outra e em poucos momentos todos os cavalos e cavaleiros estavam rodando no ar como se um furacão os jogasse para cá, para lá, por todo lado. Alguns foram muito alto, outros se espalharam pelos arbustos e um sargento gritou: — Misericórdia! Misericórdia!

Ele era um sujeito valente que tinha sido ferido nove vezes a serviço do rei, de forma que o soprador e seus companheiros não queriam humilhá-lo e o fizeram descer suavemente.

— Agora volte e diga para o rei mandar quantos regimentos quiser — disse o soprador —, que eu faço todos voarem até as nuvens como fiz com os seus soldados.

Quando o rei recebeu a mensagem, disse: — Ah, deixe que vão embora. Para mim basta.

Então os seis voltaram para casa, dividiram a fortuna e viveram felizes o resto de seus dias.

* * *

Tipo de conto: ATU 513A, "Seis que correm o mundo".
Fonte: história contada aos irmãos Grimm por Dorothea Viehmann.
Histórias semelhantes: "Os sete Semyon", de Alexander Afanasiev (*Russian Fairy Tales*); "Os cinco vigaristas", de Italo Calvino (*Italian Folktales*); "Os seis criados", de Jacob e Wilhelm Grimm (*Children's and Household Tales*).

A história dos companheiros talentosos se presta a muitas variações. A versão de Italo Calvino é particularmente viva.

A história também funciona muito bem no cinema, onde tramas que envolvem o recrutamento de um grupo de especialistas em alguma tarefa impossível sempre são populares. *Onze homens e um segredo* (Steven Soderbergh, 2001) foi uma versão de sucesso. Da mesma forma, o foram também *Os doze condenados* (Robert Aldrich, 1967). O filme francês *Micmacs — Um plano complicado* (Jean-Pierre Jeunet, 2009) é mais inventivo e sedutor que ambos.

Hans Jogador

Era uma vez um homem chamado Hans que era louco por jogo, a tal ponto que todo mundo o chamava de Hans Jogador. Ele não conseguia parar de jogar cartas ou dados e acabou perdendo todas as suas posses, tigelas, panelas, mesas e cadeiras, a cama e todo o resto da mobília e por fim a própria casa.

Na véspera do dia em que os credores iam tomar posse de sua casa, Nosso Senhor e São Pedro apareceram na porta e pediram acomodação para a noite.

— Os senhores são bem-vindos — disse Hans Jogador —, mas vão ter de dormir no chão. Não sobrou nenhuma cama.

Nosso Senhor disse que não se importava e que além do mais trariam sua própria comida. São Pedro deu a Hans três moedas e pediu que fosse à padaria comprar um pão. Ele saiu com boa vontade, mas no caminho passou pela casa onde jogava um bando de malandros que havia ganhado a maior parte de suas posses. Quando o viram passando, chamaram: — Ei! Hans! Estamos jogando! Quer entrar e jogar conosco?

— Não posso — disse ele. — Não me sobrou nada. E estas três moedas nem são minhas.

— Não tem importância. Valem mesmo assim. Entre!

Claro que ele não conseguiu resistir. Esse tempo todo Nosso Senhor e São Pedro estavam esperando e, quando Hans não voltou, foram à procura dele. O dinheiro já tinha ido embora e, quando ele viu os dois chegando, fingiu que estava procurando as moedas numa poça de água e ficou lá, curvado, cutucando a água com uma vara. Não adiantou nada, porém:

Nosso Senhor sabia que ele tinha perdido o dinheiro na mesa de jogo.

São Pedro lhe deu mais três moedas e como ele sabia que estavam vigiando, dessa vez não jogou e comprou o pão como tinham mandado. Depois, voltaram para casa, sentaram no chão e comeram um jantar de pão seco.

— Hans, será que tem um pouco de vinho em casa? — disse Nosso Senhor.

— Não, Senhor, sinto dizer. Foi uma das primeiras coisas que apostei no jogo. Os barris no meu porão estão secos.

— Bom, vá dar uma olhada — disse Nosso Senhor. — Acho que vai encontrar vinho lá embaixo.

— Não, sinceramente, muitas vezes virei os barris de cabeça para baixo e pode acreditar, não tem nem uma gota.

— Acho que vale a pena dar uma olhada — insistiu Nosso Senhor.

Por educação, Hans desceu e fez o que Nosso Senhor mandou. Ficou assombrado ao descobrir que não só havia vinho, como era da melhor qualidade. Olhou em torno, em busca de alguma coisa para levar o vinho, tirou as teias de aranha de uma velha jarra esmaltada e encheu até em cima. Os três passaram a jarra entre si, conversando até sentirem sono, e dormiram nas tábuas nuas do chão.

De manhã, Nosso Senhor disse: — Agora, Hans, gostaria de te dar três presentes como recompensa por sua hospitalidade. O que gostaria?

Nosso Senhor tinha pensado que Hans ia pedir a garantia de um lugar no céu, mas logo descobriu que estava errado.

— Bom, é muito bondade sua, Senhor. Eu gostaria de um baralho que ganhasse sempre, de um par de dados que ganhasse sempre e de... de... de... deixe eu ver... gostaria de uma árvore que dê todo tipo de frutas e mais uma coisa sobre essa árvore: se alguém trepar nela, não pode descer enquanto eu não deixar.

— Ah, tudo bem — disse Nosso Senhor e fez surgir o baralho e os dados com um estalar de dedos.

— E a árvore? — perguntou Hans.

— Está lá fora, num vaso.

Então, Nosso Senhor e São Pedro seguiram seu caminho.

Depois disso, Hans começou a apostar como nunca antes. Ganhava todas as apostas que fazia e não demorou muito para ser dono de meio mundo. São Pedro ficara de olho nele e disse ao Senhor: — Senhor, desse jeito não é possível. Qualquer dia ele vai ganhar o mundo inteiro. Temos de mandar a Morte buscar Hans Jogador.

E mandaram. Quando a Morte apareceu, Hans estava na mesa de jogo, como sempre.

— Hans — disse a Morte —, está na hora de parar de jogar. Na verdade, está na hora de parar com tudo. Venha.

Acontece que Hans estava com uma ótima cartada na mão; quando sentiu os dedos ossudos agarrando seu ombro, olhou para cima, viu a Morte e disse: — Ah, é você. Eu já vou. Faça um favor: tem uma árvore lá fora, cheia de lindas frutas. Suba e pegue um pouco para a gente comer no caminho.

Então, a Morte trepou na árvore e é claro que não podia descer. Hans a deixou lá por sete anos e durante todo esse tempo ninguém morreu.

Por fim, São Pedro disse a Nosso Senhor: — Senhor, isso já foi longe demais. Vamos ter de fazer alguma coisa.

Nosso Senhor concordou e disse a Hans que tinha de deixar a Morte descer da árvore. Hans teve de obedecer, claro, e a Morte foi para cima dele imediatamente e o estrangulou.

E assim partiram para o outro mundo. Quando chegaram lá, Hans foi diretamente para o portão do céu e bateu.

— Quem é? — São Pedro perguntou.

— Sou eu, Hans Jogador.

— Bom, vá embora, suma. Nem pense que vai entrar aqui.

Em seguida, ele foi ao portão do purgatório e bateu.

— Quem é?

— Hans Jogador.

— Vá embora. Aqui já tem bastante desgraça, não queremos um jogador para piorar as coisas.

Então Hans não tinha mais para onde ir senão para o inferno e, quando bateu na porta de lá, deixaram que entrasse na mesma hora. Não havia ninguém em casa, além do próprio Diabo e todos os diabos feios, porque os diabos bonitos tinham ido para a terra tratar de negócios. Logo que Hans entrou, sentou-se para jogar. O Diabo não tinha nada para apostar além de seus diabos feios, e logo todos pertenciam a Hans, porque ele estava jogando com as cartas que nunca perdiam.

Quando ganhou os diabos feios, ele os levou todos para Hohenfurt, onde plantam lúpulo. Eles arrancaram todas as estacas de lúpulo, subiram até o céu e começaram a usá-las como alavancas nas pedras da muralha.

As pedras estavam começando a ceder, então São Pedro falou: — Vamos ter de deixar ele entrar. Não temos escolha.

Então deixaram que entrasse. Mas, assim que entrou, Hans começou a jogar de novo e logo havia tantos gritos e discussões entre os cidadãos que os anjos não conseguiam escutar nem o próprio pensamento.

São Pedro foi a Nosso Senhor outra vez.

— Senhor, para mim basta — disse. — Temos de mandar Hans embora. Ele está deixando todo mundo louco.

Então o pegaram e jogaram para fora do portão, lá de cima até a terra. Sua alma se espatifou em pedaços e os cacos voaram para todo lado; de fato, existem até hoje na alma de cada jogador vivo.

* * *

Tipo de conto: ATU 330A, "Os três desejos do ferreiro".
Fonte: história escrita e enviada aos Grimm por Simon Sechter.

Simon Sechter, que registrou originalmente este conto, era um compositor e professor de música de Weitra, na Baixa Áustria, e os Grimm a transmitiram no dialeto da versão que chegou a eles:

Is is emohl e Mon gewön, der hot ninx us g'spielt, und do hobend'n d'Leut nur in 'Spielhansl' g'hoaßen, und wal er gor nit afg'hört zen spielen, se hot e san Haus und ullss vespielt.

Um dos primeiros impulsos dos Grimm para colecionar contos folclóricos era, claro, seu interesse filológico nas variedades da língua alemã. É discutível se deveríamos apresentar este conto e, talvez, "O pescador e sua mulher" (p. 108) e "O junípero" (p. 198), em alguma variante dialetal para tentar imitar o jeito delas em alemão. Minha sensação é de que se alguém estiver realmente interessado nesse aspecto da língua, deve provavelmente procurar no original em vez de fazer qualquer laboriosa tentativa de replicar seu efeito. E também que a maioria dos leitores que escolhem uma versão iria preferir ler a que apresentasse o mínimo de obstáculos possível.

A outra coisa a dizer sobre este conto é que ele é vivo, rápido e engraçado.

A cotovia cantante e saltitante

Era uma vez um homem que ia partir para uma longa viagem. Antes de ir, ele perguntou a suas três filhas o que gostariam que trouxesse de presente. A mais velha queria pérolas, a segunda pediu diamantes e a mais nova disse: — Pai, eu gostaria de uma cotovia cantante e saltitante.

O pai disse: — Se encontrar uma, eu trago.

Beijou as filhas e partiu. Ao longo da viagem, comprou pérolas e diamantes para as duas filhas mais velhas, mas procurou por toda parte e não encontrou uma cotovia cantante e saltitante. Ficou chateado com isso, porque a filha mais nova era a sua favorita.

Acontece que a estrada o levou a uma floresta, no meio da qual se erguia um magnífico castelo. Perto do castelo, havia uma árvore e bem no topo dessa árvore, uma cotovia cantante e saltitante.

— Você é justamente o que eu quero — disse ele. E mandou o criado subir na árvore e pegar o passarinho.

Mas assim que o criado se aproximou da árvore, um leão saltou debaixo dela, se sacudiu e rugiu até a última folha estremecer.

— Eu devoro quem tentar roubar minha cotovia cantante e saltitante — gritou o leão.

— Desculpe — disse o homem. — Não sabia que o passarinho pertencia ao senhor. Permita que eu ofereça uma compensação. Eu lhe dou ouro se poupar nossas vidas.

— Ouro não me serve para nada — disse o leão. — Quero a primeira coisa que encontrar quando voltar para casa. Me prometa isso e pode ficar com sua vida. E sua filha pode ficar com a cotovia também.

Primeiro, o homem recusou. — A primeira a me encontrar será minha filha mais nova — disse. — Ela é a que me ama mais e sempre vem correndo me encontrar quando volto para casa.

— Mas pode não ser ela — disse o criado, que estava assustado. — Pode ser um cachorro ou um gato!

O homem se deixou convencer. Pegou a cotovia cantante e saltitante e prometeu dar ao leão quem primeiro o recebesse ao chegar em casa.

E quando chegou em casa e entrou, a primeira a vir saudá-lo não foi outra senão a filha mais nova, a mais querida. Ela veio correndo, deu-lhe um beijo e um abraço e, quando viu que ele havia trazido uma cotovia cantante e saltitante, ficou transbordante de alegria.

O pai, porém, não conseguiu se alegrar e começou a chorar.

— Minha filha querida — disse —, esse pássaro me custou muito caro. Para consegui-lo tive de prometer você a um leão feroz e, quando você for até ele, vai ser dilacerada e devorada.

Ele contou a ela tudo o que havia acontecido e implorou para que não fosse para o leão, de jeito nenhum.

Mas ela o consolou dizendo: — Pai, temos de cumprir nossas promessas. Eu vou, acalmo o leão e volto sã e salva.

Na manhã seguinte, o pai mostrou a ela o caminho e a moça partiu confiante pela floresta.

Ora, na verdade, o leão era um príncipe encantado. Durante o dia, ele e seus cortesãos tinham a forma de leões, mas à noite voltavam a ser seres humanos. Quando a moça chegou ao castelo, estava anoitecendo e eles a receberam com cortesia. O príncipe era um homem encantador e logo o casamento deles foi celebrado com grande esplendor e alegria. Por causa do encantamento, eles dormiam o dia inteiro e ficavam alegremente acordados durante a noite.

Um dia, o marido disse a ela: — Amanhã, sua irmã mais velha vai se casar e vai haver uma festa na casa de seu pai. Se quiser, os leões levam você até lá.

Ela disse que gostaria de ver o pai novamente e partiu, acompanhada pelos leões. Foi uma grande alegria quando ela chegou, porque todos acharam que ela havia sido dilacerada e estava morta havia muito tempo, mas ela contou tudo sobre seu lindo marido e a vida que levavam. Ficou com sua família até o fim da comemoração do casamento e depois voltou para a floresta.

Quando a segunda filha se casou, ela foi convidada de novo e disse ao leão: — Dessa vez, não queria ir sozinha. Gostaria que viesse comigo.

O leão disse que seria muito perigoso. Se um raio de luz o tocasse, mesmo a luz de uma simples vela, ele seria transformado num pombo e teria de voar com os pombos durante sete anos.

— Ah, por favor, venha! — ela pediu. — Eu protejo você. Não deixo nenhum raio de luz te tocar, prometo.

Ele se convenceu e partiram, levando o filho pequeno com eles. Na casa do pai, ela mandou construir um quarto especial com paredes grossas e nenhuma janela. Quando as luzes do casamento fossem acesas, ele devia ficar no quarto por segurança, mas os construtores haviam feito a porta com madeira que ainda não estava seca, e depois de posta no lugar, ela rachou e abriu uma fresta que ninguém notou.

O casamento foi realizado com grande alegria e o cortejo saiu da igreja para a casa do pai da noiva. Ardiam tochas e brilhavam lanternas e quando passaram pelo quarto do príncipe, um único raio de luz, não maior que um fio de cabelo, passou pela fresta e o tocou. E quando sua esposa veio procurá-lo, não o viu: tudo o que encontrou foi um pombo branco.

O pombo disse: — Tenho de voar pelo mundo durante sete anos. Mas a cada sete passos, vou derrubar uma pena branca e uma gota de sangue para você saber onde estou. Se seguir a trilha, poderá me salvar.

O pombo saiu voando pela porta e ela foi atrás dele imediatamente. Como ele havia dito, a cada sete passos caía uma pena branca e uma gota de sangue para mostrar o caminho.

Ela o seguiu cada vez mais longe, por todo o vasto mundo, longe de casa. Não pensava em mais nada além de segui-lo, não olhava de lado, não descansou, até os sete anos estarem quase esgotados. Esse tempo todo ela esperava que logo pudesse salvá-lo, mas estava errada, porque um dia, quando estava andando, nenhuma pena caiu, nenhuma gota de sangue. Ela olhou para o alto e o pombo tinha desaparecido.

— Ah, nenhum ser humano pode me ajudar agora — disse ela. E ao dizer isso, subiu direto para o Sol.

— Sol — disse —, você brilha sobre montanhas, sobre cada fenda e fresta. Será que viu meu pombo branco passar voando?

— Não — disse o Sol —, não vi o seu pombo, mas vou te dar este cesto. Abra quando estiver em grande necessidade.

Ela agradeceu ao sol e seguiu seu caminho até chegar a noite e a Lua brilhar. Ela disse à Lua: — Lua que brilha toda a noite sobre campos e florestas. Será que viu meu pombo branco passar voando?

— Não — disse a Lua —, não vi seu pombo, mas vou te dar este ovo. Quebre-o quando estiver em grande necessidade.

Ela agradeceu à Lua e seguiu. O vento da noite soprou sobre ela e ela perguntou ao vento: — Vento da noite, que sopra por todas as árvores do mundo. Será que viu meu pombo branco passar voando?

— Não — disse o vento da noite —, eu mesmo não vi, mas vou perguntar aos outros ventos. Eles podem ter visto.

Perguntou ao vento leste e ao vento oeste e eles vieram soprando e disseram que não tinham visto pombo nenhum. Mas o vento sul disse: — Vi, sim, um pombinho branco. Estava voando para o mar Vermelho. Ele se transformou em leão outra vez, porque passaram os sete anos e está lutando com uma serpente. Tome cuidado, porém, porque a serpente é uma princesa encantada.

O vento da noite disse a ela: — Olhe, vou te dar um conselho. Vá ao mar Vermelho. Na margem direita, vai encontrar um leito de altos corais. Conte os corais com todo o cuidado, corte o décimo primeiro e bata com ele na serpente.

Então, o leão será capaz de vencê-la, e os dois serão humanos outra vez. Ali perto, você vai ver o grifo que mora no mar Vermelho. Suba nas costas dele com seu amado, ele vai atravessar o mar e levar vocês para casa. E leve esta noz. Quando estiverem voando por cima do meio do mar, derrube a noz e no mesmo instante uma alta nogueira vai brotar para o grifo poder descansar. Se não descansar, não será capaz de levar vocês para casa. Não perca esta noz de jeito nenhum, senão vão cair no mar e se afogar.

Então, ela foi ao mar Vermelho e encontrou tudo exatamente como o vento da noite havia dito. Contou os corais, arrancou o décimo primeiro, bateu na serpente com ele. Imediatamente o leão pisou na serpente e a dominou e no momento em que a serpente se rendeu, os dois se tornaram humanos outra vez.

Mas antes que a esposa do leão conseguisse dar um passo, a princesa que tinha sido serpente pegou a mão do príncipe, puxou-o para as costas do grifo e saíram voando.

E lá ficou a pobre moça sozinha e abandonada outra vez. Ela se sentou e chorou. Mas acabou tomando coragem e disse: — Vou continuar até onde soprarem os ventos e enquanto o galo cantar, até encontrar meu amado outra vez.

E partiu. Viajou durante muito, muito tempo, até chegar afinal a um castelo onde o príncipe-leão e a princesa-serpente estavam vivendo juntos. Ali ficou sabendo que o casamento deles logo seria realizado.

Ela disse: — Deus ainda vai me ajudar — e abriu o cestinho que o Sol havia lhe dado. Dentro havia um vestido dourado que brilhava como o próprio Sol. Ela o vestiu, entrou no castelo e todo mundo, inclusive a noiva, ficou deslumbrado. Na verdade, a noiva gostou tanto do vestido que queria usá-lo no casamento e perguntou se estava à venda.

— Nem por todo o ouro do mundo — disse a moça —, só por carne e sangue.

— E o que quer dizer isso? — perguntou a princesa.

A moça pediu para passar a noite no quarto onde o noivo dormia. A noiva não gostou daquilo, mas queria tanto o vestido que concordou. Porém disse ao criado do príncipe para dar a ele uma poção para dormir.

À noite, quando o príncipe já estava dormindo, a moça foi levada a seu quarto. Quando fecharam a porta, ela sentou na cama e sussurrou para ele: — Segui você durante sete anos. Fui ao Sol, à Lua, aos quatro ventos perguntando por você, ajudei você a vencer a serpente. Vai esquecer de mim completamente?

Mas o príncipe estava dormindo tão profundamente que achou que o sussurro dela era apenas o vento suspirando nas figueiras.

Quando amanheceu, ela foi levada para fora do quarto e teve de entregar o vestido dourado. Vendo que seu truque não havia adiantado, ela ficou muito triste e foi para um campo, onde sentou e chorou. Mas então se lembrou do ovo que a Lua havia lhe dado. Decerto estava agora em grande necessidade, então o quebrou.

De dentro dele saiu uma galinha com sete pintinhos, todos feitos de ouro. Os pintinhos saíram piando por toda parte e depois voltaram a se abrigar debaixo das asas da mãe. Não havia coisa mais linda no mundo.

A moça se levantou e foi levando a galinha e os pintinhos pelo campo, até a janela do castelo se abrir e a noiva olhar para fora. Ela gostou tanto daquilo, como antes, que perguntou se estava à venda.

— Nem por todo o ouro do mundo, só por carne e sangue. Me deixe dormir mais uma noite no quarto do noivo.

A noiva concordou e planejou enganá-la como havia feito na noite anterior.

Porém, dessa vez o príncipe perguntou a seu criado sobre o murmúrio noturno. O criado confessou que a noiva havia ordenado que desse ao príncipe uma poção para dormir, porque uma pobre moça queria dormir em seu quarto.

O príncipe disse: — Bom, esta noite pode jogar a poção pela janela.

À noite, a moça foi novamente levada ao quarto e dessa vez, quando começou a sussurrar sua história, o príncipe reconheceu a voz de sua querida esposa imediatamente e abraçou-a.

— Agora estou livre! — disse ele. — Sinto como se estivesse num sonho esse tempo todo. Acho que a princesa me enfeitiçou e me fez esquecer de você. Mas Deus desfez o encantamento a tempo!

Os dois saíram na ponta dos pés e deixaram o castelo em segredo, porque tinham medo do pai da noiva, que era um poderoso feiticeiro.

Logo encontraram o grifo, subiram nas costas dele e partiram voando para casa. No meio do mar Vermelho, a esposa lembrou de derrubar a noz. Imediatamente uma grande nogueira cresceu e o grifo descansou em seus ramos antes de levar os dois para casa. Lá encontraram seu filho, que tinha crescido forte e bonito. E desde então viveram felizes até morrerem.

* * *

Tipo de conto: ATU 425C, "A bela e a fera".
Fonte: história contada aos irmãos Grimm por Dortchen Wild.
Histórias (um tanto) semelhantes: "As três penas", de Katharine M. Briggs (*Folk Tales of Britain*); "Belinda e o monstro", de Italo Calvino (*Italian Folktales*).

Como em diversos contos de Grimm, há um problema aqui. O que significa a cotovia cantante e saltitante? Por que ela desaparece da história assim que a filha mais nova a recebe? O que acontece com ela? E existe alguma ligação entre o leão (*Löwe*) e a palavra de dialeto que os personagens usam para cotovia (*Löweneckerchen*, e não *Lerche*)?

Se fôssemos dar à cotovia mais funções do que ela tem na história (o que não seria nada difícil: ela podia acompanhar a esposa em seu vagar, podia voar ao Sol e à Lua para ela, podia levar a princesa-serpente a olhar pela janela e ver a galinha de ouro e os pintinhos, por exemplo), teríamos de esclarecer em nossas mentes a relação entre a mulher, o leão e a cotovia. No conto existem poucas pistas para isso.

A pastora de gansos

Havia uma velha rainha, cujo marido morrera muitos anos antes. Tinha uma linda filha, e quando a filha cresceu ficou noiva de um príncipe que morava muito longe. Logo chegou o momento do casamento, e a filha teve de partir para a terra estrangeira onde morava o príncipe. A velha rainha embalou todo tipo de coisas preciosas, ouro e prata, belos cálices e joias raras de todo tipo, tudo o que era apropriado para um dote real, porque amava sua filha de todo o coração.

Deu-lhe também uma criada que devia acompanhá-la e garantir que chegasse em segurança ao palácio do noivo. Cada uma tinha um cavalo para a jornada. O cavalo da princesa chamava-se Falada, e sabia falar. Quando chegou a hora de partir, a velha rainha entrou em seu quarto, pegou uma faca e fez um corte no dedo. Deixou três gotas de sangue pingarem num lenço branco e deu à filha, dizendo: — Minha querida filha, cuide bem disso. Vai precisar na sua viagem.

Então, tristes, se despediram. A princesa guardou o lenço no corpete e partiram ao encontro do noivo.

Depois de uma hora de marcha, a princesa sentiu uma sede abrasadora e disse à criada: — Poderia desmontar e trazer para mim um pouco de água daquele ribeirão no cálice de ouro que está levando? Estou com tanta sede que preciso tomar alguma coisa.

A criada disse: — Vá buscar você mesma. Se está com sede, pode se debruçar sobre o regato e beber a água. Não vou te servir.

A princesa estava com tanta sede que fez exatamente isso. A criada não deixou nem que usasse o cálice.

"Ai, ai!", a princesa pensou. E as três gotas de sangue responderam: "Se sua mãe soubesse disso, ia partir seu coração."

Mas a princesa era humilde. Não disse nada, montou de volta no cavalo. Seguiram mais alguns quilômetros, mas o dia estava quente, o sol escaldante, e logo ela ficou com sede outra vez. Quando chegaram a outro regato, ela disse à criada: — Pode me trazer um pouco de água no cálice dourado?

Tinha esquecido as palavras duras da criada. Mas a criada respondeu, ainda mais arrogante: — Já disse, não estou aqui para servir a senhora. Se está com sede, desça e beba sozinha.

A princesa desceu de novo e bebeu no regato. Chorou um pouco e novamente pensou: "Ai, ai!"

De novo as três gotas de sangue responderam, silenciosamente: "Ah, se sua mãe soubesse, seu coração se partiria em dois!"

E quando a princesa se inclinou sobre o regato e sorveu a água, o lenço caiu de seu corpete e flutuou embora. Em sua aflição, ela nem notou, mas a criada tinha visto e ficou bem contente. Sabia que a princesa agora estava fraca e sem forças.

Então, quando a princesa quis montar Falada outra vez, a criada disse: — O que pensa que está fazendo? Esse não é seu cavalo. Eu vou ficar com ele agora. E pode ir tirando essas roupas bonitas também e passar para mim. Pode usar meus trapos. Vamos, depressa.

A princesa teve de fazer o que ela mandava, e então a criada a fez jurar pelos céus não dizer uma palavra sobre isso na corte. Se não jurasse, a criada a mataria no ato.

Mas Falada viu tudo e marcou bem.

Então, a criada montando Falada e a verdadeira princesa montando o pangaré seguiram seu caminho até o palácio real. Houve grande animação quando chegaram e o filho do rei saiu para encontrar com elas. Naturalmente, pensou que a criada fosse a noiva, ajudou-a a descer, levou-a ao andar de cima, enquanto a princesa real era deixada embaixo.

O velho rei olhou pela janela e notou que ela estava esperando no pátio. Achou que era muito bonita, de traços finos e delicados. Então saiu imediatamente dos aposentos reais e perguntou à noiva quem era a moça que estava com ela, aquela que estava parada lá embaixo no pátio.

— Peguei essa moça no caminho para me fazer companhia — disse a falsa noiva. — Dê algum trabalho para ela, senão vai ficar vagabundeando por aí.

Mas o velho rei não tinha nenhum trabalho para dar a ela. — Acho que ela podia ajudar o menino dos gansos — disse ele.

Então, a noiva verdadeira foi posta a cuidar dos gansos junto com o menino dos gansos, cujo nome era Conrado.

Pouco depois, a falsa noiva disse ao filho do rei: — Querido marido, gostaria que fizesse uma coisa para mim.

— Claro! — disse ele. — Com todo prazer.

— Chame o abatedor e mande ele cortar a cabeça do cavalo em que vim montada — disse ela. — O monstro me criou uma porção de problemas no caminho.

O fato, claro, é que ela estava com medo de que Falada pudesse contar a verdade sobre seu comportamento com a princesa. Quanto mais tempo ficasse vivo, maior o risco de a verdade vir à tona.

Então a ordem foi dada e o fiel cavalo tinha de morrer. A princesa real ficou sabendo disso e, secretamente, prometeu ouro ao abatedor se ele lhe fizesse um pequeno favor. Na muralha da cidade havia um grande portal escuro pelo qual ela precisava levar os gansos todas as manhãs. Ela pediu ao abatedor se poderia pendurar lá a cabeça de Falada, onde ela pudesse vê-lo ao passar. O abatedor concordou e pregou a cabeça numa parede do portal.

Na manhã seguinte, quando ela e Conrado foram levar os gansos pelo portal, ela disse ao passarem:

Ah, pobre Falada, aí pendurado!

E a cabeça respondeu:

Ah, princesa do cabelo dourado,

Sua mãe teria o coração partido
se essa história chegasse a seu ouvido.

A princesa não disse mais nada. Ela e Conrado levaram os gansos para os campos. Quando chegaram ao ponto certo, ela se sentou e soltou os cabelos, que eram cor de ouro puro. Conrado adorava vê-la fazer isso. Estendeu a mão e tentou puxar um fio ou dois.

Então, ela disse:

Vento leve o chapéu de Conrado,
sopre para todo lado,
pra ele ficar ocupado
até meu cabelo estar penteado.

E soprou um vento tão forte que arrancou o chapéu de Conrado de sua cabeça e levou-o pelo campo, fez com que ele corresse para cá e para lá, de um lado e outro, até conseguir pegá-lo. Então a princesa já havia penteado e trançado seu cabelo, e prendido num coque, sem nenhum fio solto para Conrado puxar. Ele então ficou amuado e não disse mais nem uma palavra o dia inteiro. Quando começou a entardecer, os dois levaram os gansos de volta.

Na manhã seguinte, ao passarem pelo portal da muralha da cidade, a moça disse:

Ah, pobre Falada, aí pendurado!

E a cabeça respondeu:

Ah, princesa do cabelo dourado,
Sua mãe teria o coração partido
se essa história chegasse a seu ouvido.

Quando chegaram ao campo, mais uma vez a princesa se sentou para trançar o cabelo, e mais uma vez Conrado tentou arrancar um fio. Então ela disse:

Vento leve o chapéu de Conrado,
sopre para todo lado,
pra ele ficar ocupado
até meu cabelo estar penteado.

O vento soprou de repente e levou o chapéu do pequeno Conrado outra vez, e deu-lhe um tal baile correndo pelo campo que, quando ele conseguiu pegar de volta o chapéu, a princesa já havia prendido o cabelo, e de novo não havia fios para puxar. Então cuidaram dos gansos até o entardecer.

Quando voltaram ao palácio, Conrado procurou o velho rei e disse: — Não quero mais cuidar dos gansos com aquela moça.

— Por que não? — perguntou o velho rei.

— Ah, ela me amola o dia inteiro!

— É? O que ela faz?

— De manhã, quando a gente passa pelo portal da muralha da cidade, ela fala com a cabeça do velho pangaré que está pregada lá. Ela diz: "Ah, pobre Falada, aí pendurado!" E a cabeça responde: "Ah, princesa do cabelo dourado, sua mãe teria o coração partido se essa história chegasse a seu ouvido."

Então Conrado contou ao rei o que acontecia no campo de gansos e como ela fazia o vento soprar seu chapéu para todo lado.

— Bom, você vá com ela amanhã, normalmente — disse o velho rei. — Eu estarei vigiando.

Então, de manhã o velho rei cobriu-se com um manto, sentou no portal e ouviu a princesa falar com a cabeça de Falada. Depois, seguiu os dois discretamente até o campo e se escondeu entre os arbustos para observar o que acontecia. Exatamente como Conrado havia dito, a pastora de gansos invocou o vento, que soprou o chapéu de Conrado pelo campo; ela soltou o longo cabelo dourado, lindo e tornou a trançar e prender.

O rei viu tudo e retornou ao palácio. Quando a moça dos gansos voltou ao entardecer, ele a chamou e perguntou por que fazia essas coisas.

— Não posso contar — disse ela. — É um segredo. Não posso contar para ninguém. Tive de jurar aos céus que jamais diria uma palavra a respeito. Se não tivesse jurado, teriam me matado.

O velho rei tentou convencê-la a contar, mas ela não se deixou abalar. Nada a faria faltar com sua palavra.

Mas finalmente ele disse: — Vou dizer uma coisa. Não conte seus problemas para mim; conte para a estufa de ferro ali no canto. Assim você estará respeitando sua promessa e ao mesmo tempo aliviando o peso de seu coração.

Ela então entrou na velha estufa de ferro, começou a chorar e logo abriu seu coração.

— Aqui estou, sozinha e abandonada no mundo, e sou filha de um rei. A falsa criada me forçou a trocar de roupa com ela e se pôs em meu lugar como noiva. Agora tenho de trabalhar no campo cuidando dos gansos. Se minha mãe soubesse, seu coração se partiria em dois. — O velho rei estava parado junto à chaminé da estufa e ouviu tudo o que ela disse. Voltou para dentro e mandou que saísse dali. Vestiu-a com roupas reais e era um deslumbramento ver o quanto era bela.

Então o velho rei chamou seu filho e explicou que sua noiva o iludira, que não era nenhuma princesa, apenas uma criada. Sua verdadeira noiva estava ali, aquela que tinha sido pastora de gansos. Quando o filho do rei viu como era linda a sua noiva verdadeira, e soube que ela havia se portado com virtude, ele se encheu de alegria.

Ordenou que se fizesse um grande banquete ao qual toda a corte e todos os bons amigos foram convidados. À cabeceira da mesa sentou-se o noivo, de um lado a falsa noiva, do outro a verdadeira. A criada foi completamente iludida, porque não reconheceu a princesa com suas roupas bonitas.

Depois de comerem e beberem, quando estavam todos animados, o velho rei propôs um enigma à falsa noiva: qual castigo mereceria uma pessoa que tratasse sua patroa da seguinte maneira? E contou a história toda, perguntando mais uma vez, ao terminar: — Que sentença mereceria uma pessoa assim?

A falsa noiva disse: — Mereceria nada melhor que ser colocada nua dentro de um barril cheio de pregos afiados. Depois, ser atrelada a dois cavalos brancos e arrastada pelas ruas até morrer.

— Pois essa é você — disse o rei. — Você pronunciou sua própria sentença de morte. Tudo o que descreveu será feito a você.

E, quando a sentença foi executada, o filho do rei se casou com a noiva verdadeira e reinou sobre seu reino com paz e felicidade.

* * *

Tipo de conto: ATU 533, "A cabeça de cavalo falante".
Fonte: história contada aos irmãos Grimm por Dorothea Viehmann.
Histórias semelhantes: "Os dois bolos", de Giambattista Basile (*The Great Fairy Tale Tradition*, org. Jack Zipes); "Roswal e Lilian", de Katharine M. Briggs (*Folk Tales of Britain*).

Pobre Falada! Merecia melhor sorte. Podemos pensar que ele merecia um papel maior na história. Talvez se ele falasse antes, sua dona não precisasse sofrer tanto.

E embora boa e bela, como era sem dúvida, quanto a empreendimento e vigor, a princesa/pastora de gansos tem de ficar em segundo lugar diante da criada má, que merece uma história mais longa. É difícil para um contador de histórias tornar atraente um personagem que é uma vítima fraca e dócil, que não discute nem reage. Porém, não se trata de um romance.

O nome "Falada", com um "L" a mais, foi usado pelo romancista alemão Rudolf Ditzen (1893-1947), autor de *Jeder stirbt für sich allein* (Todo homem morre só, 1947) em seu pseudônimo: Hans Fallada.

Pele de urso

Era uma vez um rapaz que se alistou como soldado, lutou bravamente e estava sempre no fronte quando as balas vermelhas em brasa choviam. Enquanto durou a guerra tudo foi bem, mas quando a paz foi assinada, ele foi dispensado. O capitão disse que ele podia ir embora se quisesse. Seus parentes tinham morrido e ele não tinha mais casa, de forma que foi até seus irmãos e perguntou se podia morar com eles até haver nova guerra.

Mas seus irmãos tinham o coração duro e disseram:

— O que nós temos a ver com seus problemas? Não precisamos de você aqui. Vá embora, suma.

Tudo o que restou ao soldado foi seu mosquete, que ele pôs ao ombro e saiu pelo mundo. Logo chegou a um matagal onde não havia nada para ver além de um círculo de árvores. Sentou-se debaixo delas pensando em seu destino e sentindo muita pena de si mesmo.

"Não tenho dinheiro, nem futuro", pensou. "Só sei guerrear, mas, se tudo o que querem é paz, eu sou inútil. Acho que vou morrer de fome."

De repente, ouviu um agitar de folhas e, quando olhou em torno para ver o que era, topou com um homem estranho parado ali. Usava um paletó verde elegante e parecia perfeitamente respeitável, exceto pelo horrendo casco de cavalo que tinha na extremidade de uma perna.

— Sei o que você quer — ele disse ao soldado —, e você pode conseguir tudo, todo o ouro e propriedades que quiser, mas primeiro tem de me mostrar até que ponto vai sua valentia. Não vou dar o meu dinheiro para alguém que sai correndo ao primeiro sinal de perigo.

— Bom, sou um soldado e minha profissão é não ter medo de nada. Então, pode me testar se quiser.

— Tudo bem — disse o homem —, olhe atrás de você.

O soldado se virou e viu um imenso urso que corria em sua direção, rosnando furiosamente.

— Ah, não — disse o soldado —, vou fazer cócegas no seu focinho, feioso. Vamos ver se você rosna depois.

Fez pontaria com o mosquete e deu um tiro no urso. Atingiu seu focinho, e ele caiu imediatamente.

— Estou vendo que não lhe falta coragem — disse o estranho —, mas ainda não acabei. Tem mais uma condição.

— Contanto que não estrague minha chance de ir para o céu — disse o soldado, que sabia muito bem quem era o estranho. — Se isso estiver em risco, não aceito nada, não.

— Bom, veremos — disse o estranho. — Você tem de fazer o seguinte: durante os próximos sete anos, você não pode tomar banho, nem pentear o cabelo, nem cortar as unhas, nem rezar o Pai-Nosso. Vou te dar um paletó e um manto para usar o tempo inteiro. Agora, se você morrer durante esses sete anos, você é meu, entendeu? Se continuar vivo, estará livre, e rico, não se esqueça, pelo resto da vida.

O soldado pensou bem. Tinha enfrentado a morte tantas vezes no campo de batalha que estava acostumado ao perigo, mas a pobreza era outra coisa. Resolveu aceitar o que o Diabo propunha.

O Diabo tirou o paletó verde e entregou ao soldado, dizendo: — Se puser a mão no bolso quando estiver com o paletó vestido, vai sempre encontrar um punhado de dinheiro.

Então, o Diabo tirou a pele do urso e disse: — Você tem de usar esta pele de urso como manto e dormir em cima dela também, não pode deitar em nenhuma outra cama. E vai se chamar Pele de Urso.

Com essas palavras, o Diabo desapareceu.

O soldado vestiu o paletó, enfiou a mão no bolso e descobriu que o Diabo estava falando a verdade. Pôs a pele de urso como manto e começou a caminhar. Ia aonde bem entendia, fazia o que queria e gastava tudo o que achava no bolso.

Durante o primeiro ano, ele até que estava bem, mas no segundo ano, começou a parecer um monstro. Seu rosto estava quase inteiramente coberto por uma longa barba áspera, o cabelo opaco e embaraçado, as unhas como garras, e tão sujo que, se semeassem agrião em seu rosto, teria brotado. Ao vê-lo, todo mundo estremecia e saía correndo. Porém, sempre dava dinheiro aos pobres e pedia que rezassem para que ele ficasse vivo durante sete anos, e como pagava à vista e em dinheiro tudo o que queria, sempre encontrava abrigo.

No quarto ano, ele chegou a uma estalagem. O proprietário não queria deixar que entrasse e recusou até um lugar no estábulo, com medo de que ele assustasse os cavalos. Mas quando Pele de Urso pôs a mão no bolso e tirou um punhado de dinheiro, o proprietário cedeu um pouco e deixou que ele ficasse num abrigo no pátio, com a condição de que não aparecesse para ninguém.

Uma noite, estava lá sentado sozinho, desejando ardentemente que os sete anos passassem logo, quando ouviu alguém chorando de tristeza no quarto ao lado. Pele de Urso era um homem de bom coração e, pensando em ajudar, abriu a porta e viu um velho chorando amargamente, esfregando as mãos. Assim que o velho viu Pele de Urso, se pôs de pé com esforço e tentou fugir, mas ao ouvir uma voz humana parou e deixou o monstro falar com ele.

Pele de Urso falou com bondade; o velho sentou de novo e contou para ele os seus problemas. Pouco a pouco, o velho havia perdido todo o dinheiro que tinha e agora ele e as filhas estavam à beira de passar fome. Não podia pagar a conta da estalagem e tinha certeza de que seria mandado para a prisão.

— Se o seu problema é dinheiro — disse Pele de Urso —, tenho bastante para te ajudar.

Chamou o proprietário e pagou a conta. Depois, colocou um saco de ouro no bolso do velho. Quando o velho viu que todos os seus problemas estavam resolvidos, nem sabia como agradecer ao estranho benfeitor.

— Venha para minha casa comigo — disse. — Venha conhecer minhas filhas. São todas extremamente bonitas e você deve escolher uma para ser sua esposa. Quando souberem o que fez por mim, não vão te recusar. Você parece, sim, um pouco, é, esquisito, mas qualquer uma que escolha logo vai deixar você bonito e bem arrumado.

Pele de Urso gostou de ouvir falar de filha, então foi junto com o velho. Porém, quando a filha mais velha o viu, deu um grito e saiu correndo. A segunda filha olhou Pele de Urso de alto a baixo e disse: — Quer que eu case com uma coisa dessas? Ele nem parece um homem. Prefiro casar com aquele urso que esteve aqui uma vez, lembra? Tinham raspado todo o pelo dele, usava farda de hussardo e luvas brancas. Com *ele* eu até podia me acostumar.

A filha mais nova, porém, disse: — Querido pai, ele deve ser um homem bom se ajudou o senhor desse jeito. E se prometeu a ele uma noiva, estou pronta para cumprir sua palavra.

Era uma pena o rosto de Pele de Urso estar coberto de pelos e sujeira porque senão pai e filha teriam visto como o coração dele saltou de alegria ao ouvir essas palavras. Ele tirou um anel do dedo, quebrou em dois, deu um pedaço a ela e guardou a outra metade para ele. Escreveu o nome dela na sua metade e o nome dele na dela, e pediu que ela cuidasse bem daquilo.

— Tenho de ir agora — disse. — Ainda faltam três anos, viajando para vencer o tempo. Se eu não voltar depois disso, você está livre, porque terei morrido. Mas espero que você reze a Deus e peça que me mantenha vivo.

A pobre noiva se vestiu toda de preto e, quando pensava no futuro noivo, lágrimas lhe vinham aos olhos. De suas irmãs, durante os três anos seguintes, não recebeu mais que desprezo e caçoada.

— Melhor tomar cuidado — disse a irmã mais velha. — Se ele pegar sua mão, pode esmagar com a pata.

— Fique atenta — disse a segunda irmã —, ursos gostam de coisas doces. Se ele gostar de você, em um segundo vai parar na barriga dele.

— E é melhor você obedecer. Eu não queria estar no seu lugar quando ele começar a rosnar.

— Mas o casamento vai ser divertido. Ursos sempre dançam bem.

A futura noiva não dizia nada e não deixava que isso a perturbasse. Quanto a Pele de Urso, ele vagou por todo o mundo, fazendo o bem sempre que podia e dando generosamente aos pobres para que rezassem por ele.

Finalmente, ao amanhecer do último dia dos sete anos, foi uma vez mais ao matagal e sentou debaixo do círculo de árvores. Logo o vento começou a uivar e lá estava o Diabo de novo, carrancudo com ele.

— Aqui está seu paletó — disse, atirando o velho paletó de Pele de Urso para ele. — Agora me dê o verde.

— Não tão depressa — disse Pele de Urso. — Primeiro você vai me limpar. Quero quatro banheiras de água, de muito quente a morna, e quatro tipos de sabão, do amarelo que usam para lavar o piso até o mais fino *savon de luxe* parisiense. Quanto a xampu, quero diversos tipos, do tipo que usam para cavalos até o mais delicado com perfume de lavanda. Depois, quero um galão de água-de-colônia.

E querendo ou não, o Diabo teve de dar água e sabão, os diversos cosméticos e lavar Pele de Urso dos pés à cabeça, cortar seu cabelo e pentear bem, fazer a sua barba e cortar suas unhas. Depois disso, Pele de Urso parecia um brilhante soldado outra vez; de fato, estava mais bonito que nunca.

Quando o Diabo desapareceu, protestando amargamente, Pele de Urso sentiu-se alegre. Passeou pela cidade, comprou um esplêndido paletó de veludo, alugou uma carruagem com quatro cavalos brancos e foi para a casa de sua noiva. Claro, ninguém o reconheceu. O pai achou que era um oficial disfarçado, um coronel, no mínimo, e o levou para a sala de estar onde suas filhas estavam sentadas.

Ele se sentou entre as duas mais velhas. Elas ficaram muito agitadas com ele. Serviram-lhe vinho, escolheram os melhores pedaços para pôr em seu prato, flertaram, deram sorrisos afetados e acharam que nunca tinham visto homem mais bonito. Mas a filha mais nova ficou sentada diante dele na mesa, sem levantar os olhos, sem dizer uma palavra.

Finalmente, Pele de Urso perguntou ao pai se podia escolher uma de suas filhas para se casar. Diante disso, as duas mais velhas pularam da mesa e correram para seus quartos, para vestirem suas melhores roupas. Cada uma achou que era aquela que Pele de Urso escolheria.

Assim que se viu a sós com sua futura noiva, o visitante pegou a sua metade do anel e pôs dentro do copo de vinho que entregou a ela do outro lado da mesa. Ela pegou o vinho, bebeu e quando encontrou a metade do anel no fundo do copo, seu coração bateu mais depressa. Ela pegou a sua metade, que usava pendurada numa fita no pescoço, e juntou as duas. E as duas metades se encaixavam perfeitamente.

O estranho disse: — Sou seu noivo, que você conheceu como Pele de Urso. Pela graça de Deus, retomei minha forma humana e limpa outra vez.

Ele a abraçou e beijou amorosamente. E nesse momento, entraram as duas irmãs que tinham vestido todas as suas roupas mais lindas. Quando viram Pele de Urso e sua irmã juntos, se deram conta de quem ele era e do que havia acontecido e ficaram loucas de raiva. Correram para fora. Uma delas se afogou no poço, a outra se enforcou numa árvore.

Nessa noite, ouviu-se uma batida na porta. Pele de Urso abriu e lá estava o Diabo com seu paletó verde.

— O que quer? — Pele de Urso perguntou.

— Vim só agradecer. Agora tenho duas almas para brincar, em vez de uma só.

* * *

Tipo de conto: ATU 361, "Pele de Urso".

Fonte: história contada aos irmãos Grimm pela família Von Haxthausen e uma história de Hans Jakob Christoffel Grimmelshausen, "Vom Ursprung des Namens Bärnhäuter" (A origem do nome Pele de Urso; 1670).

Histórias semelhantes: "O casaco", de Katharine M. Briggs (*Folk Tales of Britain*); "A calça do Diabo", de Italo Calvino (*Italian Folktales*).

Parece uma curiosa barganha com o Diabo. Sem dúvida deveria haver jeitos mais fáceis e menos custosos para conseguir a alma do soldado. Por outro lado, o soldado é um sujeito piedoso e caridoso e talvez não fosse fácil de seduzir com as maneiras diabólicas usuais. A danação das duas irmãs parece dura, mas afinal elas têm de prestar contas de todos aqueles longos anos de gozação.

A versão de Calvino é generosa e inventiva. Dela tomei emprestada a sugestão de que apenas água não seria capaz de remover sete anos de sujeira.

Os dois companheiros de viagem

A montanha e o vale nunca se encontram, mas os filhos dos homens, tanto bons como maus, se encontram o tempo todo. Assim foi que um sapateiro e um alfaiate um dia se encontraram em suas viagens. O alfaiate era um sujeitinho bonito, sempre alegre e cheio de animação. Ele viu o sapateiro vindo na direção dele do outro lado da rua e pela forma da mochila sabia qual era sua profissão, então começou a cantar uma pequena canção provocadora:

Eu corto, costuro e prego,
ele bate e acerta o prego...

Mas o sapateiro não era do tipo que aceitasse uma piada. Ralhou com o alfaiate e sacudiu o punho para ele. O alfaiate riu e passou para ele sua garrafa de *schnapps*.

— Olhe, tome um gole disso aqui — disse. — Sem ofensa. Tome um gole e engula a sua raiva.

O sapateiro bebeu metade da garrafa e a tempestade em seus olhos começou a clarear. Devolveu a garrafa e disse: — Muito bom. Falam mal de muita bebida, mas não falam de muita sede. Vamos viajar juntos um pedaço?

— Por mim, tudo bem — disse o alfaiate —, contanto que você não se importe de ir para as grandes cidades, onde há muito trabalho.

— Era isso mesmo que eu tinha em mente. Não se ganha nada nas cidades pequenas e o pessoal do campo prefere mesmo andar descalço.

Então seguiram juntos, um pé diante do outro, como doninhas na neve. Tinham muito tempo e pouca comida.

Sempre que chegavam a uma cidade, procuravam trabalho e, como o alfaiate era um sujeito envolvente com bochechas rosadas, encontrava trabalho com bastante facilidade. E se tinha sorte, ganhava um beijo da filha do patrão quando ia embora, desejando uma boa viagem.

Sempre que encontrava de novo o sapateiro, era sempre o alfaiate que tinha mais dinheiro no bolso. O sapateiro, mal-humorado, fazia uma cara feia e dizia: — Quanto mais malandro, mais sorte.

Mas o alfaiate só dava risada e cantava um pouco mais, repartindo o que tinha com o companheiro. Sempre que tinha duas moedas no bolso, pedia alguma coisa boa para comerem e batucava na mesa até os copos dançarem. "O que se ganha fácil se gasta fácil" era seu lema.

Depois de viajarem algum tempo, chegaram a uma grande floresta. Dois caminhos passavam através dela e levavam à capital, mas um deles demorava dois dias de caminhada, o outro demorava sete, e não sabiam qual era qual. Sentaram debaixo de um carvalho para discutir. Deviam levar comida para sete dias ou para dois apenas?

— Melhor estar sempre preparado para o pior — disse o sapateiro. — Vou levar pão para uma semana.

— O quê? — disse o alfaiate. — Carregar todo esse pão feito um burro de carga e não poder nem apreciar a paisagem? Eu não. Vou confiar em Deus como sempre fiz. Meu dinheiro é tão bom no inverno como no verão, mas pão não: no verão resseca e depressa fica embolorado. Por que não procurar o caminho certo? Pensando bem, uma chance em duas é uma boa proporção. Não, vou levar pão para dois dias, é o que basta.

Então cada um levou o pão que estava disposto a carregar e partiram para dentro da floresta. Debaixo das árvores, o silêncio era como o de uma igreja. Não havia vento, nem regatos murmurantes, nenhum canto de pássaro, e nenhum raio de sol conseguia atravessar a densa folhagem. O sapateiro não dizia uma palavra. Simplesmente andava, com o pão ficando mais e mais pesado em suas costas, o suor a escorrer por seu rosto amargo e fechado.

O alfaiate, porém, não podia estar mais alegre. Ria, cantava, seguia na frente com agilidade nos passos, assobiando com uma folha de grama entre os lábios. Ele pensou: "Deus no céu deve estar contente de me ver tão feliz."

E assim seguiram durante dois dias. No terceiro dia, porém, ainda se achavam no coração da floresta, e o alfaiate havia comido todo o seu pão. Estava um pouco menos animado agora, mas não demonstrava falta de coragem; confiava em Deus e em sua sorte. Na noite do terceiro dia, foi se deitar com fome e na manhã seguinte acordou com mais fome ainda. O quarto dia passou do mesmo jeito, e à noite o alfaiate sentou e observou enquanto o sapateiro fazia uma boa refeição com seus mantimentos.

O alfaiate pediu uma fatia de pão e o sapateiro simplesmente riu dele e disse: — Você sempre gostou tanto de cantar e se fazer de bobo. Agora está vendo aonde isso te levou. Passarinho que canta de manhã, o gavião pega antes da noite.

De fato, foi impiedoso. Na quinta manhã, o pobre alfaiate mal podia ficar em pé e sua voz era um coaxar. Todo o rosado das bochechas havia desaparecido; estava branco como papel, os olhos vermelhos.

Então, o sapateiro disse: — Bom, você está encrencado e é tudo culpa sua. Vou dizer uma coisa: te dou um pedaço de pão. Mas, em troca, arranco seu olho direito.

O pobre alfaiate tinha de sobreviver, então concordou. Chorou com os dois olhos enquanto tinha os dois, depois esticou a cabeça para o sapateiro de coração de pedra arrancar o olho direito com a faca de pão. O alfaiate lembrou que sua mãe havia dito quando o encontrara devorando uma torta na despensa: "Quem come tudo o que quer sofre o que não quer."

Comeu a fina fatia de pão que o sapateiro lhe deu e sentiu-se um pouco melhor, foi capaz de se levantar. E ao continuar andando, pensou que ainda podia enxergar bastante bem com o olho esquerdo, afinal.

Mas no sexto dia a fome tomou conta dele outra vez e mais forte que antes. Nessa noite ele simplesmente caiu e ficou caído. Na sétima manhã estava tão fraco que não conseguia se levantar. Sua morte não estava longe.

O sapateiro disse: — Vou ter pena de você. Não aguento ver o estado em que está e vou te dar mais uma fatia de pão. Mas não a troco de nada. Você ainda tem um olho e eu quero esse igual ao primeiro.

O pobre alfaiate sentiu que ia perder toda a sua vida. O que tinha feito de errado para passar por isso? Devia ter ofendido a Deus de algum jeito, então rezou, pedindo perdão, e disse ao sapateiro: — Tudo bem, então. Arranque meu outro olho. Mas lembre bem, Deus vê tudo o que você faz e virá o dia em que ele castigará você por essa má ação. Nos bons momentos, não reparti com você tudo o que eu tinha? A costura é um ponto depois do outro, e eu sabia costurar muito bem, mas se não tiver meus olhos, não vou poder costurar, terei de virar mendigo. Pelo menos não me deixe aqui sozinho quando eu estiver cego, ou morrerei de fome.

O sapateiro não ligou a mínima para essa conversa de Deus. Tinha tirado Deus de seu coração fazia muito tempo. Pegou a faca e arrancou o outro olho do alfaiate. Depois lhe deu um pedacinho de pão, estendeu uma vareta para o alfaiate segurar e assim o foi guiando pelo caminho.

Ao anoitecer, saíram da floresta. O alfaiate sentiu o calor do sol no rosto, mas claro que não via nada, e não se deu conta de que o sapateiro o estava levando para uma forca que havia na beira de um campo. O sapateiro o deixou sozinho ali e foi embora. O pobre alfaiate, dominado pelo cansaço, pela dor e pela fome, simplesmente caiu onde estava e adormeceu.

Acordou ao amanhecer, tremendo de frio. Havia dois pobres pecadores pendurados na forca acima dele, com um corvo pousado na cabeça de cada um.

Um dos enforcados falou assim para o outro: — Irmão? Está acordado?

— Estou, sim, estou acordado — respondeu o segundo.

— Bom, vou te contar uma coisa que vale a pena saber. O orvalho que cai em cima da gente durante a noite e depois pinga na grama abaixo de nós tem uma propriedade especial. Se um cego lavar o olho com esse orvalho, recupera a visão. Se algum cego soubesse disso, quantos você acha que iam se juntar em volta da forca toda manhã?

O alfaiate mal podia acreditar em seus ouvidos. Mas pegou o lenço, apertou na grama até ficar o mais molhado possível e lavou suas órbitas vazias. Imediatamente o que o enforcado disse se tornou verdade: um olho novo e sadio cresceu no mesmo instante e preencheu cada uma delas. O sol estava para nascer e o alfaiate olhou deslumbrado a luz surgir sobre as montanhas e encher todo o vale e a planície à sua frente. Lá estava a cidade grande com seus magníficos portões e cem torres; o sol batia nas bolas e cruzes do pico das torres das igrejas e fazia que cintilassem na manhã clara. Ele podia ver cada folha das árvores, cada pássaro voando, e mesmo os mosquitos que dançavam no ar. Mas faltava o grande teste: pegou uma agulha de seu estojo, cortou um pedaço de linha e costurou mais depressa e com mais facilidade que nunca. Seu coração deu um salto de alegria.

Ele se pôs de joelhos e agradeceu a misericórdia de Deus. Depois, fez sua oração matinal e não se esqueceu de rezar pelos dois pecadores oscilando na brisa como pêndulos. O alfaiate pôs sua trouxa nas costas e seguiu seu caminho, cantando e assobiando como se nunca tivesse vivido tristeza nenhuma.

A primeira coisa que encontrou foi um lindo potro marrom correndo no campo para onde bem entendia. O alfaiate agarrou sua crina e tentou montá-lo e cavalgar até a cidade. Mas o potro implorou por sua liberdade, dizendo: — Olhe, sou muito novo ainda e mesmo um alfaiate pequeno e magro como você é demais para mim. Vai quebrar minha espinha se tentar montar em mim. Deixe eu ficar maior e mais forte e talvez possa retribuir a você algum dia.

— Ah, então vá, pode ir embora — disse o alfaiate. — Estou vendo que você é moleque como eu. — Deu um tapa no traseiro do potro e o filhote escoiceou de prazer e foi embora galopando, saltando moitas e valas até sumir na distância.

O pequeno alfaiate não comia nada desde o magro pedaço de pão que o sapateiro havia lhe dado no dia anterior.

— A luz do sol enche os meus olhos — ele disse —, mas não tenho nada para encher minha barriga. A próxima coisa que eu encontrar, mesmo que seja só meio comestível... Ah! O que é isso?

Era uma cegonha que caminhava, delicada, pelo campo na direção dele. O alfaiate deu um pulo e imediatamente pegou a ave por uma perna.

— Não sei que gosto tem — disse —, mas vou descobrir. Agora fique quieta enquanto corto sua cabeça e asso você no fogo.

— Não, por favor, não faça isso — disse a cegonha. — Não é uma boa ideia. Sabe, eu sou sagrada. Sou amiga de todo mundo e ninguém me faz mal. Se poupar minha vida, certamente poderei fazer bem a você de algum jeito diferente.

— Ah, então vá embora, pernalonga — disse o alfaiate e deixou que fosse embora. A grande ave se ergueu graciosamente com suas grandes asas, as pernas penduradas, e sumiu no céu.

— Onde isso tudo vai terminar? — disse o alfaiate consigo mesmo. — Minha fome maior e maior, e minha barriga mais e mais vazia. Bom, a próxima coisa que me aparecer não vai escapar.

Nesse momento, estava passando por uma lagoa onde uma dupla de jovens patos nadava ao amanhecer. Um deles chegou um pouco perto demais e o alfaiate o agarrou depressa.

— Bem na hora! — disse. E estava a ponto de torcer seu pescoço quando se ouviu um terrível grasnar do outro lado da lagoa, e a velha mãe pata veio batendo as asas entre os caniços, meio nadando, meio voando até ele.

— Poupe meu filho! — ela gritou. — Pode imaginar como a sua pobre mãe ia se sentir se alguém quisesse comer você?

— Ah, calma — disse o bondoso alfaiate. — Pode ficar com seu filho.

E pôs o patinho de volta na água.

Quando se virou, pronto para ir embora de novo, descobriu que estava parado na frente de uma árvore oca da qual entravam e saíam milhares de abelhas.

"Mel!", ele logo pensou. "Graças a Deus! É a minha recompensa por salvar o patinho."

Mas mal havia dado um passo para a árvore e a abelha-rainha saiu voando da colmeia.

— Se tocar no meu povo e destruir nosso ninho — disse ela —, vai se arrepender. Vai sentir dez mil agulhas em brasa entrando na pele. Mas nos deixe sozinhas e siga seu caminho e um dia faremos um favor em troca.

O alfaiate não tinha como dizer não. — Três pratos vazios e nada no quarto prato — ele disse a si mesmo —, é um jantar bem miserável.

Então arrastou até a cidade a si mesmo e a seu estômago que roncava. E como todos os relógios já estavam tocando meio-dia, havia comida pronta na primeira estalagem a que chegou. Sentou-se e devorou uma enorme refeição.

Quando estava satisfeito, disse para si mesmo: "Hora de arrumar trabalho."

Rodou pela cidade em busca de uma alfaiataria e logo se viu empregado. Era um mestre em sua profissão, de forma que não demorou muito para ser bem conhecido e todas as pessoas elegantes queriam um casaco ou um paletó novo feito pelo jovem alfaiate. E dia a dia sua fama crescia.

— Não dá para ficar mais inteligente — disse —, então só posso ficar mais realizado.

O auge do seu sucesso veio quando o rei o nomeou Alfaiate Real da corte.

Mas neste mundo acontecem coisas estranhas. No mesmo dia em que foi nomeado pelo rei, seu antigo companheiro foi também nomeado Sapateiro Real. Quando o sapateiro viu o alfaiate e percebeu que tinha dois olhos sadios, ficou assombrado e alarmado. E sentiu a consciência pesar. "Antes que se vingue de mim", pensou o sapateiro, "vou cavar um buraco para ele."

Mas quem cava um buraco para os outros acaba caindo dentro dele. Uma noite, quando estava escurecendo, o sapateiro foi até o rei e disse, humildemente: — Majestade, não gosto de falar mal de ninguém, mas esse alfaiate anda dizendo que é capaz de encontrar a coroa de ouro que foi perdida há tanto tempo.

— Ah, ele disse, é? Disse? — o rei perguntou.

Na manhã seguinte, mandou chamar o alfaiate.

— Soube que você está dizendo por aí que pode encontrar minha coroa de ouro — falou o rei. — Bom, é melhor que seja verdade, senão você pode sair da cidade e nunca mais voltar.

"Ah, não", pensou o alfaiate, "estou vendo para que lado sopra o vento. Não há por que continuar aqui se ele quer que eu faça o impossível. Vou embora agora mesmo."

Fez a sua trouxa e se encaminhou para o portão da cidade. Assim que saiu, porém, não conseguiu deixar de lamentar ter de abandonar aquela cidade onde havia se dado tão bem. Estava andando e pensando nisso quando chegou à lagoa onde havia encontrado os patos. Naquele momento, a velha mãe pata cujo filho ele havia poupado estava na grama cuidando das penas e o reconheceu imediatamente.

— Bom dia — disse ela. — O que houve? Por que está assim tão desanimado?

— Ah, pata — ele disse —, não vai achar estranho quando eu contar tudo o que aconteceu. — E contou tudo o que tinha acontecido.

— Bom, se é só isso — disse a pata —, pode esquecer os seus problemas. A coroa está lá no fundo da lagoa. Vamos trazer para você. Estenda seu lenço na grama e aproveite o sol.

Ela chamou seus doze filhotes, todos mergulharam e desapareceram. Dois minutos depois, voltaram à tona com a coroa equilibrada nas asas.

— Cuidado agora — ela disse aos patinhos. — Uns deste lado, outros do outro...

Todos nadaram em torno dela, levando a coroa pesada nos bicos, e em menos de um minuto a coroa estava em cima do lenço do alfaiate. Que coisa mais linda de se ver! O sol cintilava no ouro de forma que a coroa brilhava como se tivesse centenas de milhares de pedras preciosas.

O alfaiate agradeceu aos patos, amarrou as quatro pontas do lenço e levou a coroa ao rei. O rei ficou tão satisfeito que pôs uma corrente de ouro no pescoço do alfaiate.

Quando o sapateiro viu que seu primeiro plano havia falhado, pensou em outro. Foi ao rei e disse: — Majestade, sinto dizer que o alfaiate anda se gabando de novo. Ele agora diz que é capaz de fazer uma maquete de cera do palácio real, com cada sala, cada detalhe, móveis e tudo, por dentro e por fora.

O rei mandou chamar o alfaiate e mandou que fizesse uma maquete assim, com cada detalhe, móveis e tudo.

— E se deixar de colocar um prego da parede que seja, ponho você no calabouço pelo resto da vida — disse o rei.

O alfaiate pensou: "A coisa está ficando cada vez pior. Quem aguenta uma coisa assim?"

Pôs a mochila nas costas e foi embora de novo. Chegou até a árvore oca e estava tão deprimido que se deixou cair no chão e baixou a cabeça. As abelhas que entravam e saíam da colmeia devem ter contado à rainha, porque logo ela saiu e pousou num ramo ao lado dele.

— Está com torcicolo? — ela perguntou.

— Ah, olá. Não, estou com a cabeça baixa de desespero.

E contou a ela o que o rei havia ordenado que fizesse. A abelha-rainha voou, teve uma conversa com várias outras e voltaram todas juntas.

— Volte para a cidade agora — ela disse —, e venha aqui de novo amanhã de manhã. Traga um pano bem grande. Não se preocupe. Vai dar tudo certo no fim.

Ele então virou e foi embora. Enquanto isso, as abelhas voaram até o castelo, entraram pelas janelas, zumbiram por toda parte, observando cada detalhe. Voaram todas de volta para a colmeia, onde começaram a modelar o palácio em cera. Trabalhavam tão depressa que quem olhasse acharia que a maquete estava crescendo sozinha. À noite, estava pronta. Quando o alfaiate voltou na manhã seguinte, mal podia acreditar no que viu. O edifício todo estava ali, das telhas do telhado aos ladrilhos do pátio, não faltava nem um único detalhe, nem um simples prego da parede. E além disso, era tudo branco e delicado como um floco de neve, com um delicioso aroma de mel.

— Ah, abelhas, nem sei como agradecer! — disse o alfaiate.

Colocou a maquete no pano grande, embrulhou com todo o cuidado de que era capaz e levou até a sala do trono, tomando muito cuidado para não deixar cair. Lá chegou em segurança, desdobrou o pano e mostrou a maquete ao rei. Ele andou em volta, olhou pelas janelas, espiou a cabina das sentinelas e admirou os detalhes das grades de ferro batido dos balcões.

Não conseguia parar de admirar. Mandou colocar no maior salão do palácio e recompensou o alfaiate com uma bela casa de pedra.

O sapateiro se viu vencido mais uma vez, mas não desistiu. Foi ao rei e falou: — Sinto ter de contar isto ao senhor, majestade, mas o alfaiate anda falando de novo. Ouviu falar que não há água debaixo do pátio do castelo, mas disse que isso não é nada para uma pessoa como ele. Que se quiser pode fazer brotar lá uma fonte da altura de um homem, jorrando água pura e cristalina.

O rei mandou chamar o alfaiate.

— Fiquei sabendo que você falou que é capaz de fazer jorrar uma fonte no pátio. Se não fizer isso, eu vou parecer um idiota e não aceito uma coisa dessas. Então faça surgir uma fonte de água cristalina lá como prometeu, senão haverá uma fonte é do seu sangue quando o carrasco real cortar fora sua cabeça.

O pobre alfaiate saiu correndo pelo portão da cidade, o mais depressa que podia. Dessa vez, sua vida estava em risco e ele não conseguiu impedir as lágrimas que rolavam pelo rosto.

Vagou pelos campos e não fazia a menor ideia de como cumprir essa última ordem. Ao passar por um pasto todo verde, o potro que ele havia libertado algum tempo antes veio galopando. Havia se tornado um belo cavalo castanho.

— Chegou a hora de retribuir a sua bondade — ele disse ao alfaiate. — Nem precisa me contar o que quer: eu já sei e posso fazer acontecer. Basta subir nas minhas costas. Agora sou forte o bastante para levar um bando de alfaiates.

A coragem do alfaiate voltou de repente. Com um salto, montou no cavalo e agarrou sua crina enquanto ele galopava depressa para a cidade. Pedestres se afastaram quando ele passou pelo portão e foi direto ao castelo. Ignorando as sentinelas, subiram diretamente degraus acima até o pátio, onde o cavalo galopou em círculos mais e mais depressa, com o alfaiate agarrado nele com toda força e crash! O cavalo caiu bem no meio. No mesmo instante, ouviu-se um poderoso trovão, um grande bloco de terra e cascalho subiu no ar mais alto que o telhado do castelo e uma fonte de água jorrou até a altura de um homem montado a cavalo. A água era tão transparente que os raios de sol brilhavam nela, formando um arco-íris.

O rei estava parado na porta, observando perplexo. Quando o cavalo se levantou e o alfaiate se pôs de pé, tremendo, o rei correu até ele e o abraçou diante de toda a corte.

O alfaiate então foi para o livro de ouro do rei outra vez, mas não durou muito. Dessa vez, o malvado sapateiro deu uma olhada bem calculista na família real. O rei tinha muitas filhas, cada uma mais bonita que a outra, mas nenhum filho, e sabia-se que Sua Majestade queria muito um príncipe para ser seu sucessor no trono. Então o sapateiro foi até ele e falou: — Majestade, acho que não vai gostar do que vou contar agora, mas não posso esconder. O alfaiate insolente anda dizendo que, se quisesse, poderia fazer trazerem do ar um filho para Sua Majestade.

Aquilo foi demais para o rei. Mandou chamar o alfaiate outra vez.

— Você anda falando sobre a minha sucessão. Soube que disse que pode me trazer um filho. Bom, você tem nove dias. Me traga um filho dentro desse prazo e pode casar com a princesa mais velha.

O alfaiate pensou: "A princesa é um prêmio que vale a pena. Eu daria tudo para casar com ela. Mas essas cerejas estão nascendo muito alto para mim. Se tentar subir até lá, o galho pode quebrar. O que vou fazer agora?"

Foi para a sua oficina, sentou-se de pernas cruzadas na bancada e quebrou a cabeça para descobrir o que fazer. Acabou desistindo.

— Não adianta! — exclamou. — É impossível. Agora vou ter de ir embora de uma vez. Aqui não posso viver em paz.

Fez sua trouxa e partiu novamente. Quando chegou ao campo, viu sua amiga cegonha caminhando lentamente para um lado e outro, parecendo um filósofo. De vez em quando ela parava, olhava fixamente para um sapo, pegava-o e engolia.

Ao ver o alfaiate, foi até ele para cumprimentar.

— Estou vendo que está levando tudo o que tem. Vai deixar a cidade?

O alfaiate contou o que estava acontecendo. — Ele fica me pedindo para fazer coisas impossíveis e com a ajuda de bons amigos consegui cumprir as outras tarefas, mas esta fica muito além das minhas possibilidades — ele disse.

— Bom, não precisa ficar de cabelo branco — disse a cegonha. — Nós, cegonhas, temos certa experiência no ramo. Não vai demorar muito para eu pescar um principezinho do poço onde eles nascem. Vá para casa, meu caro alfaiate, e descanse. Nove dias, é? Volte ao palácio daqui a nove dias e encontro você lá.

O pequeno alfaiate voltou para casa muito animado e no dia marcado foi ao palácio. Assim que chegou, ouviu uma batida na janela e lá estava a cegonha. O alfaiate abriu a janela, e a cegonha entrou carregando uma trouxa no bico. Atravessou com todo o cuidado o piso de mármore brilhante e depositou a trouxa no colo da rainha, que a abriu e encontrou o mais lindo bebê estendendo os braços. Ela o pegou no colo, acariciou, beijou e levou com ela, encantada.

Antes de voar embora, a cegonha pegou outra trouxa das costas e entregou ao rei. Nela havia pentes, espelhos, fitas e mil outras coisas, presentes para todas as princesas, menos para a mais velha, porque seu presente era o alfaiate para marido.

— Parece que eu fiquei com o melhor prêmio de todos — disse o alfaiate. — Minha mãe tinha razão afinal. Ela sempre dizia que quem confia em Deus não falha. Contanto que a sorte dure, claro.

O sapateiro teve de fazer os sapatos com que o alfaiate dançou no casamento. Depois disso, porém, recebeu a ordem de deixar a cidade para sempre. Saiu mal-humorado e se arrastou pela estrada da floresta, que o fez passar pela forca. Nessa altura, já estava cansado, com calor, zangado e amargo. Deitou-se e estava quase dormindo quando os dois corvos que se encontravam pousados nas cabeças dos enforcados desceram e arrancaram seus olhos. Então o sapateiro enlouqueceu, saiu correndo pela floresta e deve ter morrido de fome porque nunca mais foi visto.

* * *

Tipo de conto: ATU 613, "Os dois viajantes", continuando como ATU 554, "Os animais agradecidos".

Fonte: história contada aos irmãos Grimm por um estudante chamado Mien, de Kiel.

Histórias semelhantes: "Certo e errado", de Alexander Afanasiev (*Russian Fairy Tales*); "O rei dos arenques", de Katharine M. Briggs (*Folk Tales of Britain*); "Os dois muleteiros", de Italo Calvino (*Italian Folktales*); "A abelha rainha", "A lebre do mar", "A cobra branca", de Jacob e Wilhelm Grimm (*Children's and Household Tales*).

Este conto só aparece na quinta edição da coleção dos Grimm, em 1843. É uma das histórias mais vigorosamente deliciosas; progride sem uma pausa, nem falha, e os dois tipos de contos estão tão bem costurados que não se percebe a junção. O próprio pequeno alfaiate ficaria orgulhoso desse trabalho. Assim como o estudante Mein, que foi a fonte dos Grimm.

Tal como muitos alfaiates de contos, este é pequeno, alegre e sortudo. Tem muito em comum com outros protagonistas dos Grimm que, como aponta Jack Zipes, "vinham em grande parte da classe dos camponeses, artesãos e comerciantes. Ao final desses contos, tais protagonistas, homens ou mulheres, passam por um aumento de fortuna que lhes permite conquistar uma esposa ou marido, juntar fortuna e poder... A aquisição de poder por figuras da classe mais baixa é legitimada por suas qualidades essenciais de industriosidade, esperteza, oportunismo e franqueza" (*The Brothers Grimm*, p. 114-115).

Isso sem dúvida descreve o pequeno alfaiate, embora a sorte desempenhe um grande papel em seu destino também. Quanto ao sapateiro, ele é um vilão desde o começo. Azar dele.

Hans Meu Ouriço

Era uma vez um fazendeiro que tinha todo o dinheiro e terras que podia desejar, mas apesar de sua fortuna faltava uma coisa em sua vida. Ele e a esposa nunca tiveram filhos. Quando encontrava outros fazendeiros na cidade ou no mercado, sempre caçoavam dele e perguntavam por que ele e a mulher não conseguiam fazer o que seu gado conseguia regularmente. Não sabiam como? Um dia, ele acabou perdendo a paciência e, quando voltou para casa, jurou assim: — Vou ter um filho, nem que seja um ouriço.

Não muito depois, sua esposa realmente teve um bebê, um menino, como se podia ver pela parte de baixo. A parte de cima, porém, era de ouriço. Quando ela o viu, ficou horrorizada.

— Está vendo o que você fez? — gritou. — É tudo culpa sua.

— Não se pode fazer nada — disse ele. — Temos de ficar com ele. Vai ter de ser batizado como um menino normal, mas não sei quem podemos chamar para padrinho.

— E o único nome que pode dar a ele — disse ela — é Hans Meu Ouriço.

Quando foi batizado, o padre disse: — Não sei que cama vão dar para ele. Não pode dormir num colchão comum. Ia ficar cheio de furos.

O fazendeiro e sua mulher viram que era verdade, então puseram um pouco de palha atrás da estufa e o deitaram lá. Sua mãe não podia amamentá-lo; ela tentou, mas era doloroso demais. A criaturinha ficou deitada atrás da estufa durante oito anos e o pai ficou doente por causa dele. "Queria que ele batesse as botas", pensava, mas Hans Meu Ouriço não morreu; simplesmente ficou lá.

Um dia, aconteceu de haver uma feira na cidade e o fazendeiro queria ir. Perguntou a sua mulher o que gostaria que trouxesse para ela.

— Um pedaço de carne e meia dúzia de pães — disse ela.

Quando ele perguntou à criada, ela pediu um par de chinelos e meias finas. Por fim, perguntou ao filho: — E você, de que gostaria?

— Papai — disse Hans Meu Ouriço —, eu gostaria de uma gaita de foles.

Quando o fazendeiro voltou, deu a carne e os pães à esposa, os chinelos e as meias à criada, e depois foi à estufa e entregou a Hans Meu Ouriço a gaita de foles.

Então Hans Meu Ouriço falou: — Pai, vá ao ferreiro e peça para ele fazer ferraduras para o galo. Depois que fizer isso, vou embora montado nele e nunca mais volto aqui.

O fazendeiro ficou tão contente de se livrar dele que levou o galo ao ferreiro e mandou ferrar. Feito isso, Hans Meu Ouriço montou no galo e foi-se embora, levando com ele alguns porcos para criar na floresta.

Quando chegaram à floresta, ele esporeou o galo que voou com ele até o alto de uma árvore. Lá ficou de olho nos porcos, aprendendo a tocar a gaita de foles. Passaram-se anos e o pai não fazia ideia de onde ele estava; mas a manada de porcos crescia mais e mais, e ele tocava cada vez melhor. Na verdade, a música que fazia era muito bonita.

Um dia, um rei estava passando por ali. Perdeu o rumo na floresta e ficou tão deslumbrado com aquela música bonita que parou para ouvir. Não fazia ideia de onde vinha, então mandou um criado procurar o músico. O criado procurou por toda parte e voltou ao rei.

— Tem um animalzinho estranho sentado no alto daquela árvore, majestade — disse ele. — Parece um galo com um ouriço em cima. E o ouriço toca uma gaita de foles.

— Bom, vá e pergunte como se sai daqui! — disse o rei.

O criado foi e gritou para o alto da árvore. Hans Meu Ouriço parou de tocar e desceu para o chão. Fez uma reverência ao rei e perguntou: — Em que posso ajudar, majestade?

— Pode me dizer como chegar ao meu reino. Estou perdido.

— Com prazer, majestade. Ensino o caminho se me prometer por escrito que me dá a primeira coisa que encontrar com o senhor ao chegar.

O rei olhou para ele e pensou: "Isso é fácil de prometer. O monstro não deve saber ler, então posso prometer qualquer coisa."

Pegou pena e tinteiro e escreveu algumas palavras numa folha de papel. Hans Meu Ouriço pegou o papel e ensinou o caminho. O rei partiu e logo estava em casa de novo.

Ora, o rei tinha uma filha e quando ela viu o pai voltando para casa, se encheu de alegria e correu para encontrá-lo e dar-lhe um beijo. Ela foi a primeira pessoa que ele encontrou ao chegar, e claro que o rei pensou em Hans Meu Ouriço e contou à filha que tinha quase prometido entregá-la a um estranho animal montado num galo e tocando gaita de foles.

— Mas não se preocupe, filha — disse ele. — Escrevi uma coisa bem diferente. E aquele ouriço não deve saber ler.

— Muito bom, porque eu não iria mesmo com ele — disse a princesa.

Enquanto isso, Hans Meu Ouriço se ocupava na floresta, cuidando de seus porcos e tocando a gaita de foles. Acontece que a floresta era muito grande e não muito depois outro rei passou, com todos os seus criados e mensageiros, e ele também estava perdido. Igual ao primeiro rei, ouviu a música bonita e mandou um mensageiro descobrir de onde vinha.

O mensageiro viu Hans Meu Ouriço no alto da árvore tocando a gaita de foles e perguntou o que ele estava fazendo.

— Estou vigiando meus porcos — Hans Meu Ouriço respondeu. — O que você quer?

O mensageiro explicou e Hans Meu Ouriço desceu e disse que ensinaria o caminho ao rei em troca de uma promessa. Era a mesma promessa de antes: o rei devia dar a ele a primeira criatura que o recebesse ao voltar para casa. O rei concordou e assinou um papel com a promessa.

Isso feito, Hans Meu Ouriço seguiu na frente, montado no galo, para levá-los até o limiar da floresta, onde se despediu do rei e voltou para seus porcos. E assim o rei chegou em casa em segurança, para alegria dos cortesãos. Esse rei também tinha uma filha, que era muito bonita e que foi a primeira a correr e saudar seu amado pai.

Ela o abraçou, beijou e perguntou onde tinha estado e por que demorara tanto.

— Nós nos perdemos, meu bem — disse ele. — Mas no meio da floresta encontramos uma coisa estranha: um sujeito metade ouriço, metade menino, montado em cima de um galo, tocando gaita de foles. E tocando muito bem. Ele nos mostrou o caminho, sabe, e... Bom, querida, tive de prometer dar a ele a primeira pessoa que me recebesse. Ah, minha querida, como estou arrependido.

Mas a princesa amava seu pai e disse que não faria com que quebrasse uma promessa. Iria embora com Hans Meu Ouriço se viesse buscá-la.

Enquanto isso, na floresta, Hans Meu Ouriço cuidava de seus porcos. Esses porcos tiveram mais porcos, e esses tiveram mais porcos, até que eram tantos que a floresta estava cheia de porcos de um lado a outro. Nessa altura, Hans Meu Ouriço resolveu que tinha vivido na floresta tempo suficiente. Mandou um recado a seu pai, dizendo que devia esvaziar todos os chiqueiros da cidade porque ele estava indo com uma manada de porcos tão grande que todo mundo que quisesse carne de porco ou bacon podia pegar de graça.

O pai ficou um pouco incomodado com isso. Achava que Hans Meu Ouriço tinha morrido. Mas lá veio seu filho, tocando todos aqueles porcos com ele, e na aldeia foi tamanha matança de porcos que se podiam ouvir os guinchos a três quilômetros.

Quando estava tudo acabado, Hans Meu Ouriço disse: — Pai, meu galo precisa de ferraduras novas. Se levar o galo ao ferreiro para trocar as ferraduras, vou embora e nunca mais volto aqui, enquanto viver.

Então o fazendeiro foi e ficou aliviado porque finalmente ia ver Hans Meu Ouriço pelas costas.

Quando o galo estava pronto, Hans Meu Ouriço montou nele e foi-se embora. Andou, andou até chegar ao reino do primeiro rei, o rei da promessa quebrada. O rei havia dado ordens rigorosas para que qualquer pessoa que se aproximasse do castelo montada num galo e tocando gaita de foles fosse recebida com tiros, facadas, bombas, fosse espancada, explodida, estrangulada, tudo para impedir sua entrada.

Então quando Hans Meu Ouriço apareceu, uma brigada de guardas recebeu ordem de atacá-lo com baionetas. Mas ele era rápido demais. Esporeou o galo, que subiu voando e passou por cima dos soldados, por cima da muralha do palácio, direto pela janela do rei.

Empoleirou-se no peitoril, gritou que tinha vindo receber o prometido e que se o rei tentasse escapar da promessa pagaria com a própria vida e a da princesa.

O rei disse à filha que era melhor fazer o que Hans Meu Ouriço queria. Ela colocou um vestido branco e com toda pressa o rei ordenou que aprontassem uma carruagem com seis cavalos brancos, empilhou dentro dela ouro, prata e as escrituras de várias belas fazendas e florestas, juntamente com uma dúzia de seus melhores criados.

Os cavalos foram arreados, os criados todos enfileirados, a princesa subiu nela, depois Hans Meu Ouriço tomou lugar ao lado dela com o galo a seus pés e a gaita de foles no colo. Despediram-se e partiram. O rei achou que nunca mais ia ver sua filha.

Estava errado, porém. Assim que saíram da cidade, Hans Meu Ouriço mandou a princesa descer da carruagem, mandou os criados recuarem vários passos e olhar para o outro lado. Depois, rasgou o vestido branco da princesa e a espetou toda com seus espinhos até ela estar coberta de sangue.

— É isso que ganha por tentar me enganar — disse ele. — Agora suma. Volte para casa. Você não me serve e não quero você.

E ela voltou para casa com os criados, com o ouro, a carruagem e tudo, desonrada. Pior para ela.

Quanto a Hans Meu Ouriço, ele pegou sua gaita de foles, montou no galo e foi embora para o segundo reino, cujo rei havia se comportado muito diferente do primeiro. Tinha dado ordens para que qualquer pessoa parecida com um ouriço que chegasse montada num galo devia ser saudada, recebida com uma escolta de cavalaria, vivas da multidão, bandeiras acenando, e levada com todas as honras até o palácio real.

O rei tinha contado à filha qual era a aparência de Hans Meu Ouriço, claro, mas, quando ela o viu, levou um choque mesmo assim. Porém não se podia fazer nada: seu pai havia dado a palavra, ela havia dado a palavra. Deu boas-vindas a Hans Meu Ouriço de todo o coração, casaram-se imediatamente e sentaram-se lado a lado no banquete.

Então, chegou a hora de ir para a cama. Ele percebeu que ela estava com medo de seus espinhos.

— Não tenha medo — disse. — Eu faria qualquer coisa, menos machucar você.

Disse ao rei para mandar acender um grande fogo na lareira do corredor e deixar quatro homens de prontidão na porta do quarto.

— Vou tirar minha pele de ouriço assim que entrar no quarto — explicou. — Os homens devem pegar a pele, jogar no fogo e ficar vigiando até tudo virar cinzas.

Quando o relógio bateu onze horas, Hans Meu Ouriço entrou no quarto, tirou sua pele e pôs em cima da cama. Imediatamente os homens entraram, pegaram a pele espinhosa, jogaram no fogo e ficaram vigiando até ela queimar totalmente; e no momento em que o último espinho foi consumido pela última chama, Hans estava livre.

Deitou-se na cama como um ser humano afinal. Porém, estava todo queimado e chamuscado como se ele próprio tivesse caído no fogo. O rei mandou chamar imediatamente o médico real, que limpou as feridas e cuidou de sua pele com bálsamos e unguentos especiais, e logo Hans tinha a aparência de qualquer jovem normal, só que mais bonito que a maioria. A princesa ficou exultante.

Na manhã seguinte, levantaram da cama real cheios de alegria e depois do desjejum comemoraram o casamento outra vez. Com o tempo, Hans Meu Ouriço sucedeu ao rei e herdou o reino.

Alguns anos depois, levou a esposa até a casa de seu pai. Claro que o fazendeiro não fazia ideia de quem era ele.

— Sou seu filho — disse Hans Meu Ouriço.

— Ah, não, não, não está certo — disse o fazendeiro. — Eu tinha um filho, sim, mas ele era igual a um ouriço, todo coberto de espinhos, e saiu pelo mundo faz muito tempo.

Mas Hans disse que era ele mesmo e contou tantos detalhes de sua vida que o fazendeiro finalmente se convenceu. O velho chorou de alegria e voltou com o filho para o seu reino.

* * *

Tipo de conto: ATU 441, "Hans Meu Ouriço".
Fonte: história contada aos irmãos Grimm por Dorothea Viehmann.
Histórias semelhantes: "O rei Crina", de Italo Calvino (*Italian Folktales*); "O rei porco", de Giovanni Francesco Straparola (*The Great Fairy Tale Tradition*, org. Jack Zipes).

A história é descendente distante da antiga história de Cupido e Psique, como as duas variantes italianas deixam claro. Esta versão, porém, adquiriu uma porção de detalhes intrigantes até chegar à coleção dos Grimm. Tem a característica agilidade e economia de movimentos da narrativa de Dorothea Viehmann (veja nota a "O enigma", p. 147) e um herói maravilhosamente absurdo, cuja galanteria, paciência e charme, sem falar do talento musical, fez dele um dos personagens mais memoráveis de toda a coleção.

A pequena mortalha

Era uma vez um menino de sete anos, tão bom e bonito que ninguém conseguia olhar para ele sem amá-lo. Quanto a sua mãe, ela o amava acima de qualquer coisa no mundo. Um dia, inesperadamente, ele ficou doente e morreu. Nada conseguia consolar sua mãe, que chorava noite e dia.

Logo em seguida, não muito depois de ele ser enterrado, o menino começou a aparecer toda noite nos lugares onde costumava ficar e brincar quando vivo. Se a mãe chorava, ele chorava também, e quando vinha a manhã, ele desaparecia.

Mas sua mãe não parava de chorar, e uma noite o menino apareceu com a mortalha branca com a qual havia sido enterrado e na cabeça uma pequena guirlanda que tinha sido colocada no caixão com ele.

Ele se sentou na cama e disse: — Ah, mãe, por favor, pare de chorar senão não vou poder dormir! Minha mortalha está toda molhada com as lágrimas que você fica derramando em cima dela.

Isso assustou a mãe, que parou de chorar.

Na noite seguinte, o menino apareceu em sua cama outra vez, segurando um lampião. Disse assim: — Está vendo? Minha mortalha está quase seca agora. Vou poder descansar em meu túmulo.

A mãe ofereceu a Deus a sua dor e suportou a perda com paciência e quietude. E o menino nunca mais apareceu, ficou dormindo em sua caminha debaixo da terra.

* * *

Tipo de conto: sem classificação.
Fonte: história da Bavária, contada aos irmãos Grimm por informante desconhecido.

Veja nota da próxima história.

Tostões roubados

Uma vez, o pai, a mãe e os filhos estavam sentados em torno da mesa almoçando com um amigo da família, convidado deles. Quando o relógio bateu meio-dia, o visitante viu a porta se abrir e uma criança mortalmente pálida, vestida com roupas brancas como a neve, entrar na sala. O menino não olhou de lado, não disse nem uma palavra, mas foi diretamente para a sala vizinha. Um momento depois, saiu, ainda sem dizer nada, e foi embora pela porta.

No dia seguinte, e no outro, a criança voltou da mesma forma. Por fim, o visitante perguntou ao pai quem era a linda criança que entrava e saía da sala todos os dias ao meio-dia.

— Eu não vejo nada — disse o pai. — Não faço ideia de quem possa ser.

No dia seguinte, quando a criança entrou outra vez, o visitante a apontou, mas nem o pai, nem a mãe, nem seus filhos conseguiam ver nada. O visitante se levantou, foi até a porta da outra sala e abriu uma fresta. Então, viu a criança sentada no chão, procurando com os dedos nas frestas das tábuas do chão; mas assim que viu o visitante, desapareceu.

O visitante contou à família o que tinha visto e descreveu a criança com todos os detalhes. A mãe o reconheceu imediatamente e disse: — Ah, é meu querido filho que morreu há quatro semanas.

Levantaram as tábuas do piso e encontraram duas moedas que a mãe dera ao menino para que desse a um pobre. Mas o menino tinha pensado "Posso comprar um bolo com o dinheiro" e escondido as moedas debaixo do piso.

Por isso, não tinha paz em seu túmulo e voltava todo dia ao meio-dia para buscá-las. Os pais deram o dinheiro a um pobre e depois disso a criança nunca mais apareceu.

* * *

Tipo de conto: ATU 769, "O túmulo da criança".
Fonte: história contada aos irmãos Grimm por Gretchen Wild.

Juntei as notas para esta história e para "A pequena mortalha" (p. 321) por causa de sua evidente semelhança. "A pequena mortalha" não entrou no índice de classificação Aarne-Thompson-Uther, e a única história constante da lista como exemplo deste tipo de conto é esta, sob o título de "O túmulo da criança".

As duas histórias são diretas e piedosas. São histórias de fantasma puras, mas sua intenção não é provocar arrepios, e sim fornecer uma moral simples. O sistema de crenças de onde provêm é quase pré-cristão: os mortos merecem descanso e os vivos podem ajudá-los a conseguir isso; excesso de tristeza é autoindulgência; pecado que precisa ser expiado. Quando se realiza uma ação humana, o sobrenatural se retira.

Pode-se atribuir a elas o caráter de histórias de fantasmas do tipo "verdadeiro" tradicional como as que foram reunidas no bem conhecido *Lord Halifax's Ghost Book* (1934) e mais recentemente no *The English Ghost* (2010), de Peter Ackroyd. Para torná-las idênticas a esse tipo de histórias basta pôr nomes nos personagens e nos locais onde ocorreram os eventos. Para completar a ilusão, pode-se inventar uma fonte habilmente disfarçada por meio de uma inicial e reticências, assim: "Herr A..., um oficial muito respeitado da cidade de D..., estava viajando pelo ducado de H... quando ouviu a seguinte história..."

O repolho de burro

Era uma vez um jovem caçador que foi para o seu esconderijo na floresta. Estava contente, com o coração leve e ao caminhar assobiava com uma folha de grama na boca.

De repente, encontrou uma velha pobre. Ela disse: — Bom dia, meu jovem e bom caçador. Estou vendo que está de bom humor, mas eu estou com fome e sede. Pode me dar uma moedinha?

O caçador sentiu pena da velha, então pôs a mão no bolso e deu a ela as poucas moedas que tinha. Estava para seguir seu caminho quando a velha agarrou seu braço.

— Escute, meu bom caçador — disse —, você foi bom para mim, então vou te dar um presente. Siga sempre em frente e dentro de algum tempo vai encontrar uma árvore com sete passarinhos pousados. Eles estarão com um manto nas garras, brigando por causa dele. Vão derrubar o manto, com toda certeza, e um dos passarinhos vai cair morto a seus pés. Pegue o manto e leve com você, porque é um manto que realiza desejos. Assim que colocar o manto nos ombros, só precisa desejar estar em algum lugar que chegará lá num relâmpago. E você deve pegar o coração do passarinho morto também. Corte o peito dele, tire o coração e engula inteiro. Se fizer isso, vai encontrar uma moeda de ouro embaixo de seu travesseiro todas as manhãs de sua vida.

O caçador agradeceu à velha sábia e pensou consigo mesmo: "São bons presentes que ela está me dando; espero que seja tudo verdade."

Não tinha andado nem cem metros quando ouviu muitos piados e agitação nos ramos acima dele. Olhou para o alto e viu um bando de passarinhos puxando um pedaço de pano com as garras e os bicos, como se cada um quisesse ficar com aquilo.

— Bom — disse o caçador —, isso é estranho. Está acontecendo exatamente o que a velhinha me disse.

Pegou sua arma e deu um tiro bem no meio do bando. A maior parte dos passarinhos piou e voou embora, mas um caiu no chão, morto, e o manto caiu também. O caçador fez exatamente o que a velha havia aconselhado. Cortou o passarinho com sua faca, tirou o coração e engoliu inteiro. E foi embora com o manto.

Quando acordou na manhã seguinte, a primeira coisa que lhe veio à cabeça foi a promessa da velha. Procurou embaixo do travesseiro e ali estava mesmo uma moeda de ouro brilhando. No dia seguinte, encontrou outra, e outra, e assim continuou cada vez que ele acordava. Logo, tinha uma boa quantidade de ouro e pensou: "Tudo bem guardar essa fortuna assim, mas de que me adianta aqui? Acho que vou sair e correr o mundo."

Despediu-se dos pais, pôs a arma no ombro, a mochila nas costas e partiu. Depois de andar alguns dias, estava saindo de uma densa floresta quando viu um lindo castelo no meio de um campo aberto entre as árvores. Chegou mais perto e viu duas pessoas paradas numa das janelas, olhando para ele.

Uma delas era uma velha feiticeira. Ela falou para a outra, que era sua filha: — Esse homem que está saindo da floresta tem um grande tesouro dentro dele. Precisamos pegar para nós, querida, porque vamos saber usar muito melhor do que ele. Está vendo, ele engoliu o coração de certo passarinho e por isso encontra uma moeda de ouro debaixo do travesseiro todas as manhãs. — Então, contou à filha a história inteira do caçador e da mulher sábia e terminou dizendo: — E se não fizer exatamente o que eu mandar, querida, vai se arrepender.

O caçador chegou mais perto do castelo e viu as duas com mais clareza. Pensou: "Estou andando já faz bastante tempo e tenho muito dinheiro. Talvez deva passar um ou dois dias neste castelo para descansar."

Claro que a verdadeira razão era a beleza da moça.

Ele entrou no castelo, onde lhe deram boas-vindas e cuidaram dele generosamente. Não demorou muito, estava apaixonado pela filha da bruxa, a tal ponto que não conseguia pensar em mais nada; só tinha olhos para ela e tudo o que ela queria que fizesse ele fazia. Na verdade, estava enfeitiçado.

Vendo isso, a velha disse à moça: — Chegou a hora de agir. Vamos conseguir aquele coração de passarinho. Ele nem vai notar que sumiu.

A velha preparou uma poção e despejou num copo que a moça deu para o rapaz.

— Meu querido — ela disse —, não quer beber à minha saúde?

Ele bebeu tudo de um gole só e quase imediatamente se sentiu enjoado e vomitou o coração do passarinho. A moça o ajudou a se deitar com muitas palavras suaves de consolação e voltou depressa, encontrou o coração, lavou com água limpa e engoliu.

Desde então, o caçador não encontrou mais moedas debaixo do travesseiro. Não fazia ideia de que estavam aparecendo debaixo do travesseiro da moça e que a bruxa as recolhia toda manhã e escondia. Estava tão apaixonado que tudo o que queria era passar seu tempo ao lado da moça.

A bruxa disse: — Temos o coração, mas não basta. Precisamos também do manto dos desejos.

— Não podemos deixar isso para ele? — perguntou a filha. — Afinal, o coitado perdeu sua fortuna.

— Não amoleça! — disse a bruxa. — Um manto daqueles vale milhões. Não existem muitos no mundo, entenda bem. Preciso dele e vou conseguir.

Disse à filha o que devia fazer e falou que se não obedecesse ia se arrepender. Então a moça fez o que a bruxa mandou: ficou parada na janela, olhando ao longe, como se estivesse muito triste.

O caçador perguntou: — Por que está parada aí, tão triste?

— Ah, meu tesouro — disse a moça —, lá longe fica o monte Granada, onde existem as pedras mais preciosas do mundo. Quando penso nelas, quero tanto as pedras para mim que fico triste. Mas quem consegue ir até lá para pegar? Só os pássaros, que podem voar. Tenho certeza de que nenhum ser humano nunca chegou lá.

— Se é só isso que está te incomodando — disse o caçador —, deixe comigo. Logo vou alegrar seu coração.

Pegou o manto, jogou em seus ombros e sobre os dela também, envolvendo os dois. Então desejou estar no monte Granada. Num piscar de olhos, estavam no pico do monte. Pedras preciosas de todo tipo cintilavam, brilhantes, em torno deles. Nunca tinham visto nada tão fantástico.

A bruxa, porém, havia feito um feitiço para deixar o caçador com sono e ele disse à moça: — Vamos sentar um pouco e descansar. Estou tão cansado que minhas pernas nem aguentam meu peso.

Sentaram-se, ele deitou a cabeça no colo dela e um momento depois seus olhos estavam se fechando. Assim que adormeceu, ela tirou o manto das costas dele, enrolou em si mesma, antes de recolher todas as granadas e outras pedras que conseguia carregar, e desejou voltar para casa.

Quando o caçador acordou, descobriu que estava sozinho na montanha isolada e que seu manto havia desaparecido também. E entendeu que sua amada o tinha enganado.

— Ah — suspirou —, não sabia que o mundo podia ser tão traiçoeiro!

Ficou ali sentado, aborrecido demais para se mexer. Não conseguia nem pensar no que fazer.

Ora, a montanha pertencia a alguns gigantes ferozes, grandes brutamontes trovejantes e não demorou muito para o caçador ouvir três deles se aproximando. Ele se deitou depressa e fingiu estar dormindo.

O primeiro gigante o cutucou com o dedão do pé e disse: — O que este verme está fazendo aqui?

— Esmague ele — disse o segundo. — Eu esmagaria.

Mas o terceiro falou: — Não se dê ao trabalho. Aqui não tem nada para ele comer, vai morrer logo de qualquer jeito. Além disso, se ele subir até o pico, acaba levado pelas nuvens.

Os gigantes o deixaram sozinho e continuaram conversando enquanto se afastavam. O caçador ouviu tudo o que diziam e, assim que sumiram de vista, levantou-se e subiu até o pico da montanha que era cercado de nuvens.

Sentou-se no pico de pedras preciosas, enquanto as nuvens vinham e batiam nele. Finalmente veio uma que o agarrou e jogou para bordo. Ele flutuou no ar algum tempo e era bem confortável. O caçador viu coisas muito interessantes ao olhar para o lado; mas a nuvem acabou baixando para o solo e logo o depositou na horta de alguém, que tinha muros altos em torno.

A nuvem subiu de novo e o deixou parado entre repolhos e cebolas.

— Pena que não tem nenhuma fruta — ele disse a si mesmo —, eu ia gostar de uma boa pera ou maçã. Estou com tanta fome. Mesmo assim, posso dar uma mordida num repolho. O gosto não é uma maravilha, mas vai me alimentar.

Havia dois tipos de repolhos na horta, pontudos e redondos, e para começar o caçador pegou folhas de um pontudo e começou a mastigar. O gosto até que era bom, mas depois de poucas mordidas teve estranhas sensações: a pele começou a pinicar, nasceram-lhe longos pelos, sua coluna se curvou, os braços cresceram e se transformaram em patas peludas com cascos na ponta, o pescoço engrossou e ficou mais comprido, o rosto se alongou e apareceram duas orelhas grandes do lado da cabeça, e antes que ele se desse conta do que estava acontecendo tinha se transformado num burro.

Nem é preciso dizer que o gosto do repolho ficou muito melhor. Ele continuou comendo com prazer e mudou para um repolho redondo. Tinha dado duas mordidas e viu que estava acontecendo tudo de novo, só que ao contrário, e em menos tempo que leva para contar isso, era um ser humano outra vez.

— Bom — disse a si mesmo —, que tal? Agora posso conseguir de volta o que me pertence.

Então pegou um repolho comprido e um repolho redondo, guardou bem em sua mochila, pulou o muro e foi embora. Logo descobriu onde estava e partiu para o castelo onde morava a bruxa. Depois de alguns dias de viagem, encontrou o castelo outra vez, se escondeu e pintou o rosto de marrom de um jeito que nem sua própria mãe o reconheceria.

Depois bateu na porta. A própria bruxa abriu.

— Pode me dar abrigo para a noite? — perguntou o rapaz. — Estou cansado, não consigo continuar.

— Quem é você, meu caro? — a bruxa perguntou. — O que te traz para estes lados?

— Sou um mensageiro real e o rei me mandou especialmente aqui para procurar o repolho mais gostoso do mundo. Por sorte, eu encontrei, e realmente é delicioso, mas o tempo está muito quente e ele está começando a murchar. Acho que não vou voltar a tempo.

Quando a bruxa ouviu falar do repolho delicioso, mal podia esperar para experimentá-lo.

— Pode dar um pedacinho para eu e minha filha provarmos? — disse ela.

— Eu trouxe dois. Não vejo por que não possam ficar com um, já que está sendo tão bondosa me deixando passar a noite aqui.

Abriu a mochila e deu a ela o repolho de burro. Ela o pegou, ansiosa, correu para a cozinha, já com água na boca. Pôs a panela no fogo, cortou o repolho com capricho e cozinhou com um pouco de sal e manteiga. O cheiro era tão bom que ela não resistiu e antes de levar à mesa mordeu uma pontinha de uma folha, depois outra, e claro que assim que engoliu começou a se transformar. Em questão de segundos era um burro completo e saiu correndo para o pátio, escoiceando com as patas.

Em seguida, a criada que servia a mesa entrou e, sentindo o cheiro do repolho amanteigado, não conseguiu deixar de dar uma mordida. Era um velho costume dela, e, claro, a mesma coisa aconteceu com ela. Não conseguiu segurar a tigela com os cascos novos, então a derrubou onde estava e correu para fora.

Enquanto isso, a filha da bruxa estava sentada, conversando com o mensageiro.

— Não sei por que estão demorando tanto — disse ela. — O cheiro está bom.

O caçador pensou que a mágica já devia ter tido efeito.

— Deixe comigo — disse ele. — Eu vou buscar.

Quando entrou na cozinha, viu os dois burros correndo pelo pátio e pensou: "Ótimo! Bem como eu planejei, bem feito para elas."

Pegou o repolho que tinha caído no chão, pôs de volta na tigela e levou para a moça. Ela comeu um pouco; na mesma hora também se transformou em burro e correu para fora.

O caçador lavou o rosto para que o reconhecessem e saiu ao pátio com um pedaço de corda.

— É, sou eu mesmo — disse ele. — Peguei vocês direitinho e agora vão pagar por sua traição.

Amarrou as três com a corda e levou com ele para fora do castelo, pela estrada, até chegarem a um moinho. Bateu na porta.

— O que você quer? — perguntou o moleiro.

— Tenho estes três animais feios e mal-humorados aqui. Não me servem para nada e quero me livrar deles. Se ficar com eles e tratar do jeito que eu mandar, pago o quanto quiser.

Não era o tipo de oferta que o moleiro ouvia todo dia, então aceitou.

— Como quer que sejam tratados, então? — perguntou.

— Bata no mais velho três vezes por dia e dê comida uma vez (era a bruxa). O do meio, dê comida três vezes por dia e bata uma vez (era a criada). E o mais novo não trate mal. Dê comida três vezes por dia e não bata nenhuma vez. — Não conseguia mandar baterem na moça.

Então, voltou ao castelo e descansou. Depois de alguns dias, o moleiro foi falar com ele.

— O burro velho — disse — não prestava para muita coisa. Já morreu. Mas os outros dois ficam tão tristonhos que não sei mais o que fazer com eles.

— Ah, tudo bem — disse o caçador. — Acho que já foram bem castigados.

Mandou o moleiro levar os dois burros de volta para o castelo, onde espalhou umas folhas de repolho redondo no chão e deixou que comessem, de forma que voltaram a ser humanas outra vez.

A filha da bruxa se pôs de joelhos e disse: — Ah, meu querido, perdoe todo o mal que eu te fiz! Fui forçada por minha mãe. Não quis nunca trair você, porque te amo de todo o coração. O manto dos desejos está no armário do corredor e quanto ao coração do passarinho, eu tomo alguma coisa para devolver a você.

— Não precisa — disse ele, porque tinha descoberto que estava apaixonado por ela afinal. — Pode ficar com ele. Não vai fazer diferença com quem está, porque quero casar com você.

O casamento foi celebrado logo depois e viveram muito felizes até a sua morte.

* * *

Tipo de conto: ATU 567, "O coração de pássaro mágico", continuando em ATU 566, "Os três objetos mágicos e as frutas maravilhosas".
Fonte: história da Boêmia, contada aos irmãos Grimm por informante desconhecido.
Histórias semelhantes: "Chifres", de Alexander Afanasiev (*Russian Fairy Tales*); "Fortunato", de Katharine M. Briggs (*Folk Tales of Britain*); "O caranguejo dos ovos de ouro", de Italo Calvino (*Italian Folktales*).

Como é bastante comum com os Grimm, temos aqui dois tipos de histórias ligados. Assim que obtém o coração do passarinho e o manto dos desejos, ele pode, teoricamente, continuar qualquer tipo de aventura. A história do repolho (às vezes traduzido por "alface") que transforma em burro quem o come não tem ligação lógica com a primeira parte da história, mas as duas se encaixam muito bem.

Na versão russa de Afanasiev, a comida (dois tipos de maçã) faz crescer ou desaparecer chifres na cabeça de quem a come. Menos inconveniente do que transformá-los em burro, sem dúvida, mas ainda não muito fácil de explicar.

O que aprecio especialmente nesta história é a natureza alegre do caçador. É notável como precisamos de poucos detalhes de comportamento para evocar uma personalidade.

Um Olho, Dois Olhos, Três Olhos

Era uma vez uma mulher que tinha três filhas. Ela chamava a mais velha de Um Olho, porque tinha um olho no meio da testa. A segunda era chamada Dois Olhos, porque tinha dois olhos como todo mundo, e a mais nova, Três Olhos, porque tinha três olhos, o terceiro no meio da testa como a irmã mais velha.

Como Dois Olhos não parecia nada diferente de todo mundo, porém, sua mãe e irmãs não paravam de criticá-la.

— Seu monstro de dois olhos — diziam —, quem você pensa que é? Você não tem nada de especial, menina. Não tem nada a ver conosco.

Davam a ela as roupas mais feias e nada além de restos da mesa para comer. Juntas, faziam da vida dela um inferno.

Um dia, Dois Olhos teve de sair para procurar a cabra. Estava com fome, como sempre, porque não tinha comido nada no café da manhã além das raspas da panela em que cozinharam o mingau de aveia que, além de tudo, estava queimado. Ela sentou na grama da encosta e começou a chorar. Quando o primeiro soluço morreu, ela ficou surpresa ao ver uma mulher sábia e de aspecto bondoso parada ali perto.

— Por que está chorando, Dois Olhos? — perguntou.

— Porque tenho dois olhos como todo mundo — respondeu Dois Olhos. — Como a senhora, por exemplo. Minha mãe e minhas irmãs me detestam, me tratam mal, só me dão roupas velhas e me fazem comer os restos da mesa. Hoje, só havia a panela suja de mingau para eu comer e ainda estava queimada.

— Bom, Dois Olhos, pode parar de chorar agora — disse a sábia. — Vou te contar um segredo e você não vai mais sentir fome. Diga à cabra:

Bale, cabrita, o quanto puder,
me traz alguma coisa para comer.

e uma bela mesa com todo tipo de comida gostosa vai aparecer na sua frente. Você pode comer quanto quiser. Quando não quiser mais, é só dizer:

Bale, cabrita, o quanto puder,
comi tudo que podia comer.

e a mesa desaparece.

Assim que disse isso, a própria mulher sábia desapareceu. Dois Olhos achou melhor experimentar imediatamente, antes que esquecesse, e além disso estava com muita fome para esperar.

Então disse:

Bale, cabrita, o quanto puder,
me traz alguma coisa para comer.

e assim que disse essas palavras, ali na sua frente apareceu uma mesa com uma toalha branca como neve. Havia um prato com garfo, faca, colher de prata e um guardanapo branco como neve também, e, claro, uma cadeira para sentar; mas a comida! Havia pratos quentes e pratos frios, guisados e carne assada, vegetais de todos os tipos, além de uma grande torta de maçã, saída do forno, ainda fumegando.

Dois Olhos mal podia esperar. Fez a prece de agradecimento mais curta que conhecia: "Senhor, seja nosso convidado agora e para sempre, amém." Depois, sentou-se e comeu o quanto quis. Estava tão delicioso que ela provou um pouco de tudo e, quando estava farta, falou:

Bale, cabrita, o quanto puder,
comi tudo que podia comer.

e a mesa desapareceu num piscar de olhos.

"Bom, gostei desse arranjo", pensou Dois Olhos, e estava mais contente do que se sentia havia anos.

Quando voltou para casa com a cabra essa noite, encontrou uma velha tigela de barro com um pouco de cozido gorduroso no fundo que as irmãs tinham deixado para ela, mas não tocou naquilo. E de manhã tudo o que havia para ela eram as migalhas das torradas que haviam feito, mas ela não comeu também. Das primeiras vezes em que isso aconteceu, as irmãs não notaram porque geralmente ignoravam tudo o que ela fazia, mas quando aconteceu no dia seguinte e no outro, não havia como não perceber.

— Qual é o problema com Dois Olhos? Ela não está comendo.

— Aposto que está aprontando alguma.

— Talvez tenha conseguido alguém que lhe traga um piquenique. Maldita gananciosa.

— É bem dela isso!

Acharam que era melhor descobrir o que estava acontecendo, então quando Dois Olhos foi levar a cabra ao pasto, Um Olho disse a ela: — Acho que vou com você. Estou achando que não trata da cabra direito.

Dois Olhos adivinhou o que Um Olho estava planejando. Levou a cabra ao campo de sempre, onde havia muita relva para ela comer, e disse: — Venha e sente, Um Olho. Vou cantar para você.

Um Olho estava cansada, porque ao andar pelo campo havia feito mais exercício do que fazia havia semanas e além disso o sol quente a deixava com o corpo mole. Então ela se deitou na sombra e Dois Olhos começou a cantar:

Um Olho, está acordada?
Um Olho, está dormindo?

A pálpebra única de Um Olho ficou pesada e foi baixando mais e mais, até que finalmente ela começou a roncar. Assim que Dois Olhos teve certeza de que sua irmã estava dormindo, disse:

Bale, cabrita, o quanto puder,
me traz alguma coisa para comer.

E imediatamente a mesa mágica apareceu e nela havia sopa de alho-poró, frango assado e morangos com creme. Dois Olhos comeu tudo o que quis e disse:

Bale, cabrita, o quanto puder,
comi tudo que podia comer.

e a mesa desapareceu.

Dois Olhos acordou Um Olho e disse: — Você não falou que ia me ajudar a cuidar da cabra? Ficou dormindo o dia inteiro! A cabra podia ter fugido e caído no rio. Ainda bem que eu estava aqui. Venha, vamos para casa.

Voltaram para casa e mais uma vez Dois Olhos nem tocou nos restos de comida. Dessa vez, eram umas cascas queimadas de torta. Três Olhos e a mãe mal podiam esperar para saber o que havia acontecido no campo, mas tudo o que Um Olho disse foi: — Não sei. Eu dormi. Bom, estava calor.

— Que inútil! — disse a mãe. — Amanhã, você é que vai, Três Olhos. Alguma coisa *deve* estar acontecendo.

Então, na manhã seguinte, Três Olhos disse a Dois Olhos: — Eu é que vou com você hoje. E vou ficar de olho no que está aprontando.

Lá se foram com a cabrita. Dois Olhos percebeu logo que Três Olhos tinha a mesma intenção que Um Olho havia tido, então assim que se viram no campo em segurança e Três Olhos se acomodou junto a uma touceira, ela começou a cantar:

Três Olhos está acordada?

Mas, em vez de cantar, como pretendia:

Três Olhos está dormindo?

cantou:

Dois Olhos está dormindo?

E continuou cantando:

Três Olhos está acordada?
Dois Olhos está dormindo?

Pouco a pouco, dois olhos de Três Olhos se fecharam porque ficaram pesados, mas o terceiro não se fechou porque Dois Olhos não havia cantado para ele dormir. Três Olhos baixou a pálpebra e o terceiro olho pareceu se fechar, mas ela estava só fingindo. Aquele olho podia ver perfeitamente.

Quando Dois Olhos pensou que Três Olhos estava dormindo, cantou:

Bale, cabrita, o quanto puder,
me traz alguma coisa para comer.

A mesa logo apareceu. Dessa vez, havia sopa de beterraba, uma grande torta de carne e um bolo delicioso. Dois Olhos comeu e bebeu alegremente até estar farta e depois cantou:

Bale ,cabrita, o quanto puder,
comi tudo que podia comer.

e a mesa desapareceu.

Três Olhos estava vendo tudo, mas fechou o terceiro olho bem depressa quando Dois Olhos veio acordá-la.

— Vamos, Três Olhos! — disse Dois Olhos. — Você dormiu o dia inteiro. Ainda bem que eu estava aqui para cuidar da cabra. Venha, vamos para casa.

Quando voltaram para casa, Dois Olhos outra vez recusou a comida que lhe deram. Era a água em que haviam cozido o repolho.

A mãe puxou Três Olhos de lado e perguntou: — Então? O que aconteceu? Você viu?

— Vi, sim. Ela tentou me fazer dormir, mas meu terceiro olho continuou acordado. O que ela faz é cantar para a cabra, assim:

Bale, cabrita, o quanto puder,
me traz alguma coisa para comer.

e do nada aparece uma mesa coberta com ótima comida e ela come o quanto quer. Depois canta:

Bale, cabrita, o quanto puder,
comi tudo que podia comer.

e a mesa desaparece. Verdade! Juro mesmo! Eu vi. Ela fez dois dos meus olhos dormirem, mas o terceiro ficou acordado.

Bom, a mãe ficou furiosa quando ouviu isso. Gritou: — Dois Olhos! Venha cá imediatamente! O que faz você pensar que é melhor que nós, hein? Fazendo truques com a cabra! Como ousa! Vou fazer você se arrepender, pode esperar!

Pegou a maior faca da cozinha e atravessou com ela o coração da cabra, que caiu morta no chão.

Dois Olhos saiu correndo de casa e foi até o campo, onde caiu em prantos. Chorou e chorou pelo pobre animal que nunca tinha feito nada errado e por si mesma também.

Então percebeu que a mulher sábia estava parada ali.

— Por que está chorando, Dois Olhos? — ela perguntou.

— Não posso evitar — disse Dois Olhos. — Minha mãe esfaqueou a pobre cabra no coração, ela morreu e eu nunca mais vou poder pedir a mesa de comida.

— Deixe eu te dar um conselho — disse a sábia. — Peça para suas irmãs te darem as vísceras da cabra. Enterre no jardim, perto da porta da frente. Isso vai trazer boa sorte para você.

E desapareceu. Dois Olhos voltou para casa devagar e falou para as irmãs: — Gostaria de alguma coisa para me lembrar da cabra. Podem me dar só as vísceras?

— Bom, se é só isso que você quer — disse Um Olho. E Três Olhos falou: — Ah, dê logo para ela. Quem sabe assim para de choramingar.

Dois Olhos pôs as vísceras da cabra na bacia de lavar roupa e levou para o jardim da frente, onde as enterrou num canteirinho de grama.

Na manhã seguinte, havia ali uma linda árvore. Suas folhas eram de prata e entre elas havia dezenas de frutas do tamanho de maçãs, feitas de ouro maciço. Ninguém nunca tinha visto árvore mais linda, e claro que ninguém fazia ideia de como havia nascido da noite para o dia. Só Dois Olhos sabia, porque havia nascido no lugar onde enterrara as vísceras da cabra.

Assim que sua mãe viu a árvore, disse: — Vamos lá, Um Olho, já para cima. Trepe aí e pegue umas frutas de ouro dessas.

Um Olho subiu, bufando, ofegando e tentou, mas cada vez que esticava a mão para pegar uma maçã de ouro, o galho se afastava para fora de seu alcance. Tentou pegar esta e aquela, mas não conseguiu tocar nenhuma, por mais que tentasse.

— Inútil! — disse a mãe. — Ela não enxerga o que está fazendo. Três Olhos, suba você. Quem sabe enxerga melhor que ela.

Um Olho desceu e Três Olhos subiu, mas, apesar de enxergar três vezes melhor, não conseguiu melhor resultado que sua irmã. Toda vez que tentava pegar uma maçã, o galho se afastava o suficiente para ficar fora de seu alcance, e por fim ela teve de desistir.

— Posso tentar? — perguntou Dois Olhos. — Quem sabe tenho mais sorte.

— Você, idiota?

— É, monstro, o que faz você pensar que é melhor do que nós?

Dois Olhos subiu na árvore e, em vez de se afastar, as maçãs simplesmente caíam em suas mãos. Ela colheu mais e mais até ficar com o avental cheio. Quando desceu, sua mãe pegou as frutas e em vez de tratá-la melhor porque tinha sido a única a alcançar as maçãs, Um Olho e Três Olhos sentiram inveja e desdém, e a trataram pior que antes.

Ora, um dia, quando estavam todas no jardim, um jovem cavaleiro passou por ali.

As irmãs viram quando se aproximava e disseram: — Depressa, Dois Olhos! Debaixo do barril! Se ele vê alguém como você aqui, vai pensar que somos todas horríveis!

E a enfiaram debaixo do barril que ficava ao lado da árvore, junto com as maçãs de ouro que tinham colhido. Então pararam ao lado da árvore, se arrumando, fingindo sorrisos. Quando o cavaleiro chegou mais perto, elas viram o quanto era bonito e que bela armadura estava usando.

— Bom dia, damas — disse ele, desmontando do cavalo. — Que bela árvore têm aí. Ouro e prata! Se puderem me dar um ramo, terão em troca tudo o que quiserem.

— Ah, sim, a árvore pertence a nós — disse Um Olho.

— É inteiramente nossa — disse Três Olhos. — Vou quebrar um ramo para você.

Mas quando ela tentou aconteceu a mesma coisa de antes. E Um Olho não conseguiu melhor resultado. Por mais depressa que tentasse pegar um ramo, ele sempre escapava de suas mãos.

— Que estranho — disse o cavaleiro. — Vocês dizem que a árvore é sua, mas ela não deixa colherem nada dela.

— Ah, é nossa, sim — disse Um Olho.

— Só está tímida — disse Três Olhos. — Talvez porque você está olhando.

— Deixe eu tentar de novo — disse Um Olho.

Mas enquanto elas falavam, Dois Olhos ergueu um pouco o barril e algumas maçãs de ouro rolaram até os pés do cavaleiro. Ele as viu e deu um passo para trás, perplexo.

— Nossa! De onde vieram essas? — perguntou.

— Bom, nós temos uma outra irmã, mas...

— Ela é um pouco esquisita, sabe, porque tem dois olhos, e...

— Bom, é mantida afastada. Não queremos que envergonhe a família.

— Gostaria de conhecer sua irmã — disse o cavaleiro. — Dois Olhos, onde estiver, saia!

Dois Olhos conseguiu erguer o barril e se pôs de pé. O cavaleiro ficou impressionado com sua beleza.

— E você pode partir um ramo para mim, Dois Olhos? — ele perguntou.

— Posso, sim — disse Dois Olhos —, porque a árvore é minha.

Com a maior facilidade, subiu na árvore, quebrou um ramo com belas folhas de prata e frutas de ouro, e entregou para o cavaleiro.

— E o que gostaria de ganhar em troca, Dois Olhos? — ele perguntou.

— Ah — disse Dois Olhos. — Eu só tenho fome, sede, tristeza e amolação de manhã à noite. Se puder me livrar disso, fico muito grata.

O cavaleiro a pôs em cima do cavalo e a levou ao castelo de seu pai. Deu-lhe belas roupas e o suficiente para comer e beber até se fartar, porque havia se apaixonado por ela. Casaram-se e o casamento foi comemorado com alegria por todo o reino.

Depois que Dois Olhos foi levada pelo belo cavaleiro, suas duas irmãs se consumiram de inveja. "Mas ao menos a bela árvore ainda é nossa", pensaram, "e mesmo que a gente não possa colher as maçãs de ouro, as pessoas vão parar para admirar e quem sabe a boa sorte não pode brotar daí?"

Mas, na manhã seguinte, ficaram arrasadas ao descobrir que a árvore havia desaparecido e todas as suas esperanças se foram com ela. Enquanto isso, Dois Olhos olhava da janela de seu quarto e viu a árvore alegremente plantada no jardim do castelo, porque no meio da noite havia arrancado da terra suas raízes e ido pé ante pé ao encontro dela.

Dois Olhos viveu feliz durante muitos anos. Um dia, muito tempo depois, duas mulheres pobres bateram na porta do castelo, porque eram vítimas da fome e tinham de correr o mundo implorando pão de porta em porta. Dois Olhos as recebeu bem e as tratou com tanta bondade que elas se arrependeram por todo o mal que haviam lhe feito. E o mais estranho foi que, apesar de tantos anos terem se passado, Dois Olhos reconheceu Um Olho e Três Olhos imediatamente.

* * *

Tipo de conto: ATU 511, "Um Olho, Dois Olhos, Três Olhos".
Fonte: história de Theodor Peschek, publicada no jornal *Wöchentliche Nachrichten für Freunde der Geschichte, Kunst und Gelahrtheit des Mittelalters* (Notícias semanais para os amigos da história, das artes e do conhecimento da Idade Média), vol. 2 (1816).
Histórias semelhantes: "Burenushka, a vaquinha vermelha", de Alexander Afanasiev (*Russian Fairy Tales*); "Cinderela", de Jacob e Wilhelm Grimm (*Children's and Household Tales*).

Esta é "Cinderela" (p. 131), claro, com o acréscimo de absurdos. A presença da mulher sábia, da cabra, das vísceras e da árvore confirma isso fora de qualquer dúvida: são todos aspectos da necessária mas ausente boa mãe, que aparecem em "Cinderela" de uma forma ou de outra.

Na versão russa de Afanasiev, Dois Olhos convida suas irmãs ruidosas a deitar a cabeça em seu colo para tirar seus piolhos. Esse ótimo detalhe higiênico aparece também em O Diabo com os três fios de cabelo dourado (p. 166).

Os sapatos que dançaram até virar farrapos

Era uma vez um rei que tinha doze filhas, cada uma mais bonita que a outra. Elas dormiam todas juntas num quarto, as camas enfileiradas, e toda noite, quando estavam acomodadas, o próprio rei fechava e trancava a porta. Porém, quando abria a porta de manhã, descobria que os sapatos delas tinham sido usados até se esfarraparem e ninguém sabia como aquilo podia ter ocorrido. As princesas não diziam nada a respeito.

O rei anunciou que quem conseguisse descobrir onde suas filhas iam dançar todas as noites poderia escolher uma delas para casar e com o tempo vir a ser o rei. Por outro lado, se não conseguisse descobrir a verdade depois de três noites, perderia a própria vida.

Logo, um príncipe de outro país chegou e se ofereceu para assumir a tarefa. Foi muito bem recebido e instalado num quarto ao lado do quarto das princesas, de onde podia vigiar e ver aonde elas iam dançar. Foi preparada uma cama para ele e, para facilitar ainda mais as coisas, a porta do quarto das princesas foi mantida destrancada.

Mas infelizmente os olhos do príncipe foram ficando mais e mais pesados com o passar da noite e ele adormeceu. Quando acordou de manhã, os sapatos das princesas já estavam em farrapos. A mesma coisa aconteceu na segunda noite e na terceira, e então o príncipe perdeu a cabeça. Muitos outros vieram tentar a sorte nessa perigosa tarefa, mas todos falharam igual ao primeiro.

Ora, aconteceu de um pobre soldado, que tinha sido ferido em combate e não podia mais servir ao exército, estar passando pela cidade. No caminho, encontrou uma velha que pedia esmolas e, com pena, sentou-se e repartiu com ela seus últimos pedaços de pão e queijo.

— Para onde vai, filho? — ela perguntou.

— Para falar a verdade, não sei direito — ele respondeu, e continuou: — Mas sabe de uma coisa? Gostaria de descobrir onde essas princesas vão dançar até acabar com os sapatos. Podia casar com uma delas e virar rei.

— Não é difícil — disse a velha. — Quando for para a cama, vão levar para você um cálice de vinho, mas você não deve beber de jeito nenhum.

Ela então tirou de sua trouxa um manto e disse: — Quando vestir isso aqui, vai ficar invisível, e pode seguir as princesas e descobrir aonde vão.

O soldado agradeceu e seguiu seu caminho pensando: "Isso agora está ficando sério."

No palácio, ele foi recebido com generosidade, instalado num quarto e ganhou uma bela roupa nova. Na hora de dormir, a princesa mais velha trouxe para ele um cálice de vinho.

Ele havia se preparado para aquilo e amarrado uma esponja debaixo do queixo. Deixou o vinho ir todo para a esponja, não deixou nem uma gota chegar a seus lábios. Pousou o cálice, fechou os olhos e roncou um pouco para elas pensarem que estava dormindo.

As doze princesas ouviram seus roncos, deram risada e disseram: — Mais um que vai perder a vida.

Levantaram-se, abriram seus guarda-roupas, gavetas e armários, experimentando um vestido e outro, penteando o cabelo, se embelezando o máximo possível, o tempo todo saltitantes de excitação com a expectativa do baile. Só a mais nova não estava tranquila. — Podem rir e brincar — disse —, mas tenho a sensação de que alguma coisa ruim vai acontecer.

— Não seja boba — disse a mais velha. — Você tem medo de tudo! Pense em todos os príncipes que já tentaram nos vigiar e não conseguiram. Aposto que nem precisava dar uma poção de dormir para esse soldado. Ele ia dormir de qualquer jeito.

Quando estavam todas prontas, a princesa mais velha foi dar uma olhada no soldado outra vez, mas ele parecia estar dormindo profundamente, e acharam que estava tudo bem. Então a princesa mais velha foi até sua cama e bateu como numa porta. Na mesma hora, a cama afundou no chão e uma a uma as doze princesas desceram pela abertura. O soldado estava vigiando em segredo e, assim que elas desceram, pôs o manto da invisibilidade e foi atrás delas. Para não as perder de vista, seguia tão de perto que pisou na cauda do vestido da mais nova. Ela sentiu isso e perguntou: — Quem está aí? Quem puxou o meu vestido?

— Ah, não seja boba — disse a mais velha. — Deve ter ficado preso num prego ou alguma outra coisa.

Desceram a escadaria até chegar a uma bela avenida entre fileiras de árvores. As folhas das árvores brilhavam, cintilavam como o luar, porque eram feitas de prata, e o soldado pensou: "Melhor levar alguma coisa como prova." E arrancou um ramo.

O estalo da madeira foi tão forte que a princesa mais nova se assustou outra vez.

— Não ouviram? Tem alguma coisa errada...

— Você é uma boba — disse a mais velha. — Devem ser os fogos saudando a nossa chegada.

A avenida de prata mudou e logo adiante as árvores eram feitas de ouro, e por fim eram de diamantes. O soldado quebrou um ramo de cada uma e a cada vez fazia um ruído que assustava a princesa mais nova. E a cada vez a mais velha dizia que devia ser a salva de tiros em homenagem a elas.

Continuaram até chegar a um grande lago onde havia doze barcos à espera, cada um com um príncipe nos remos. Quando as princesas chegaram, os príncipes se levantaram e as ajudaram a subir cada uma num barco. Mas o soldado foi junto com a princesa mais nova sem eles saberem.

O príncipe disse: — Não sei por que o barco hoje está tão pesado. Quase não consigo avançar.

— Deve ser o calor — disse a princesa. — Estou sufocando.

Do outro lado do lago ficava um lindo castelo, brilhantemente iluminado por mil lanternas. A música alegre de trompas e tambores ressoava no ar e os príncipes pararam os barcos na margem, ajudaram as princesas a desembarcar e começaram a dançar. O soldado dançou com eles e toda vez que uma princesa levava um cálice de vinho aos lábios, ele bebia antes dela. As mais velhas ficaram apenas intrigadas com isso, mas a mais nova se assustou e a mais velha de todas teve de acalmá-la mais uma vez.

Lá ficaram até as três da manhã, quando seus sapatos estavam em farrapos e tiveram de ir embora. Os príncipes as levaram remando até o outro lado do lago e dessa vez o soldado foi no barco da princesa mais velha. Desceu antes de todas e correu na frente, de forma que quando as princesas cansadas chegaram de volta a suas camas, ele já estava roncando na dele.

— Deu tudo certo — elas disseram. Tiraram seus lindos vestidos, puseram os sapatos gastos debaixo das camas e foram dormir.

Na manhã seguinte, o soldado não disse nada. Queria ver o lindo castelo e as avenidas de árvores preciosas outra vez. Seguiu com elas uma segunda noite, e uma terceira, e viu tudo acontecer como antes. E toda noite os sapatos delas ficavam esfarrapados. Na terceira noite, ele trouxe um cálice como mais uma prova.

Na última manhã, tinha de dar uma resposta. Então pegou os três ramos e o cálice e foi falar com o rei. As princesas ficaram atrás da porta para ouvir.

O rei disse: — Bom, passaram suas três noites. Aonde minhas filhas vão dançar até seus sapatos virarem farrapos?

E o soldado respondeu: — Vão a um castelo subterrâneo, majestade. Encontram doze príncipes que atravessam um lago remando.

Ele contou toda a história e mostrou ao rei os ramos da árvore de prata, da árvore de ouro e da árvore de diamante. Mostrou também o cálice que havia trazido do castelo. O rei mandou chamar as filhas.

— Acho que ouviram o que este homem acaba de me contar — disse ele. — Então: ele falou a verdade?

As princesas não tinham escolha: tiveram de admitir tudo.

— Então, você conseguiu — o rei disse ao soldado. — Qual das minhas filhas gostaria que fosse sua esposa?

— Bom, não sou mais tão jovem como era — disse o soldado —, então acho que a mais velha combinaria melhor comigo.

— Pois vai ficar com ela — disse o rei. E o casamento foi realizado no mesmo dia.

O rei prometeu ao soldado que ele seria seu sucessor no trono. E quanto aos príncipes do subsolo, eles foram enfeitiçados por tantas noites quantas haviam dançado com as doze princesas.

* * *

Tipo de conto: ATU 306, "Os sapatos gastos na dança".
Fonte: história contada aos irmãos Grimm por Jenny von Droste-Hülshoff.
Histórias semelhantes: "O baile secreto", de Alexander Afanasiev (*Russian Fairy Tales*).

Conhecido também como "As doze princesas dançarinas", este conto tem o encanto que pertence às maravilhas que ficam no subsolo, principalmente as que compreendem barquinhos, luzes bonitas, árvores de folhagem preciosa, música e dança. A história se presta, claro, a belas ilustrações. Alterei pouca coisa nela, a não ser os presentes da velha (o conselho e o manto) como recompensa pela caridade do soldado.

Hans Ferro

Era uma vez um rei que tinha uma grande floresta perto de seu castelo, onde viviam todos os tipos de animais selvagens. Um dia, ele mandou seu caçador principal matar um veado, mas o caçador não voltou.

— Talvez tenha sofrido um acidente — disse o rei. No dia seguinte, mandou mais dois caçadores atrás do primeiro, mas eles também não voltaram.

No terceiro dia, ele reuniu todos os caçadores e disse: — Procurem por toda a floresta e não desistam até encontrarem os três.

Mas nenhum dos caçadores voltou, nem os cachorros da matilha que tinha ido com eles. Desse dia em diante, ninguém mais ousava entrar na floresta sobre a qual baixou um profundo silêncio e solidão. A única vida que se via nela era uma ou outra águia ou falcão voando entre as árvores.

Durante muitos anos, as coisas ficaram assim, até que um dia um caçador que ninguém conhecia, um estranho, apresentou-se ao rei dizendo que procurava um trabalho e se propunha a entrar na floresta perigosa. O rei, porém, não permitiu que ele fosse.

— Existe alguma coisa muito estranha nessa história — disse ele. — O lugar deve estar sob algum encantamento. Não vejo como você possa se dar melhor do que os outros. Acho que vai se perder como eles.

Mas o caçador disse: — Estou disposto a arriscar, majestade. Não sei o que é medo.

Então o caçador partiu com seu cachorro para a floresta. Não demorou muito e o cachorro farejou um rastro e começou a segui-lo. Mas não avançou muito e chegou à beira de uma lagoa profunda, não pôde mais prosseguir.

Então, um braço nu saiu de dentro da água, agarrou o cachorro e o puxou para baixo da superfície.

Quando o caçador viu aquilo, voltou e conseguiu três homens para voltarem com ele, trazendo baldes para esvaziar a lagoa. Esvaziaram e, quando estava quase vazia, encontraram no fundo um homem selvagem deitado. Sua pele era cor de ferrugem, o cabelo caía no rosto até os joelhos. Eles o prenderam com cordas fortes e o levaram para o castelo.

Todo mundo ficou assombrado ao ver o homem selvagem. O rei ordenou que fosse posto numa jaula de ferro no pátio e proibiu que a porta fosse aberta, sob pena de morte. Entregou a chave aos cuidados da própria rainha. A partir desse momento, as pessoas podiam ir à floresta em segurança outra vez.

Ora, o rei tinha um filho de oito anos. Um dia, ele estava brincando no pátio quando sua bola de ouro rolou entre as grades para dentro da jaula do homem selvagem.

O menino correu para as grades e disse: — Me dê minha bola.

— Só dou se você abrir a porta para mim — disse o selvagem.

— Não posso fazer isso — disse o menino. — Meu pai proibiu.

E foi embora correndo. No dia seguinte, voltou e pediu a bola, mas o selvagem disse apenas: — Abra a minha porta. — E mais uma vez o menino recusou.

No terceiro dia, quando o rei saiu para caçar, o menino foi até a jaula e disse: — Mesmo que eu quisesse, não posso abrir sua jaula. Não tenho a chave.

O selvagem falou: — Está debaixo do travesseiro de sua mãe. É fácil pegar.

O menino queria desesperadamente a sua bola de volta, então jogou fora a cautela e pegou a chave. A fechadura era difícil de girar e o menino apertou o dedo. Mas, quando a porta se abriu, o selvagem saiu, devolveu a bola ao menino e foi embora depressa.

O menino ficou assustado. Gritou: — Ah, homem selvagem, não vá embora senão vão me bater!

O selvagem voltou, pôs o menino montado em seus ombros e foi embora depressa para a floresta.

Quando o rei voltou e notou a jaula vazia, foi logo perguntar à rainha o que havia acontecido. Ela não sabia de nada, então procurou a chave e descobriu que havia sumido. Perceberam que o menino havia desaparecido, chamaram, mas ninguém respondeu. O rei e a rainha mandaram criados procurarem no parque real em torno do castelo, nos campos e prados adiante, mas não encontraram o menino. Então os pais adivinharam o que havia acontecido e a corte caiu em luto profundo.

Assim que o selvagem chegou à floresta escura, pôs o menino no chão e disse: — Você nunca mais vai ver seu pai e sua mãe. Mas vou cuidar de você porque me libertou e fiquei com pena de você. Faça o que mando e ficará tudo bem. Tenho muitos tesouros e ouro, de fato mais do que qualquer pessoa no mundo.

Ele colheu musgo e fez uma cama para o menino, que logo adormeceu. Na manhã seguinte, o selvagem o levou a uma fonte e disse: — Está vendo isso? É a minha fonte dourada. É transparente e brilhante e quero que continue assim. Você sente aqui e tome conta dela. Não deixe cair nada dentro dela, porque não quero que fique suja com nada, entendeu? Vou voltar aqui toda noite para ver se fez as coisas como mandei.

O menino sentou ao lado da fonte e olhou a água. Às vezes, via um peixe dourado ou uma cobra dourada lá no fundo, abaixo da superfície, e cuidou para que nada caísse dentro. Mas, sentado ali, o dedo que havia apertado na porta da jaula começou a doer tanto que ele não conseguiu evitar colocá-lo na água. Tirou-o imediatamente, mas viu que tinha se transformado em ouro. Por mais que tentasse limpar a pele, seu dedo era todo de ouro.

Nessa noite, Hans Ferro voltou para casa, olhou o menino e disse: — O que aconteceu com a fonte?

— Nada, nada — o menino falou, escondendo o dedo nas costas para que Hans Ferro não visse.

Mas o homem disse: — Você enfiou o dedo na água. Bom, vou deixar passar dessa vez, mas tome cuidado para não deixar mais nada cair na fonte.

Logo de manhã, o menino se aprontou e foi vigiar a fonte. Seu dedo ainda doía e dessa vez passou na cabeça; mas ao fazê-lo um fio de cabelo infelizmente caiu na água. Ele o tirou o mais depressa possível, mas já estava todo coberto de ouro.

Quando voltou para casa, Hans Ferro já sabia o que tinha acontecido. — Você deixou um fio de cabelo cair na fonte — ele disse. — É a segunda vez. Foi descuidado outra vez, mas, se acontecer de novo, a fonte estará poluída e você não vai mais poder ficar aqui.

No terceiro dia, o menino sentou ali com todo o cuidado, sem mexer o dedo, por mais que doesse. Mas o tempo passava muito devagar e por falta do que fazer ele se curvou e olhou seu reflexo na água. Foi se inclinando mais e mais, tentando ver seus olhos e então o cabelo comprido caiu para a frente e foi para dentro da água. Ele tirou a cabeça imediatamente, mas era tarde demais: todo o seu cabelo havia se transformado em ouro, que brilhava como o sol. Dá para imaginar como o pobre menino ficou assustado. A única coisa em que conseguiu pensar foi amarrar um lenço na cabeça para que Hans Ferro não visse o ouro.

Mas é claro que, assim que voltou para casa, foi a primeira coisa que ele notou.

— Tire esse lenço — disse.

O menino teve de obedecer. Seu cabelo dourado se espalhou pelos ombros e ele não conseguia nem inventar uma desculpa.

— Você não passou no teste — disse Hans Ferro. — Não pode mais ficar aqui. Vai ter de sair pelo mundo e aprender como é ser pobre. Mas você não é um mau menino e desejo o seu bem, então vou lhe fazer um favor: sempre que estiver num verdadeiro aperto, entre na floresta e chame "Hans Ferro", e eu vou em seu socorro. Tenho grandes poderes, muito maiores do que você pensa, e ouro e prata mais que suficientes.

Então o príncipe saiu da floresta e vagou por trilhas selvagens e caminhos bem marcados, até que afinal chegou a uma grande cidade. Lá procurou trabalho, mas não conseguiu encontrar porque nunca tinha aprendido uma profissão para ganhar a vida. Por fim, entrou no palácio e perguntou se tinham um emprego para ele.

Os funcionários do palácio não sabiam o que fazer com ele, mas era um menino agradável, então o deixaram ficar. Por fim, o cozinheiro disse que ia encontrar coisas para ele fazer e o pôs para trazer lenha e água e rastelar as cinzas do fogo.

Um dia, quando os outros garçons estavam ocupados, o cozinheiro mandou o rapaz levar um prato até a mesa do rei. O rapaz não queria que ninguém visse seu cabelo dourado, então ficava sempre de boné. Naturalmente o rei ficou perplexo com isso e disse: — Rapaz, quando servir a mesa real, tem sempre de tirar o boné.

— Melhor não, majestade — disse —, porque meu couro cabeludo é todo coberto de caspa.

O rei mandou chamar o cozinheiro e ralhou com ele por deixar um rapaz nessas condições servir a mesa real. Ele teve de ser despedido imediatamente. Porém, o cozinheiro ficou com pena do menino e deixou que ele trocasse de lugar com o ajudante do jardineiro.

Ora, o trabalho era para plantar e regar, podar e carpir, e suportar o vento e a chuva. Num dia de verão, quando estava trabalhando sozinho no jardim, o calor era tanto que ele tirou o chapéu para se refrescar com a brisa. Quando o sol tocou seu cabelo dourado, ele brilhou e cintilou tanto que os reflexos penetraram no quarto da princesa.

Ela deu um pulo para ver o que era aquilo, viu o rapaz e chamou: — Rapaz! Me traga um buquê de flores.

Ele pôs depressa o boné na cabeça, colheu algumas flores silvestres e amarrou bem. Estava subindo a escada do jardim quando o jardineiro-chefe o viu e perguntou: — O que acha que está fazendo, levando para a princesa um buquê de flores comuns como essas? Jogue isso fora, depressa, e pegue para ela as flores raras. Aquela rosa cor-de-rosa que acabou de abrir, colha um buquê delas.

— Ah, não — disse o rapaz —, aquela rosa não tem perfume. Mas estas flores silvestres são tão perfumadas, tenho certeza de que ela vai gostar.

Quando ele entrou no quarto da princesa, ela disse: — Tire o boné. Não é educado ficar com a cabeça coberta na minha presença.

— Não posso fazer isso, alteza — disse ele. — Minha cabeça está coberta de caspa.

Diante disso, a princesa arrancou o boné de sua cabeça. Imediatamente seu cabelo de ouro se espalhou pelos ombros e era muito bonito de se ver. Ele quis fugir, mas ela o segurou pelo braço. Então, deu a ele um punhado de moedas de ducado e deixou que fosse embora. Ele levou os ducados, mas não queria ficar com eles, então deu ao jardineiro.

— Para os seus filhos brincarem — disse ele.

No dia seguinte, a princesa o chamou de novo, pedindo outro buquê de flores silvestres. Quando ele a atendeu, ela agarrou seu boné, tentando tirá-lo, mas ele segurou com força. Mais uma vez, ela lhe deu alguns ducados e mais uma vez ele deu os ducados para os filhos do jardineiro. No terceiro dia, aconteceu a mesma coisa: ela não conseguiu tirar seu boné; ele não queria o ouro dela.

Não muito depois, o país se viu em guerra. O rei reuniu seus conselheiros, mas eles não conseguiam decidir se combatiam ou se se rendiam, porque o inimigo tinha um grande e poderoso exército.

O rapaz do jardineiro disse: — Já sou grande agora. Me dê um cavalo que vou para a guerra e luto pelo país.

Os outros rapazes deram risada e disseram: — Não se preocupe, vai ganhar um cavalo depois que a gente for embora. Vamos deixar um no estábulo para você.

Então, ele esperou que saíssem e foi procurar seu cavalo no estábulo. Encontrou um pangaré que só conseguia andar *pocotó, pocotó*.

Mesmo assim, ele o montou e foi para a densa floresta. Quando chegou ao limiar das árvores, parou e chamou: — Hans Ferro! — três vezes, tão alto que ecoou por toda parte.

O selvagem logo apareceu e disse: — Do que você precisa?

— Vou para a guerra — disse o rapaz — e preciso de um cavalo bom.

— Pois terá e muito mais também.

O selvagem voltou para a floresta e logo depois o menino do estábulo saiu do meio das árvores, conduzindo um magnífico cavalo que bufava e batia o casco no chão e mal podia ser controlado. Além disso, ao lado dele vinha um regimento de cavaleiros em armadura de ferro, as espadas rebrilhando ao sol.

O rapaz deixou seu cavalo pangaré com o menino do estábulo, montou no outro cavalo e partiu à frente dos cavaleiros. Quando chegaram ao campo de batalha, ele descobriu que muitos homens do rei já haviam caído e que o resto logo teria de ceder também. Então o rapaz galopou com seu regimento de ferro e caiu sobre o inimigo como uma tormenta, abatendo todos os homens em seu caminho. O inimigo recuou em confusão, mas o jovem foi impiedoso e não parou enquanto não estavam todos mortos ou em fuga.

Quando a batalha terminou, ele não voltou até o rei. Em vez disso, levou seu exército de ferro por um desvio para dentro da floresta e mais uma vez chamou Hans Ferro.

— Do que precisa? — perguntou o selvagem.

— Pegue de volta seu cavalo e seus cavaleiros e me devolva meu pangaré.

Hans Ferro fez o que ele pedia, e o rapaz voltou para casa com o cavalo capenga.

Quanto ao rei, assim que voltou ao palácio foi saudado pela filha, que lhe deu os parabéns pela grande vitória.

— Eu pouco fiz — disse ele. — Fomos salvos por um estranho cavaleiro que veio em nosso socorro com um regimento de cavaleiros com armadura de ferro.

A princesa quis saber quem era o misterioso cavaleiro, mas o rei não sabia dizer.

— Tudo o que sei — disse ele — é que ele pôs o inimigo em fuga, depois marchou embora.

Ela foi ao jardineiro e perguntou onde estava o rapaz. O jardineiro riu.

— Ele acaba de voltar com seu cavalo de três patas — disse ele. — Os outros estão caçoando dele. "Olhe o pangaré dele", eles dizem. E perguntam: "Debaixo de que moita você estava dormindo?", e ele responde: "Fiz mais que qualquer um de vocês. Se não fosse por mim, teriam perdido a batalha." E eles morrem de rir.

O rei disse à filha: — Vou anunciar um grande torneio. Vai durar três dias e você pode atirar uma maçã de ouro para os cavaleiros pegarem. Talvez o cavaleiro desconhecido apareça. Nunca se sabe.

Quando ficou sabendo do torneio, o rapaz foi à floresta e chamou Hans Ferro.

— Do que precisa?

— Preciso pegar a maçã de ouro da princesa.

— Feito — disse Hans Ferro. — Além disso, vai usar uma armadura vermelha e montar um valente cavalo castanho.

Quando começou o torneio, o rapaz galopou pela pista, tomou seu lugar entre os cavaleiros e ninguém o reconheceu. Então a princesa veio, atirou uma maçã de ouro entre os cavaleiros e foi ele que a pegou. Assim que estava em segurança, ele foi embora galopando.

No dia seguinte, Hans lhe deu uma armadura branca e um cavalo branco como a neve. Mais uma vez ele pegou a maçã e mais uma vez foi embora imediatamente.

Mas então o rei perdeu a paciência. — Se esse cavaleiro for embora outra vez sem dizer seu nome — anunciou —, todo mundo deve ir atrás dele e, se não voltar por sua livre vontade, podem usar lanças e espadas. Não admito esse tipo de atitude.

No terceiro dia, Hans Ferro lhe deu uma armadura preta com um cavalo preto como a noite e mais uma vez ele pegou a maçã. Dessa vez, porém, os outros cavaleiros o perseguiram e um deles chegou perto o suficiente para feri-lo na perna. Deve ter ferido o cavalo também, porque ele deu um salto tão grande que para controlá-lo o rapaz perdeu o elmo. O elmo caiu no chão e todos viram que ele tinha o cabelo de ouro. Mas foi tudo o que viram, porque ele conseguiu escapar. E os cavaleiros voltaram e contaram para o rei.

No dia seguinte, a princesa perguntou ao jardineiro sobre o rapaz.

— Está podando as roseiras, alteza. É um sujeito estranho. Ele esteve no torneio e tudo. Voltou ontem à noite e mostrou três maçãs de ouro aos meus filhos. Ele disse que ganhou, mas eu não sei.

O rei mandou chamá-lo e ele compareceu perante a corte ainda usando o boné. A princesa foi até ele, tirou seu boné e o cabelo de ouro se espalhou sobre seus ombros. Era tão bonito que todo mundo ficou atônito.

— Rapaz, é você o cavaleiro que compareceu ao torneio cada dia com uma armadura de cor diferente e que pegou as três maçãs?

— Sou eu, majestade — disse o rapaz —, e aqui estão elas. — Tirou do bolso as três maçãs e devolveu ao rei. — Se quiser mais alguma prova — continuou —, pode ver o ferimento que os outros cavaleiros me fizeram quando me perseguiram ontem. Mas sou também o cavaleiro que ajudou na vitória contra o inimigo.

— Se pode fazer essas coisas, não é um ajudante de jardineiro — disse o rei. — Me diga, quem é seu pai?

— É um rei poderoso e tenho todo o ouro de que preciso.

— Hum, entendo. Bom, evidentemente eu lhe devo um agradecimento — disse o rei. — Posso fazer alguma coisa por você?

— Pode, sim — disse o rapaz. — Pode me dar sua filha por esposa.

A princesa riu e disse: — Ele não perde tempo! Mas eu sabia assim que o vi que não era um ajudante de jardineiro.

E foi até ele e o beijou.

O pai e a mãe dele vieram ao casamento e estavam cheios de alegria. Tinham perdido as esperanças de ver de novo o seu querido filho.

No auge da festa de casamento, a música parou de repente. As portas se abriram e um rei orgulhoso entrou com uma grande comitiva. Foi até o rapaz, abraçou-o e disse: — Eu sou Hans Ferro e um encantamento me transformou em selvagem, mas você me libertou. Todos os meus tesouros serão seus.

* * *

Tipo de conto: ATU 502, "O homem selvagem".
Fonte: história contada aos irmãos Grimm pela família Hassenpflug e "Eiserne Hans" (Hans Ferro), um conto do *Hundert neue Mährchen im Gebirge gesammelt* (Cem novas histórias das montanhas, 1844), de Friedmund von Arnim.
Histórias semelhantes: "Príncipe Ivã e princesa Martha", de Alexander Afanasiev (*Russian Fairy Tales*); "Três por um pote", de Katharine M. Briggs (*Folk Tales of Britain*); "O homem peludo", de Andrew Lang (*Crimson Fairy Book*).

Esta história adquiriu grande fama na década de 1990 como resultado do livro de Robert Bly, *João Ferro: um livro sobre homens* (1990), texto central do setor do movimento masculino das prateleiras de Mente, Corpo e Espírito das livrarias. Bly afirma que o homem moderno se feminilizou, que os padrões de vida contemporâneos o exilaram dos padrões autênticos de desenvolvimento psíquico e que precisava de um modelo de masculinidade que envolvesse a iniciação na verdadeira virilidade por aqueles que são homens verdadeiros. Aparentemente, nesta história, o homem selvagem em seu centro constitui esse modelo.

Pode haver aí alguma coisa, sim, mas o meu palpite é que, se essas coisas funcionam, seria muito melhor se você não soubesse que as está fazendo. Nada afasta mais um ouvinte do que uma pesada interpretação de alguma coisa com a qual você acabou de ficar maravilhado. A história é muito boa, independentemente do que signifique.

Quanto ao som dos cascos do velho pangaré nas versões inglesas, podemos escolher entre *higgledy-hop* (*A Guide to Folktales in the English Language*, de D. L. Ashliman), *clippety clop* (*The Penguin Complete Grimms' Tales for Young and Old*, de Ralph Mannheim), *hobblety jig* (*The Complete Grimm's Fairy Tales*, de Margaret Hunt), *hippety-hop* (*Brothers Grimm: the Complete Fairy Tales*, de Jack Zipes) e *hobbledy-clop* (*Brothers Grimm: Selected Tales*, de David Luke). Esta versão de Luke é a vencedora; sem dúvida, roubei dela.

Vale a pena notar que em alemão é *hunkepuus*.*

* E em português ficamos com o clássico *pocotó-pocotó*. (N.T.)

Monte Simeli

Era uma vez dois irmãos, um rico, outro pobre. O primeiro irmão, rico como era, não ajudava o pobre, que mal conseguia ganhar a vida como comerciante de trigo. As coisas não iam nada bem para ele e muitas vezes só tinha um pedaço de pão duro para alimentar sua esposa e filhos.

Um dia, o irmão pobre estava empurrando sua carroça pela floresta quando notou um alto monte rochoso de um lado do caminho. Como nunca o tinha visto antes, parou para olhar, um tanto surpreso e, enquanto estava parado ali, viu uma dúzia de homens rústicos se aproximando. Eles ainda não o tinham visto e, pensando que pudessem ser ladrões, ele jogou sua carroça entre os arbustos e subiu numa árvore longe das vistas.

Os homens foram ao sopé do monte, que não ficava longe, e disseram: "Monte Semsi, monte Semsi, abra!"

Imediatamente, com um ruído surdo de rocha, abriu-se uma caverna no meio da montanha. Os doze homens entraram e, assim que estavam dentro, a caverna se fechou outra vez.

O comerciante de grãos ficou sentado em sua árvore pensando o que fazer em seguida. Mas não demorou muito, ouviu-se outro ruído surdo, a caverna tornou a se abrir e os homens saíram carregando sacos pesados nas costas.

Assim que estavam todos à luz do dia, gritaram: — Monte Semsi, monte Semsi, feche!

A entrada da caverna se fechou de tal forma que nada aparecia, e os doze ladrões seguiram por onde tinham vindo.

Quando estavam completamente fora de alcance, o irmão pobre desceu de sua árvore. Estava curioso para ver o que havia dentro da caverna, então foi ao sopé do monte e falou: — Monte Semsi, monte Semsi, abra!

A montanha se abriu imediatamente e ele entrou. Todo o interior da montanha estava cheio de moedas de ouro e prata, grandes montes de pérolas, rubis, esmeraldas e diamantes, em pilhas maiores que qualquer pilha de trigo que o comerciante jamais vira. Ele ficou ali pensando o que devia fazer, se devia pegar algo do tesouro para ele. Por fim, não resistiu e encheu os bolsos com moedas de ouro. Mas deixou as joias.

Depois de olhar cuidadosamente para fora, saiu na ponta dos pés e gritou: — Monte Semsi, monte Semsi, feche!

A montanha fechou, obediente, e o comerciante voltou para casa com sua carroça vazia.

Durante algum tempo depois, ele foi feliz, porque tinha ouro suficiente para comprar pão para sua família, carne e vinho também. Além disso, podia dar dinheiro aos pobres, e deu; viveu feliz e honestamente e fez o bem. Quando o dinheiro acabou, pegou emprestado de seu irmão um medidor de grãos e voltou ao monte Semsi, onde o encheu com moedas de ouro. Como antes, deixou as joias para trás.

Quando quis buscar uma terceira carga de moedas de ouro, pediu outra vez o medidor emprestado a seu irmão. Seu irmão ficou muito curioso dessa vez; não podia imaginar onde o comerciante de grãos podia ter arrumado dinheiro para mobiliar sua casa tão ricamente e para viver tão bem, de forma que preparou uma armadilha. Cobriu o fundo do medidor com piche. E, quando o irmão o devolveu, havia uma moeda de ouro presa ali.

Foi imediatamente conversar com o irmão.

— O que você queria medir com o medidor? — perguntou.

— Trigo e cevada, como sempre — disse o comerciante de grãos.

Então seu irmão mostrou a moeda de ouro.

— E o que é isto, então? Trigo ou cevada? Vamos lá, conte a verdade! E se não me contar direitinho o que está aprontando, ponho a lei atrás de você!

O comerciante de grãos teve de contar tudo a seu irmão. E assim que ele ouviu falar do tesouro dentro do monte Semsi, o homem rico atrelou seu burro à carroça e foi até lá, com a intenção de pegar mais ouro do que seu irmão havia levado, além de uma grande quantidade daquelas joias.

Quando chegou à montanha, gritou: — Monte Semsi, monte Semsi, abra!

A montanha se abriu e ele entrou. Ficou um longo tempo de boca aberta observando todo aquele tesouro à sua frente; não sabia onde enfiar as mãos primeiro. Por fim, foi às joias e enfiou punhados e mais punhados nos bolsos, com a intenção de levar para a carroça. Mas como seu coração e sua alma estavam tão obcecados com o tesouro, ele esqueceu a coisa mais importante e, quando quis abrir a montanha para sair, gritou: — Monte Simeli, monte Simeli, abra!

E claro que aquele era o nome errado. A montanha não se mexeu nem um centímetro. O irmão rico começou a ficar tão assustado que experimentou um nome atrás do outro: — Monte Simela! Monte Sepica! Monte Spirrabum! Monte Sputnik! Monte Sizmagi!

Claro que nenhum deles funcionou. Quanto mais confuso ficava, mais assustado, e quanto mais assustado, mais confuso.

O tempo passou e ele quebrou todas as unhas arranhando as pedras, tentando encontrar o lugar onde a montanha se abria. Continuou tentando o nome certo: — Monte Speixe! Monte Salcavalo! Monte Serpasta! Monte Sosalsicha! Monte Sedaprás!

Todos os tesouros que tinha nos bolsos de nada lhe valiam: sua contadoria, sua propriedade, suas contas no banco, suas ações e cotas, nada disso podia ajudá-lo.

Então, para seu horror, ouviu uma voz lá fora gritar: — Monte Semsi! Monte Semsi! Abra!

Claro! Era *esse* o nome! Como podia ter esquecido?

Então a montanha se abriu e os doze ladrões estavam olhando para ele.

— Então é você — disse o maior e mais feroz. — Te pegamos afinal. Acha que não percebemos que já esteve aqui duas vezes?

— Não fui eu! Foi meu irmão! Sério! Ele roubou estas joias! Eu vim para devolver! Juro!

Mas por mais que falasse, por mais que implorasse e insistisse, nada adiantou. Naquela manhã, tinha ido à montanha inteiro. Naquela noite, saiu de lá aos pedaços.

* * *

Tipo de conto: ATU 676, "Os quarenta ladrões".
Fonte: história contada aos irmãos Grimm por Ludowine von Haxthausen.
Histórias semelhantes: "A história de Ali Babá e os quarenta ladrões mortos por uma escrava" (*As mil e uma noites*); "Os treze bandidos", de Italo Calvino (*Italian Folktales*).

Muito claramente, é a primeira parte da conhecida história de *As mil e uma noites*. Esta, ao menos, vem da tradução francesa dos contos originais feita por Antoine Galland (1646-1715), o que não é exatamente a mesma coisa porque, na ausência de manuscritos árabes de "Ali Babá" e "Aladim" anteriores à tradução de Galland, estudiosos suspeitam que Galland as tenha inventado ele próprio. A versão italiana de Calvino é semelhante a este conto.

Mas onde está a segunda metade? Sinto falta do corpo do irmão cortado em pedaços sendo costurado, dos ladrões se escondendo nas ânforas de óleo e do fiel escravo a fervê-los até a morte. Ou Ludowine von Haxthausen não conhecia essa parte (e então a fonte de Calvino também não), ou alguém, possivelmente os Grimm, resolveu que era melhor prescindir dela. Mas não é. E não seria difícil germanizar os elementos exóticos do maravilhoso conto de Galland e dar-lhe um acabamento devido.

Heinz Preguiçoso

Heinz era muito preguiçoso. Embora não tivesse nada a fazer além de levar a cabra para pastar todos os dias, ele reclamava à noite quando voltava para casa.

— Sinceramente — dizia —, é um inferno de trabalho levar essa cabra ao pasto dia após dia o ano inteiro. Não é como alguns trabalhos em que você pode fechar os olhos para tirar uma soneca de vez em quando. Não, não. É uma pesada responsabilidade. Tenho de vigiar cada segundo para ela não comer as árvores novas, ou entrar pela cerca viva do jardim de alguém, ou mesmo fugir para sempre. Como posso ter descanso, relaxar e gozar a vida?

Sentou-se e se pôs a pensar. Não era difícil porque seus pensamentos não eram muitos e versavam todos sobre a mesma questão: o peso da vida. Durante um longo tempo ficou sentado olhando o nada, então de repente se levantou e bateu as mãos.

— Já sei o que vou fazer! — exclamou. — Vou casar com a Grande Trina. Ela também tem uma cabra, pode levar a minha junto com a dela e me poupar o trabalho. Brilhante ideia!

Então se ergueu penosamente da cadeira e se arrastou até o outro lado da rua à casa onde moravam os pais da Grande Trina e pediu em casamento a mão de sua filha virtuosa e trabalhadeira. Os pais não tiveram de pensar muito porque há anos se perguntavam como se livrar dela.

"Os iguais se atraem", pensaram e consentiram no casamento.

Então a Grande Trina tornou-se mulher de Heinz e todo dia levava as duas cabras ao pasto. Heinz passava muito bem, sem nada para fazer. De fato, ia com ela algumas vezes, mas só pelo prazer de gozar ainda mais o dia seguinte parado.

— Eu perderia o gosto se fosse diferente — dizia ele. — A variedade é o tempero da vida.

Porém, Grande Trina era tão preguiçosa quanto ele.

— Heinz, querido — ela disse um dia —, andei pensando.

Pensar era um esforço tão grande para ela como para ele, então ele sabia muito bem o que ela havia passado e prestou toda atenção.

— Sobre o quê?

— Sobre as cabras — disse ela. — Elas nos acordam tão cedo todo dia, com seus balidos.

— Você tem toda razão — ele disse.

— Então pensei se a gente não podia pedir ao vizinho para trocar as cabras pela colmeia dele. Dá para pôr naquele canto ensolarado do quintal e esquecer das abelhas. Ninguém precisa levar abelhas para pastar, não é mesmo? Elas voam e encontram as flores e voltam para casa, tudo sozinhas. E recolhendo mel o tempo todo, não temos de fazer nada.

— Você pensou nisso tudo sozinha? — Heinz perguntou.

— Foi — ela respondeu, modesta.

— Bom, acho uma ideia brilhante. Acho mesmo. Vamos fazer isso agora, já. Bom, melhor deixar para amanhã. E vou te dizer mais uma coisa — ele falou, quase entusiasmado —, mel é muito mais gostoso do que leite de cabra.

— E dura mais também — ela acrescentou.

— Ah, Trina, querida! Se vier até aqui, eu te dou um beijo.

— Talvez depois — ela disse.

— É. Tudo bem.

Na manhã seguinte, sugeriram a ideia ao vizinho e ele concordou imediatamente. Pegou as cabras e levou a colmeia para o quintal de Heinz e Trina, colocou no canto ensolarado. E daí em diante, as abelhas fizeram seu trabalho incansavelmente, voando para dentro e para fora da colmeia desde manhã cedinho até o final da tarde, recolhendo néctar e preenchendo a colmeia com mel bom. E, mais tarde nesse ano, Heinz pôde colher uma jarra cheia.

Ele e Trina puseram a jarra numa prateleira acima da cama. Trina estava preocupada que ladrões pudessem entrar e roubar o mel, ou camundongos o encontrassem e fizessem uma sujeira, então encontrou uma boa vara de aveleira e deixou embaixo da cama. Assim podia pegá-la e espantar os camundongos ou os ladrões sem ter de levantar.

Heinz achou que era outra boa ideia. Tinha grande admiração pela capacidade de previsão de sua esposa; pensar nas coisas que ainda não tinham acontecido o deixava cansado e ele nunca levantava antes do meio-dia mesmo. — Levantar cedo é desperdício de cama — dizia.

Uma manhã, estavam os dois deitados, tomando café da manhã, quando ocorreu a ele uma ideia, só para variar.

— Sabe — disse, colocando seu pedaço de torrada em cima da colcha —, você é como a maioria das mulheres, gosta de doces, você gosta. Se continuar usando esse mel, não vai sobrar nada. O que eu pensei foi que a gente devia trocar esse mel por um ganso e um gansinho antes que você coma tudo.

— Um ganso e um gansinho? — Trina perguntou. — Mas ainda não temos filho!

— O que isso tem a ver?

— Ele tem de cuidar do ganso, claro! Eu é que não vou cuidar. Onde vou arrumar tempo para correr atrás de um ganso?

— Ah — disse Heinz. — É. Não tinha pensado nisso. Mas você acha que ele vai fazer o que a gente mandar? As crianças de hoje não fazem. Não têm respeito pelos pais. Isso se vê o tempo todo.

— Vou te mostrar o que faço com ele se não me respeitar — disse Trina e pegou a vara de debaixo da cama. — Pego esta vara e bato nele. Dou-lhe um couro se não respeitar. Assim!

E bateu na cama uma vez e mais uma com golpes tão cheios de energia que voaram penas e migalhas de pão pelo ar. Infelizmente, quando levantou a vara pela última vez, bateu no jarro de mel na prateleira acima da cama. A jarra quebrou em vários pedaços, o mel escorreu pelas paredes e pelo chão.

— Bom, lá se vai o ganso — disse Heinz. — E o gansinho. Acho que cuidar deles ia dar muito trabalho mesmo. Ei, que bom que a jarra não caiu na minha cabeça. Onde foi parar a torrada?

Encontrou a torrada no chão, com o lado da manteiga para baixo, e usou-a para raspar um pouco do mel que escorria pela parede.

— Pronto, querida — disse ele. — Coma este último restinho.

— Obrigada, meu bem — disse ela. — Levei um susto agora.

— Precisamos descansar, isso é o que precisamos. Não tem importância se a gente levantar um pouco mais tarde do que sempre.

— É — disse ela com a boca cheia de torrada —, temos muito tempo. Como a lesma que foi convidada para o casamento, ela saiu bem cedo e chegou a tempo do batizado do primeiro filho do casal. "Pressa com calma", a lesma disse quando caiu da cerca.

* * *

Tipo de conto: AT 1430, "Castelos no ar".
Fonte: uma história do *Proverbiorum copia;* 1601 (*Muitos provérbios*), de Eucharius Eyering.
Histórias semelhantes: "A leiteira e seu balde", de Esopo (*The Complete Fables*); "O sonhador", de Alexander Afanasiev (*Russian Fairy Tales*); "Jack Leitelho", de Katharine M. Briggs (*Folk Tales of Britain*).

Existem muitas variações da velha ideia da sonhadora que especula o que vai fazer com o leite que está levando ao mercado, imagina o lindo vestido que vai comprar, inclina a cabeça para mostrar como ficará elegante e ao fazê-lo derruba o jarro que levava na cabeça e perde todo o leite. Pode ter qualquer cenário e ser narrada de um número infindável de maneiras; mas o que gosto aqui é a ternura recíproca do casal de vagabundos e a profunda satisfação que têm com seu comportamento desleixado.

Hans Forte

Um homem e sua mulher moravam num vale remoto, sozinhos, a não ser por seu filhinho. Um dia, a mulher foi à floresta colher uns ramos de pinheiro para o fogo e levou o pequeno Hans, que tinha apenas dois anos. Era primavera e, como o menininho gostava das cores vivas das flores, a mãe foi indo com ele cada vez mais longe na floresta.

De repente, dois ladrões saíram de uns arbustos, agarraram mãe e filho, e fugiram com eles para a parte mais escura da floresta, onde, ano após ano, não ia nenhum ser humano inocente. A pobre mulher implorou aos ladrões que a libertassem com seu filho, mas era o mesmo que não dissesse nada: eles ficaram surdos a seus soluços e pedidos e a levaram sem piedade por urzes e espinheiros durante duas horas, até chegarem a uma grande rocha com uma porta.

Os ladrões bateram e a porta se abriu. Seguiram por um longo corredor escuro que levava a uma grande caverna, onde havia um fogo aceso. Nas paredes, espadas e sabres pendurados, e outras armas mortais, as lâminas brilhando à luz das chamas. E no meio da caverna, uma mesa preta com quatro outros ladrões jogando dados. O chefe da quadrilha estava sentado à cabeceira e, quando viu a mulher e a criança, levantou-se e falou com ela.

— Pare de chorar — disse. — Não tem do que ter medo, contanto que cuide da casa para nós. Varra o chão, mantenha tudo limpo e arrumado. Vamos tratar você bem.

Terminou de dizer isso, deu pão e carne aos dois e mostrou a cama onde ela e o filho iam dormir.

Passaram alguns anos com os ladrões, e Hans cresceu até ficar grande e forte. Sua mãe lhe contava histórias e o ensinou a ler com a ajuda de um velho livro sobre cavaleiros e cavalaria que encontrou na caverna.

Quando Hans tinha nove anos, com um galho que roubou da lenha dos ladrões, fez um porrete pesado. Escondeu-o atrás da cama, foi até sua mãe e disse: — Mãe, você deve saber e precisa me dizer: quem é meu pai?

A mulher não disse nada. Não contava a ele nada de sua vida antes da caverna, porque ele podia ficar com saudade de casa e ela sabia que os ladrões nunca deixariam que o menino fosse embora. Mas partiu seu coração pensar que Hans nunca veria o pai.

Nessa noite, quando os ladrões voltaram de uma de suas rondas de crimes, Hans pegou seu porrete, foi até o chefe e disse: — Quero saber quem é meu pai. Minha mãe não me conta, então estou perguntando a você e se não me contar arrebento sua cabeça.

O chefe riu e deu tamanho murro em Hans que ele caiu e rolou para debaixo da mesa. Não chorou, não fez um som; apenas pensou: "Deixe o tempo passar e quando eu for maior, ele que se cuide."

Mais um ano veio e passou e Hans pegou seu porrete, tirou a poeira, girou para cá e para lá e pensou: — É, é um porrete bem forte.

Quando os ladrões voltaram, de manhã cedinho, estavam com vontade de beber. Enxugaram tantas jarras de vinho que suas cabeças começaram a pender. Hans estava esperando por isso. Pegou seu porrete, se pôs na frente do chefe e perguntou de novo: — Quem é meu pai?

Como havia feito antes, o chefe deu-lhe um soco na cabeça e mais uma vez Hans caiu. Mas, dessa vez, se pôs de pé imediatamente, segurou firme o porrete e deu no chefe e em todos os ladrões uma surra que os deixou tão tontos e arrasados que não podiam se mexer. Sua mãe estava assistindo de um canto da caverna e ficou surpresa com sua força e sua coragem.

Quando terminou, ele se virou para ela e disse: — Está vendo que falo sério sobre esse assunto? Quero saber quem é meu pai.

— Bom, meu valente Hans — disse a mãe —, vamos procurar por ele.

Enquanto ela procurava entre as chaves do cinto do chefe, Hans encheu um grande saco de farinha com todo ouro, prata e joias que cabiam ali. Pôs o saco nas costas e acompanhou sua mãe para fora da caverna.

Quando saíram do escuro para a luz do dia e viram as árvores, as flores, os pássaros, o sol no céu claro, Hans ficou assombrado, olhando tudo de boca aberta como se tivesse perdido a cabeça. Enquanto isso, sua mãe procurava o caminho de casa e logo partiram. Depois de andar algumas horas, voltaram à sua casinha no vale.

O pai de Hans estava sentado na porta e, quando percebeu que aquela mulher era sua esposa e aquele menino forte seu filho, chorou de alegria, porque tinha dado os dois por mortos havia muito tempo.

Com toda a sua juventude, Hans era uma cabeça mais alto que o pai e muito mais forte que ele. Quando entraram na casa, Hans pôs o saco no banco diante da lareira e imediatamente se ouviram estalos e rangidos; primeiro o banco se quebrou, depois o piso de madeira cedeu e o saco foi cair no porão.

— Nossa, rapaz, o que você fez? — perguntou o pai. — Vai demolir a casa inteira?

— Não precisa se preocupar, pai — disse Hans. — Nesse saco tem ouro e riquezas suficientes para construir outra casa.

Claro que Hans e o pai logo começaram a construir uma boa casa nova. Além disso, compraram parte da terra em torno, algum gado e começaram uma fazenda. Quando Hans conduzia o arado, empurrando a lâmina fundo no chão, os bois quase não precisavam puxar.

Na primavera seguinte, Hans disse: — Pai, quero correr o mundo. Fique com todo o dinheiro e mande o ferreiro fazer para mim um cajado de caminhada que pese cinquenta quilos. Assim que estiver pronto, vou partir.

Quando o cajado ficou pronto, Hans foi embora de casa. Caminhou depressa e logo chegou a um vale profundo, onde ouviu um som estranho e parou para investigar. Era um ruído crepitante, dilacerante, e quando olhou em torno viu um pinheiro que estava torcido como uma corda de cima a baixo. Quem o retorcia era um sujeito imenso que segurava a árvore com ambas as mãos e a torcia com facilidade, como se fosse um feixe de varas.

— Olá! — disse Hans. — O que está fazendo?

— Cortei uns troncos ontem — respondeu o homem grande — e preciso de uma corda para carregar.

"Bom, esse é dos meus", pensou Hans. "Não é um fracote." E disse: — Deixe os seus troncos e venha comigo. Vamos nos divertir!

O homem grande desceu. Era uma cabeça mais alto que Hans. E Hans não era nada baixo.

— Vou te chamar de Torce Pinho — disse Hans. — Prazer em conhecê-lo.

Seguiram seu caminho e de repente ouviram barulho de batidas e marteladas que faziam a própria terra tremer debaixo de seus pés. Ao virar uma esquina, viram a razão disso: um gigante estava parado na frente de um penhasco, arrebentando grandes rochedos com os punhos.

— Bom dia para você, parceiro — disse Hans. — Por que está fazendo isso?

— Bom, não consigo dormir — disse o gigante. — Deito, fecho os olhos e cinco minutos depois os ursos, os lobos e as raposas saem farejando e rondando em volta de mim, não consigo descansar nada. Então vou construir uma casa, para poder ter um pouco de paz e sossego.

— Ah, certo — disse Hans. — Mas eu tenho uma ideia melhor. Esqueça a casa e venha comigo e com Torce Pinho.

— Para onde vocês vão?

— Não sei. Estamos em busca de aventuras.

— Boa ideia — disse o gigante.

— E vou te chamar de Racha Rocha — Hans acrescentou.

O gigante concordou e os três partiram pela floresta, aterrorizando todos os animais onde quer que passassem. À noite, chegaram a um castelo deserto onde se deitaram para dormir.

Na manhã seguinte, Hans se levantou e foi olhar o jardim, que estava descuidado, coberto de mato e espinheiros. Enquanto olhava, um javali saiu correndo dos arbustos e foi direto para cima dele, mas Hans deu um golpe na cabeça dele com seu cajado e o bicho caiu morto na hora. Hans o carregou nos ombros, levou para dentro, onde seus companheiros o puseram num espeto e assaram ao fogo, fazendo uma bela refeição matinal. Concordaram que iam se alternar caçando e cozinhando; dois deles saíam todo dia para caçar e o outro ficava em casa e cozinhava. Calcularam que podiam viver com cinco quilos de carne por dia para cada um.

No primeiro dia, foi a vez de Hans e Racha Rocha saírem para caçar, enquanto Torce Pinho ficava no castelo para cozinhar. Ele estava ocupado fazendo um molho quando um homenzinho todo enrugado entrou na cozinha.

— Dá um pedaço de carne — disse ele.

— Sai fora, velho pidão — disse Torce Pinho. — Você não precisa de carne.

Diante disso, o homenzinho esquelético pulou em cima de Torce Pinho e lhe deu tamanha surra que ele não conseguiu se defender e caiu no chão, tonto. O homenzinho não parava de bater nele, socando e chutando, até esgotar toda a sua raiva. Torce Pinho nunca tinha visto uma coisa assim.

Quando os outros dois voltaram da caçada, Torce Pinho havia se recuperado um pouco e resolveu não contar nada sobre o velhinho. Afinal, ele não saíra da experiência com muita coisa a seu favor. Vamos ver como *eles* se viram com o monstrinho, pensou.

No dia seguinte, foi a vez de Racha Rocha cozinhar. A mesma coisa aconteceu com ele: recusou-se a dar carne ao homenzinho e levou muita pancada em troca. Quando os outros voltaram, Torce Pinho olhou bem na cara de Racha Rocha e viu que ele havia passado pela mesma experiência. Mas os dois ficaram quietos, porque queriam ver como Hans ia se virar.

No dia seguinte, os dois foram caçar e Hans ficou no castelo para cozinhar. Estava parado junto ao fogo retirando a gordura de uma grande panela de caldo, quando o homenzinho entrou e pediu um pedaço de carne.

"É um pobre diabo", Hans pensou. "Vou dar para ele um pouco da minha parte, assim não fica faltando para os outros." Cortou um bom pedaço de carne, que o homenzinho engoliu de uma vez. Assim que o pedaço sumiu, o homenzinho pediu mais e Hans, bondoso como era, cortou mais uma fatia e falou: — É um bom pedaço. Deve bastar para você.

O homenzinho devorou aquilo também e disse: — Mais! Mais!

— Você agora está ficando audacioso — disse Hans. — Já comeu o bastante.

O homenzinho pulou em cima dele, mas dessa vez havia escolhido o homem errado. Sem nenhum esforço, Hans lhe deu um tapa com as costas da mão que o jogou no chão e em seguida um chute no traseiro que jogou o homenzinho escada abaixo até o saguão. Hans foi atrás dele, mas tropeçou e caiu; quando se levantou, o homenzinho havia escapado e estava correndo pela floresta. Hans correu atrás dele o mais depressa que pôde, e o viu se espremer dentro de um buraco de uma grande pedra. Hans marcou bem o lugar e voltou a remover a gordura do caldo.

Quando os outros voltaram ao castelo, ficaram surpresos de encontrar Hans tão bem-humorado. Ele contou aos outros o que havia acontecido e os outros, por sua vez, contaram as suas histórias. Hans deu muita risada.

— Bem feito para vocês que foram tão mesquinhos — disse. — Deviam se envergonhar, dois sujeitos grandes como vocês, apanharem de um macaquinho daqueles. Não tem importância, vamos dar uma lição nele.

Acharam uma cesta e uma corda e foram até a pedra na floresta, onde o homenzinho havia desaparecido. O buraco era muito fundo. Amarraram a corda na cesta e deixaram Hans com seu cajado de cinquenta quilos descer primeiro.

Lá no fundo, Hans encontrou uma porta e, quando a abriu, a primeira coisa que encontrou foram os olhos de uma donzela tão maravilhosa que parecia uma pintura que ganhara vida. Ela estava acorrentada à parede, e sua expressão era de repulsa e desespero porque de pé em cima de uma cadeira ao lado dela estava o homenzinho, com expressão maliciosa alisando seu cabelo e seu rosto com os dedinhos cascudos.

Assim que viu Hans, ele deu um guincho e pulou como um macaco. Hans bateu a porta para ele não escapar, depois tentou pegá-lo, mas o homenzinho saltou pelas paredes, rebatendo para cá e para lá, uivando e resmungando, e Hans não conseguiu nem tocar nele. Era como tentar pegar uma mosca com um lápis. Enfim, Hans conseguiu encurralá-lo, girou o cajado acima da cabeça e desferiu no diabinho um golpe que arrasou com ele.

No momento em que o homenzinho caiu morto, as correntes caíram da donzela e ela estava livre. Hans mal podia acreditar em seus olhos: nunca tinha visto nada nem ninguém tão bonito. Ela era filha de um rei, contou a ele.

— Não me surpreende — disse Hans. — Dá para perceber que é uma princesa. Mas como acabou acorrentada aqui?

— Um nobre selvagem queria casar comigo e não aceitava não como resposta — disse ela. — Acho que ficou louco. Ele me sequestrou e me trancou aqui com essa criatura me guardando. Mas o homenzinho foi ficando cada vez mais exigente. Você viu como ele me tratava. Se não tivesse chegado...

— É, bom, não importa agora — disse Hans. — Ainda temos de tirar você dessa caverna. Tenho aqui um cesto e dois sujeitos para puxar você para cima. Suba aí.

Ele a ajudou a entrar no cesto e deu um puxão na corda. Imediatamente os outros dois começaram a puxá-la para cima e em seguida o cesto baixou vazio.

Mas Hans não tinha certeza de poder confiar em seus companheiros. "Eles não me contaram que tinham levado uma surra do homenzinho", pensou. "Não sei o que podem estar planejando agora." Então, em vez de entrar no cesto, pôs seu cajado de ferro ali dentro e puxou a corda mais uma vez. O cesto subiu, mas não chegou nem à metade da subida e os outros dois o deixaram cair com um estrondo no fundo. Se Hans estivesse sentado nele, teria morrido instantaneamente.

"Bom, eu tinha razão sobre esses dois", ele pensou, "mas o que vou fazer agora?"

Ficou andando de um lado para outro no pequeno espaço no fundo da fenda, mais e mais desesperado. Não conseguia pensar num jeito de escapar. "Será um fim miserável morrer aqui no fundo deste maldito buraco", pensou. "Não nasci para morrer assim."

Então notou que o homenzinho tinha um anel no dedo que brilhava, cintilava. "Será que é mágico?", pensou. "Nunca se sabe."

Então tirou o anel do dedo do morto e pôs no dele. No mesmo instante, começou a ouvir o ar girar, chiar e zunir acima da cabeça. Olhou para cima e viu mil ou mais pequenos espíritos do ar voando. Quando viram que estava olhando para eles, todos fizeram uma reverência, e o maior disse: — Meu senhor, estamos às suas ordens. O que quer que a gente faça?

Hans estava pasmo, mas se controlou e disse: — Podem me tirar deste bendito buraco, é isso que podem fazer.

— Imediatamente, meu senhor!

Cada espírito do ar pegou um fio de cabelo de sua cabeça e começaram a voar para o alto. Parecia que ele estava flutuando sozinho. Depois de apenas dez segundos, já se encontrava parado no chão da floresta, olhando em torno. Não havia sinal de Racha Rocha e Torce Pinho, nem da donzela também.

— Para onde foram esses malandros? — disse Hans.

Os espíritos do ar subiram no céu e um minuto depois baixaram e flutuaram na frente dele como uma nuvem de mosquitinhos.

— Pegaram um navio, meu senhor — disse o espírito-chefe.

— Já? E a donzela está com eles?

— Está, sim, senhor. E amarraram a moça para evitar que ela pule na água.

— Ah, coitadinha! O que ela está passando! Bom, logo vou cuidar desses bandidos. Para que lado fica o mar?

— Por ali, meu senhor.

Hans partiu, correndo o mais depressa que podia e não demorou muito para chegar ao mar. Pisando na ponta dos pés e protegendo os olhos contra o sol que se punha, Hans conseguiu ver na penumbra a forma de um pequeno navio.

— São eles?

— Sim, senhor.

— Grrr! Vou mostrar para eles como é que se trai um amigo.

E cheio de indignação, Hans pulou na água pensando em nadar e alcançar o navio. E podia ter conseguido, mas seu cajado de cinquenta quilos impediu. De fato, arrastou-o para o fundo do mar, causando grande agitação entre os polvos e estrelas-do-mar.

— *Bublubublidibublub!* — Hans gritou, mas nada aconteceu, até que lembrou do anel. Esfregou-o com a outra mão e uma chuva de bolhas apareceu na frente dele quando os espíritos do ar atenderam seu chamado. Eles o ergueram para a superfície e o levaram sobre a água tão depressa que espirrava lençóis de borrifos à esquerda e à direita.

Segundos depois, ele estava no convés do navio e Racha Rocha e Torce Pinho faziam de tudo para fugir. Torce Pinho subiu até o alto do mastro, como um esquilo, e Racha Rocha tentou se esconder no meio da carga abaixo do convés; mas Hans o encontrou e bateu nele com o cajado até ficar inconsciente, depois sacudiu o mastro até Torce Pinho cair e aterrissar numa quina da casa do leme. Hans jogou os dois na água e foi o fim deles.

Depois, libertou a linda donzela.

— Para que lado fica o reino de seu pai? — ele perguntou.

— Para sudeste — ela disse, e Hans pediu aos espíritos do ar que soprassem as velas. Com o belo vento que eles providenciaram, o navio logo chegou ao porto, onde Hans devolveu a princesa a seu pai e sua mãe.

Ela contou sobre a valentia de Hans e naturalmente não havia nada a fazer senão se casarem. O rei e a rainha ficaram encantados com seu genro e todos viveram felizes para sempre.

* * *

Tipo de conto: ATU 301, "As três princesas roubadas".
Fonte: história contada aos irmãos Grimm por Wilhelm Wackernagel.
Histórias semelhantes: "O homenzinho ruivo e peludo", "Tom e o gigante bobo", "Tom Hickathrift", de Katharine M. Briggs (*Folk Tales of Britain*); "A bola dourada", de Italo Calvino (*Italian Folktales*); "O gnomo", de Jacob e Wilhelm Grimm (*Children's and Household Tales*).

Esta história é uma colcha de retalhos, não muito bem combinados. Os ladrões em sua caverna só existem para que se escape deles; Torce Pinho e Racha Rocha, os dotados companheiros, não têm nenhuma oportunidade de usar seus dons; e quanto ao nobre selvagem que raptou a princesa, ele só aparece na história como agente que põe a princesa na caverna, e não se fala mais dele. Será que esqueceu dela? Foi morto em algum outro negócio selvagem? Ele não podia reaparecer, assim Hans venceria uma luta tremenda e seria ainda mais heroico?

Por outro lado, por que o homenzinho mau não é, na história, o sequestrador da princesa em vez de apenas seu guarda? Teria sido uma forma simples de esclarecer o assunto.

E então há o anel que invoca os espíritos do ar. Encontrar uma coisa assim numa caverna da qual não há meios de escapar lembra muito fortemente "Aladim". E por que o homenzinho mau não usa o anel para derrotar Hans?

E assim por diante. Quando se começa a "melhorar" o conto desse jeito, ele pode facilmente se desmanchar em nossas mãos.

A lua

Muito tempo atrás, havia um país onde a noite era sempre escura. Depois do pôr do sol, o céu cobria o mundo como um manto negro, porque a lua nunca surgia e nenhuma estrela brilhava na escuridão. Muito tempo antes, quando o mundo foi criado, tudo brilhava delicadamente e havia luz suficiente para se ver, mas depois tudo se apagou.

Um dia, quatro rapazes desse país partiram numa viagem e chegaram a um reino bem no momento em que o sol estava se pondo atrás das montanhas. Quando o sol desapareceu completamente, ficaram assombrados, porque uma bola brilhante apareceu no alto de um carvalho, lançando uma luz suave por toda parte. Não era tão brilhante como o sol, mas dava luz suficiente para se enxergar e distinguir uma coisa da outra. Os quatro viajantes nunca tinham visto nada igual, então pararam um fazendeiro que estava passando com sua carroça para perguntar o que era aquilo.

— Ah, é a lua, é, sim — disse ele. — Foi nosso prefeito que comprou. Pagou três táleres por ela. Tem de encher de óleo todo dia e deixar bem limpinha para ela brilhar bonito assim, e pagamos um táler por semana para fazer esse serviço.

Quando o fazendeiro foi embora, um dos rapazes disse: — Sabe de uma coisa, essa tal de lua ia ficar muito boa em nossa terra. Meu pai tem um carvalho do tamanho desse aí no jardim da casa dele. Aposto que dá para pendurar lá. Não seria bom não ter mais de andar no escuro?

— Boa ideia — disse o segundo. — Vamos arrumar uma carroça, um cavalo e levar a lua embora. Eles podem encontrar outra.

— Eu sou bom para trepar em árvore — disse o terceiro. — Subo ali e pego a lua.

O quarto foi buscar uma carroça e os cavalos, o terceiro trepou na árvore, fez um buraco na lua, passou uma corda por ele e puxou para baixo. Quando estavam com a bola brilhante bem presa na carroça, a cobriram com uma lona para que ninguém visse o que tinham feito e partiram para casa.

De volta a sua terra, amarraram a lua num carvalho bem alto. Todo mundo ficou assombrado quando a nova lâmpada lançou sua luz por todos os campos e brilhou através de todas as janelas. Até os anões saíram de suas cavernas nas montanhas para dar uma olhada, e os pequenos elfos com seus paletós vermelhos saíram dos campos e dançaram ao luar.

Os quatro amigos cuidavam da lua. Eles a mantinham sempre limpa, aparavam o pavio e não deixavam faltar óleo para queimar. Recebiam um táler por semana, recolhido entre a população.

E assim foi até eles envelhecerem. Um dia, um deles sentiu a morte chegando, então mandou chamar um advogado e mudou seu testamento, dizendo que como um quarto da lua era dele, devia ser enterrado com ele. Então, quando morreu, o prefeito da cidade cumpriu o testamento, subiu na árvore, cortou um quarto da lua com sua tesoura de poda e colocou dentro do caixão do morto. A luz do resto da lua ficou um pouco mais fraca, mas as pessoas ainda enxergavam por onde iam.

Quando o segundo morreu, outro quarto da lua foi enterrado com ele e a luz ficou ainda mais fraca. A mesma coisa aconteceu com o terceiro e, quando o quarto morreu, não havia mais luz nenhuma e as pessoas tinham de sair com uma lanterna, batendo nas coisas como no tempo antigo.

Quando as quatro partes da lua se juntaram no mundo inferior, onde era sempre escuro, os mortos sentiram-se inquietos e acordaram de seu sono. Ficaram impressionados de poder ver de novo; o luar era bem forte para eles porque seus olhos estavam fechados havia tanto tempo que o sol teria sido claro demais. Sua alegria não tinha fim, saíram de suas tumbas e começaram a se divertir. Jogavam cartas, dançavam, iam a tavernas, se embebedavam, discutiam e brigavam, erguiam suas bengalas e se batiam, e a briga entre eles foi se tornando mais e mais barulhenta até que chegou lá em cima, no céu.

São Pedro, que guarda os portões lá no alto, pensou que tinha começado uma revolução e convocou uma legião celestial para afastar o Diabo e sua turma infernal. Porém, quando os diabos não apareceram, ele montou seu cavalo sagrado e foi ao mundo inferior para ver o que estava acontecendo.

— Todos deitados, seus brutos! — ele vociferou. — De volta para seus túmulos, todos vocês! Estão mortos, não se esqueçam!

Então, viu qual era o problema: a lua havia se remontado e ninguém conseguia dormir. Então ele a soltou, levou-a para o céu e pendurou numa altura que ninguém conseguia alcançar. Desde então, ela brilha sobre todos os países, não importa onde sejam, e São Pedro a vai apagando pedaço a pedaço até não sobrar quase nada, depois devolve de novo ao longo de um mês, para ninguém esquecer quem é que manda.

Mas não leva para o mundo inferior os pedaços que tira. Tem um armário especial para guardá-los. Entre os mortos, continua escuro como sempre foi.

* * *

Tipo de conto: não classificado.
Fonte: história de *Märchen für die Jugend* (*Tales for the Young*; 1854), de Heinrich Pröhle.

Wilhelm Grimm incluiu esta história na sétima e última edição de *Die Kinder- und Hausmärchen*, de 1857, e é de tipo um pouco diferente da maioria dos outros contos, constituindo uma espécie de mito da criação que logo se transforma em um conto de ridículo. Tem um brilho irresistível, embora termine um tanto abruptamente, com São Pedro pendurando a lua no céu. Achei que isso merecia certa elaboração.

A menina dos gansos na fonte

Era uma vez uma mulher muito velha que vivia com seu bando de gansos num lugar solitário entre as montanhas, onde sua casinha era cercada por uma densa floresta. Toda manhã ela pegava sua muleta e ia mancando até a floresta, onde se ocupava colhendo mato para seus gansos e as frutinhas silvestres que conseguia alcançar. Punha tudo nas costas e levava para casa. Se encontrava alguém no caminho, sempre cumprimentava, simpática: — Bom dia, vizinho! Lindo dia! É grama, sim, o que eu levo aqui, o quanto posso carregar. Nós todos temos de levar nosso fardo.

Mas por alguma razão as pessoas não gostavam de se encontrar com ela. Quando a viam vindo, pegavam outro caminho e, se um pai com seu filhinho cruzava com ela, o pai sussurrava: — Cuidado com essa velha. Ela é cheia dos truques. Não me admira nada se for uma bruxa.

Uma manhã, um rapaz muito bonito estava dando um passeio pela floresta. O sol brilhava, os pássaros cantavam, uma brisa fresca agitava as folhas e ele estava alegre e feliz. Não tinha visto ninguém naquela manhã, mas de repente encontrou a velha bruxa ajoelhada no chão, cortando mato com uma foice. Tinha já um grande fardo de mato bem cortado e dois cestos cheios de maçãs e peras selvagens.

— Nossa! — disse ele. — A senhora não vai carregar tudo isso, vai?

— Ah, vou, sim, senhor — disse ela. — Gente rica não precisa fazer essas coisas, mas nós pobres temos um ditado: "Não olhe para trás, tudo o que vai ver é como está curvado." Será que o senhor poderia me ajudar? Tem as costas bem retas e pernas bem fortes. Tenho certeza de que consegue com toda facilidade. Não é muito longe a minha casinha, não dá para ver, mas é daquele lado.

O rapaz sentiu pena dela e disse: — Bom, eu sou uma dessas pessoas ricas, devo confessar, meu pai é um nobre, mas fico feliz de mostrar que não são só vocês, camponeses, que são capazes de carregar coisas. Levo, sim, o seu fardo até sua casa.

— Muita bondade sua, meu senhor — disse ela. — Deve levar uma hora de caminhada, mas tenho certeza de que o senhor não se importa. Pode carregar as maçãs e peras para mim também.

O rapaz começou a pensar melhor quando ela falou de uma hora de caminhada, mas ela aceitou sua oferta tão depressa que não podia mais recuar. A velha enrolou o mato cortado num pano, amarrou nas costas dele e pôs os cestos em suas mãos.

— Está vendo — disse —, não é muito, na verdade.

— Mas é bem pesado — disse o rapaz. — Este mato... é grama, não é? Pesa como tijolos! E as peras podiam ser blocos de pedra. Mal consigo respirar!

Ele gostaria de deixar tudo no chão, mas não queria que a velha caçoasse dele. Ela já o provocava cruelmente.

— Vejam só o belo rapaz nobre — disse ela — reclamando tanto de uma coisa que uma pobre velha tem de carregar todos os dias! Você fala bem, não é? "Camponeses não são os únicos capazes de carregar coisas!" Mas, quando chega a hora, desiste na primeira dificuldade. Vamos lá! Por que está parado aí? Em frente! Ninguém vai fazer isso por você.

Enquanto o chão estava plano, ele até que conseguia levar o peso, mas assim que o caminho virou uma subida, seus pés rolavam nas pedras, que escorregavam como se estivessem vivas e ele mal conseguia se mexer. Surgiram gotas de suor em seu rosto, que escorreram quentes e frias por suas costas.

— Não consigo continuar — disse, ofegante. — Tenho de parar e descansar.

— Ah, não, não vai parar, não! — disse a velha. — Pode parar e descansar quando a gente chegar, mas até lá tem de continuar caminhando. Nunca se sabe. Pode ser que te traga sorte.

— Ah, isso é demais — disse o conde. — É um abuso!

Tentou se livrar da trouxa, mas não conseguiu. Estava pregada em suas costas como se tivesse crescido ali. Torceu e retorceu o corpo para cá e para lá, e a velha ria dele e saltava para cima e para baixo com sua muleta.

— Não adianta ficar bravo, meu jovem senhor — disse ela. — Está com a cara mais vermelha que um peru. Leve sua carga pacientemente e quando chegar em casa, posso te dar uma gorjeta.

O que ele podia fazer? Teve de ir cambaleando atrás da velha como conseguia. O estranho era que quanto mais pesada parecia ficar a carga, mais a velha parecia ficar ágil.

Então, de repente, ela deu um pulo e pousou em cima da trouxa nas costas dele, e lá ficou. Era magra como um caniço, mas pesava mais que a mais robusta camponesa. As pernas do rapaz fraquejavam, todos os seus músculos tremiam com o esforço e queimavam de dor. E sempre que tentava parar um momento, a velha o chicoteava com um feixe de urtigas. Ele gemia, soluçava, batalhava, e quando tinha certeza de que ia desmaiar, viraram numa curva do caminho e lá estava a casa da velha.

Quando os gansos a viram, esticaram os bicos e as asas e correram para ela, grasnando. Atrás deles, veio outra velha, com uma vara. Essa não era tão velha como a primeira, mas era grande e forte, com um rosto pesado e sem graça.

— Onde estava, mãe? — ela perguntou. — Demorou tanto que achei que tinha acontecido alguma coisa com a senhora.

— Ah, não, minha linda — disse a velha. — Encontrei este cavalheiro que se ofereceu para carregar minha trouxa para mim. E olhe, ele até se ofereceu para me levar nas costas quando fiquei cansada. A conversa foi tão agradável que nem sentimos o tempo passar.

Por fim, a velha desceu das costas do jovem conde e pegou a trouxa e as cestas.

— Pronto, meu senhor — disse ela —, agora sente e descanse. Merece uma pequena recompensa. Quanto a você, meu tesouro precioso — disse à outra mulher —, melhor entrar em casa. Não seria adequado ficar sozinha com um rapaz assim tão sensual. Sei como são os rapazes. Ele pode se apaixonar por você.

O conde não sabia se ria ou chorava. Mesmo que fosse trinta anos mais nova, pensou, aquele tesouro nunca acenderia seu coração.

A velha se ocupou com os gansos como se fossem seus filhos, antes de entrar atrás da filha. O rapaz deitou-se num banco debaixo de uma macieira. Era uma linda manhã; o sol brilhava, quente, o ar estava agradável e a toda volta se estendia um campo verde coberto de prímulas, tomilho silvestre e mil outras flores. Um riacho transparente tremulava ao sol correndo pelo meio do campo, e os gansos brancos nadavam para lá e para cá.

"Que lugar adorável", o rapaz pensou. "Mas estou tão cansado que nem consigo ficar de olhos abertos. Acho que vou dormir um pouco. Espero que o vento não leve embora minhas pernas; estão mais fracas que gravetos."

Só acordou com a velha sacudindo seu braço.

— Hora de acordar — disse ela. — Não pode ficar aqui. Admito que não foi fácil para o senhor, mas ainda está vivo e aqui está sua recompensa. Eu disse que ia te dar alguma coisa, não disse? O senhor não precisa nem de dinheiro, nem de terras, então leve isto aqui. Cuide bem e trará sorte ao senhor.

O que ela deu a ele foi uma caixinha feita com uma única esmeralda. O conde se levantou de um salto, refeito com o sono, e agradeceu o presente. Então seguiu seu caminho sem olhar para trás para ver o "tesouro precioso". Durante um longo tempo, ainda conseguia ouvir pela estrada o alegre ruído dos gansos.

Ficou vagando na floresta pelo menos três dias antes de encontrar a saída. Acabou chegando a uma grande cidade, onde o costume era que todo estranho comparecesse perante o rei e a rainha; então foi levado ao palácio, onde o rei e a rainha estavam sentados em seus tronos.

O jovem conde se ajoelhou educadamente, e como não tinha nada para oferecer, tirou do bolso a caixa de esmeralda, abriu e pôs diante da rainha. Ela mandou que levasse a caixa mais perto para ver o que havia dentro, mas assim que viu o que havia ali, caiu num desfalecimento mortal. Os guarda-costas pegaram o rapaz e estavam a ponto de arrastá-lo para a prisão quando a rainha abriu os olhos.

— Soltem esse moço! — ela exclamou. — Saiam todos da sala do trono. Quero falar com esse rapaz em particular.

Quando estavam sozinhos, a rainha começou a chorar amargamente.

— De que adianta todo o esplendor deste palácio? — disse. — Toda manhã, quando levanto, a tristeza toma conta de mim como uma maré. Tive três filhas e a terceira era tão linda que todo mundo a considerava um milagre. Era branca como a neve e rosada como a flor de maçã, o cabelo brilhava como os raios de sol. Quando chorava, não eram lágrimas que corriam por seu rosto, mas pérolas e pedras preciosas.

"Quando completou quinze anos, o rei chamou as três filhas ao trono. Nem imagina como todo mundo piscou os olhos quando a terceira filha entrou: era como se o sol tivesse nascido.

"O rei disse: 'Minhas filhas, como não sei quando chegará o meu último dia, vou decidir hoje mesmo o que cada uma de vocês receberá depois de minha morte. Vocês todas me amam, mas a que me amar mais terá a maior parte de meu reino.'

"Cada uma das meninas disse que o amava, mas ele queria mais que isso.

"'Me diga exatamente o quanto me ama', ele falou. 'Então saberei o que quer dizer.'

"A filha mais velha disse: 'Amo o senhor como se fosse o açúcar mais doce.' A segunda falou: 'Amo o senhor como amo meu vestido mais bonito.'

"Mas a terceira filha não disse uma palavra. Então, o pai perguntou: 'E você, querida, o quanto me ama?'

“E ela respondeu: ‘Não sei. Não comparo meu amor a nada.’

“Mas ele continuou e continuou exigindo uma resposta até que ela encontrou alguma coisa com que comparar o seu amor e disse: ‘Por melhor que seja a comida, não terá gosto de nada sem sal. Então amo meu pai como amo o sal.’

“Quando o rei ouviu isso, ficou furioso e disse: ‘Se é assim que me ama, é assim que seu amor será recompensado.’

“Então, dividiu o reino entre as duas filhas mais velhas e mandou que amarrassem um saco de sal nas costas da mais nova, que dois criados deviam levar para o coração da floresta. Nós todos imploramos misericórdia, mas ele não mudou de ideia. Ah, como ela chorou quando foi forçada a ir embora! O caminho ficou coberto de pérolas. Não muito depois, o rei se arrependeu do que tinha feito e mandou procurar na floresta de um lado a outro, mas ela nunca foi encontrada.

“Quando penso que pode ter sido devorada por animais selvagens, mal consigo suportar a dor. Às vezes, me consolo pensando que ela deve ter encontrado abrigo em uma caverna, ou que encontrou gente boa para cuidar dela, mas...

“Então pode imaginar o choque que tive ao abrir a caixa de esmeralda e encontrar uma pérola exatamente igual às que minha filha chorava. Pode imaginar como meu coração estremeceu. E agora tem de me dizer: onde arrumou isto? Como está em sua posse?”

O jovem conde contou como havia lhe sido dada por uma velha na floresta, que ele acreditava ser uma bruxa, porque tudo nela o deixava inquieto. Porém, disse, era a primeira vez que ouvia falar da filha da rainha. O rei e a rainha resolveram partir imediatamente para encontrar a velha, na esperança de que ela pudesse lhes dar notícias de sua filha.

Nessa noite, a velha estava sentada em sua casinha, fiando com sua roca. Caía a noite e a única luz vinha de um tronco de pinho queimando na lareira. De repente, ouviram-se altos gritos do lado de fora, com os gansos voltando da pastagem, e um momento depois a filha entrou na casa, mas a velha só balançou a cabeça e não disse uma palavra.

A filha sentou ao lado dela, pegou a sua roca e torceu o fio com a mesma habilidade de qualquer moça nova. As duas ficaram sentadas lado a lado durante duas horas, sem trocar uma palavra.

Enfim, ouviu-se um farfalhar na janela, e as duas olharam e viram dois olhos vermelhos acesos na direção delas. Era uma velha coruja que cantou "*Tu-whuu, tu-whuu*", três vezes.

A velha disse: — Bom, minha filhinha, está na hora de você sair e fazer seu trabalho.

A filha se levantou. Aonde foi? Atravessou o regato e desceu para o vale, até chegar a três velhos carvalhos junto a uma fonte. A lua estava cheia e tinha acabado de surgir de trás da montanha. Estava tão claro que dava para encontrar um alfinete no chão.

A filha desprendeu a pele no pescoço, tirou o rosto por cima da cabeça antes de se ajoelhar junto à fonte para se lavar. Feito isso, mergulhou na água a pele do rosto falso, torceu e pôs para secar e clarear na grama. Mas que mudança ocorrera com ela! Não dava para acreditar! Depois que o rosto sem graça e a peruca grisalha saíram, seu cabelo se espalhou como sol líquido pelos ombros. Os olhos cintilavam como estrelas, suas faces eram rosadas como a flor de maçã mais recente.

Mas essa moça, tão linda, era triste. Sentou-se junto à fonte e chorou amargamente. Lágrima após lágrima rolava por seu cabelo comprido e caía na grama. Lá ficou ela, e teria ficado por um longo tempo se não ouvisse um farfalhar entre os ramos de uma árvore próxima. Como uma corça assustada com o som do rifle do caçador, ela deu um salto. Ao mesmo tempo, uma nuvem escura passou sobre a face da lua e na repentina escuridão a donzela vestiu sua velha pele e desapareceu como a chama de uma vela soprada pelo vento.

Tremendo como uma folha, ela correu para a casinha, onde a velha estava parada na porta.

— Ah, mãe, eu...

— Silêncio, filha — disse a velha, suavemente —, eu sei, eu sei.

Levou a moça para a sala e pôs mais uma acha de lenha na lareira. Mas não voltou à roca de fiar; pegou uma vassoura e começou a varrer o chão.

— Temos de deixar tudo limpo e arrumado — disse.

— Mas, mãe, por que está fazendo isso? É tarde! O que está acontecendo?

— Não sabe que horas são?

— Não passa da meia-noite — disse a moça —, mas deve passar das onze.

— E você não se lembra que no dia de hoje, três anos atrás, você veio para mim? O prazo acabou, querida. Não podemos mais ficar juntas.

A moça ficou assustada. — Ah, mãe — disse —, você não vai me mandar embora, vai? Para onde eu vou? Não tenho amigos, não tenho casa. Fiz sempre tudo o que me pediu, a senhora sempre ficou satisfeita com meu trabalho... Por favor, não me mande embora!

Mas a velha não respondia. — Meu próprio tempo aqui se encerrou — disse ela. — Mas, antes de ir embora, a casa tem de estar impecável. Então, não me atrapalhe e também não se preocupe muito. Vai encontrar um teto para se abrigar e vai ficar bem satisfeita com as quantias que vou te dar.

— Mas, por favor, me diga o que está acontecendo.

— Já disse uma vez e vou dizer de novo: não interrompa meu trabalho. Vá para seu quarto, tire a pele de seu rosto e ponha o vestido de seda que estava usando quando chegou aqui. Depois, espere até eu chamar.

Enquanto isso, o rei e a rainha continuavam sua busca pela velha que havia dado ao jovem conde a caixa de esmeralda. Ele tinha ido com os dois, mas se separara deles no coração da floresta, precisava seguir sozinho. Pensou que tinha encontrado o caminho certo, mas quando a luz do dia se apagou, achou melhor não seguir em frente pelo risco de se perder de verdade. Então subiu numa árvore, pensando em passar a noite ali em segurança entre os galhos.

Mas, quando a lua surgiu, ele viu alguma coisa se movimentando no campo e ao luar reconheceu a moça dos gansos que tinha visto na casa da velha. Ela estava saindo do meio das árvores e ele pensou: "Aha! Se eu pegar uma das bruxas, logo vou ter a outra na mão."

Mas ela parou na fonte e removeu a pele; o conde quase caiu da árvore de surpresa. Quando seu cabelo dourado se espalhou sobre seus ombros e ele a viu claramente à luz da lua, percebeu que era mais bonita que qualquer pessoa que tinha visto na vida. Mal ousava respirar. Mas não conseguiu resistir e inclinou-se para ver mais de perto. E ao fazê-lo, apoiou-se demais num ramo seco, que estalou e assustou a moça. Ela se levantou depressa, vestiu a outra pele e então uma nuvem passou diante da lua. Na repentina escuridão, ela desapareceu.

O conde desceu da árvore imediatamente e correu atrás dela. Não tinha ido muito longe pelo campo quando viu dois vultos chegando à casa. Eram o rei e a rainha, que tinham avistado a luz da lareira acesa pela janela. Quando o conde os alcançou e contou o milagre que havia visto na fonte, eles tiveram certeza de que a moça era sua filha.

Cheios de alegria e de esperança, correram até chegar à casinha. Os gansos estavam dormindo, com as cabeças debaixo das asas, e nenhum deles se moveu. Os três olharam pela janela e viram a velha sentada tranquilamente fiando e balançando a cabeça ao girar a roda. Tudo na sala estava limpo como se os duendes da neblina morassem ali, os duendes que levam a poeira embora com os pés; mas nem sinal da princesa.

Durante um minuto ou dois, o rei e a rainha só olharam, mas depois criaram coragem e bateram na janela.

A velha parecia estar à espera deles. Levantou-se e disse com grande simpatia: — Entrem. Eu sei quem são vocês.

Quando estavam todos dentro da casa, a velha disse: — Podiam ter se poupado essa tristeza e essa viagem se não tivessem expulsado sua filha tão injustamente três anos atrás.

Mas ela nada sofreu de grave. Cuidou dos gansos durante três anos, e muito bem, por sinal. Não aprendeu nada de mau e manteve puro o seu coração. Mas acho que já foram castigados o suficiente pela infelicidade que sofreram.

Ela então foi até a porta e disse: — Venha, minha filhinha.

A porta se abriu e a princesa entrou na sala, usando o vestido de seda, com o cabelo dourado brilhando e os olhos cintilando. Foi como se um anjo tivesse baixado do céu.

A princesa foi correndo para sua mãe e seu pai, abraçou e beijou os dois. Eles choravam de alegria, não conseguiam evitar. O jovem conde estava ali ao lado, e quando ela o viu, seu rosto ficou vermelho como uma rosa, e ela não sabia por quê.

O rei disse: — Minha filha querida, o meu reino eu já dei. O que posso te dar?

— Ela não precisa de nada — disse a velha. — Darei a ela as lágrimas que derramou por causa de vocês. Cada uma é uma pérola mais preciosa que qualquer pérola encontrada no mar e valem mais que o seu reino inteiro. E como recompensa por ter cuidado dos gansos, darei a ela a minha casa.

Quando a velha acabou de dizer isso, desapareceu. As paredes da casa rangeram e tremeram, e quando o rei, a rainha, a princesa e o conde olharam em torno, viram que havia se transformado em um lindo palácio. Havia uma mesa posta digna de um imperador e criados correndo para todo lado, fazendo o que pedissem.

A história não termina aí. O problema é que minha avó, que me contou essa história, está perdendo a memória e esqueceu o resto.

Mas acho que a bela princesa se casou com o conde, que ficaram juntos e viveram felizes. Quanto aos gansos brancos como a neve, alguns dizem que na verdade eram meninas que a velha havia pegado para cuidar, e é provável que tenham retomado a forma humana e ficado no castelo para servir à jovem rainha. Não seria surpresa.

Quanto à velha, ela não pode ter sido uma bruxa, como as pessoas achavam, mas sim uma mulher sábia e bem-

-intencionada. Por que ela tratou o jovem conde daquele jeito quando se encontraram? Bem, quem pode saber? Ela pode ter enxergado a personalidade dele e descoberto ali duas ou três sementes de arrogância. Se assim foi, soube lidar com isso.

Finalmente, é quase certo que ela tenha estado presente no nascimento da princesa e tenha lhe dado o dom de chorar pérolas, em vez de lágrimas. Isso não acontece muito mais hoje em dia. Se acontecesse, os pobres logo ficariam ricos.

* * *

Tipo de conto: ATU 923, "Amor como sal".
Fonte: "D'Ganshiadarin", uma história em dialeto austríaco de Andreas Schumacher (1833).
Histórias semelhantes: "Touca de babados", "Açúcar e sal", de Katharine M. Briggs (*Folk Tales of Britain*); "Amado como sal", "A pele da velha", de Italo Calvino (*Italian Folktales*); *Rei Lear*, de William Shakespeare.

Este é um dos mais sofisticados de todos os contos. No coração dele está a velha história da princesa que diz amar o pai como sal e é castigada por sua sinceridade. Há muitas variações desse conto, inclusive *Rei Lear*.

Mas veja o que esta narrativa muito literária faz. Em vez de começar com a princesa boa e infeliz, ela a esconde até bem avançada a história e começa com outra figura completamente diferente, a bruxa ou mulher sábia; e não com um único acontecimento também, mas com um esboço do que ela fazia em geral, o que seu modo de vida habitual a levou a fazer e a reação que despertava nos outros. Mas ela é bruxa ou não? Contos de fadas geralmente nos revelam isso diretamente; este, em vez disso, nos mostra o que outras pessoas pensavam dela e permite que a questão continue equívoca, indeterminada. A alma da história aqui já está flertando com o modernismo, no qual não existe nenhuma voz com autoridade absoluta e não temos nenhuma visão a não ser uma que passa através de um par específico de olhos (o pai e seu filhinho);

mas todos os pontos de vista humanos são parciais. O pai pode estar certo, pode não estar.

Então encontramos o conde, e os acontecimentos da história começam a se desenrolar. A velha trata o rapaz com o que parece altivez e aspereza sem sentido; ele encontra outra mulher mais nova que a primeira, porém feia, sem graça; a velha dá a ele de presente uma caixa que contém alguma coisa que faz a rainha desmaiar quando a abre na próxima cidade que ele visita. O contador de histórias nos deu um conto cheio de mistério e suspense, e mesmo assim ainda não chegamos ao cerne dele.

Mas então, nas palavras da rainha (a alma da história outra vez, se certificando de que só podemos saber algo que alguém da história saiba), chegamos ao cerne do conto, a história da menina que falou a verdade sobre amar o pai tanto quanto o sal. Ela chorava lágrimas que eram pérolas, diz a rainha, e na caixa está uma dessas pérolas. *Agora* vemos a relação que o contador de histórias estabeleceu entre esses acontecimentos misteriosos e daqui em diante o conto se desenvolve rapidamente até o clímax. A moça dos gansos tira a pele ao luar (e mais uma vez só vemos isso porque o conde está observando) e revela sua beleza oculta; a velha a trata com grande ternura, diz para vestir o vestido de seda; os participantes chegam juntos e a verdade é revelada.

E então vem mais um lembrete da parcialidade do conhecimento: o narrador diz que a história não termina ali, mas que a velha que originalmente a contou está perdendo a memória e esqueceu o resto. Mesmo assim, *pode ser* que... e assim por diante. Este conto maravilhoso mostra como se pode construir uma estrutura complexa com a base mais simples e mesmo assim continuar imediatamente compreensível.

A ninfa do tanque do moinho

Era uma vez um moleiro e sua mulher, que viviam felizes, com dinheiro suficiente e um pedaço de terra, ficando confortavelmente mais ricos a cada ano. Mas a infelicidade vem até mesmo para pessoas como eles, e tiveram um azar atrás do outro, de forma que sua fortuna foi ficando menor e menor até terem apenas o moinho em que moravam. O moleiro estava muito aborrecido; não conseguia dormir e a noite inteira se virava e revirava na cama enquanto suas ansiedades cresciam e cresciam.

Uma manhã, depois de uma noite de incessante preocupação, ele se levantou muito cedo e saiu, esperando que o ar fosse aliviar um pouco seu coração. Quando estava atravessando a represa do moinho, os primeiros raios de sol tocaram seus olhos e nesse momento ele ouviu uma agitação na água.

Virou-se para olhar e viu uma linda mulher emergindo do tanque do moinho. Suas mãos delicadas seguravam o cabelo longe dos ombros, mas era tão comprido que descia por seu corpo como seda. Ele logo entendeu que ela era a ninfa do tanque. Ficou tão assustado que não sabia se fugia ou se ficava parado, mas então ela falou, e com voz suave o chamou por seu nome e perguntou por que estava tão triste.

Primeiro, o moleiro não conseguia falar, mas quando ouviu a voz dela tão doce criou coragem e contou que havia sido rico um dia, mas que a fortuna fora diminuindo pouco a pouco e agora estava tão pobre que não sabia o que fazer.

— Não se preocupe — disse a ninfa. — Vou tornar você mais feliz e mais rico do que jamais foi. Só tem de prometer me dar o que acaba de nascer em sua casa.

Só podia ser um cachorrinho ou um gatinho, pensou o moleiro, e prometeu fazer o que ela pedia.

A ninfa mergulhou de volta na água e o moleiro, sentindo-se muito melhor, voltou correndo ao moinho. Nem tinha chegado à porta quando a criada saiu, com um largo sorriso e disse: — Parabéns! Sua esposa acaba de dar à luz um menino.

O moleiro ficou parado como se tivesse sido atingido por um raio. Entendeu de repente que a ninfa o havia enganado. Com a cabeça baixa e o coração pesado, foi até a cama da mulher. Ela disse: — Por que está tão triste? Não é lindo o nosso menino?

Ele contou a ela o que tinha acontecido e como a ninfa o havia enganado.

— Eu devia ter adivinhado! — ele disse. — Nada de bom vem de criaturas como essas. E o que adianta o dinheiro, afinal? O que adianta ouro, tesouros, se temos de perder nosso filho? Mas o que podemos fazer?

Mesmo os parentes que vieram comemorar o nascimento não sabiam que conselhos dar.

Porém, exatamente nesse momento, a sorte do moleiro começou a mudar. Tudo o que ele fazia dava certo; as colheitas eram boas, então havia muito grão para moer e os preços se mantinham estáveis; parecia não haver nada errado, e sua caixa se enchia quase que sozinha, o cofre cheio até estourar. Bem depressa estava mais rico do que jamais havia sido.

Mas não aproveitava nada. Seu trato com a ninfa o atormentava. Não gostava de andar perto do tanque do moinho no caso de ela emergir e cobrar sua dívida. E claro que nunca deixou o filho chegar nem perto da água.

— Se chegar perto da margem — disse ao menino —, tome cuidado e se afaste depressa. Aí tem um mau espírito. Se tocar na água, ela agarra você e puxa para baixo.

Mas os anos passaram e não havia sinal da ninfa, e pouco a pouco o moleiro começou a se tranquilizar.

Quando o menino atingiu certa idade, foi ser aprendiz de um caçador. Aprendeu depressa e bem, e o senhor da aldeia o tomou a seu serviço. Na aldeia, vivia uma moça boa, honesta e bonita que conquistara o coração do jovem caçador; quando o senhor percebeu, deu ao casal uma casinha como presente de casamento. Viveram em paz e felizes, se amando de todo coração.

Um dia, o jovem caçador estava perseguindo um gamo quando ele se virou, correu para a floresta e para um campo. Assim que conseguiu boa visibilidade, o caçador atirou e o derrubou com um tiro. Animado com esse sucesso, não se deu conta, de início, do lugar onde estava e assim que terminou de tirar a pele e as vísceras do animal foi lavar as mãos num tanque de água próximo.

Mas era o tanque de seu pai. E no momento que mergulhou as mãos na água, a ninfa emergiu, rindo, o abraçou com seus braços gotejantes e o puxou para baixo tão depressa que se formaram ondas na superfície.

Quando chegou a noite e o caçador não voltou para casa, a esposa ficou ansiosa. Foi procurar por ele e lembrando quantas vezes ele havia lhe dito que tinha de tomar cuidado com o tanque do moinho, adivinhou o que havia acontecido. Correu para lá e, assim que encontrou sua sacola de caça caída no gramado da margem, não teve mais dúvida. Chorou alto e torceu as mãos, chamou o nome dele muitas e muitas vezes, tudo em vão. Deu a volta até o outro lado do tanque do moinho e chamou de lá, amaldiçoou a ninfa com toda a paixão de seu coração, mas não teve nenhuma resposta. A superfície da água estava lisa como um espelho no entardecer e tudo o que ela podia ver era o reflexo da meia-lua.

A pobre mulher não saiu de perto do tanque. Circundou mais de uma vez a margem, às vezes depressa quando pensava ter visto alguma coisa se agitar do outro lado, às vezes devagar, olhando cuidadosamente o fundo da água bem a seus pés, mas não parava nem um momento. Algumas vezes, gritava alto o nome do marido, outras vezes chorava. E depois de passada uma boa parte da noite, quando ela estava no fim de suas forças, deixou-se cair na grama e adormeceu em um instante.

Imediatamente se viu num sonho. Apavorada, estava subindo a encosta de uma montanha rochosa. Galhos e espinheiros feriam seus pés, a chuva batia em seu rosto como granizo, o vento louco sacudia seu cabelo. Assim que chegou ao pico, porém, tudo mudou. O céu estava azul e o ar quente, o chão descia suavemente para um campo verde salpicado de flores, onde ficava uma bonita cabaninha. Ela desceu até lá, abriu a porta e encontrou uma velha de cabelo branco que sorriu simpaticamente para ela, e nesse momento a jovem esposa acordou.

O dia já havia raiado. Como nada exigia sua presença em casa, ela decidiu realizar o sonho. Sabia onde ficava aquela montanha e partiu imediatamente. No caminho, o tempo mudou e ficou exatamente como no sonho, o vento louco, a chuva dura como granizo. Mesmo assim, ela continuou subindo, e encontrou tudo como tinha visto: o céu azul, o campo coberto de flores, a cabaninha, a velha de cabelo branco.

— Entre, minha filha — disse a velha —, e sente comigo. Vejo que está vivendo um momento muito infeliz. Deve ter sofrido para procurar minha cabana solitária.

Ao ouvir essas palavras gentis, a jovem esposa começou a chorar, mas logo se controlou e contou toda a história.

— Pronto, não se preocupe — disse a velha. — Posso ajudar você. Pegue este pente de ouro. Espere até a próxima lua cheia, então vá ao tanque do moinho, sente na margem e penteie seu longo cabelo preto com este pente. Depois de fazer isso, deite ali mesmo e veja o que acontece.

A jovem esposa voltou para casa e os dias seguintes passaram muito devagar. Finalmente a lua cheia subiu acima das árvores, ela foi ao tanque do moinho, sentou na relva da margem e começou a pentear o cabelo com o pente de ouro. Quando terminou, deixou o pente na beirada e se deitou. Quase imediatamente a água se agitou, uma onda se formou, correu até a margem e quando a água recuou tinha levado o pente com ela. Nesse exato momento, a superfície da água se abriu, a cabeça do marido surgiu acima da superfície e ele olhou, angustiado, para sua mulher. Mas ela o viu apenas por um segundo, porque outra onda veio e o levou embora de novo. Quando a água finalmente se acalmou, não havia nada para ver a não ser o reflexo da lua cheia.

A jovem esposa voltou para casa com o coração apertado. Mas nessa noite teve o sonho outra vez, de forma que mais uma vez partiu para encontrar a cabana no campo florido. Dessa vez, a velha lhe deu uma flauta de ouro.

— Espere até a próxima lua cheia — disse ela — e leve a flauta até a água. Sente na margem e toque uma linda melodia. Depois de fazer isso, deixe a flauta na relva e veja o que acontece.

A esposa do caçador fez o que a velha mandou. Tocou a melodia e, assim que deixou a flauta na relva, a água avançou para a margem e a levou para as profundezas. Um momento depois, a água se agitou no meio do tanque, se abriu e deixou a cabeça e a parte superior do corpo do caçador aparecerem acima da superfície. Ele estendeu as mãos para ela desesperadamente e ela para ele, mas, quando as mãos estavam quase se tocando, as ondas o puxaram para baixo e ela ficou sozinha na margem.

"Ah, isto vai partir meu coração!", ela pensou. "Ver duas vezes o meu amado, só para perdê-lo de novo. É demais para suportar!"

Mas, quando dormiu, teve o sonho outra vez. Então partiu para a montanha uma terceira vez e a velha a consolou.

— Não fique muito aflita, querida. A coisa ainda não terminou. Você tem de esperar mais uma lua cheia e levar esta roca de fiar para o tanque do moinho. Sente na margem e fie. Quando o fuso estiver cheio, deixe a roca e veja o que acontece.

A jovem esposa fez exatamente o que ela disse. Quando a lua estava cheia, teceu todo um fuso de linha à margem da água; depois deixou a roda dourada e se afastou. A água se agitou, borbulhou e atacou a margem com mais violência que nunca, uma grande onda arrebatou a roca de fiar para dentro do tanque. E no mesmo momento uma outra onda se ergueu e trouxe com ela primeiro a cabeça e os braços do caçador, depois seu corpo inteiro, e ele saltou para a margem, pegou a mão da esposa e correram para se salvar.

Mas atrás deles uma grande convulsão estava esvaziando toda a água do tanque do moinho. A água correu para a margem, atravessou o campo atrás do casal com força terrível, derrubando árvores e arbustos, de forma que eles temeram pela vida. Em seu terror, a esposa chamou a velha e imediatamente esposa e marido foram transformados em rã e sapo. Quando a água os cobriu, não conseguiu afogá-los, mas separou um do outro e levou ambos para bem longe.

Quando a enchente baixou e os dois animais estavam em terra seca, recuperaram a forma humana. Mas um não sabia onde estava o outro e eram estranhos em terra estranha. Havia muitas montanhas altas e vales profundos entre os dois. Para ganhar a vida, cada um arranjou trabalho cuidando de ovelhas e durante alguns anos levaram seus rebanhos por campos e florestas. Sempre que vagavam pastoreando, sentiam uma constante tristeza e saudade.

Um dia, quando a primavera havia voltado e o ar estava fresco e agradável, ambos partiram com suas ovelhas. Quis o acaso que começassem a se deslocar para o mesmo lugar. O caçador viu um rebanho numa encosta distante e levou o seu naquela direção. No vale que ficava entre as montanhas, os dois rebanhos e os dois pastores se encontraram. Não se reconheceram, mas ficaram contentes de ter a companhia um do outro naquele lugar solitário e a partir de então pastoreavam os rebanhos juntos, sem falar muito, mas cada um sentindo conforto na presença do outro.

Uma noite, quando a lua estava cheia no céu e as ovelhas reunidas em segurança, o caçador tirou uma flauta do bolso e tocou uma melodia triste e bonita. Quando baixou a flauta, viu que a pastora estava chorando.

— Por que está chorando? — perguntou.

— Ah — disse ela —, a lua estava cheia assim quando toquei essa mesma melodia numa flauta e a cabeça de meu amado apareceu acima da água...

Ele olhou para ela e foi como se um véu caísse de seus olhos, pois reconheceu sua querida esposa. E quando ela olhou o rosto dele ao luar, reconheceu-o também. Caíram nos braços um do outro, se beijaram, se abraçaram e se beijaram de novo e ninguém precisa perguntar se foram felizes. De fato, viveram em total felicidade o resto de suas vidas.

* * *

Tipo de conto: ATU 316, "A ninfa do tanque do moinho".
Fonte: uma história de Moritz Haupt, publicada em *Zeitschrift für Deutsches Alterthum* (Revistas de antiguidades alemãs), vol. 2 (1842).

Nixies [aqui traduzida por "ninfa"], *selkies*, sereias, *rusalki*, seja lá como forem chamadas, são sempre problema. Esta não é exceção à regra, mas ela é vencida no fim: a fiel esposa ama mais que ela. A descrição do reconhecimento mútuo do marido e da esposa no final é muito tocante, e o padrão da imagética lunar estabelecido antes exige que a descoberta seja feita à luz da lua cheia, que cria assim um sentido tanto artístico como ocular. Em qualquer outra noite, eles não conseguiriam se ver com clareza.

Eu gostaria de saber a melodia que foi tocada na flauta. A "Canção da lua", da ópera *Rusalka* de Dvořák, de 1901, serviria muito bem.

Os doze caçadores

Era uma vez um príncipe que estava noivo de uma princesa a quem amava com todo o carinho. Um dia, enquanto namoravam alegremente, chegou uma mensagem dizendo que o pai dele estava muito doente e queria vê-lo antes de morrer.

O príncipe disse à sua amada: — Querida, tenho de ir e deixar você por algum tempo. Aceite este anel para lembrar de mim e, quando eu for rei, volto e levo você comigo.

Então foi embora e, quando chegou ao palácio de seu pai, descobriu que ele estava mortalmente doente. Na verdade, estava à beira da morte.

O rei disse: — Meu filho querido, queria mesmo ver você mais uma vez antes de morrer. E quero que me faça uma promessa.

— Tudo o que quiser, meu pai!

— Prometa casar com a princesa que eu escolher. — E disse o nome da filha de outro rei.

O príncipe estava tão triste que não pensou duas vezes e respondeu: — Claro, pai, faço tudo o que você quiser.

Ao ouvir isso, o rei fechou os olhos e morreu.

O filho foi aclamado rei e, quando terminou o período de luto, foi coroado. Lembrou-se então da promessa que havia feito ao pai. Mandou embaixadores à corte do outro rei, pediu a mão da princesa em casamento e, depois de uma breve negociação, ficaram noivos.

Naturalmente a notícia correu por toda parte e não demorou muito para sua primeira noiva ficar sabendo da história. Ela ficou tão chocada com a infidelidade dele que quase definhou, e o pai dela disse assim: — Minha querida, o que está acontecendo com você? Posso fazer alguma coisa para te deixar mais feliz? É só dizer que eu faço.

Ela então pensou um pouco e disse: — Pai, o que eu mais quero são onze moças muito parecidas comigo.

O rei respondeu: — Vou fazer todo o possível.

Ele então mandou mensageiros para todos os cantos do reino, procurando moças parecidas com ela. Muitas foram encontradas e mandadas para o palácio, mas poucas eram bem parecidas. No fim, porém, ela acabou satisfeita e depois de selecionar as onze mais parecidas em todos os aspectos, mandou fazer doze trajes de caçadores e ela usaria o décimo segundo.

Assim que as roupas ficaram prontas, ela se despediu do pai e os doze caçadores foram para a corte de seu noivo infiel, que ela tanto amava. Lá, ela perguntou se precisavam de caçadores.

— Eu e meus companheiros sabemos fazer todo tipo de trabalho de caça — ela disse. — O melhor que têm a fazer é contratar nós doze.

O rei não a reconheceu. As doze, porém, tinham tão bom aspecto com suas roupas de caça que ele disse que contratava todas; então ficaram a seu serviço e passaram a ser conhecidas como Caçadores do Rei.

Ora, acontece que o rei possuía um leão maravilhoso, muito mais inteligente que o leão da corte de qualquer outro rei e mais inteligente que muitos humanos, na verdade, pois sabia todo tipo de segredos ocultos do conhecimento geral. Um dia, o leão falou com o rei e disse: — Esses seus doze caçadores...

— São muito bonitos, não são? — perguntou o rei.

— Bonitos podem ser. Mas não são caçadores. Na verdade, nem homens são. São mulheres.

— Não! Não acredito.

— Mas acho que é verdade.

— Prove!

— Muito bem — disse o leão. — Pegue umas ervilhas secas e espalhe no chão de sua antessala. Se forem homens, vão pisar em cima delas com passo firme. Mas, se forem mulheres, vão andar nas pontas dos pés, afastar e chutar as ervilhas para os lados. Fique observando e veja se estou errado.

— É uma boa ideia — disse o rei, e fez exatamente o que o leão aconselhou.

Porém, uma das criadas do rei gostava muito dos doze caçadores e, sabendo que iam ser testados desse jeito, contou para eles.

— Obrigada! — disse a princesa. — Agora lembrem bem, quando a gente entrar na antessala, temos de pisar em cima das ervilhas como se não estivessem lá.

E na manhã seguinte, quando o rei chamou os caçadores, eles pisaram em cima das ervilhas como se fossem os homens mais viris do mundo, e nenhuma ervilha rolou para fora do lugar.

Quando foram dispensados, o rei chamou o leão.

— Belo conselheiro você me saiu! — disse o rei. — Os caçadores pisaram como homens, todos eles.

— Devem ter descoberto que iam ser testados — disse o leão. — Tenho uma ideia melhor. Dessa vez, ponha doze rocas de fiar na antessala. O negócio é que moças e mulheres conseguem disfarçar o jeito de andar, mas não conseguem esconder o que sentem de fato, e todas adoram rocas de fiar. Quando virem as rocas, vão parar para admirar e experimentar. Pode crer, não vão conseguir resistir.

— Ah — disse o rei. — Gostei disso. É muito engenhoso. Muito bem, leão.

Ele mandou arrumar as rocas de fiar na antessala e mais uma vez a criada que gostava dos caçadores contou para eles o que o leão havia aconselhado.

— Ouviram isso, caçadores? — disse a princesa. — Quando virem as rocas de fiar, finjam que não viram. Um olhar de passagem, e mais nada.

E na manhã seguinte os caçadores entraram na antessala sem olhar para as rocas. O rei ficou intrigado e mandou chamar o leão.

— Não aguento mais os seus conselhos — disse. — Eles não valem nada.

— Mas elas devem ter sido avisadas! — disse o leão. — Alguém entregou o plano.

— Ah, bobagem — disse o rei. — Volte para o zoológico.

Cada vez que o rei ia caçar, levava junto seus doze caçadores e, quanto mais tempo passavam a seu lado, mais o rei gostava deles. Ora, um dia, quando estavam caçando, veio um mensageiro a galope contar para o rei que sua noiva estava a caminho. A noiva verdadeira ouviu isso, o coração se agitou em seu peito e ela caiu desmaiada.

Achando que seu caçador favorito tinha sofrido um acidente, o rei correu e tirou a luva do caçador para sentir o seu pulso. E lá estava o anel que ele tinha dado à sua amada para que se lembrasse dele. Perplexo, olhou o seu rosto e a reconheceu na mesma hora.

Sem pensar, beijou-a e quando ela abriu os olhos, ele disse: — Você é minha e eu sou seu. Nada nem ninguém poderá mudar isso.

Mandou um recado, dizendo para a outra noiva voltar para seu reino, pois já tinha uma noiva, e tendo encontrado uma chave antiga, não precisava de uma nova.

Então o casamento dos dois foi celebrado com grande alegria e o leão recuperou seus favores, porque, afinal de contas, estava certo a respeito dos caçadores, mesmo que seu conselho não tivesse conseguido revelar o segredo.

* * *

Tipo de conto: AT 884, "A noiva abandonada".
Fonte: Jeanette Hassenpflug.
Histórias semelhantes: "O filho do rei de Portugal", de Italo Calvino (*Italian Folktales*); "A noiva verdadeira", dos Irmãos Grimm.

Este não é o único príncipe das histórias de Grimm que parece se esquecer surpreendentemente da moça bonita que prometeu desposar. Não é fácil dizer se esse era um problema comum entre príncipes. Ele tem sorte de ter um leão conselheiro, ou teria, se os conselhos do leão não fossem tão idiotas. Esta é uma daquelas histórias em que os elementos individuais (os doze caçadores bonitos, o leão falante) são mais memoráveis que o desenrolar da história em si e no qual o final feliz acontece por mero acaso. Ora, se o leão tivesse conseguido dar um bom conselho em vez das tolices estabanadas de um velho chato, o príncipe poderia ter encontrado a noiva muito antes.

As botas de couro de búfalo

Nenhum perigo consegue desencorajar um soldado valente, mas o fogo do inimigo não é tudo o que um soldado tem de encarar. Era uma vez dois irmãos, filhos de um camponês. O mais velho se alistou no exército, lutou bem e teve a sorte de conseguir em seu tempo de serviço diversas vitórias em combate. Logo virou general.

O irmão mais novo, porém, que se alistou um ou dois anos depois, não era menos valente, mas teve menos sorte. A guerra tinha acabado e não havia nada para um soldado honesto fazer além de servir de sentinela, marchando de um lado para outro, parecendo esperto. Só que, por mais esperto que parecesse, não havia chance de promoção para ele.

Um dia, o soldado foi convocado para montar guarda diante do quartel do general, que estava dando um banquete. Um dos convidados, ao entrar, ficou tão intrigado com a expressão desconsolada do soldado que parou e perguntou: — O que aconteceu, meu jovem?

— É o meu irmão — respondeu o soldado. — Ele é o general, mas não liga nem um pouco para mim. Parece que esqueceu que eu existo.

O convidado entrou e contou isso para o general.

— Não acredite nesse patife — disse o general. — Ele está mentindo e vou mandar que seja chicoteado.

O soldado recebeu cem chicotadas. Mas um velho sargento sentiu pena do rapaz e, quando ele se recuperou das chicotadas, disse assim: — Olhe aqui, vou te ensinar um truque. É um bom truque e nunca contei para mais ninguém. Nunca se sabe, pode ser que você precise dele um dia.

Então ensinou seu truque ao rapaz e logo depois, vendo que esse era o único benefício que sua carreira no exército ia lhe dar, o jovem soldado pediu dispensa e seguiu seu caminho. Não tinha nada além de uma capa de lã e um par de botas de couro de búfalo e como nunca havia aprendido nenhuma profissão, teve de enfrentar muitas dificuldades.

Um dia, estava vagando pela floresta quando encontrou um homem vestido com uma linda roupa de caça verde e um par de botas brilhantes. Sentado numa árvore caída, o caçador parecia perplexo.

— Lindas botas — disse o soldado. — Deve ter levado um bom tempo para elas ficarem brilhando desse jeito. Estas minhas velhas botas de couro de búfalo nunca foram engraxadas, mas me serviram em tempos bons e ruins e ainda vão servir por muitos anos. Para onde está indo, amigo?

— Confesso que estou perdido — disse o caçador. — Sabe para onde vai essa estrada?

— Toda estrada no fim chega a uma cidade — disse o soldado —, só isso que eu sei. Que tal se a gente for junto?

— Se você não se importa — disse o caçador, e seguiram juntos.

Não tinham andado muito quando anoiteceu.

— Bom, ainda estamos na floresta — disse o soldado —, mas olhe, tem uma luz acesa ali. Vamos ver se dão alguma coisa para a gente comer.

Chegaram a uma velha casa de pedra caindo aos pedaços e bateram na porta. Uma velha abriu e perguntou: — O que vocês querem?

— Nós somos dois homens honestos — disse o soldado —, estamos cansados e com fome. Pode nos dar alguma coisa para comer e um lugar para dormir?

— Ah, de jeito nenhum — disse ela —, aqui não posso, não. Esta casa é de um bando de ladrões e, se vocês sabem o que é melhor para vocês, vão embora depressa antes que eles cheguem. Se encontrarem vocês aqui, matam vocês dois.

— Sinceramente — disse o soldado —, para mim tanto faz morrer de fome na floresta ou levar a facada de um ladrão no coração. Faz dois dias que não como nada e meu estômago não consegue aguentar mais. A senhora parece boazinha, tenha pena de um soldado e do meu amigo aqui.

— Ah, bom, acho que... — disse a velha.

O caçador não queria entrar, mas o soldado o puxou pela manga. — Venha — disse —, vamos comer alguma coisa antes de eles acabarem com a gente.

— Estou ouvindo os bandidos chegarem — disse a velha. — Depressa! Se escondam atrás do fogão. Eu passo as sobras para vocês.

O soldado e o caçador tinham acabado de se agachar atrás do fogão quando entraram doze ladrões. Eram homens grandes e ferozes, cobertos de armas. Na mesma hora sentaram e bateram na mesa pedindo o jantar. A velha levou um imenso pedaço de carne assada que o chefe dos ladrões cortou com sua espada, distribuiu para todos e depressa começaram a comer. O cheiro era tão bom que o soldado não conseguiu esperar.

— Não aguento — cochichou para o caçador. — Vou sentar à mesa com eles.

— Vai acabar matando nós dois!

— Não, deixe comigo.

Saiu de trás do fogão e disse: — Boa noite a todos.

Os ladrões ficaram pasmos.

— O que está fazendo aqui? — rugiu o chefe.

— Está espionando a gente! — gritou outro.

— Vamos enforcar e picar esse sujeito em pedacinhos — sugeriu um terceiro.

— Que malcriados — exclamou o soldado. — Não sabem que não se deve matar um homem com fome? Abram espaço e me deixem sentar junto com vocês.

Os ladrões nunca tinham visto nada igual. O chefe ficou tão impressionado com a audácia do soldado que disse: — Tudo bem, venha e sente aqui. Pode comer um pouco da carne. Mas assim que terminar de jantar, acabou-se. Vamos fazer você achar que seria melhor ter passado fome.

— Tudo a seu tempo — disse o soldado. E se serviu de uma grande fatia de carne. — Ei, Bota Brilhante! — chamou. — Venha comer com a gente. Você deve estar com tanta fome quanto eu e, venha de onde vier, garanto que não vai encontrar nenhuma carne assada mais gostosa que esta aqui.

O caçador saiu de trás do fogão e os ladrões exclamaram: — Tem mais um!

— Acomode-se — disse o chefe dos ladrões. — Venha e sente conosco. Ao lado do seu amigo. Vai ser ainda mais divertido para nós depois.

— Não, não estou com fome, obrigado — disse o caçador.

Os ladrões ficaram olhando o soldado comer a comida deles e se admiraram com a calma com que ele comeu sua fatia de carne e ainda pegou mais uma.

— Comida muito boa — disse ele, com a boca cheia. — Mas eu ia gostar de beber alguma coisa. Me passe a garrafa. Ah, olhe só, está vazia. Que pena.

O ladrão-chefe estava gostando da brincadeira. Disse para a velha: — Desça lá no porão e traga uma garrafa do melhor vinho.

Quando o vinho chegou, o soldado tirou a rolha com um sonoro *pop* e disse baixinho para o caçador: — Agora veja. Aposto que nunca viu nada igual.

Ele se levantou e ergueu a garrafa, deu um bom gole, depois sacudiu a garrafa em cima da cabeça dos ladrões e disse: — À saúde de vocês. Ergam a mão direita e abram a boca, todos juntos, *agora.*

Para surpresa do caçador, todos os ladrões obedeceram direitinho. Ergueram a mão direita, abriram a boca e assim ficaram. Não podiam se mexer. Eram como estátuas de pedra.

— Nossa! — disse o caçador. — Como foi que isso aconteceu?

— Magnetismo animal — explicou o soldado. — É um truque que aprendi no exército.

— Incrível! — disse o caçador. — Mas, olhe, não seria melhor a gente aproveitar para escapar?

— Não enquanto ainda houver comida na mesa. Faz meses que não vejo um banquete assim. Venha, sente e coma o quanto puder. Esses passarinhos só vão se mexer quando eu mandar.

A velha trouxe mais uma garrafa do melhor vinho, uma boa torta de maçã e, o melhor de tudo, uma jarra de creme. O soldado não se levantou até ter comido por três.

Enfim suspirou, empurrou a cadeira e disse: — Hora de ir para o quartel. Não estamos longe da cidade. A velha nos mostra o caminho.

Assim que chegaram à cidade, o soldado procurou o quartel e contou ao oficial encarregado onde estavam os ladrões.

— Volte comigo — ele disse ao caçador. — Quero ver a cara deles quando acordarem.

Os soldados cercaram os ladrões, que ainda estavam sentados à mesa, presos pelo magnetismo animal.

— Preciso de mais uma garrafa — o soldado falou para a velha. — Do melhor.

Assim que ele tirou a rolha e tomou um gole, agitou a garrafa acima da cabeça dos ladrões e gritou: — À saúde de todos vocês!

Na mesma hora os ladrões acordaram e começaram a se mexer, mas antes que conseguissem puxar as armas foram dominados pelos soldados. Tiveram suas mãos e pés amarrados e foram jogados numa carroça.

— Para a prisão, todos eles — disse o soldado.

Enquanto ele punha a rolha de volta na garrafa e guardava na mochila, o caçador puxou de lado um soldado e falou baixinho com ele. O homem foi galopando na frente dos outros de volta à cidade.

— Bom, Bota Brilhante — disse o soldado —, foi um bom dia de trabalho, hein? Derrotamos o inimigo e conseguimos uma bela refeição. Agora vamos seguir atrás dos passarinhos que vão para a gaiola lá na cidade.

Quando chegaram ao portão da cidade, encontraram uma grande multidão dando vivas e sacudindo bandeiras. A guarda real enfileirada, saudando e apresentando armas.

— O que está acontecendo? — o soldado perguntou, surpreso.

— O rei estava fora — disse o caçador — e está voltando para o palácio. É justo que tenha uma recepção assim.

— Onde está o rei? — o soldado perguntou olhando em torno. — Não estou vendo em lugar nenhum.

— Sou eu — disse o caçador, e abriu o casaco de caça para mostrar o emblema real em seu colete. — Mandei avisar que eu estava voltando.

O soldado caiu de joelhos.

— Ah, caramba, majestade — disse ele —, me desculpe! Eu não devia ter chamado o senhor de Bota Brilhante. Na verdade, devia ter tratado o senhor muito melhor do que tratei.

Mas o rei estendeu a mão para ele e disse: — Você é um bom soldado e salvou a minha vida. Vou cuidar para que tenha o melhor tratamento de agora em diante.

E quando ficou sabendo que o general irmão do soldado tinha mandado chicoteá-lo, rebaixou o general para cabo e se ofereceu para promover o soldado a general no lugar dele.

— Muita bondade sua, majestade — disse o soldado —, mas acho que não sirvo para general. Uma vida mais folgada combinaria melhor comigo.

— Então é isso que vai ter — disse o rei. — E a hora que quiser comer, é só chegar até a porta da cozinha real e sempre haverá uma fatia de carne para você. Mas, se quiser beber à saúde de alguém, vai ter de pedir minha permissão primeiro.

* * *

Tipo de conto: AT 952, "O rei e o soldado".

Fonte: Friedmund von Arnim, *Hundert märchen im Gebirge Gesammelt* (Cem histórias das montanhas, 1844).

História semelhante: "O soldado e o rei", de Alexander Afanasiev (*Russian Fairy Tales*).

Neste conto, a "magia" é produzida por hipnotismo ou, como provavelmente seria chamado naquele tempo, mesmerismo, devido a Franz Mesmer (1734-1815), criador da prática. Grimm (ou sua fonte, Friedmund von Arnim) não fornece explicação de como o soldado adquiriu sua capacidade para mesmerismo, então eu sugiro uma. Sem dúvida o hipnotismo, como fenômeno da moda e intrigante, era conhecido dos leitores de Grimm, da mesma forma que os feitos de Derren Brown* são conhecidos do público da televisão britânica hoje. E, de qualquer modo, é engraçado.

O hipnotismo aparece em outro conto de Grimm, *A viga da galinha*, no qual um mágico leva uma multidão a acreditar que uma galinha está carregando uma viga pesada quando tem em seu bico apenas uma haste de palha. O personagem de quadrinhos Mandrake, o mágico, que começou sua carreira desvendando crimes em 1934, convencia criminosos, cientistas loucos e outros indesejáveis, que haviam se transformado em pedra através de um "gesto hipnótico". Tentei fazer isso quando era menino e não funcionou.

A ideia do irmão que se torna general vem da história de Afanasiev, que é uma narrativa precisa e bem construída, mas não tem hipnotismo. Em vez disso, o soldado corta as cabeças dos ladrões um a um e bate no rei por dormir na guarda.

---

* Derren Brown é um mágico, mentalista e artista múltiplo famoso na televisão britânica. (N.T.)

A chave dourada

Num dia de inverno, quando a neve estava alta no chão, um menino pobre foi mandado à floresta buscar lenha para o fogo. Ele recolheu alguns ramos caídos e carregou em seu trenó, mas em seguida sentiu tanto frio que pensou em fazer uma fogueira para se aquecer um pouco antes de ir para casa.

Abriu um espaço para a lenha e ao afastar a neve encontrou uma pequena chave dourada.

— Onde tem uma chave — disse para si mesmo — tem uma fechadura por perto.

Então cavou a terra e logo abaixo da superfície encontrou uma caixa de ferro. Cavou em torno dela e com um esforço conseguiu arrancá-la da terra congelada, pensando: "Aqui deve ter algum tesouro. Espero que a chave sirva!"

Não conseguia encontrar a fechadura, mas afinal a chave era muito pequenininha. Quando enfim encontrou o buraco, era tão pequeno que quase não se via. Ele pôs a chave na fechadura e começou a girar... e vamos ter de esperar ele girar tudo e abrir a tampa. Só então saberemos as maravilhas que a caixa contém.

* * *

Tipo de conto: AT 2260, "A chave dourada".
Fonte: Marie Hassenpflug.

Esta é uma das várias histórias que não têm fim. Muitas delas são a respeito de um pastor que tem de levar um grande rebanho de carneiros por uma ponte pequena, um de cada vez: "Então ele levou o primeiro, depois o segundo, depois o terceiro..." Ou então é uma formiga enchendo um depósito de milho: "Ela levou o primeiro grão, depois o segundo..."

Outro jeito de apresentar uma história dessas é com a famosa frase de abertura: "Era uma noite escura de tempestade." Nessa variação, alguém está contando uma história sobre alguém que está contando uma história sobre alguém que... — e assim por diante.

"A chave dourada" não depende da repetição, mas de terminar antes do fim, por assim dizer. Esse padrão aparece em diversos romances, filmes ou peças de teatro incômodos nos quais, por exemplo, a solução depende de uma carta dizendo se X conseguiu ou não a vaga na universidade, ou qual o resultado de um teste de gravidez, ou qual o veredito de um júri. Um carteiro chega à porta, a heroína começa a abrir a mão para revelar a cor do teste, o júri volta da sala de reunião e então aparece o letreiro: FIM.

O que faz a gente desconfiar que o autor simplesmente não sabia como terminar a história. É desleal.

Neste caso, porém, o cenário é um pouco mais interessante. A partir da segunda edição dos Grimm (1819), esse conto sempre aparece por último, sugerindo que talvez existam ainda histórias maravilhosas a serem descobertas. Dados os tesouros que eles já revelaram em sua magnífica coleção, estou disposto a confiar.

"A chave dourada" é também o título de um conto de fadas literário de George MacDonald (1824-1905) que é muito melhor que a maioria dos espécimes do gênero. Esse também acaba sem terminar. Mossy e Tangle estão procurando a terra para onde vão as sombras: "E nesta altura, acho que devem ter chegado lá."

Este livro foi impresso
pela Lisgráfica para a
Editora Objetiva em
novembro de 2014.